伯爵夫人の縁結び II

金色のヴィーナス

キャンディス・キャンプ
佐野　晶　訳

MIRA®

THE BRIDAL QUEST

by Candace Camp

Published by Harlequin K.K., Tokyo, 2010

わたしの姉妹たち
エリザベス、バーバラ、シャロンに捧《ささ》げる
三人とも世界一よ！

金色のヴィーナス

■主要登場人物

アイリーン・ウィンゲート……………………貴族令嬢。

クレア・ウィンゲート…………………………アイリーンの母親。

ハンフリーとモーラ・ウィンゲート…………アイリーンの弟夫婦。

フランチェスカ・ホーストン…………………伯爵未亡人。社交界の名花。

ルシアン・タルボット…………………………フランチェスカの友人。

シンクレア・リールズ…………………………フランチェスカの古くからの知人。ロックフォード公爵。

カランドラ（カリー）・リールズ……………ロックフォード公爵の妹。

オデリア………………………………………ロックフォード公爵の大伯母。レディ・ペンキュリー。

パンジー・バンクス……………………………オデリアの妹。先々代ラドバーン伯爵未亡人。

ギデオン・バンクス……………………………オデリアの大甥、パンジーの孫。現ラドバーン伯爵。

セシル・バンクス………………………………ギデオンの亡父。パンジーの長男。先代ラドバーン伯爵。

セリーン・バンクス……………………………ギデオンの母親。セシルの先妻。行方不明。

テレサ・バンクス………………………………セシルの後妻。レディ・ラドバーン。

ティモシー・バンクス…………………………セシルとテレサの息子。

ジャスパー・バンクス…………………………ギデオンの叔父。パンジーの次男。

ピアーズ・オールデナム………………………ギデオンの友人。賭博場の共同経営者。

ナンシー・ボナム………………………………セリーンの元メイド。

オーウェンビー…………………………………セシルの元従者。

プロローグ

ロンドン、一八〇七年

玄関の扉が大きな音をたてて閉まり、二階の図書室にいたレディ・アイリーン・ウィンゲートは、びくりとして手にしていた本を取り落とし、戸口を見た。

真夜中をとっくに過ぎたこんな時間に、いったい誰があんな大きな音をたてたの？　わたし以外は、みんなぐっすり眠っているはずなのに。実際、アイリーンも一時間前に横になったのだが、なぜか寝つかれず、何か読むものを見つけようと足音をしのばせて図書室に来たのだった。起きている者は誰もいないはず。あんな大きな音をたててドアを閉める者はひとりもいない。

書棚の前に立ったまま耳をすましていると、何かが倒れる音がして、またしても夜のしじまが破られた。今度は毒づく声がそれに続く。アイリーンは顔をしかめながらも、ほっと体の力を抜いた。それを知ったところで少しも嬉《うれ》しいわけではないが、少なくとも階下で物音をたてているのが誰かはわかった。父のウィンゲート卿《きょう》がいつものように酔っ払って帰ってきて、何かにぶつかったに違いない。

アイリーンは急いで落とした本を拾うと、キャンドルをつかみ、そっと廊下に出た。まだ十六歳にしかならないが、父の前で物怖《ものお》じしないのは彼女だけだった。勢い、父がいちばんあたり散らすおとなしい母や弟をよくかばうことになる。でも、決して愚かではなかったから、ほかのみんなと同じように、できるだけ父のそばには寄らないように心がけていた。泥酔して戻ったときはとくに。

いまも父が二階にたどり着くまえに自分の部屋に戻れることを願いながら、足音をたてずに廊下を急いでいると、階下から声が聞こえた。大きな怒鳴り声。そしてそれに答える声。アイリーンは足を止め、眉を寄せた。父と話しているのは誰？　人が殴られたような鈍い音がして、またしても何かが倒れる。

アイリーンは階段の上にある手すりへと駆け寄り、階下の玄関に目をやった。この位置からだと、優雅なカーブを描く下の段にさえぎられて玄関ホールの一部しか見えないが、仰向けに倒れている父と、ペルシャ絨毯《じゅうたん》の上に飛び散っている花瓶のかけらは見えた。ようにすたれているのに、父が頑固にかぶりつづけている粉を振りかけたかつらが、いまにも落ちそうに横にずれて、はげた頭にしがみついている毛むくじゃらの小動物のように見える。父の鼻からは、血がひと筋出ていた。

手すりから身を乗りだしたまま、驚きのあまり動くこともできずに倒れた父を見つめていると、ひとりの男が足早に父に近づいていく。アイリーンのところからは背中しか見えず、背が高いことと、父と同じように黒いスーツで正装していることしかわからない。長めの黒い髪の男だ。

その男は手を伸ばし、父の襟をつかんで引き起こした。ウィンゲート卿は両手で男の胸を弱々しく突き、押しやろうとする。

「くそ、若造が」父はろれつのまわらない舌でうなるように言った。「わらしに手をあげるろは、ろういうつもりだ」

「殴られるだけですんで、ありがたいと思え！」男が鋭く言って、またしても拳《こぶし》を構える。

その男の拳が父にあたるのを待たずに、アイリーンはきびすを返して父の書斎へと走った。部屋を横切り、ガラスの入った戸棚を開けて棚からケースを取りだし、机の上で蓋《ふた》を開ける。

赤いビロードの上には、決闘用のピストルが一対並んでいた。父がいつも弾をこめておくのは知っているが、念のために急いで確認してからピストルを両手に持って、書斎を走りでた。争う音と叫び声は階段に近づくにつれて大きくなる。階段の上からのぞいても、ふたりの姿はどこにも見えなかった。さっきの場所から動いたに違いないわ。でも、まだ激しく争っている音が聞こえる。

アイリーンは飛ぶようにして踊り場までおりた。カーブをまわっていくと、階段のすぐ下で取っ組みあっているふたりが見えた。ちょうどそのとき、若い男が父から離れ、父のみぞおちに拳をたたきこんだ。体をふたつに折った父に向かって、男は鋭く拳を振りあげ、今度は顎を殴る。父が後ろによろめき、床に倒れた。

「やめて！」アイリーンは叫んだ。「いますぐやめて！」

どちらの男も露ほども注意を払わず、彼女を見ようともしない。見知らぬ男は父をつかんで、ふたたび立たせた。

「やめて！」アイリーンは大声で叫んだ。それがまたしても無視されると、ピストルを構え、天井に向けて撃った。ぴゅうっという音がして銃弾がシャンデリアにあたり、クリスタルのかけらがいくつか床に落ちてきた。

階下のふたりは凍りついた。見知らぬ男が体を起こし、くるりと振り向いて階段を見上げる。ウィンゲート卿も同じように酔った目を向けた。だが、アイリーンは父の視線にはほとんど注意を向けず、もうひとりの男を見つめた。

思ったとおり背が高く、広い肩が黒い上着を申しぶんなく満たしている。この男の仕立屋は、上着の見栄えをよくするために肩あてを入れる必要などなさそうだわ。アイリーンはちらっとそう思った。壁の燭台《しょくだい》の明かりにきらめく漆黒の髪は、流行よりもほんの少し長い。引き締まったシャープな顔立ちはハンサムだが、非情な印象を与える。表情は読めなかった。怒っているしるしは、頬の線に沿ったかすかな赤みと、燃えるような目のなかにあるだけだ。

アイリーンはもっとハンサムな男たちを何人も見たことがあるが、この若者はふだん彼女が目にするエレガントな社交界の男たちとは違っていた。どこか少し……野性的な感じがする。だが、アイリーンがこれまで会ったどの紳士よりも、はるかに彼女の心を揺さぶった。彼を見つめていると、みぞおちが引きつれるような、体の芯《しん》がよじれるような、奇妙な感覚に襲われたが、なぜか目をそらすことができなかった。

「アイリーンか？」父がしゃがれた声で言いながら、どうにか立ちあがった。

「ええ、そうよ」アイリーンはかすかな苛立《いらだ》ちを感じて答えた。真夜中にこんな騒ぎを持ち帰った父と、自分のなかにこの奇妙な胸のざわつきを引き起こす男のどちらによけい腹が立つのか、自分でもよくわからない。「ほかに誰がいるの？」

「でかしらぞ」父はよろめきながらろれつのまわらない舌で言った。「それこそ、わらしの娘だ」

アイリーンは口を引き結んだ。こんな父を助けざるを得ないなんて。

思い出せるかぎり昔から、父のウィンゲート卿はまわりの人々の人生をみじめで不愉快なものにしてきた。使用人たちも、母も、弟も、アイリーン自身も、父のそばでは常にびくびくしていなければならない。ひどい癇癪《かんしゃく》持ちで、浴びるほどお酒を飲む父は、尽きぬごたごたのもとでもあった。子供のころは、父が母を泣かせ、召使いたちを震えあがらせることだけしかわからなかったが、この数年は父の罪の数々、ギャンブルや飲酒、それにつきものの女遊びなど、経済的な面でも肉体的な面でも父がおかすたくさんの行きすぎた行為をもっとよく理解できるようになった。ウィンゲート卿は放蕩者《ほうとう》だった。もっと悪いことに、他人に苦痛や苦しみを与えることをなんとも思わない冷酷な男で、まわりの者に恐怖を与えて楽しむ癖がある。

そんな父親でも、アイリーンは愛さねばならないと教えられた。ウィンゲート卿が父親だという事実だけで、娘の尊敬に値する、と。とんでもない話だ。母と違って、アイリーンは寛大でもお人好《ひとよ》しでもなかったから、欠点だらけの父を許すことも、愛することもできなかった。また弟のハンフリーのように、子供は親に従い、親を敬うものだというしきたりだけで、父に従い、父を敬うこともできない。

今夜にしても、父が殴られているのは、きっと殴られるだけの理由があるに違いない。それでも、父親であることに変わりはないのだから、この男が父を殺すのを黙って見ているわけにもいかないわ。

「家のなかで殴りあうには、少し時間が遅すぎるんじゃないかしら」アイリーンは冷ややかな声でぴしゃりと言った。父と話すときには、つけ入る隙《すき》を見せないのが何よりも肝心だとうに学んでいたからだ。

酩酊《めいてい》状態にある者がよくするように、荒々しいかと思えば執拗《しつよう》な注意深さで、父は上着の裾《すそ》を引っ張り、埃《ほこり》を払った。片手で顔を拭《ぬぐ》い、それから驚いて手のひらについた血を見た。

「くそ。鼻が折れたぞ。この成りあがりのいかさま野郎！」父はそう言って若い男をにらみつけた。

だが、男のほうは父には目もくれず、アイリーンを見つめている。

突然アイリーンは、図書室に行くときに、寝間着の上からガウンをはおらなかったことを思い出した。寝るまえにピンをはずした豊かなブロンドの巻き毛も、肩から背中へと滝のように流れている。

どうしよう。裸足《はだし》のうえに、コットンの寝間着だけ。後ろから照らしている三階の燭台の明かりで、体の線が透けて見えるかもしれないわ。アイリーンは髪のつけ根まで赤くなった。どうして、あの男は目をそらさないの？　彼女は苛々して思った。きっと礼儀知らずのならず者なのね。

自分が狼狽《ろうばい》しているのを無礼な男に見抜かれたくなくて、アイリーンはつんと顔をあげ、階下にいる若者を見返した。すると目の隅に、父が動きだすのが見えた。壁際へとあとずさり、台の上の小さな彫像をつかむ。父はそれを振りあげて、若い男へじりじり近づきはじめた。

「だめよ！」アイリーンは鋭く叫び、左手に持った銃を父に向けた。「いますぐそれをおろして！」

父は仏頂面でアイリーンをにらんだものの、彫像を台に戻した。

若い男は軽蔑《けいべつ》するように口をゆがめてちらっと後ろを見ただけでアイリーンに目を戻し、軽く頭をさげた。

「ありがとう、お嬢さん」彼の声は低く、かすれていた。貴族のアクセントではない。

「そのペルシャ絨毯に、これ以上血をつけたくないだけよ」アイリーンは鋭く言い返した。

「それ以上汚されたら、あとがたいへんだわ」

父はまだ不機嫌な顔で壁に寄りかかり、アイリーンと目を合わせようとしない。でも、若者のほうは大きな声で笑いだした。鋭い顔の線がやわらぐのを見て、アイリーンもつい口もとがほころびそうになった。

「驚いたな。こんなすけべ野郎にこれほど美しいお嬢さんがいるとは」

彼だけでなく自分にも腹が立ち、アイリーンは顔をしかめた。わたしに向かってあんなふうに笑いかけるなんて、厚かましい男！　それに、夜中に人を殴りに押しかけるような男に笑い返したくなるなんて、わたしはいったいどうしたの？

「さっさと帰って」アイリーンは言いわたした。「さもないと、召使いを呼んで放《ほう》りだすわよ」

こんな脅しは少しも怖くないというように眉を片方あげたものの、若い男はおとなしくこう言った。「いいとも。きみの平和を乱したくないからね」

彼はアイリーンの父に歩み寄り、ぴりぴりしてあとずさる父のシャツの前をつかんで動けないように押さえると、わずかに身を乗りだした。

「二度とドーラを悩ますな。さもないと、今度は体じゅうの骨を折ってやるぞ。わかったか?」

父は怒りに顔を赤くしたものの、かすかにうなずいた。

「それにぼくの店にはこの面を見せるな。もう二度とな」

男はしばらく父をにらみつけてからシャツを放し、玄関へと大股に歩いていった。そして扉を開け、階段の上にいるアイリーンを見上げた。

「おやすみ、きみに会えてよかった」そう言うと、皮肉な笑みを唇に浮かべ、頭をさげて立ち去った。

とたんに体の力が抜け、アイリーンは自分がどれほど緊張していたか初めて気づいた。足に力が入らず、その場にへなへなと座りこみそうになる。彼女は銃を持った手をおろした。

「いまのは誰?」

「誰でもない」父は階段へと向きを変え、転がり落ちないように手すりをつかんでよろめきながらあがりはじめた。「けがらわしい無骨者だ。わたしにあんな口をたたくとは、いったい何様のつもりだ？　がつんと一発食らわして……」父はずる賢い目でアイリーンを見た。「そのピストルをわたしによこせ」

「だめ」アイリーンは用心深く答えた。「彼がお父様を殺すのを止めたことを、後悔したくないの」

アイリーンはきびすを返し、階段を戻りはじめた。父が使えないように、念のため、ピストル二挺《ちょう》はわたしの寝室に持っていこう。

「少しは父親に敬意を払ったらどうだ？」後ろから父が大声で怒鳴る。

アイリーンはくるりと振り向いた。「ええ、それに値するように振る舞えばね」

「なんだと、娘の分際で。それが親に言う言葉か？」父は怒りに目を細めた。「そんなに生意気で気位が高くては、結婚してくれる男などひとりもいないぞ。そうしたらどうするつもりだ？」

「大喜びよ」アイリーンはそっけなく答えた。「夫のいない人生のほうが、はるかに快適だもの。わたしは決して結婚しないわ」

この言葉に驚いて父がようやく静かになったのを見ると、アイリーンは満足して背を向け、さっさと階段をあがっていった。

1

一八一六年、ロンドン

義理の妹が昨日買ったドレスを事細かに描写するのを聞きながら、アイリーンはため息を抑えつけた。ファッションの話が嫌いなわけではない。実際、ドレスのデザインや色やアクセサリーに関する話は、あまり認めたくないほど好きだった。ただ、モーラの話が死ぬほど退屈なだけだ。モーラは何を話していても、結局は自分のこと、自分の好み、自分の目の鋭さや美しさの話になってしまう。

モーラは、少なくとも本人の頭のなかでは、太陽だった。つまり、あらゆる関心とあらゆる人々が自分を中心にまわっているのだ。この恐ろしいほどの自分本位さに加えて、鈍感で、想像力が乏しく、ユーモアのセンスさえ持ちあわせていない。

アイリーンは部屋にいるほかの人々の顔をちらっと見た。三人の訪問者の誰ひとりとして、自分のように無関心にも退屈を感じているようにも見えない。わたしの顔も、そんなふうに見えるのかしら？　彼女はちらりとそう思った。これは判断の難しいところだ。育ちのよい女性は、アイリーン同様、どれほどつまらない会話にも礼儀正しい関心を持つように躾《しつ》けられている。

母のレディ・クレアも楽しそうな笑みを浮かべ、興味深そうにモーラの話に耳を傾けているひとりだった。ほかの表情を浮かべるのは礼儀にはずれたことだと母がみなしているのはもちろんのことだが、この笑みの裏にはもっと深い事情がある。クレアは義理の娘の言葉に顔をしかめるどころか、ちっとも興味がないのを見抜かれることさえ恐れていた。この一年、息子のハンフリーがモーラと結婚し、彼女が一家と一緒に住みはじめてからというもの、クレアは薄氷を踏む思いで毎日を過ごしていた。この家の実権を握っているのは、いまではこのモーラで、モーラがその気になれば、いくらでも自分と娘の人生をみじめにすることができるのを知っているからだ。

アイリーンにしてみれば、何につけてもモーラの機嫌をうかがわなくてはならないだけで、もうじゅうぶんみじめなのだから、モーラを怒らせまいとこんなに必死に努力するのは愚かだとしか思えなかった。それに、たとえモーラが要求したとしても、弟のハンフリーが母と姉を追いだすほど意志の弱い男だとも思えない。でも、弟にそれができるのは事実だ。そしてあきれるほど自分勝手なモーラがそういう要求のできる女だということも事実なら、父の死後、アイリーンと母に残された遺産はほとんどなく、弟の寛大さに頼って生きていかねばならないことも、残念ながら事実だった。

父のウィンゲート卿《きょう》は、三年まえのしたたか飲んだある晩、馬から落ちてこの世を去った。アイリーンは正直に言って、父の死に自分が悲しみを感じたことに驚いた。何年も父と争い、父を軽蔑《けいべつ》してきたというのに、心の底には、父の不行跡や横暴な振る舞いですら完全に押しつぶせなかった愛情が残っていたとは。でも、父の死が家族や召使いたちに大きな安堵《あんど》をもたらしたことは否定できなかった。

ハンフリーが債権者たちとじっくり話しあい、父の借金の返済計画を練りあげたあとは、借金の取り立てに来た男たちが家の外をうろつくことはなくなった。それにまた、いかがわしい風体の男たちが、いきなりウィンゲート卿を訪ねてくることもなくなった。父が家族にこれ以上のスキャンダルをもたらす心配ももうしなくてもすむ。何よりも、家のなかに暗い影を落としていた父の存在がなくなり、うっかり父にでくわさぬように、父が癇《かん》癪《しゃく》を起こすようなことをしでかさぬようにと、朝から晩までぴりぴりしながら過ごさなくてもよくなった。

父が死んだあと、上階のメイドたちが家具を磨きながら歌をくちずさんでいるのを聞いて、アイリーンはそれまで家のなかがどれほど静かで、寒々としていたか、初めて気づいた。玄関の扉には黒い花輪がかかり、ウィンゲート卿の肖像画には黒い布がかかっていたが、突然、この家は明るくなり、楽しい場所になったのだった。

家督と爵位は、言うまでもなく、一家の長男である生真面目《きまじめ》で内気な弟のハンフリーが継いだ。限嗣相続の対象である領地とロンドンの館《やかた》のほかに父が跡継ぎに遺《のこ》したのは、借金だけ。妻と娘には何ひとつ遺さなかった。

しかし、母思い、姉思いのやさしいハンフリーは、アイリーンと母のクレアを喜んで養ってくれた。二歳下のハンフリーは、父の雑言と拳《こぶし》から自分を守ってくれた姉を尊敬し、頼りにしてきたのだ。

家の切り盛りはこれまでも母に代わってしてきたアイリーンにまかせ、ハンフリーは父の借金を返済し、領地からの収益を高めることに専念した。一家にとっては順調な日々が続き、やがて喪が明けると、社交的なつきあいもふたたび始まった。ハンフリーが相続した土地には多額の抵当権が設定されているものの、主な借金は返済され、一家の財政状態は上向きになり、新しいドレスを買い、パーティーを催し、パーティーに出かける余裕もようやく出てきた。

二十代半ばになってもまだ結婚せず、行く手にはオールドミスの人生が待っている。そんな自分の生き方を哀れんでいる人々がいることは、アイリーンも知っていたが、気にならなかった。いまのわたしはとても充実した、幸せな人生を送っているわ。それにわたしは、夫がいなければ自分の人生は空っぽだと思っている〝愚かな女たち〟とは違う。実際、みじめな結婚生活を間近で見てきたあとでは、夫のいない人生のほうが、ほとんどの既婚女性が耐えている人生よりもはるかに好ましい。

その後、ハンフリーは友人と北のほうに狩りの旅に出かけた。そして、最初は一週間、それから二週間と滞在を延ばし、三週目の終わりに家に戻ると、母と姉に爆弾を落とした。上気した顔を抑えきれない喜びに輝かせ、婚約したことを告げたのだ。

地主の娘モーラ・ポンソンビーが、ハンフリーの目を引き、ついで彼の寂しい心をつかんだのだった。モーラは宝石のような女性なんだ、ぼくは世界一幸せな男だ、とハンフリーは言った。ふたりとも、きっとぼくと同じくらいモーラが好きになるに違いない、と。

モーラに会ったふたりは、なぜハンフリーが彼女と恋に落ちたかひと目でわかった。モーラはきれいな娘で、愛情をこめてハンフリーをうっとりと見つめ、彼に細やかな心配りを示した。だが、彼女がかわいい口を尖《とが》らせるか、目をぱちぱちさせて、ハンフリーを思いどおりにしているのを見抜くのにさほど時間はかからなかった。自分の言い分が通らないと、とたんに石のように頑固になり、決して譲ろうとしないことも。

ハンフリーと結婚するまでのモーラは、クレアに常に微笑を絶やさず、やさしく敬意を払っていたが、結婚式を終えたとたんに、打って変わって尊大になった。新しいレディ・ウィンゲートとなったモーラは、クレアにもアイリーンにも、自分がこの館を取り仕切っていることを疑問の余地なくはっきりさせた。もちろんアイリーンはウィンゲート館の切り盛りをモーラに譲りわたすつもりでいたが、モーラは彼女にそうする機会すら与えようとせず、家政婦と執事に、これからは家事に関するすべての決断は自分がする、と言いわたした。

モーラはあらゆる機会をとらえ、自分がこの家の女たちのなかでいちばん偉いことを見せつけた。彼女は人の会話に口をはさみ、執事に誰の訪問を受け、誰を断るかを指図した。それればかりではない。訪問のあいだに受けた招待に応じるかどうかも、自分とハンフリーの分だけでなく、アイリーンやクレアの分まで厚かましく自分の判断を押しつけた。

おとなしい母は何をされても黙って従ったが、アイリーンはモーラの思いどおりにするのを拒んだ。そしてその結果、ふたりのあいだには小競りあいが絶えなかった。

いまもアイリーンの無関心を感じとったらしく、モーラは自分のドレスの裾《すそ》を飾っている蝶《ちょう》結びのリボンの描写を途中でやめ、アイリーンに顔を向けて、目をみはり、眉をあげて、ぴしゃりとたたいてやりたくなるほど憎らしい笑みを浮かべた。「あら、いけない。わたしたちはフリルや裾飾りの話で、かわいそうなアイリーンをすっかり退屈させてしまったわ。そうでしょう、お義姉《ねえ》様？」モーラは明るい声でこう言いながらほかの女性たちに顔を向けた。「アイリーンはファッションには興味がないの。どんなに説得しても、わたしにドレスを買わせてくれないのよ」

義理の姉の奇癖に困りはてている愛情深い義理の妹を演じながら、モーラは柔らかい黒い巻き毛を揺らし、首を振った。

「あなたはとても寛大な方ね、親愛なるレディ・ウィンゲート」ミセス・リトルブリッジがつぶやく。

いつものように争いの芽を摘もうと、母のクレアがすばやく口をはさんだ。「ミス・キャントウェル、レッドフィールズの結婚式のことを話してくださらないこと？　みなさんも聞きたがっていらっしゃるはずよ」

これはいい話題だった。一週間まえに領地で挙げられたレイトン子爵とコンスタンス・ウッドリーの結婚式は、多くの人々がこの結婚式の招待状をなんとかして手に入れたいと願った、今年の社交界の目玉だった。当然ながら、参列者は式の様子を語れるために、どこの家に行っても歓迎された。

「ええ、ほんと」ミセス・リトルブリッジが同意した。上昇志向の強い彼女は、あらゆる噂話《うわさばなし》やエピソードに目がない。聞いた話をほかの場所で繰り返し、自分を実際よりも重要人物に見せたいのだ。「花嫁はきれいだった？」

「それなりにね。でも、たいした家柄じゃないの。子爵はずいぶん身分の低い女性を妻にしたという印象を受けるわ」

「ええ、花嫁は田舎暮らしの長い、地味な女性だそうね」ミセス・リトルブリッジが取り澄ました顔でうなずく。

「そのとおり」ミス・キャントウェルは薄ら笑いを浮かべた。「でも、レイトン子爵は、昔から少し……型にはまらないところがあったから」

子爵が変わり者だというミス・キャントウェルの意見は、とても望ましい結婚相手だったレイトン子爵が、自分にまったく関心を示さなかった事実から導きだされたものに違いないわ。アイリーンはそう思いながら言った。「わたしはミス・ウッドリーが好きよ。いえ、もうレディ・レイトンと呼ぶべきでしょうね。少しも気取りのないところが、とても魅力的だわ」

モーラが冷たい声で笑った。「もちろん、お義姉様はそう思うでしょうね。でも、微妙な心配りの欠けていることを、みんなが感心するわけじゃないのよ」

「レディ・レイトンは、子爵のお姉様、レディ・ホーストンの親友だそうね」母がまた口をはさむ。

「ええ、そうですとも。レディ・ホーストンは彼女を自分の庇護《ひご》のもとに置いたの」ミセス・リトルブリッジがうなずいた。「そして弟さんに紹介したのよ」

「その前に、見違えるようにきれいにしてからね」ミセス・キャントウェルが言った。「コンスタンス・ウッドリーは、レディ・ホーストンが目を留めて白鳥に変えるまでは、とても野暮ったい女性だったわ」

「レディ・ホーストンは仲介のこつを知っているのね」アイリーンの母が言った。「去年のシーズンはベインバラのお嬢さん、その前はミス・エヴァーハート。ふたりとも立派な殿方と結婚したわ」

「ほんと」ミセス・キャントウェルはうなずいた。「まるで魔法を使うみたいに、レディ・ホーストンが引き受けた女性は、立派な相手と結ばれることになる。これは誰でも知ってることね」

「あら、それじゃ」モーラがからかうように言った。「わたしたちもレディ・ホーストンに頼むべきかもしれないわね、アイリーン。あなたにも夫を見つけてください、って」

「ありがとう、モーラ。でも、わたしは夫を探していないの」アイリーンはモーラの目を見て、きっぱり言った。

「夫を探してない？」ミセス・リトルブリッジがほほほと笑った。「冗談はおやめになって、レディ・アイリーン、夫を探していない若い女性などいるものですか」

「ここにひとりいるわ」

驚きを表すように、ミセス・リトルブリッジの眉がかすかにあがった。

「プライドが高いのは結構だけど」モーラがそう言ってほかの三人に心得顔の笑みを投げた。「ここにいるのは友人だけよ、アイリーン。女性の目的は結婚すること。それは誰でも知ってるわ。さもなければ、一生何をして暮らすの？　ほかの女性が切り盛りする家に、死ぬまでいるの？」モーラは言葉を切り、アイリーンに目を戻した。「もちろんハンフリーもわたしも、これからずっとあなたと一緒に暮らせるのは嬉《うれ》しいけど、あなたはどうなの？　あなたの幸せは？　冗談ではなく、レディ・ホーストンに話してみるべきよ。彼女はあなたのお友達じゃなかった？」

アイリーンは義理の妹の甘い口調の裏に、苦い怒りを聞きとった。地方の地主階級の名もない家の出で、アイリーンのように社交界の上流貴族たちのあいだで過ごしてこなかったモーラは、重要な人々と知りあいでもなければ、彼らの訪問を受けることもない。それが常々癪の種なのだ。

「ええ、レディ・ホーストンは知っているけど」アイリーンは答えた。「パーティーで顔を合わせるだけの知りあいにすぎないわ。友人とは言えないでしょうね」

「そうなの？　でも、考えてみれば、あなたには友達と呼べる人はほとんどいないわね」モーラは言い返した。

この辛辣《しんらつ》な発言に驚いた女性たちが一瞬、気まずい顔になる。モーラは急いで困ったような表情を浮かべ、両手で顔をはさんだ。

「あらまあ。ずいぶんひどく聞こえること！　もちろん、ひとりもいないという意味ではなかったのよ、親愛なるお義姉様。ええ、何人かはいるわ。そうですわね、お義母《かあ》様？」モーラは訴えるようにアイリーンの母を見た。

「もちろんですとも」クレアの頬が赤くなった。「ミス・リヴァーモアとか」

「ええ！」モーラは、アイリーンの母がなんとか例を挙げてくれてほっとした、と言いたそうな顔で叫んだ。「それにほら、領地に帰れば、お義姉様のことが大好きな牧師の奥様もいるわ」モーラは、姉の友人を思いつこうとする不毛な試みをあきらめたように肩をすくめると、身を乗りだしてじっとアイリーンを見つめた。「わたしはお義姉様によかれと思っているだけなのよ。それはわかってくれるわね？　わたしたちがお義姉様の幸せだけを願っていることは。ねえ、お義母様？」

「ええ、もちろんですとも」母は同意して、悲しそうな顔でアイリーンを見た。

「でも、わたしは幸せよ、お母様」アイリーンは嘘《うそ》をつき、モーラに顔を戻してそっけなくつけ加えた。「だって、そうでしょう？　あなたと一緒に暮らしているんですもの、親愛なるモーラ」

モーラはこの皮肉を無視して、真剣な思いやりに満ちた調子で続けた。「わたしはお義姉様を助けたいだけなの。お義姉様の人生をもっと豊かなものにしたいだけ。それはわかっているはずよ。不幸にして、みんながお義姉様のことを、わたしのようによく知っているわけじゃないわ。みんなはお義姉様の振る舞いしか見ない。その鋭い舌がみんなを遠ざけているのよ。いくらお義姉様を知りたいと願っても、辛辣な機知やそっけない態度が、みんなを怖がらせてしまうの。だからお義姉様には心を許して語りあえる友人や、おつきあいを望む殿方がこんなに少ないのよ。お義姉様の態度が殿方の気持ちに冷水を浴びせてしまうから」

モーラは同意を求めるように友人たちを見た。

「殿方は自分の間違いを正したり、しくじるたびに頭ごなしに決めつける妻は望まないの。ねえ、みなさん？」

アイリーンは目に怒りを浮かべ、硬い声で言った。「あなたの善意はわかっているわ。でも、わたしにはそういう知識は必要ないの。さっきも言ったように、結婚に興味はないから」

「まあ、まあ、レディ・アイリーン」ミセス・キャントウェルがアイリーンの神経を逆なでするような笑みを浮かべてたしなめた。

アイリーンが怒りに燃える目を向けると、夫人は驚いて言うつもりでいた言葉をのみこんだ。「わたしは結婚したくないの。決して結婚しないわ。男性にわたしを思いどおりにする権限を与えるのはごめんよ。どこかの男性の所持品になるのも、わたしの言葉にへどもどするような男性に指図されるのもまっぴら」

アイリーンは唇をへの字に曲げた。まったく、モーラにけしかけられてつい自分の気持ちを口にしてしまったわ。

向かいに座っているモーラが小さな笑い声をあげ、皮肉な顔でほかの女性たちに同意を求めた。「妻は夫の思いどおりになる必要はないのよ、アイリーン。ただそう思わせておくだけでいいの。自分の望むとおりに夫を導く方法を身につければいいだけよ。そのこつは、もちろん、何もかも夫の考えだと思わせておくこと」

訪問客はモーラのからかうような笑いに加わった。ミセス・リトルブリッジがこうつけ加える。「ええ、レディ・ウィンゲート、それが処世訓というものね」

「そういう見せかけや策略は大嫌い」アイリーンは言い返した。「当然の権利を主張するのに男性をおだてたり嘘をついたりするくらいなら、一生結婚しないほうがましだわ」

モーラは舌を鳴らし、気の毒そうな目でアイリーンを見た。「アイリーン、親愛なるお義姉様、わたしたちは欺けと言っているわけではないのよ。わたしはただ、あなたの外見を有効に使って、その……性格を少し隠せ、と言ってるだけ。だいたい、あなたの着るものは地味すぎるわ」彼女はうんざりした顔でアイリーンの服を示した。「たとえば、そのドレス。どうしてわざわざ、そんな地味な茶色を選ばなくてはならないの？　そんなに襟ぐりを浅くする必要があるの？　少しは肩や腕を出したらどう？　イブニングドレスだって地味なものばかり。めったにダンスを申しこまれないのも無理はないわ！　こんなに背が高いのに、どうしてそんなに背筋を伸ばすの？　せっかくのすてきな体の線を隠すのよ」

モーラの甘い声には本物の苛立《いらだ》ちがにじんでいた。この義理の妹は、役立つ助言という隠れ蓑《みの》を使ってアイリーンの欠点を並べたてるのが大好きだった。だが、モーラがちくちくいびるのは、それが楽しいからだけではない。アイリーンに関心を持つ男性が少なすぎることに、実際に腹を立てているのだった。アイリーンをこの家から追い出すためには、誰かと結婚させるしかない。それがだめなら、アイリーンを殺すしかないが、いくらモーラでも、そこまでやるほど邪悪ではない。ハンフリーがどれほど妻の言いなりでも、実の姉を家から追いだすことに決して同意しないことは、モーラでさえわかっているのだった。だいたい、夫の姉にそんな冷淡な仕打ちをすれば、社交界の面々から非難を浴びることになる。したがって、アイリーンが結婚しなければ、モーラはずっとアイリーンと一緒に暮らすしかないのだ。これはアイリーンを苛立たせているのとほとんど同じくらい、モーラの苛立ちの種でもある。

「それにその髪型！」モーラは容赦なく攻めたてた。「お義姉様の髪は確かに少し……ウエーブがきつすぎるけど」モーラはアイリーンが引っつめているダークブロンドの豊かな巻き毛に顔をしかめた。「とてもすてきな色なのに。それにまつげも長くて、幸い一部のブロンドの人たちと違って褐色だわ」

「あら、ありがとう、モーラ」アイリーンは皮肉たっぷりにつぶやいた。「そんなに褒められると恥ずかしくなるわ」

モーラは肩をすくめた。「とにかく、ほんの少し努力すれば、お義姉様はいまよりずっと魅力的に見えるのよ。それなのに……殿方を惹《ひ》きつけるどころか、追いやろうとしているみたい」

「そうかもしれないわね」

驚いた女性たちのあいだに沈黙が落ちた。それからミス・キャントウェルが神経質な笑い声をもらした。「レディ・アイリーン！　まるで本気のように聞こえるわ！」

アイリーンはこの言葉に答える手間をかけなかった。ミス・キャントウェルには決してわからない。ええ、わたしが本気で結婚したくないことは、ここにいるほかの女性たちには理解できないわ。彼女たちにとっては、結婚こそあらゆる女性の目標だと思っているのだから。社交界にデビューするのも、まさにそのため。そしてそれ以後もついに夫を捕まえるまでは、シーズンがめぐってくるたびにパーティーや訪問に明け暮れる。

適齢期の娘を持つ母親は、まるで戦いに臨む将軍よろしく、結婚という勝利を目指し、あの手この手で娘を売りこむ計画を練る。舞踏室やオペラのボックス席でも、馬車でハイドパークをまわるときでも、その裏では火花を散らす戦いが繰り広げられているのだった。この戦いに使われる武器はフロックコートや、美しい巻き毛、扇の上からちらりとくれるあでやかな流し目、そして何よりも噂話だ。そう、この噂話はライバルの息の根を止める強い武器となる。望ましい独身男性を先に手に入れた者は、戦いの勝利者。でも、そうやってものにした指輪を薬指にはめたあとの年月に何が待ちかまえているか、考える人々はあまりに少ない。

ミス・キャントウェルとその母親は、この重要な戦いの真っただ中にいる。そんなふたりには、二十五歳にもなってまだ結婚相手も決まらず、残りの一生を家族と暮らすしかないアイリーンが何を言おうと、戦いに破れた女の負け惜しみにしか聞こえないのだろう。

アイリーンはため息をついた。ミス・キャントウェルが願っている結婚を羨《うらや》んではいない。ただ、結婚しない自分に待ち受ける将来を、もっと冷静に受けとめられるようになりたいと願うだけだ。

モーラが身を乗りだし、アイリーンの腕に手を置いてにっこり笑った。「ほらほら、ため息をつかないで。大丈夫、まだお義姉様と結婚したいという相手は見つかるわ。ほんとうにレディ・ホーストンのところにお邪魔すべきかもしれないわね」

ため息をついてモーラに内心の不満を見せてしまった自分に苛立ち、アイリーンは顔をしかめた。「ばかなことを言わないで」彼女はそっけなく応じた。「言ったはずよ。わたしは夫を探していないの。だいたい、もし探していたとしても、フランチェスカ・ホーストンみたいな愚かな蝶に、助けを頼んだりするものですか」

あまりに腹が立ってマナーのことなどかまっていられず、アイリーンはぱっと立ちあがった。

「失礼、みなさん。頭が痛くなってきたわ」

それから答えを待たずに部屋をあとにした。

そこから数ブロック離れた館では、レディ・ウィンゲートとその友人たちの話題にあがっているとは露ほども知らずに、フランチェスカ・ホーストンがお気に入りの居間に座っていた。そこは正式な客間よりもこぢんまりした居心地のいい部屋で、明るい黄色の内装が、西に面した窓から差しこむどんなに弱い日差しも輝かせてくれる、とても気持ちのよい部屋だった。家具は少しばかりくたびれているとしても、使い勝手のよい、長年親しんできたものばかり。ここは彼女がいちばんよく使う部屋でもあった。秋と冬にはとくに重宝する。ほかの部屋よりも暖かいのと、大きな客間よりも暖める費用がかからずにすむためだ。もちろん八月半ばのいまは火を入れる必要はないが、それでもひとりでいるとき、フランチェスカはよくこの部屋を使っていた。

シーズンが終わり、上流貴族のほとんどはそれぞれの領地に引きあげたため、ごく親しい友人をのぞけば訪れる客もほとんどない。そのため、客間は閉めきりにしてあった。

彼女は窓のそばの小さな書き物机で帳簿を開いていた。先ほどまでそこに書きこまれた数字をじっくり検討していたのだが、いまは鉛筆をページのあいだに置いて、秋が来るまえに薔薇《ばら》が最後の花を咲かせている建物の横の小さな庭を眺めていた。

問題は、いつものように金――金が足りないことだ。死んだ夫は放蕩《ほうとう》者で、愚かな投資家だったため、六年前に他界したとき、フランチェスカの手もとに残されたのは、美しいドレスと宝石だけ。彼の領地は限嗣相続のために、いとこに引き継がれた。そのためフランチェスカはもうロンドン以外には住むところもない。この家はアンドルーが自分で買ったものだったため、彼女に遺すことができたのだ。フランチェスカは維持費を節約するためにひと棟をそっくり閉じ、ほんの数人だけを残して、しかたなく召使いたちにも暇を出した。自分が使う金をばっさり削ったことは言うまでもない。

それでも、いまの生活を維持することもおぼつかない。もちろん、資産家の夫と再婚すれば、こんな苦労をせずにすむのだが、その方法は最初から頭のなかにはない。いまよりもはるかに状況が悪化して、進退窮まればともかく、ふたたび結婚する気にはなれなかった。

廊下に足音がして、フランチェスカは戸口に目をやった。メイドのメイジーがそこに立ってもじもじしている。フランチェスカは笑顔で入るように合図した。

「奥様、お邪魔をしたくないのですが、また肉屋が来ておりまして、なんとしても帰ろうとしないんです。コックの話だと、つけを払ってもらうまではもう一グラムも渡せないと言われたとか」

「わかったわ」フランチェスカは書き物机の細い引き出しを開け、金貨を入れた財布から一枚取りだして、メイジーに渡した。「彼に帰ってもらうには、これでじゅうぶんなはずよ」

メイジーは金貨を受けとったあとも、まだ心配そうな顔でそこに立っている。「よろしければ、また何か売ってきましょうか。あのブレスレットでも」

夫が死んでから、生きのびるためにフランチェスカは手持ちの宝石やほかの貴重品を次々に手放してきた。メイジーはそれを宝石商や銀細工師のところに持っていく役目を買ってでてくれたのだ。たくさんの友人や知人に恵まれているフランチェスカだが、彼女のことをいちばんよく知っているのはこのメイジー、誰よりも信頼しているのも、このメイジーだった。年はフランチェスカの少し上で、フランチェスカがホーストン卿と結婚したときから仕えているメイドのメイジーとは、苦楽をともにしてきた。メイジーだけは、この状況を打開するために、数多い求婚者のひとりを受け入れてはどうかと勧めたことは一度もない。

このところ、フランチェスカは持てる能力を存分に発揮して、結婚市場と呼ばれるシーズン中のロンドンで、若い娘の後見を引き受けては、彼女たちが夫を見つける手助けをしてきた。これは売るものや質に入れるものがいよいよなくなりかけ、厳しい現実に直面したときに見つけた苦肉の策だった。彼女のような地位にある女性は、結婚するか体を売る以外には、お金を稼ぐ方法がない。そこでじっくり腰をすえ、持てる技術を再検討した結果、フランチェスカは自分のまわりにいつもたくさんの求婚者がいることに気づいたのだった。

もちろん、それはほっそりとエレガントな姿に加えて、純金のような色の髪と深いブルーの大きな瞳という、持って生まれた美貌《びぼう》のおかげもある。でも、代々続いてきた侯爵家の娘として上流貴族の特権は享受できるものの、その特権が社交界の名花にしてくれたわけではないように、美しい外見は彼女の魅力の、ほんの一部にすぎなかった。

フランチェスカには気品と、個性があった。彼女はどんなふうに微笑すればえくぼができるか、扇の上からどんな目で見れば男性の脈を速められるか、どうやって見上げれば、最も非情な心さえ溶かすことができるかを知っていた。ほぼどんな話題でも機知に富んだ会話ができるし、ほぼどんな相手からも微笑を引きだすことができる。あらゆる状況にどう装うべきかを心得ているだけでなく、色とデザインに関しては、めったに間違うことのない鋭い感覚を持っている。パーティーやお茶会では水を得た魚のように生き生きとして、最も退屈な集まりにすら活気をもたらすことができるのだった。

スタイルや好みに関して友人たちの相談に長いあいだ乗ってきたあと、フランチェスカはひょんなことから死んだ夫の親戚《しんせき》の娘を助けることになり、その娘が社交界という危険な荒海のなかで夫を見つける手助けをした。そして感謝のしるしに両親から大きな銀の皿を贈られたとき、イギリスの貴族たちが眉をひそめる、〝収入のある職業〟につかずに、いまの生活を維持していく方法を見つけたのだった。

彼女は報酬として贈られた銀の大皿を質に入れ、それで召使いの給金やたくさんの支払いをすませたあと、結婚適齢期の娘たちを持つ、とりわけ、まだ求婚者のいない娘たちの母親の助《すけ》っ人《と》となった。そしてこちらでひと言、あちらでひと働きという具合に手を貸しているうちに、若い女性は彼女の助言を求めてくるようになった。フランチェスカが手を貸した娘たちが、めでたく望ましい夫を見つけることになったのは言うまでもない。

つい最近手がけたのは、ロックフォード公爵とした賭《かけ》が発端だった。もしも成功すれば、サファイアのブレスレットを贈る、と公爵は約束した。その代わりフランチェスカが負けたら、彼の大伯母オデリアを訪問するときに同行してもらう、と。人の一生を賭の対象にするなど愚かなことだったが、ロックフォード公爵に挑戦されては引きさがれなかった。ところが驚いたことに、フランチェスカ自身の弟がその娘、ミス・コンスタンス・ウッドリーと恋に落ちた。さすがのフランチェスカもそこまでは予想していなかったが、最後ははるかにすばらしい結果になった。

負けを認めた公爵は、潔くブレスレットを贈ってくれた。ダイヤのきらめく深い青のサファイアのブレスレットを。それはずっと昔に贈られ、いまでも手放せずにいる一対のサファイアのイヤリングとともに、二階にある宝石箱の秘密の仕切りにおさまっている。

フランチェスカはじっと自分を見ているメイドを見上げ、首を振った。「いいえ。あれはまだ売りたくないわ。まさかのときの備えも必要だもの」

「ええ、奥様」メイジーは曖昧《あいまい》な口調で同意し、金貨をポケットに入れてドアに向かった。そして戸口のところで足を止め、考えこむような顔で女主人を見てから廊下に出ていった。

好奇心にかられているんだわ。フランチェスカはその一瞥《いちべつ》に気づいてそう思った。だが、メイジーは詮索《せんさく》するタイプではない。いずれにせよ、たとえ訊《き》かれたとしても、フランチェスカはどう答えればいいかわからなかった。あのブレスレットとロックフォード公爵のことには触れないほうがいい。

それよりも、次のシーズンが始まるまで、どうやって乗りきるかを考えなくては。来年の四月になれば新しいシーズンが始まり、宮廷でのお目見えやたくさんの夜会や舞踏会、大夜会が催される。父親や母親たちが妙齢の娘たちを披露して、ふたたび夫探しが始まるが、それまでは、娘を結婚させたがっている母親や父親に相談を持ちかけられることはまずないだろう。

その前に、リトル・シーズンと呼ばれる時期があることはある。領地の滞在に飽きた貴族たちがロンドンに戻り、九月から十一月にかけてパーティーを催すのだ。しかし、こちらは通常のシーズンと違って大々的な夫探しが行われるわけではなく、若い女性の数ははるかに少ない。実際、ロンドンにいる貴族の数自体も少ないから、この時期にフランチェスカが〝助け〟を求められる可能性はまずない。
二、三週間はいまの金貨でしのげるかもしれないが、ほかの店の主人たちもまもなくつけの勘定を取り立てにやってくるに違いないわ。この財布にあるお金だけでは、そのすべてに渡すにはとても足りない。どこかに銀のトレーか何か売れそうなものが残っていないか、屋根裏に行き、トランクのなかを探さなくてはならない。だが、たとえ運よく何かが見つかったとしても、四月までそれだけで持ちこたえるのはとても無理だ。

もちろん、この家を閉めて、生まれ育ったレッドフィールズに行くことはできる。弟のドミニクも彼の妻となったコンスタンスも、喜んで迎えてくれるのはわかっていたが、新婚のふたりのところに押しかけるのは気がひける。彼らはハネムーンから戻ったばかり。道の少し先にある館に移った両親に気を遣うだけでもたいへんなのに、わたしの世話までさせるのは気の毒だわ。

ええ、レッドフィールズには、クリスマスのときに一カ月滞在するだけにしよう。代わりに、しょっちゅうお金に困っている友達のルシアン・タルボット卿を見倣うという手もある。彼はこんなとき、あちらやこちらの邸宅から巧みに二、三週間ばかり招待を引きだす。でも、そういうハウスパーティーには、必ずと言っていいほど女性客のほうが多くいるものだから、ハンサムで会話の上手な独身男性は人気がある。けれど、独身の女性となると……それに、誰かに招いてもらうようにあれこれ画策するのは、あまり気が進まない。

それよりは親戚を訪ねるほうがいいかもしれない。死ぬほど退屈な娘ベリベルと暮らしているルシンダ伯母とか。サセックスにあるコテージにふたりを訪ねていけば、きっと喜んでくれるに違いない。そのあとはノーフォークの大きな邸宅に住んでいるいとこのアデレイドのところで二、三週間過ごしてもいいわ。あそこは子供が大勢いるから、その監督を手伝える訪問者はいつだって歓迎されるもの。

ついでに念のために二、三の友人に手紙を書き、みんなが去ったあとのロンドンがどれほど退屈かを記せば……。

客間係が部屋に入ってきて、フランチェスカは物思いから覚めた。「奥様、お客様です」メイドは肩越しにちらりと心配そうな視線を投げてから早口に言った。「奥様がご在宅かどうか見てまいります、と申しあげたのですが――」

「ばかばかしい！」割れ鐘のような女性の声が響きわたった。「レディ・フランチェスカは、わたしにはいつも在宅ですよ」

まあ、どうしよう。フランチェスカはいやな予感に襲われて立ちあがった。たしかあの声は……。

紫一色に身を包んだ長身の肉づきのよい女性が、勢いよく部屋に入ってきた。ドレスのスタイルは少なくとも十年はまえのものだが、仕立ては一流、素材のビロードも新しい高価なものだから、これは決してお金が不足しているせいではない。それよりも、レディ・オデリア・ペンキュリーが、有無を言わせず仕立屋の願いを踏みにじったという証拠だろう。レディ・オデリアの前に立ちはだかるものは、すべてそうなる運命にある。

「レディ・オデリア」フランチェスカは消え入りそうな声でつぶやき、鉛のように重い足を一歩前に出した。「これは……思いがけない喜びですこと」

年配の女性はぶしつけに鼻を鳴らした。「嘘をつく必要はありませんよ。あなたがわたしを怖がっていることは、ちゃんと知っていますから」レディ・オデリアの口調からすると、この事実を少しも残念に思っていないのは明らかだ。

フランチェスカは廊下をレディ・オデリアのあとに従ってきた男に目を移した。長身で貴族的な物腰のその男は、漆黒の髪からウェストン製のつややかな黒いブーツの先まで、非の打ちどころがないほどエレガントで、髪の毛ひと筋の乱れもない。ハンサムな顔には礼儀正しい表情しか浮かんでいないが、フランチェスカは黒い目がいたずらっぽくきらめいているのを見てとった。

「ロックフォード卿」フランチェスカはかすかな苛立ちをにじませ、冷ややかな声で言った。「大伯母様をお連れくださるとはご親切ですこと」

フランチェスカの言葉に口もとをひくつかせたものの、ロックフォード公爵は何を考えているかわからない表情で、礼儀正しく頭をさげた。「レディ・ホーストン。いつものように、お会いできて嬉しいかぎりだ」

フランチェスカはメイドに向かってうなずいた。「ありがとう、エミリー。お客様にお茶をお持ちして」

メイドはほっとした顔で立ち去った。レディ・オデリアがフランチェスカの前を通りすぎて、さっさとソファへと向かう。

そのあとに従う公爵に、フランチェスカは少し身を乗りだしてささやいた。「ひどい人ね」

ロックフォード卿はちらっと口もとをほころばせ、低い声で答えた。「誓って言うが、ぼくの力ではどうにもできなかったんだ」

「シンクレアを責めるのはおやめなさい」レディ・オデリアがソファから大声で言った。「一緒に来ても来なくてもあなたを訪ねる、と言ったのよ。彼が来たのは、わたしの訪問を少しでも早く切りあげさせるためだと思いますよ」

「親愛なる伯母上」公爵は抗議した。「伯母上の訪問を早く切りあげさせるなどという無礼なことは、決してしませんよ」

老夫人はまたしても鼻を鳴らした。「それができるとは言わなかったわ」レディ・オデリアはよく光る目で公爵を見た。

「もちろんです」ロックフォード卿は恭しく頭をさげた。

「お座りなさい、フランチェスカ」レディ・オデリアはフランチェスカに命令し、椅子を示した。「この人をいつまで立たせておくつもり？」

「あの、ええ。そうでしたわ」フランチェスカは急いで手近な椅子に腰をおろした。

公爵はソファの大伯母の隣に座った。

フランチェスカは十六歳のころに戻ったような気がした。威圧的なレディ・ペンキュリーの前ではいつもそうなのだ。ロックフォード卿の大伯母は、これが四年まえの服をもっと新しいデザインに仕立て直したものだと見抜いたに違いない。カーテンが色褪《いろあ》せていることも、壁際に置いたテーブルの脚のひとつに大きな傷があることも、おそらく部屋に入ってきたとたんに気がついたことだろう。

フランチェスカはどうにか作り笑いを浮かべた。「驚きましたわ。ここに足を運んでくださるなんて。もうロンドンにはお出かけにならないと聞いていましたのよ」

「ええ、わたしもできればそうしたかったわ。率直に言いますよ。あなたの助けを頼みに来る日が来ようとは、思ったこともなかったわ。昔から、あなたはうわついたところのある娘だと思っていましたからね」

フランチェスカの笑みはいっそうこわばった。「ええ」

公爵がソファの上でもぞもぞと動く。

「怒る必要はありませんよ」レディ・オデリアは吠《ほ》えるような声で言い、横にいるロックフォード卿を見た。「だからって、この人が嫌いだってわけじゃないのよ。昔から、どういうわけか、憎めない娘だったわ」

ロックフォード卿は笑みを隠すために唇をぎゅっと結び、注意深くフランチェスカと目を合わせるのを避けている。

「フランチェスカもそれはわかってますよ」レディ・オデリアは勝手に決めつけ、うなずいた。「とにかく、あなたの助けが必要なの。だからこうして、お願いに来たのよ」

「そうですの」フランチェスカは不安にかられながらつぶやいた。レディ・オデリアはいったいどんな無理難題を押しつけるつもりなのか？

「ここに来た理由はね。実は……率直に言いますよ。わたしの大甥《おい》に花嫁を見つけてもらいたいの」

2

思いがけないレディ・オデリアの言葉に、フランチェスカは驚いて彼女を見つめ、それからロックフォードをちらりと見ずにはいられなかった。

「あの、でも……」彼女は顔を赤くして口ごもった。

「あら、この子じゃないのよ！」レディ・オデリアは叫び、からすのような声で笑った。「この十五年、せっせと結婚させようとしてきたけれど、シンクレアにはさすがのわたしも希望を捨てました。ええ、リールズの血筋は愚か者のバートランドとその子孫に継いでもらうしかないわね。それも、あの人に子孫ができたとしての話」レディ・オデリアは暗い見通しにため息をついた。

「ごめんなさい」フランチェスカは真っ赤になった。「わたしはべつに、あの、お話がよくわかりませんが」

「わたしが話しているのは、妹の孫のことよ」

「そうでしたの！　妹さんとは、あの、まだお会いしたことがなかったと思いますけれど」

「パンジーは」レディ・オデリアはそう言ってため息をついた。彼女の表情からすると、この妹に不満を持っているようだ。「まだ小さいうちに死んだ三人をべつにして、公爵家には、わたしを含めて四人の子供がいたのよ。わたしが長女、それから弟。これは言うまでもなく公爵になったシンクレアの祖父にあたる人よ。そのあとが妹のメアリ、末の妹がパンジー。パンジーはラドバーン卿《きょう》と結婚したの。グラディアスと。まったくなんてばかげた名前かしら。母親がつけたのだけど、あんな愚かな女はいなかったわ。でも、それはまたべつの話。あなたに頼みたいのは、パンジーの孫のギデオンのことよ。セシル卿の息子の」

「ああ」フランチェスカはその名前に覚えがあった。「ラドバーン卿ですね」

レディ・オデリアはうなずいた。「そのとおり。これでわかったでしょう？　噂《うわさ》は聞いているでしょうから」

「まあ……」フランチェスカは言葉を濁した。

「否定することはありませんよ。この数カ月、社交界ではさんざん人の口にのぼってきたんだもの」

フランチェスカはうなずいた。「ええ」

レディ・オデリアの言うとおりだった。フランチェスカを含む社交界の人々ばかりでなく、ロンドンのほとんどの人々がこの話を知っていた。いまから三十年近く前、ラドバーンの領地と爵位の後継者であるわずか四歳のギデオン・バンクスは、母親と一緒に誘拐された。少年と母親の行方はそれっきりわからずじまいだった。ところが、とっくに死んだと思われていたギデオン・バンクスがつい最近見つかったのだ。

この何週間かロンドンでは、彼がふたたび現れ、ラドバーン伯爵の称号と領地を相続した噂でもちきりだった。フランチェスカが知っている人々はひとり残らず、この件に関して自分なりの意見を持っていた。突然、現れた相続人はどんな男か、これまで何をしていたのか？　本物なのか、それとも実は偽物なのか？　実際に新しい伯爵に会った人々が数えるほどしかおらず、そのほとんどが固く口を閉ざしているために、事実よりも謎《なぞ》のほうがはるかに多かった。

フランチェスカはロックフォード卿を見た。この数カ月、あちこちのパーティーで顔を合わせたときも、彼は失われた相続人が見つかった話などひと言もしなかった。実際、ロックフォード卿がバンクス一族と縁戚《えんせき》関係にあることすら、いまのいままで知らなかったくらいだ。いかにもロックフォード卿らしいわ。この男ときたら驚くほど口数が少ないんだもの。フランチェスカは少しばかり苛立《いらだ》ちを感じた。

「あなたが聞いていることは、どうせほとんどが間違いだろうから」レディ・オデリアが言った。「初めからすっかり話すわね」

「いえ、その必要は……」フランチェスカは好奇心と、レディ・オデリアに一刻も早く立ち去ってもらいたいという願いの板ばさみになりながらも、止めようとした。

「ばかばかしい。あなたは真実を知っておく必要がありますよ」

「逆らわずに大伯母の話を聞いたほうがいいよ」ロックフォード卿が助言した。「そのほうが簡単だ」

「よけいな口をはさむのはおやめなさい、シンクレア」レディ・オデリアはぴしゃりと言った。

ロックフォード卿はレディ・オデリアをとくに恐れてはいないようね、とフランチェスカは少々恨みがましい気持ちで思った。

「そうね」レディ・オデリアは話しはじめた。「あなたはまだほんの子供だったから覚えていないでしょうが、甥《おい》のセシルの妻と子供は、二十七年前に誘拐されたのよ。恐ろしい事件だったわ。まもなく身の代金を要求する手紙が届き、ルビーとダイヤの首飾りを要求してきた。ごてごてした醜い首飾りだったけれど、もちろん、ひと財産の価値はあったの。バンクスに代々伝わってきた首飾りで、エリザベス女王が戴冠《たいかん》したときに、感謝のしるしにバンクスに与えたといういわくつきの代物でね。セシルは犯人の指定した場所にそれを届けたのに、妻も子供も戻らなかった。わたしたちはふたりとも殺されたと思ったわ。セシルは悲嘆に暮れたけれど、いつかひょっこり戻るのではないかという望みを捨てなかった。そして何年もひとりで過ごしたあと、セシルは再婚した。もちろん、その前に法的な手続きを取って、二十年近く行方不明の妻セリーンの死を確定してもらったのよ。でも、息子に関しては何もしなかった。おそらくわが子が死んだことを認めるのがつらかったのでしょう」

レディ・オデリアは肩をすくめた。

「ところが、一年前にセシルが死んで、誰が跡を継ぐのかはっきりさせる必要が生じたの。ギデオンがまだどこかに生きているとすれば、ラドバーンの後継者だけれど、セシルの二番目の妻テレサも息子をひとり産んでいたから、ギデオンが死んでいれば、ラドバーンはそのティモシーが受け継ぐことになる。そこで法的な手続きを行うまえに、ギデオンのことをシンクレアに調べさせたの」

フランチェスカは公爵を見た。「すると……彼を見つけたのはあなたなの？」

ロックフォード卿は肩をすくめた。「いや、ぼくは調査員を雇って、この件をまかせただけだ。彼はロンドンでギデオンを見つけた。ギデオン・クーパーと名乗り、自分の力でひと財産つくっていた。昔のことはまったく覚えていなかった」

「何ひとつ？」フランチェスカは驚いて尋ねた。

「どうやらね。ギデオンという名前以外は。誘拐されたときはまだ四つだったからな。ロンドンの浮浪児になる以前のことは、何ひとつ思い出せないそうだ」

「でも、誰かが彼を引き受けて、世話をしたに違いないわ。その人たちはどうなの？　どんな経緯で彼を育てることになったか知らないの？　彼がどこから来たか？」

「何ひとつわからないのよ」レディ・オデリアが吐き捨てるように言った。「ギデオンは両親など最初からいなかった、悪がきと一緒にイーストエンドの貧民窟《ひんみんくつ》で大きくなったと言うだけなの。信じられる？　伯爵の息子が、それもリールズとバンクスの血が流れている子が、どこかのあばら家で、神のみぞ知る類《たぐい》の下層階級の者たちとその日暮らしをしていたなんて！」彼女が首を振ると、時代遅れの高く結った髪に飾られた紫のプラムが揺れた。

「だったら、どうしてその子がギデオンだとわかったんですの？」フランチェスカは好奇心にかられて尋ねた。「本人も、彼の周囲の人々も覚えていないなら……」

「あれは間違いなく本人よ」レディ・オデリアはまるでこの事実が気に入らないような言い方をした。「その男には母斑《ぼはん》があるの。左の肩甲骨の横に、小さなラズベリー色のあざがね。ギデオンが生まれたときもまったく同じがあざがあったのよ。パンジーもわたしもよく覚えてるの。もちろん、大人のいまは赤ん坊のときよりも小さく見えるけど、間違いないわ。ゆがんだダイヤみたいな形でね。それに、顔立ちはバンクスだし、顎と髪はリールズですもの」

「なるほど」フランチェスカはとりあえず相槌《あいづち》を打った。レディ・オデリアの話は興味深いとはいえ、この恐ろしい女性がなぜそれを自分に話したのか、フランチェスカにはよくわからなかった。彼女はためらったあと、こう言った。「長いあいだ行方不明だったお孫さんが見つかって、みなさんさぞ喜んでおられるでしょうね」フランチェスカはレディ・オデリアからロックフォード卿へと視線を移したが、注意深く訓練された顔には、なんの手がかりも浮かんでいない。彼女は公爵の大伯母に目を戻した。「でも……ラドバーン卿の奥様にふさわしい方を見つけるのに、わたしの助けにしろ、ほかの誰の助けにしろ、どうして必要なのかわかりませんわ。あなたは社交界のあらゆる方々をご存じですもの。実際、わたしよりもはるかにお顔が広いわ」

「ふさわしい女性を見つけるのは簡単よ。難しいのは、その気になる女性を見つけることなの」

フランチェスカは驚いてレディ・オデリアをまじまじと見つめた。「でも、伯爵という称号とその財産があれば……」

「ラドバーン卿は、社交界の催しにあまり関心がないの。そのことも、もちろん噂になっているでしょうけど」レディ・オデリアはすべてを見通すような鋭い目でフランチェスカを見た。

「まあ……」フランチェスカは適切な答えを探そうとした。

確かに新しい伯爵が社交界にまったく姿を見せないことは、さまざまな尾ひれをつけて噂の的になっていた。伯爵が見つかったのは何カ月も前だというのに、彼はシーズンのあいだどこのパーティーにも顔を出さなかった。そのため、恐ろしい障害を持っているというものから、やれ犯罪者だ、完全に正気を失っている、と極端な噂までまことしやかにささやかれていた。

「わたしの気持ちを斟酌《しんしゃく》して、頭をひねる必要はありませんよ」レディ・オデリアはそっけなく言った。「噂はすっかり耳に入っているんだから。でも、あの子は背中が曲がっているわけでも、発育がさまたげられているわけでも、腫《は》れ物に覆われているわけでもないし、頭がおかしいわけでもないの。ほんとうのところは……どう見ても平民《コモン》なのよ」

まるで暗い秘密を認めるように、レディ・オデリアは声を落としてそう言うと、肩をいからせてフランチェスカの答えを待った。

「伯母上、その言い方は少し厳しすぎませんか？」ロックフォード卿が抗議した。「ギデオンはなかなかよくやったと思います。あんな状況に置かれたことを考えれば、とくにね」

「ええ。お金のことを言っているなら、そのとおりよ」レディ・オデリアは鼻を鳴らした。

「非常によくやりましたとも」

どうやら、レディ・オデリアは妹の孫の財政的な成功に文句があるらしかった。

「紳士のしるしとは、とても言えないわね」レディ・オデリアはそっけなく言った。「実を言うと、あの子の過去はよろしくないの。細かいことはわからないけれど、それに正直言って知りたくもないけど」彼女はじろりとロックフォード卿をにらみ、それからフランチェスカに向き直った。「あの子は家族と同じ階級の人々から離れ、最下層の人々と一緒に育った。その結果、紳士に必要な資質に欠けているのですよ。あの子の受けた教育ときたら、嘆かわしいほど足りなくて」

「ギデオンは博識ですよ」ロックフォード卿はまたしても彼をかばったが、レディ・オデリアはその言葉を片手で払った。

「お黙り！」彼女は軽蔑《けいべつ》もあらわに叫んだ。「わたしは書物の知識について話しているのではありませんよ、シンクレア。わたしたちにとって必要な知識、教育のことを言ってるんです。あの子は踊れない。礼儀正しい会話をすることもできない。馬にさえ、ろくろく乗れないんだから」レディ・オデリアは言葉を切り、その恐ろしさがフランチェスカの頭にしみこむのを待った。「召使いや小作人にはすぐ打ち解けるけれど、家族とはほとんど話さない。地主たちとさえ言葉を交わそうとしないの。幸いいまはほとんど、おとなしく屋敷にいるけれど、最近はロンドンに戻ると言いだして……」

「こちらにビジネスがありますからね」公爵が穏やかに指摘した。

「知りあいの誰かに、あの子がその……ビジネスをしているところを見られたりしたらどうするの？」レディ・オデリアはおおげさに体を震わせた。

「伯母上、銀行に入っていくところや、雇人と話しているところを見られても、誰も何も言うものですか」ロックフォード卿はかすかに苛立ちをにじませて抗議した。「そんな言い方をしたら、レディ・ホーストンが彼を屋根裏に閉じこめておくべきだと思うじゃありませんか」

「できれば、そうしたいところよ」レディ・オデリアは言い返した。

まあたいへん、このふたりはわたしの居間でけんかを始めるつもりかしら？　公爵が眉をひそめ、答えるまえにひと呼吸置くのを見て、フランチェスカは不安にかられた。

「でも、レディ・オデリア」彼女は急いで口をはさんだ。「わたしがそれとどんな関係があるのか、まだよくわかりませんの。お茶会や夜会に関心がなければ、どうやって彼をレディたちに紹介するんですの？」

「大伯母はきみに、あのかわいそうな男の人生を取り仕切る手伝いを頼んでいるんだよ」ロックフォードは皮肉たっぷりにそう言った。

フランチェスカは驚いて眉をあげたものの、冷ややかに尋ねた。「なんですって？」

「そういう言い方はおやめなさい、シンクレア」レディ・オデリアがたしなめた。「わたしに腹が立つからといって、フランチェスカにあたる必要はありませんよ」

ロックフォード卿は口もとをこわばらせ、怒りに燃える目でちらっとフランチェスカを見たものの、礼儀正しく頭をさげた。「すまない、レディ・ホーストン。許してくれたまえ。きみに無礼なことを言う気はなかったんだ」

「ご心配なく」フランチェスカはなめらかな声でつぶやいた。「あなたの言葉はあまり真剣に聞かないようになったもの」

ロックフォード卿は黒い眉の下から冷笑するような一瞥《いちべつ》を投げたものの、言い返そうとはしなかった。

「あの子が嫌いだというわけではないのよ」レディ・オデリアはふたりのやり取りを無視して話を続けた。「なんといっても、妹の孫だし、自分の血筋の者を侮辱したとは、誰にも言われたくありませんからね。そうはいっても、バートランドにはしょっちゅう堪忍袋の緒が切れそうになるけれど。とにかく、ギデオンは少なからずリールズでもあるの。それに、どう振る舞えばいいかわからないのは、本人のせいではないんですからね。それで、どうしたものかと知恵を絞ったあげく、ようやく解決の方法を思いついたの」彼女は言葉を切って意味ありげにフランチェスカを見た。「ギデオンは結婚しなければならない。それにはあなたが必要なのよ」

「まあ」レディ・オデリアは、わたしにその男の妻になれというの？　フランチェスカは恐怖にかられた。

「あの子には、立派な家柄の適切な花嫁が必要です。ええ、育ちにまったく問題のない、洗練された女性が。そういう妻なら、おいおいに夫の荒削りなところをなめらかにし、欠点をうまく補い、紳士として恥ずかしくない物腰を身につけるよう導くことができるはず。たとえそこまでは無理でも、子供たちに伯爵家の者として恥じない教育と躾《しつけ》をほどこせるでしょう」

レディ・オデリアは言葉を切り、教訓を垂れるように言った。

「立派な妻をめとれば、スキャンダルもそのうちおさまるでしょう。それに申しぶんのない血筋の女性が結婚したことを知れば、ほかの人々もあの子を受け入れ、さまざまな……問題に目をつぶりやすくなるわ」

「ええ」フランチェスカは用心深く答えた。「先ほども言ったように、お顔の広いあなたなら、適切な候補者を見つけるのは難しくないはずですわ。バンクスとリールズはもちろんのこと、間違いなくほかにもいくつか立派な家柄の血が流れている方ですもの。そういう方と結婚を望む良家の女性は、いくらでもいるに違いありませんわ」

「もちろんよ」レディ・オデリアはもどかしそうに言った。「わたしは少なくとも、五人の若い女性をロンドンのラドバーン館《やかた》に連れていき、あの子に紹介したわ。ところが、そのうち半分以上は、あの子に会ったあと泣きながら断ってきた。残りはギデオンがいやだと言うの。信じられる？　このわたしが手ずから選んだ候補者に不満だなんて！」

「ええ、ほんとに」フランチェスカは気弱な声で相槌を打った。

「ベニントンの娘は不器量ですよ」ロックフォード卿が指摘した。「ミス・ファーンリーは愚かだし、レディ・ヘレンは水たまりの水のように活気がない」

「だからなんなの？」レディ・オデリアはそっけなく言い返した。「妻と話す必要がどこにあるの？」

ロックフォード卿は口をゆがめたが、こう言っただけだった。「ええ。しかし、まったく話さないわけにはいかないでしょうよ」

「まあ、その結果もたいして意外ではないわね」大伯母は彼の言葉を無視して言った。「あの子がどんな女性を好むかは、神様だけがご存じだわ。だからこそよけいに、一日も早く適切な女性と結婚させなくては。ええ、できるだけ早く。本人にまかせておいたら、どんな女を連れてくることやら……もちろん、無理やり結婚させることはできないわ」レディ・オデリアは腹立たしいと言わんばかりに首を振った。「だから、あなたにお願いすることにしたの」

レディ・オデリアはフランチェスカを見た。

「あなたはこの方面でとても成功しているそうね。みんながそう言ってるわ。ええ、あのウッドリーの娘と弟を結婚させた手腕を見ればわかるわ。もう少し立派な名前を選ぶこともできたでしょうけど、それでも、ウッドリーはとても気持ちのよい娘のようだわ」

「わたしにラドバーン卿の結婚相手を見つける手伝いをしろとおっしゃるんですの？」レディ・オデリアが彼と結婚してくれと頼みに来たのではないとわかって、フランチェスカは安堵《あんど》のあまり思わず声が大きくなった。

「もちろんですよ。この三十分わたしたちはそれ以外の何を話していたというの？」レディ・オデリアが気短に言い返した。「フランチェスカ、あなたはもっと人の話をよく聞く必要がありますよ」

「ええ、申し訳ありませんわ」フランチェスカは急いで謝った。

「もっとも、わたしたちがあんなに努力してもうまくいかなかったのに、いくらあなたでも、どうすれば花嫁を見つけられるのか見当もつかないけれど」レディ・オデリアは言葉を続けた。「シンクレアがこの仕事にあなたがうってつけだと請けあうものだから」

「ロックフォード公爵が？」フランチェスカは少し驚いて彼を見た。

「ああ」ロックフォード卿は真剣な顔で身を乗りだした。「ギデオンにふさわしい女性を見つけてあげてくれないか。あの男はもうじゅうぶんつらい目に遭ってきた。少しは幸せになっても罰はあたらないよ」

黒い瞳がじっと彼女を見つめてくる。レディ・オデリアはどんな手を使ってこの訪問に公爵を引っ張ってきたのだろう、とフランチェスカは不思議に思っていたのだが、これでわかった。公爵がここに来たのは、ラドバーン伯爵のことを心から案じているからなのだ。大伯母と違って、彼はラドバーン卿の家族を喜ばせる相手ではなく、彼の助けになる相手が見つかることを望んでいるようだった。

「ラドバーン館に来てギデオンに会い、彼がどういう男か知ってもらえば、ふさわしい女性を見つけることができると思うんだ」

「なるほど」フランチェスカは不思議な感動を覚えた。わたしの仲介の労など、せいぜい無害な愚行だとばかにしているとばかり思っていたのに。

「そのとおりよ」レディ・オデリアが言った。「ぜひともラドバーン館に来て、あの子に会ってもらわなくては。そうすればわかるわ。ついでにあなたが選ぶ女性たちと会うまえに、少しばかりマナーの手ほどきをしてもらえれば言うことなし。あなたはほかはともかく、昔からマナーだけは申しぶんなかったもの」

「恐縮ですわ」フランチェスカは皮肉混じりに答えた。「でも、その件がわたしの手に負えるかどうか……」

フランチェスカは、古めかしい紫のドレスを着て頭を高く結いあげたレディ・オデリアを見た。毎日レディ・オデリアと顔を合わせるのは、あまり嬉《うれ》しいとは言えない。おそらくレディ・オデリアはありとあらゆることに首を突っこみ、口をはさみ、ことあるごとに小言や不満をぶつけてくるに違いない。ラドバーン卿も、あまり好感の持てる相手ではなさそうだ。そのうえロックフォード卿まで相手にしなければならないとしたら、どうなるのだろう？

フランチェスカはちらりと彼を見た。ロックフォード卿とはいつだって折りあっていられたためしがないのだ。

できることなら、この申し出は断りたかった。でも、ついさっき来年の春までどうやって持ちこたえようかと思案していたことを思えば、せっかく舞いこんできた〝仕事〟をふいにするのは愚かだろう。これを引き受ければ、当面の危機は打開できる。首尾よくやり遂げ、レディ・オデリアも納得するような嫁を見つけられれば、間違いなく気前のよい贈り物をもらえるはずだから。おまけに少しのあいだラドバーン館に滞在できるとなれば、この館の維持費も大幅に節約できる。

それに、ラドバーン伯爵の妻を見つける手助けをしてほしいと頼んだときの、ロックフォード卿の真剣な表情を思うと……断ることはできないわ。

「わかりました。できるだけのことをさせていただきますわ」

「結構！」レディ・オデリアは鋭くうなずいた。「あなたはきっと引き受けてくれると、この子が言ったのよ」

「あら？」フランチェスカは驚いてちらりと公爵を見た。

「そうとも」公爵は、いつもフランチェスカを苛立たせる皮肉混じりの笑みを浮かべた。「きみは障害が多いほど燃えるタイプだからな」

「よろしい」レディ・オデリアはさっそく、話を進めた。「細かいことをつめましょうか。花嫁になる女性は、もちろん家族に対する自分の義務を心得た、従順な女性でないとね。

ほんのちょっとした助言にも柳眉《りゅうび》を逆立てるような人では困りますよ」

要するに、レディ・オデリアの思いどおりになる女性ということね。フランチェスカは皮肉たっぷりに思った。

「それに、ギデオンの益になる影響を彼に与えられる人でなくては」

つまり、レディ・オデリアの意思に沿うように夫を操縦できる女性ね。フランチェスカはそう解釈した。

「立派な教育を受けた女性であることはもちろんだけど、学問かぶれの人はいけませんよ」

「もちろんですわ」フランチェスカはつぶやいた。

レディ・オデリアは、妹の孫の妻として必要かつ望ましい資質を次々に挙げていった。そのうちの多くがたがいに矛盾するものだったが、フランチェスカはにこやかな笑顔で礼儀正しくうなずきつづけながら、新しいラドバーン伯爵にふさわしい、しかも彼との結婚を望みそうな上流階級の未婚の女性を思い浮かべようとした。レディ・オデリアは正しいレディを見つけられなかったようだから、この件に関するレディ・オデリアの意見や希望、願いを基準にしてもしかたがない。

未来のラドバーン伯爵夫人に必要とされる資質がようやく種切れになると、レディ・オデリアは続いて可能性のある候補者を挙げはじめた。「ハーリー卿の令嬢から始めてもよいでしょうよ。由緒ある家柄だし、堅実な人々だから。ささいなことに、いちいち角を尖《とが》らすタイプでもないし」

公爵が顔をしかめた。「伯母上、彼女は大の馬好きですよ」

レディ・オデリアはだからなんだという顔で彼を見た。「もちろんですとも。ハーリー卿の娘ですからね」

「しかし、ギデオンはほとんど馬に乗りません」

レディ・オデリアは目玉をくるっとまわした。「だからなんなの？　ギデオンは絶えずそばにいる妻が必要なわけではないでしょうに。わたしたちは恋愛の対象を選んでいるのではありませんよ」

「もちろんです。いったいぼくは何を考えていたんだか」公爵はつぶやいた。

だが、レディ・オデリアが候補者の名前を挙げつづけようとすると、客間係がまたしても戸口に現れ、ちょこんとお辞儀をした。

「ラドバーン伯爵がお見えです、奥様」

レディ・オデリアはぴたりと口をつぐんだ。部屋にいる三人が振り向くと、メイドの脇《わき》をすり抜けて、ひとりの男が大股に入ってきた。

「ギデオン！」レディ・オデリアが驚いて叫んだ。

フランチェスカは興味津々のまなざしでこの訪問者を観察した。失われた相続者がどういう男かは漠然と想像していただけだが、この男はその想像とはまるで違っていた。風采《ふうさい》のあがらない、落ち着きのない、ひと目で場違いだと感じるような男だと思ったのだが……。

ギデオン・バンクスは、大理石の板のようになめらかに姿を現した。細身でエレガントな公爵ほど上背はないが、もっと大きな男だという印象を与える。胸板の厚いたくましい体を仕立てのよいシンプルな黒いスーツに包み、鏡のようにぴかぴかのブーツをはいた彼は、富と力を感じさせた。

だが、高価な服と自信たっぷりの物腰にもかかわらず、これと名指しできない何かが彼は紳士ではないと告げていた。豊かな黒い髪が流行よりもほんの少し長めで、無造作に後ろに梳《と》かしつけてあるだけだからか。それとも、ハンサムな顔に浮かんだ厳しい表情のせいか。ほとんどの紳士よりも日焼けしているからか。いいえ、その違いは彼の目にあるんだわ。フランチェスカはそう思った。冷たく、少し用心深く、何が起こるかと常に身構えている目は、銀のスプーンをくわえて育ったのではなく、ロンドンのスラム街でその日暮らしを送ってきたことをしのばせる。

彼が口を開くと、この男が貴族階級に属していないことが確かになった。文法は間違っておらず、イーストエンドの訛《なまり》もほとんどない。だが、少しでも洞察力のある者は、彼の話し方で、彼が〝大邸宅の生まれ〟ではないことがわかる。

「レディ・オデリア」ラドバーン卿は大伯母に会釈してから、無関心な目を公爵に投げかけた。「ロックフォード卿」

「ラドバーン卿」ロックフォード卿はかすかな笑みを浮かべて答えた。「ここで会うとは思わなかったよ」

「そうだろうな」ラドバーン卿はそっけなく言うと、フランチェスカに顔を向け、礼を失しない程度に簡略なお辞儀をした。「奥方」

フランチェスカは立ちあがり、片手を差しだした。「伯爵。どうか、お座りくださいな」

彼はうなずいて部屋を横切り、レディ・オデリアが座っているソファのすぐ先にある椅子に腰をおろした。「どうやら、伯母上、またぼくの人生を取り仕切る仕事に着手したようですね」

レディ・オデリアはつんと顎をあげ、少しばかり反抗的な顔でラドバーン卿を見た。あら、オデリア大伯母様は、少しばかり新しいラドバーン卿を恐れているようだ、とフランチェスカは愉快な気持ちで思った。

「あなたに適切な花嫁を見つけたいと願っているだけよ」レディ・オデリアは答えた。「あなたはラドバーン伯爵として、結婚し跡継ぎをもうける義務があるんですからね」

ラドバーン卿は深い緑色の目でじっとレディ・オデリアを見つめてから言った。「ぼくの立場に何が必要とされるかは、よくわかっています」

ラドバーン卿はふたたびフランチェスカに顔を向けた。冷たい目がフランチェスカを値踏みするように光る。この人の表情はロックフォード卿と同じくらい読みにくいわ。ただ、公爵の顔には礼儀というベールがかかっているが、ラドバーン卿の顔にはそれがない。

きっとよけいな手出しは無用だと言いに来たのね。

「祖母と大伯母は、ぼくを飼いならすため、人前に出せるような〝紳士〟に近づけるために、花嫁を探しているんだ。まあ、そんなことをしても、ぼくが社交界に受け入れられる日が来るとは、とても思えないが」

レディ・オデリアが抗議するような声をもらしたが、ラドバーン卿にひとにらみされると、おとなしくなった。

ラドバーン卿はフランチェスカに目を戻した。「もちろん、ぼくも結婚する必要があることはわかっている。それに反対するつもりはない。あなたも祖母とレディ・ペンキュリー同様、ぼくにふさわしい相手を見つけてくれることだろう。だが、できればふたりほどひどい相手でないことを願いたいな。あなたはこういうことに長《た》けているという公爵の推薦もあることだし」

「わたしたちがここに来ることを、ギデオンに話したの？」レディ・オデリアは少しばかり驚いた声でロックフォード卿に尋ねた。

「そうすべきだと思ったのですよ。彼は当事者ですからね」ロックフォード卿が落ち着いて答える。

「どうか、レディ・ホーストン、ふさわしい花嫁探しを進めてもらいたい」ラドバーン卿は言葉を続けた。「しかし、ひと言指摘しておきたいが、その花嫁はレディ・ペンキュリーではなく、ぼくが同意する相手でなくてはならない」彼は言葉を切り、それからこうつけ加えた。「愚かな女を妻にするのは避けたいのでね」

「当然ですわ」フランチェスカは答えた。

「よかった。では、これで失礼する」彼は立ちあがった。「ぼくの家族が顔をしかめるビジネスに関して、いくつか用事があるので」

「ええ、伯爵。またお話しすることになるでしょう」

ラドバーン卿は短くうなずき、ロックフォード卿と大伯母に別れを告げてドアに向かったが、途中で振り向き、フランチェスカを見た。「レディ・ホーストン……候補に加えてもらいたい女性の名前を、ひとつ挙げてもいいかな?」

目の隅にレディ・オデリアが驚くのが見えたが、フランチェスカはまっすぐラドバーン卿を見つめて答えた。「もちろんですとも、伯爵。どなたですの?」

「レディ・アイリーン・ウィンゲートだ」

3

アイリーンは母が優雅な身のこなしで、いとこのハーヴィルとカントリー・ダンスのステップを踏むのを見守っていた。舞踏会の主催者ハーヴィル卿《きょう》は、未亡人の母が踊っても適切だとみなしている数少ない相手だった。彼はまた、母に笑みをもたらすことのできる、わずかな人々のひとりでもある。

そのためアイリーンは、レディ・スペンスの誕生日の舞踏会を、毎年とても楽しみにした。しかもこのパーティーにかぎっては、倹約家の妻ではなくハーヴィル卿が手配するため、広間は美しく飾られ、少しでも空腹を感じた人々のために、真夜中の夜食まで用意されている。

「なんてすてきなダンスかしら」すぐ横にいる義理の妹が、見下すような調子で認めるように舞踏室を見まわした。「ウィンゲート館《やかた》で催す舞踏会ほど大規模ではないけど、なかなかすてきなパーティーだこと」

アイリーンはため息をついた。モーラときたら、お世辞にくるんだ侮辱を口にする天才なのだ。でも、今夜はけんかをしないと母に約束しているアイリーンは、何も言わなかった。

「今夜のお義母様《かあ》は、とてもきれい」モーラは言葉を続けた。「そう思わない、ねえ、あなた？」

彼女は砂糖のように甘い笑みを浮かべて、自分の横に立っている夫を見上げた。妻の言葉に気をよくして、ハンフリーもほほえみ返す。「そうだね。とてもきれいだ。それに気がつくなんて、きみらしいよ」

まったく、ほかの多くの点ではとても知的な弟が、モーラの甘さの下に隠されている鋭い鉤爪《かぎづめ》をなぜ見抜けないのだろう？　いまだにアイリーンは驚かずにはいられなかった。

「ほかの人々がなんと言おうと、お義母様が踊るのはすてきなことだわ」

ハンフリーはかすかに眉根を寄せた。「ほかの人々？　誰が何を言うんだい？」

「誰も何も言わないわ」アイリーンは断固とした声で言って弟を安心させ、刺すような目でモーラをにらんだ。

「もちろんよ」モーラはなめらかに同意した。「お義母様の年齢の女性がいとこと踊っても、ひとつも悪いことなんかないもの。それがこんなに活発な踊りだとしてもね。自分に注意を引きたくて踊る女性もなかにはいるけど、あなたのお母様は決してそんなことはなさらないわ」

「ああ、決してしない」ハンフリーはまばたきして、少し心配そうな顔で妻を見た。「そういう噂《うわさ》があるのかい？」

「いいえ」アイリーンがきっぱりした声でさえぎった。「誰も何も言ってないわ。たとえ相手がいとこじゃなくても、お母様が踊るのは少しも悪いことじゃない。それなりの地位の人は何も言わないわ」彼女はモーラをきっとにらみながらそう言った。

「ええ、ほんとに」モーラはかわいい顔に同じような決意を浮かべた。「心ないことを言うような失礼な人には、わたしもそう言ってやるわ」

「ああ、まったくだ」ハンフリーは優しい笑顔で妻を見下ろしたものの、かすかな懸念を浮かべ、母に目を戻した。

「お願いだから、お母様には何も言わないでちょうだい」アイリーンは硬い声で続けた。「こんなに楽しんでいるのに、心配させて水を差すのはとても思いやりのないことよ」

「ええ、ほんと」モーラはうなずいた。「でも、お義母様の耳にひと言入れておけば、分別のある方ですもの、次からはもっと穏やかな曲を好むかもしれない」

「確かにそのとおりだ」ハンフリーは同意して、妻に優しいまなざしを向けた。「きみはいつも母のことをとても案じてくれるんだね」

「ハンフリー！」アイリーンは鋭く言った。「お母様がせっかくいとこと楽しく踊っているのに、あなたかモーラがそれを台無しにするようなことをこれっぽっちでも言ったら

「――」

「アイリーン！」モーラはショックを受けたように目をみひらき、青い目を涙でうるませた。「わたしは決してお義母様を傷つけるようなことなどしないわ。実の母親のように大切に思っているんですもの」

「姉さん、頼むよ」ハンフリーが気をもんで口をはさんだ。「どうしてそんなひどいことが言えるんだい？　モーラが母さんのことをどう思っているか、よく知っているじゃないか」

「ええ」アイリーンは皮肉をこめて答えた。「よく知ってるわ」

「姉さんはときどき少し辛辣《しんらつ》すぎるぞ。モーラがどんなに繊細かも知っているはずなのに」

「いいのよ、ダーリン」アイリーンが言い返すより早くモーラが言った。「お義姉様《ねえさま》はわたしを傷つけるつもりなどなかったの。ただ、ほかの女性よりはるかに強い人だから、不用意な言葉が繊細な心の持ち主をどれほど傷つけるか理解できないだけ」

アイリーンは脇《わき》に垂らした手をぎゅっと握りしめ、モーラの嫌みに鋭く言い返したいのをこらえた。そんなことをすればモーラの思う壺《つぼ》だ。モーラは欠点だらけの愚か者だが、どんな状況でも、自分に有利に操る術《すべ》に驚くほど長《た》けている。

アイリーンは口から出かかった言葉をのみこんだ。モーラが勝ち誇った顔でちらりと彼女を見て目をそらす。「あら、見て、アイリーン。レディ・ホーストンがわたしたちのほうに来るわ。先日話しあったことを彼女に頼むチャンスかもしれなくてよ」

「何を話したんだい？」ハンフリーが尋ねた。「姉さんがフランチェスカ・ホーストンと友達だとは知らなかったよ」

「友達じゃないわ、わたしは――」

「なんでもないのよ、あなた」モーラが笑顔ですばやくさえぎった。「ただの女同士のおしゃべり」

「そうか」ハンフリーは妻と姉が女同士の内緒話をしていると知って、嬉《うれ》しそうな顔でうなずいた。「だったら詳しいことは訊《き》かないよ」

彼は自分たちの前で足を止めたフランチェスカ・ホーストンに、礼儀正しく頭をさげた。

「レディ・ホーストン、お会いできて光栄です」

「ウィンゲート卿、レディ・ウィンゲート、レディ・アイリーン」フランチェスカは彼ら三人にほほえんだ。「すてきな舞踏会ですわね」

彼らはそれから何分か、秋の上天気のことや、シーズンが終わったいまロンドンでは楽しみが少なくなったこと、フランチェスカの弟と新しい花嫁の健康と幸せなどを話題にした。

会話が途切れると、フランチェスカはアイリーンに言った。「広間をぐるりとまわるところなの。よかったら一緒にいかが？」

アイリーンは驚いてぽかんと相手を見つめ、それから答えた。「ええ、もちろん」

フランチェスカがにっこり笑い、歩きだす。アイリーンは義理の妹に懐疑的な目を向けながら、そのあとに従った。これはモーラの企《たくら》みなの？　モーラの顔に浮かんでいる驚きは本物に見えるけど……。

ふたりは広間の奥へとそぞろ歩いていった。そこには、夜の風を入れるために開け放たれたフランス窓が並んでいる。つい先ほどと同じようなたわいない話を交わしながらも、アイリーンの好奇心は一歩ごとに高まっていった。モーラがフランチェスカ・ホーストンと話すべきだとしきりに勧めた二日後に、当の本人がこうしてわざわざやってきたのは、とても偶然とは思えない。

先日モーラがレディ・ホーストンの名前を出したのは、わたしがオールドミスで、外見も性格も魅力に欠けることをいびるためだと思っていた。だが案外、本気なのかもしれない。モーラのことだ、わたしを結婚させ、おそらく母も一緒に厄介払いするためなら、どんな手でも使いかねないもの。

モーラがアイリーンに求婚相手がいないことやその理由を、フランチェスカ・ホーストンの前で並べたてたかと思うと、恥ずかしさで白い喉が赤く染まった。誰にも望まれない姉がどんなに気の毒か、あの甘い笑みを浮かべて話すところが目に浮かぶようだ。

アイリーンは顎をこわばらせ、横にいる美しい女性を見た。フランチェスカ・ホーストンはモーラの頼みを聞くつもりかしら？　ふたりが友人だとは思えない。モーラはレディ・ホーストンをほんの二、三度、それも大きなパーティーで見かけただけだもの。フランチェスカがモーラの友情を求めるとも考えにくい。中身のない女性かもしれないが、フランチェスカは愚かではない。洗練された女主人で、上流階級きっての人気者でもある。彼女との友情を求める人々には事欠かないはずだし、世知にも長けている。フランチェスカが、モーラの甘い笑みにだまされるとも、モーラがウィンゲート卿と結婚しているという事実にいたく感銘を受けたとも思えない。

ええ、この人がモーラに頼まれて、とくべつ骨を折る気になるとは思えないわ。それに、社交界の同じグループに属しているとはいえ、フランチェスカはわたしよりも少なくとも七、八歳年上で、ふたりがこれまで友人と呼べるような間柄だったことは一度もなかった。たとえモーラがアイリーンのためにひと肌脱いでくれと懇願したとしても、その気になるかしら？　それにフランチェスカがアイリーンを連れだすのを見て、モーラの顔に浮かんだあの驚き。いくらモーラでも、あれほどうまく偽れるとは思えない。

だとしたら、フランチェスカはなぜわたしを誘ったの？　アイリーンは彼女がただ自分と一緒にいたいからだと思うほど世間知らずではなかった。

「レディ・ホーストン……」アイリーンは、ちょうど面白いエピソードを話していた相手の話の腰を折った。

フランチェスカの驚いた顔を見て、遅まきながらまた失礼な振る舞いをしたことに気づいた。彼女はこれでしょっちゅう責められるのだった。

「話の途中でさえぎったりしてごめんなさい」アイリーンは謝った。「でも、わたしたちはずいぶん長い知りあいですもの、わたしが礼儀知らずなのはよくご存じね。どうしてあなたがわたしを広間の散歩に連れだしたのか、不思議でたまらないの」

フランチェスカは小さなため息をついた。「ええ、あなたが率直に話すのが好きだということは、存じあげていてよ。たいていの場合はわたしもそのほうがずっと物事は簡単だと思っているわ。真実を知るのがいちばんですもの。わたしがあなたを誘ったのは、長年の家族の友人から、あなたと知りあいになりたがっている相手に紹介してほしいと頼まれたからなの」

「なんですって?」今度はアイリーンが驚く番だった。「でも、誰が……なぜ……」

「彼があなたを崇拝しているからでしょうね」フランチェスカの顔に、猫によく似た、曖《あい》昧《まい》な、それでいて魅力的な笑みが浮かんだ。

アイリーンはこの言葉に意表を突かれ、一瞬、頭が真っ白になった。「まさか、レディ・ホーストン。わたしは田舎から出てきたばかりの世間知らずじゃないのよ。そんな話を信じろというの?」

「どうして信じてはいけないの？」フランチェスカは目をみひらきながら答えた。「ほんとうの理由は、わたしにはわからないわ。動機を問いただすのは差しでがましいことですもの。でも、紳士が特定の女性に会いたいと願う理由は、ほとんどの場合、その女性を崇拝しているからよ。まさか、あなたに目を留める男性などひとりもいないと思っているわけではないでしょう？」

レディ・ホーストンは、うまくわたしの逃げ道をふさいでしまったわ。アイリーンはそう思いながらフランチェスカを見つめた。「べつに謙遜《けんそん》しているわけじゃないわ。ただ、わたしには紳士が尻込みするような評判があることを知っているだけ」

フランチェスカの目が愉快そうにきらめき、笑みが広がった。「評判ですって、レディ・アイリーン？　それはいったいどういう意味かしら？」

「ついさっき真実がいちばんだと言わなかったかしら？」アイリーンは言い返した。「わたしは気性の荒い女だとみなされていることは、ご存じのはずよ」

フランチェスカは肩をすくめた。「あなたは田舎から出てきたばかりではないかもしれないけれど、この紳士はそうなのよ」

「なんですって？」アイリーンがそれはいったいどういう意味かと尋ねようとすると、フランチェスカがアイリーンの肩越しに何かを見て、ほほえんだ。言いかけた言葉をのみこみ、アイリーンは何があるのかと後ろを振り向いた。

肩幅の広いすらりとした男が、まっすぐ近づいてくる。アイリーンの目には、彼の周囲にいる人々がとても小さく見えた。ほかの男たちよりもはるかに大きいというわけではないが、彼はある種のオーラを放っていた。非情さと強さを。それが彼をほかの男たちとはっきりと区別しているのだ。

黒い髪がほんの少し長めだからか、仕立てのよい上等な服を着ているのにどことなく無頼漢のように見える。シャープな顔立ち、高い頬骨に意志の強そうな顎。まっすぐな眉は髪と同じように黒く、その下で緑色の目が強い光を放っている。

初めて見る男だが、彼の何かがアイリーンの心を引いた。どことなく見覚えがあるような……。アイリーンは自分の体が奇妙にざわめき、みぞおちが締めつけられるのを感じた。興奮と不安だけではなく、下腹部の奥にこれまで感じたことのない熱く悩ましいうずきが生まれる……。

この男は誰なの？

「あら、ラドバーン卿」フランチェスカがそう言って片手を差しだした。

「レディ・ホーストン」男は彼女の手を取り、おざなりにお辞儀すると、アイリーンに視線を向けた。

彼のまなざしは、好色でもなければ無作法でもなかった。ただじっと見てくるだけだが、その率直さがほんの少しアイリーンを落ち着かなくさせた。この男にはほかの男たちと違う何かがある。彼女はそれに好奇心をそそられた。そして自分がこの男のことをもっと知りたい、この男と話したいと思っていることに気づき、驚きと苛立《いらだ》ちを感じた。

「どうか、レディ・アイリーン・ウィンゲートをご紹介させてください」フランチェスカがなめらかに言って、彼からアイリーンに顔を戻した。「レディ・アイリーン、ラドバーン伯爵、ギデオンをご紹介しますわ。ラドバーン卿はレディ・ペンキュリーの妹さんのお孫さんにあたる方ですの」

ラドバーン伯爵？　するとこの男は、長いあいだ行方不明だったあと、バンクス家の富と名を受け継いだという、あの……。この数カ月、ロンドンの社交界には彼に関するさまざまな噂が入り乱れ、渦巻いていた。アイリーンの知りあいには、実際に本人に会ったと言える人はひとりもいなかったが、たくさんの噂を耳にはさんだ。彼は犯罪者で、見つかったときは服役中、一族の有力者が引きださねばならなかったとか。彼は正気を失っているとか。頭が弱いとか。はてはレディの前では口にできないほど恐ろしい異常癖のある男だとか、目をそむけずにはいられないほどの奇形だ、と主張する人々もいた。

どうやら、最後の主張には根拠がなかったようね。アイリーンは彼の名前を聞いて感じた好奇心を隠してくれることを願いながら、礼儀正しい無関心な表情を浮かべて片手を差しのべた。「はじめまして、ラドバーン卿」

「レディ・ウィンゲート」彼はアイリーンの手を取り、フランチェスカのときと同じように軽く頭をさげた。

ギデオンの指が触れた手から興奮の震えが走り、アイリーンはふいを突かれた。こんなことはばかげているわ。これまで数えきれないほど繰り返してきた、ただの礼儀正しい挨《あい》拶《さつ》なのに。この反応にはなんの意味もない。これは何も示してはいないわ……とはいえ、挨拶のために差しのべた手を取られて、あんなふうに感じたことは一度もなかった。

アイリーンはわけもなく苛々した。この男も彼と会わざるを得ないように仕向けたフランチェスカも苛立たしいが、何よりも自分が感じている思いがけない興奮と関心に腹が立つ。まるでわたしらしくないわ。ええ、まったく腹立たしい。自分のことはよくわかっているはずなのに。

伯爵は黙ってじっとアイリーンを見ている。ぎこちない沈黙のなかで、アイリーンは冷ややかにその目を見返した。この男は未婚の女性に媚《こび》を売られるのに慣れているに違いない。どんなひどい噂が飛びかっているにせよ、結局のところ、彼は伯爵で、それもかなりの資産家だという話だもの。そんな男がなぜ自分と会いたがったのか見当もつかないが、まったく関心がないことをはっきりさせるとしよう。

フランチェスカはちらりとギデオンを見て、アイリーンに目を戻し、それからまたギデオンを見た。「すてきな舞踏会ですわね、ラドバーン卿。楽しんでいらっしゃるとよろしいけれど」

ギデオンはフランチェスカにはほとんど目もくれず、アイリーンを見つめて言った。

「この曲を踊っていただけますか?」

「ダンスは嫌いですの」アイリーンはそっけなく断った。この無作法な返事に、横にいるフランチェスカが驚いて眉をあげる。アイリーンはそれを無視した。

ところがギデオンは、この切り返しにたじろぎもしなかった。それどころか、ほんの一瞬だが緑色の目を愉快そうにきらめかせた。「それはよかった。実はぼくもダンスはうまくない。歩きながら少し話しませんか?」

彼の厚かましさにアイリーンが言葉を失っていると、フランチェスカが笑いを含んだ声でこう言った。「それはすばらしい考えですこと。そのあいだにわたしはレディ・スペンスにご挨拶してきますわ」

そしてきびすを返し、アイリーンをギデオンとふたりだけにして急いで離れていった。近くの人々が好奇心を浮かべてこちらを見ているのに気づくと、アイリーンは彼が差しだした腕を取るしかなかった。この状況でそっけなく断り、彼の腕を無視して立ち去れば、明日はメイフェアじゅうの噂の種になる。

アイリーンは鷹揚《おうよう》にうなずき、彼の腕に手を置いた。向きを変えて広間の端を歩きはじめながら、自分たちを見ている二、三の女性に会釈する。上着の下の腕はまるで鉄のように固い。そのせいで体がかっと熱くなったことに気づいてアイリーンは恐怖にかられた。

「わたしに会いたがっていらしたと、レディ・ホーストンから聞きましたわ」アイリーンはいつものように単刀直入に言った。自分に関心を持った男の気持ちを冷やすには、技巧も軽い戯れもいっさいはぶいたレディらしからぬ口の利き方が、いちばん手っ取り早いのだ。

「そのとおり」ギデオンは答えた。

アイリーンは苛立たしげに彼を見た。「なぜなのか想像もつきませんわ」

「そうかい?」ギデオンがまたしてもかすかな笑みを含んだ目で見る。この表情は大嫌いだわ、とアイリーンは思った。

「ええ、少しも。わたしは二十五歳で、社交界にデビューしてからもうかなりになりますわ」

「ぼくがきみとの結婚を考えていると思うのかい?」ギデオンは言い返した。

アイリーンは頬が赤くなるのを感じた。「いま言ったように、あなたの関心がどこにあるか、わたしには想像もつきません。でも、殿方はオールドミスにはめったにどんな関心も持たないものですわ」

「ただ旧交を温めたいだけかもしれないよ」

「なんですって?」アイリーンは驚いてまっすぐ彼を見上げた。先ほどと同じように、どこかで見た覚えがあるような気がする。でも、いったいどこで?「どういう意味ですの？」

「ぼくらは一度会ったことがある。覚えていないのかい？」

アイリーンはいまやすっかり興味を引かれ、開いているフランス窓から、いつのまにかテラスへ出たことにもほとんど気づかず、じっとギデオンの顔を見つめた。

「こう言えば思い出すかな？」彼はテラスの端にある腰の高さの石壁へと歩いていく。

「そのとき、きみはぼくを撃とうとした」

アイリーンは彼の腕から手をおろし、向かいあった。「いったい――」

突然そのときの記憶が戻った。あれは何年も前……たしか十年近くも前のことだ。玄関ホールの物音を聞きつけて確かめに行くと、若い男が父を殴っていた。そこで父の決闘用ピストルで空中を撃ち、争いを止めたのだった。

「あなたは！」アイリーンは叫んだ。

「そう、あれはぼくだった」彼は落ち着いた目でアイリーンを見返した。

「あなたを撃とうとしたわけじゃないわ」アイリーンは皮肉たっぷりに言った。「頭の上を撃っただけよ。注意を引くために。さもなければ、あなたはとっくに死んでいるはずよ」

さあ、今度こそ怒って立ち去るわ。アイリーンはそう思ったが、驚いたことに彼は声をあげて笑った。すると鋭い線ばかりの顔がやわらぎ、緑色の目が笑いきらめいて、彼は突然、息が止まるほどハンサムになった。またしてもアイリーンは赤くなったが、今度は当惑したからではなかった。

「わたしに恨みを持っていないとわかって嬉しいわ」彼女は鋭く言って、自分の奇妙な反応と動揺を隠し、彼から離れて石壁沿いに歩きだした。

「子供が父親を守ろうとするのは、自然なことだ。きみを責めることはできないさ」ギデオンは彼女の横に並び、そう言ってまたしてもアイリーンを驚かせた。

「どうやら父とは知りあいだったようだから、守られるに値しない人だったことも知っていたんでしょうね」

ギデオンは肩をすくめた。「親と子供の関係には、値するとかしないとか、そんなことはあまり関係ないんだろうな」

「父ならわたしは娘として失格だと言ったでしょうね」

彼はアイリーンを見た。「でも、きみはぼくがあれ以上彼を傷つけるのを止めた」

「ええ、止めたわ」アイリーンはギデオンを見る代わりに庭に目を向けた。父のことや父に対する自分の気持ちを、この男に話すつもりはまったくない。「だからって、なぜ銃を向けた相手に会いたかったのか、わたしには想像もつかないわ」

「いずれにしろ、あのときはもうあそこに行った目的は果たしていたんだ。ウィンゲート卿にはこちらの言いたいことを、体でわかってもらったからな」彼は言葉を切り、同じように庭を眺めた。「だが、きみは……興味深い女性に見えた」

アイリーンはくるりと向きを変えた。「あなたを撃ったのに、興味深いと思ったの？」

ギデオンの口の端にまたしても笑みが浮かんだ。「撃ったのは頭の上の空気だったんだろう？」

「なんですって？」

アイリーンは眉を寄せた。「何が言いたいのかよくわからないわ」

「最初にきみが思ったとおりだよ。ぼくがここに来たのは、結婚を考えているからだ」

「家族はぼくを良家の娘と結婚させたがっている。ぼくは、ほら、彼らにとって恥ずかしい存在だからね。ぼくの人生の事実は、明らかなスキャンダルだし、そのせいで自分たちまであれこれ噂の種になるのを恐れているんだ。それに馬に乗れない伯爵がどこにいる？　母音をまろやかに、豊かに発音することもできない伯爵が。まったくもって恥さらしだ。ぼくのビジネスにいたっては……彼らにとっては、口に出すのもいとわしい話題なのさ」

冗談のような軽い調子にもかかわらず、ギデオンの目にも彼の言葉にも苦い怒りがこもっていた。どうやら彼は、つい最近見つかったばかりの家族があまり好きではないらしい。あるいは、貴族のすべてを毛嫌いしているのかもしれない。アイリーンには、彼の気持ちが少しはわかるような気がした。彼女もまた、率直な態度と辛辣な物言いが災いして、長いあいだ家族も含めて多くの貴族たちに、嫌悪とは言わぬまでも軽蔑《けいべつ》の目で見られてきたのだ。

「そこで、彼らは良家の娘をぼくに押しつけて、こうした欠点を補おうという計画をひねりだした。妻の導きでぼくがもっと伯爵という称号にふさわしい行動をとるようになってくれれば、それが無理でも、せめて妻がぼくの不適切な部分を多少とも隠してくれれば、とね」

「あなたは成人した男性ですもの。誰も結婚を強要することはできないわ」アイリーンは指摘した。

ギデオンは顔をしかめた。「ああ。だが、ぼくの顔を見るたびに、くどくどとこの件を話しつづけることはできる」

つい笑みがこぼれ、アイリーンはあわてて隠した。そういう絶えまない叱責《しっせき》がどれほど苛々するものかも、彼女にはよくわかっている。

ギデオンは肩をすくめた。「だが、結婚して、跡継ぎをつくるのが自分の義務だということは、ぼくも承知しているんだ。いまはねつけたとしても、いつかはそうせざるを得ない。いっそ家族への面あてに、オペラの踊り子とでも結婚してやろうかと思ったんだが、そんなことをしたら、その女性にもぼくと同じ思いを味わわせることになる。それに子供たちが噂の種にされ、後ろ指をさされて、のけ者にされるのはかわいそうだ。だから、適切な女性を妻にする必要があるという家族の主張に同意した。きみはまだ結婚していないし、婚約もしていない。そして大伯母の話では、きみの家族はじゅうぶんにふさわしい。レディ・ホーストンはどうやらレディ・ペンキュリーの願いを入れて、この件に尽力してくれることになった。だから彼女にきみも候補者に加えてもらいたいと頼んだんだ」

アイリーンはあんぐり口を開けて彼を見た。あまりに驚いて、つかのま声を出すこともできなかった。「わたしが昔あなたを銃で脅したから、わたしと結婚してもいいと思っているの？」彼女は気づいたときにはそう口走っていた。

「これまでぼくが引きあわされた娘たちよりは、まだ退屈せずにすみそうだからな。何を言ってもにこにこ笑っているだけの娘たちには、もううんざりだ」彼は小さな笑みを浮かべながら答えた。

まだ驚きがおさまらず、アイリーンはさらに少しのあいだ彼を見つめていたが、やがて背筋をぴんと伸ばし、怒りに目をきらめかせた。「いまの言葉にはあまりにもたくさんの侮辱が含まれていて、どこから反論しはじめたらいいかわからないくらいよ」

ギデオンは少し顔をこわばらせ、脅すように低い声で言った。「ぼくと結婚するのが侮辱だって？」

「あなたが花嫁のリストに〝候補者〟として〝載せる〟と決めてくれたのを、わたしはありがたく思うべきなの？　ほかの未婚の女性たちよりも、多少は退屈しないという理由で、まるで雌馬を買うように、ほかの女性たちのなかからわたしを選びだしたことを名誉に思うべきなの？」

ギデオンの口もとがこわばった。「そんな意味で言ったわけじゃない。妻を買う気はないよ。これは実際的な取り決めだ。きみの益にもなる。愛に関してロマンチックな空想を持つ年は、もう過ぎていると思ったが」

「信じてちょうだい。わたしはそういう空想を持つほど若かったことは一度もないわ」うねるようにこみあげる怒りでわれを忘れ、アイリーンは鋭く言い返した。

脇に垂らした手をぎゅっと握りしめ、彼をにらみつけて一歩前に出た。ギデオンの落ち着き払った顔が、激しい怒りよりもいっそう腹立たしい。

「わたしが結婚をあせっているオールドミスで、男の導きがなければ生きていけない女だから、このチャンスには喜んで飛びつくとでも思ったの？」

「きみは成熟した理性的な女性だから、この取り決めが双方に利益をもたらすことを理解できると思ったのさ」彼は言い返した。「どうやら、見込み違いだったようだ」

「ええ。それは明らかかね。あなたはわたしが〝適切〟だとみなすかもしれない。でも、あなたはこれっぽっちもわたしにふさわしい相手ではないわ！」

この言葉に、ギデオンの目が怒りを放った。つい夢中になって言いすぎたかもしれない。アイリーンはちらりとそう思ったが、いまさら引きさがることはできない。目の前にのしかかるように立っているこの無礼者に、怖《お》じ気《け》づいたと思われるなんて死んでもいやだ。

アイリーンはつんと顎をあげ、挑むようにまっすぐギデオンをにらみつけた。

強い手がさっと伸びてアイリーンの手首をつかみ、彼女をその場に釘《くぎ》づけにした。だが、その必要はなかった。アイリーンはあとずさって弱みを見せるつもりなど毛頭なかった。

彼はガラスのように冷たい、厳しいまなざしでアイリーンを見つめ、先ほどより穏やかな、その分危険に満ちた声でつぶやいた。「そうかな？　きみは間違っているかもしれないぞ」

そして顔を近づけ、もう片方の手でアイリーンのうなじをつかむと、唇を重ねた。

アイリーンはショックのあまり凍りついた。彼女にキスするような無礼な男は、これまでひとりとしていなかったのだ。温かく、引き締まり、それでいて柔らかい唇が、初めて経験するさまざまな感覚を目覚めさせる。体が熱くなると同時に冷たくなり、全身に震えが走り、下腹部で熱い球となって弾《はじ》けた。

ギデオンがさらに強く口を押しつけると、本能的に唇が開いた。舌がするりと入りこみ、アイリーンをさらに驚愕《きようがく》させた。体の奥深くをかき鳴らされるような、新しい快感が目覚める。アイリーンはギデオンに抱かれ、柔らかい胸を筋肉質の固い胸に押しつけられて、彼の固い体を全身で感じ、熱い、たくましい体に包まれていた。

あとになれば、ギデオンがこれほど簡単に自分の自由を奪ったことに恐怖を感じるべきだったと思うに違いない。でも、この瞬間はなんの恐れも感じなかった。ただどうしようもないほど胸が高鳴り、体じゅうの血をわきたたせる快感に息をのみ、突然、体が目覚めていくのを感じていた。

熱い息が頬にかかり、しゃがれたうめき声が聞こえる。アイリーンはそれが自分のなかにもたらす激しい反応に驚いて、ギデオンの腕のなかで震えた。体の奥深くで何かが開き、そこからうずきと熱が広がっていくようだ。そこに花開いた欲望を持てあまし、彼女は思わずきつく脚を閉じた。

たくましい手が背中を滑りおり、ヒップの下をつかんだ。ギデオンは指を食いこませて彼女の体を持ちあげ、欲望を表す硬いものをひめやかな部分に押しつけながら、熱い舌でアイリーンの口のなかをまさぐり、キスを深めた。

膝の力が抜け、アイリーンは彼の肩をつかんでしがみついていた。彼の舌を迎えて自分の舌をからませると、ギデオンが体を震わせ、まるで彼女のなかに溶けてしまいたいかのように、両手でひしと抱きしめる。アイリーンは快感に溺《おぼ》れそうだった。両手が自然とたくましい首に巻きつく。これまで想像したこともない飢えが、自分でもわからない何かを求めていた。

誰かがテラスに出てきたと見えて、話し声と石の上を靴底がこする音が聞こえてきた。その音がアイリーンの意識を貫いたとき、ギデオンが出し抜けに両手をおろし、深く息を吸いこみながら彼女から離れた。大きくみはった緑色の目は黒っぽくなってきらめき、顔の皮膚は頬骨の上で張りつめている。ふたりはたがいに見つめあった。アイリーンは体を走る快感に頭を占領され、何も考えられなかった。

ギデオンも、アイリーンと同じくらいショックを受けているようだった。が、それからまばたきし、半分横を向いて、ひと組の男女が出てきて話しているテラスの反対側に目をやった。女性の笑い声が夜気のなかを漂ってきた。彼らは向きを変え、反対のほうへ歩いていく。

その動きでようやく催眠術が解けたように、アイリーンは真っ逆さまに地上に戻った。情熱の余韻はまだ体をうずかせているが、ようやく理性が戻ってくる。なんてことを！間が悪ければ、ギデオンの腕のなかで熱に浮かされたようにキスを返しているところを、舞踏室から出てきた人々に見られていたかもしれない。そんなことになれば彼女の評判は地に落ちるが、真っ先に頭に浮かんだのはそのことではなかった。

たとえほんの少しのあいだでも、わたしは情熱の虜《とりこ》になっていた。自分の名前をけがすことも、何を危険にさらしているかも、まるで考えていなかった。欲望に目が眩《くら》み、それに突き動かされて行動していた。まるで卑しいけもののように。

アイリーンは昔から、鉄壁の自制心と知性と理性を誇りにしてきた。自分は動物的な欲望や願望に支配されていた父とは違う。行動するまえに考える、わずらわしい感情のもつれなどない理性的な人生を歩める人間だ、と。

でも、たったいま、わたしは理性どころか最も卑しい本能に支配されていた。どんな思いも望みもなく、ただひたすら欲望を満たしたいと願い、この男にしがみついていた。父のように動物的な飢えに駆りたてられ、それに支配されるとは。この男につかまれ、唇を奪われたときに、彼を押しやり、平手打ちを食わせるべきだった。彼の行為に値する非難を浴びせるべきだったのに。

代わりに、たくましい腕のなかで溶けていた。欲望に溺れてキスを返し、首に抱きついていた。愚かな女のようにこの身を差しだし、彼に支配させ、占領させてしまったのだ。自分にも腹が立ち、嫌悪を感じたが、自分をそんな状態にした男にも同じくらいの怒りと嫌悪を感じる。先ほどの情熱が怒りに変わるのを感じてほっとしながら、彼女は伯爵をにらみつけた。

ギデオンも彼女を見返してくる。彼も自分をつかんでいた欲望から立ち直ったと見えて、強い目の光がなくなり、不機嫌そうに口を引き結んだ鋭い顔からは、どんな表情も消えていた。

「どうやらぼくはそれほど〝ふさわしくない〟男でもなさそうだな」彼は低い声で言った。

「少なくとも、この面だけは」

怒りが体を貫き、アイリーンは何も考えずにそれに身をまかせ、彼の頬をたたいていた。ギデオンの顔が弾けるように横を向く。日に焼けた肌に指の跡が白く残り、それからその跡が赤く変わった。ギデオンは顎をこわばらせ、緑色の目に怒りをきらめかせたものの、何も言わなかった。

「わたしは誰とも結婚しないわ」アイリーンは喉をつまらせ、泣きそうになりながら言いわたした。「たとえ運命のいたずらで、どうしても結婚して誰かの妻になるとしても、あなたの妻には絶対にならないわ！」

彼女はくるりときびすを返し、後ろを振り向かずに舞踏室に戻った。


フランチェスカは踊っている人々を見ながら、テラスに向かって開け放たれたフランス窓も見張れる場所を見つけた。よい具合に鉢植えの椰子《やし》に半分隠れているおかげで、ほとんどの客からは見えない。おかげで十五分も話しかけられずに過ごすことができた。彼女がそこを見つけたのは、ギデオンがアイリーン・ウィンゲートを伴って歩きだしてからまもなくだった。

ギデオンが手際よくアイリーンに広間のそぞろ歩きを承知させたことに、フランチェスカは少し驚いていた。それに彼女の間違いでなければ、アイリーンをテラスの外に導いたのもギデオンのようだ。ギデオンはほとんどの男性よりもはるかに決意が固いか、賢いに違いないわ。アイリーンがめったに男性の言いなりにならないことを知っているフランチェスカは、そう思わずにはいられなかった。アイリーン・ウィンゲートが辛辣《しんらつ》な舌を持っていることと、彼女が男女の軽いやり取りを毛嫌いしていることは、社交界ではよく知られている。そのアイリーンを口説こうとするだけでも、とんでもなく変わった行動だと言えよう。

でも、ギデオンの厳しい表情は、とても口説いているようには見えなかった。ひょっとすると、アイリーンには彼と一緒にテラスに出たい理由があったのかもしれない。ほかの男性がみな失敗したアイリーンへの求婚を、ギデオンが首尾よく成し遂げる可能性があるだろうか?

ギデオンにレディ・アイリーンを花嫁候補に含めてくれと頼まれたとき、フランチェスカは好奇心にかられた。だいたい、彼はどうしてアイリーンを知っているの? ロックフォード卿《きょう》に見つけられ、家族のもとに戻るまで、彼はアイリーンと同じ階級に属していなかった。家に戻ったあとも、ほとんど家族だけに囲まれてラドバーン館《やかた》に閉じこもっていたらしいのに、いったいどこでアイリーンを見かけたのだろう?

それに、なぜ彼女に関心を持っているの? もちろん、アイリーンは不器量な女性ではない。実際、フランチェスカに言わせれば、ロンドンで最も魅力的な容姿を持つ女性のひとりだった。ほとんど金色に見えるほど明るい茶色の澄んだ大きな目、それを引きたたせる、髪よりもわずかに濃い色の長いまつげと美しい眉。ほんの少しきついとはいえ、すっきりした顔立ちに加え、ライオンのたてがみのようなダークブロンドの髪が、どことなくエキゾチックな印象を与える。典型的な美人ではないかもしれないが、とても魅力的な女性であることは確かだ。もっとも、本人がそうした魅力を隠そうと、あれほど必死に努力していなければ、だが。

アイリーンは、せっかくの美しい髪を後ろに引っつめて、きちんとピンで留めていた。着ているドレスも同様で、仕立てはよいし素材も上等だが、あまりにシンプルすぎる。アイリーンは自分を女らしく見せることも、自分の個性を引きたてることも拒んでいた。

「誰かから隠れているのかい？」後ろから皮肉な声がかかり、フランチェスカはびくっとして振り向いた。

そしてにっこり笑った。後ろに立っていたのは、ルシアン・タルボット卿だった。ハンサムな顔にいつもの皮肉な表情を浮かべ、愉快そうに眉をあげている。

「それとも、スパイしているのかな？」彼はそう言ってフランチェスカの隣に立ち、舞踏室を見まわした。「ぼくも仲間に入れてくれるかい？」

「ええ、いいわよ」フランチェスカは青い目をきらめかせて答えた。

ルシアンは、社交界にデビューして以来の誰よりも親しい友人だった。彼だけはフランチェスカの財政状態も知っている。自分自身も頻繁に財政危機にさらされる彼は、フランチェスカがぎりぎりまで切りつめて生活していることをすぐに見抜いたのだった。夫のアンドルーが死んだ直後には、レディである彼女に代わっていくつか小物を質に入れてくれたこともある。贈り物を受けるために、この何年か結婚の仲介をしていることをルシアンには教えていないが、目ざとい彼のこと、フランチェスカがたんなる楽しみのために若い女性たちの後見役を引き受けているのではないことは、とうに察しているに違いない。

「アイリーン・ウィンゲートが舞踏室に戻るのを待っているの。少しまえに、ラドバーン伯爵とテラスに出ていったのよ」

「アイリーン・ウィンゲート?」ルシアンは心から驚いたように、ふたたび眉をあげた。「きみは彼女を伯爵夫人の候補に推しているのかい?」

見つかったばかりの妹の孫息子を結婚させようというレディ・オデリアの計画のことは、昨夜のパーティーで話してあった。ルシアンの趣味のよさと判断力の鋭さは、社交界でも定評がある。彼の意見と協力は、これまでも折に触れて役に立ってきた。

「彼女も含めてくれと、ラドバーン卿に特別に頼まれたの」フランチェスカはルシアンに説明した。「だから今夜、紹介する約束をしたのよ。その直後、伯爵は彼女を連れだしたというわけ」

「テラスに?」ルシアンは先ほどより低い声でささやいた。「それはそれは、あの鉄の処女からは想像もつかない展開だな」

「そういう愚かなあだ名を口にするのはやめてちょうだい。あれは拷問の道具よ。殿方ときたら、なぜそういう不愉快なあだ名をつけたがるのかしら?」

「親愛なるフランチェスカ、それはアイリーンにぴったりだからさ。きみも知っているはずだぞ」彼は肩をすくめた。

「わたしはどんなあだ名で呼ばれているのか、考えるのも怖いわね」フランチェスカはちくりと皮肉った。

「マイ・ラブ、きみにふさわしいあだ名が〝女神《ヴィーナス》〟以外に何がある?」ルシアンはそう言ってにやっと笑った。

フランチェスカはくすくす笑わずにはいられなかった。「口のうまい男」

彼はつかのま口をつぐみ、フランチェスカと一緒に舞踏室をざっと見まわした。「なぜ彼はアイリーン・ウィンゲートを名指ししたのかな?」

「さあ。彼がアイリーンを知っている理由さえ思いつかないわ。どこかで彼女を見て、その美しさに心を打たれたのでしょうね。アイリーンはとても魅力的ですもの」

「確かに、ほんの少し努力すれば、見違えるように美しくなるね」ルシアンは同意した。

「となると、かの伯爵にはそれを見抜くだけの審美眼があるわけか」彼は言葉を切り、それから皮肉たっぷりに続けた。「そのひと目惚《ぼ》れが、テラスをそぞろ歩きしたあとまで続くと思うかい?」

「さあね。だからここでふたりが戻るのを待っているの。できれば、彼がすぐさま取り消さないでくれるのを祈っているところよ。考えれば考えるほど、レディ・アイリーンは彼の理想の伴侶《はんりょ》に思えてくるんですもの」

「そうかな?」

フランチェスカはうなずいた。「明らかに、ラドバーン伯爵はなんらかの理由があって、すでに彼女に関心を持っている。それに彼女はレディ・オデリアが挙げた必要条件にあてはまるわ。父方も母方も申しぶんのない家柄ですもの」

「しかし、いまは亡きウィンゲート卿は、そうとうな放蕩《ほうとう》者だったぞ」ルシアンは異を唱えた。

「ええ。でも、彼の恥ずべき行動は、レディ・アイリーンには少しも悪影響をおよぼしていないわ。彼女の母親にも、弟にもね」フランチェスカは指摘した。「あの伯爵を手なずけることが可能だとすれば、それができるのは、彼女のような意志の強い女性でしょうね」

「それに、彼女の力では変えられない伯爵の欠点を隠すだけの機知もある」ルシアンはうなずいた。

「ええ。何より重要なのは、アイリーンならレディ・オデリアに対抗できることよ。彼女はレディ・オデリアの思いどおりにはならないでしょう」

「そしてレディ・オデリアがそうしようとするのは目に見えている」

「当然ね」フランチェスカは同意した。「それに、伯爵と会ったわたしの感触では、伯爵自身と渡りあうにも、かなりの意志が必要なようだわ」

「そうかい？」ルシアンは気を引かれたようにフランチェスカを振り向いた。「ぼくは彼が……」

「レディ・オデリアの思うがままだと思っていたの？」

ルシアンはうなずいた。

「いいえ。わたしの家を訪れたときの彼は……そうね、ほんの少し荒削りな印象を受けたけれど、レディ・オデリアに威圧されているようには見えなかったわ。実際、レディ・オデリアのほうが、少しばかり彼を警戒しているように思えたくらい」

「それは、それは……初めてのことだな」ルシアンは考えこむような顔でつぶやいた。

「ええ、ほんとに。伯爵はレディ・オデリアの計画に従っているけど、彼女の思いどおりになっているわけではない。わたしの言いたいことがわかる？　あら、待って」フランチエスカは背筋を伸ばし、ルシアンの袖《そで》をつかんだ。「アイリーンが戻ってきたわ。ああ、たいへん。ひどく機嫌が悪そう」

ルシアンもそちらに目をやった。アイリーンはテラスへと開いているフランス窓から入ってきたばかりだった。背筋をぴんと伸ばし、大股に人々のあいだを歩いてくる。周囲には目もくれず、顎をこわばらせ、赤い顔で、金色に近い目には怒りが燃えていた。彼女の行く手にいる人々が、さっと分かれて道をあけるのが見えた。

「うまくいったとは言えないようだな」ルシアンがささやく。

フランチェスカはため息をついた。「ええ、残念ながら」

ちらりと横を見ると、ロックフォード卿がカード室のほうから歩いてくるのが見えた。

「いやだわ、今度は彼?」彼女はつぶやいた。

ルシアンはフランチェスカを見てから公爵に目をやり、くすくす笑った。「レディ・ペンキュリーでないだけ、まだましだよ」

フランチェスカはルシアンに向かってくるっと目をまわした。「めったなことを言わないで。彼女が現れたらどうするの?」

ルシアンは笑いをのみこみ、近づいてくる公爵に挨拶《あいさつ》した。「ロックフォード公爵。いつものように会えて嬉《うれ》しいかぎりです」

「ルシアン卿、レディ・ホーストン」ロックフォード卿はフランチェスカの横で足を止め、ふたりに会釈した。「どうやら、あまり機嫌がよくないようだな」

フランチェスカはロックフォード卿を氷のような目で見た。「それはあなたがここにもレディ・ペンキュリーを連れてきたかどうかによるわね」

「いや、幸いなことにぼくは連れてこなかった」ロックフォード卿は答え、それからかすかな笑みを浮かべた。「しかし、たったいまカード室で彼女の姿を見かけたよ」

「だから逃げてきたのね」フランチェスカは苦い顔で言い返した。

「そうとも」ロックフォード卿はあっさり認めた。「きみは彼女に会うのが気が進まないだけですむ。彼女と血で結ばれているわけではないからね。ぼくの身になれば、どんな卑《ひ》怯《きよう》な振る舞いでもするだろうよ」

「ばかなことばかり」フランチェスカはたしなめるように言った。「昔から、怖い人間などひとりもいないくせに」

ロックフォード卿は謎《なぞ》めいた表情でつかのまフランチェスカを見つめた。「きみが知ってさえいたら」

フランチェスカは顔をしかめ、目をそらした。頬がかすかに赤くなるのを感じたが、自分でもなぜだかわからない。ロックフォード卿ときたら、わたしの気持ちを乱すのがほんとに上手だわ。

広間をぐるりと見わたすと、ギデオンがべつのフランス窓から入ってくるのが見えた。しかもそんなことが可能だとすれば、彼はアイリーンよりもっと怒っているようだ。フランチェスカは内心ため息をついた。どうやら、あのふたりがもっとよく知りあう機会は永遠に失われてしまったようね。こんなに急いで紹介したのがまずかったのかしら？　でも、ギデオンはどこかでアイリーンと話さねばならないし、結局は彼女の気性を知ることになる。見込みのない相手に無駄な時間を費やすよりも、早めにけりがついてむしろよかったのだわ。

「あなたのラドバーン卿は、少しばかり強引ね」フランチェスカはロックフォード卿にぼやいた。

「彼はぼくのものではないさ」ロックフォード卿は穏やかに抗議した。「だが……かなり非情になれる男だと思う。そうでなければ、ロンドンのスラム街で生きのびられなかったのだろうな。彼はぼくらが育ったのとは、まったく違う世界で大きくなったんだよ、レディ・ホーストン」

「それは確かね。でも、わたしたちのいる世界もべつの意味で危険なところよ」フランチェスカはちらりとロックフォード卿を見た。そしてロックフォード卿も鋭い目で彼女を振り向いた。

ロックフォード卿は答えなかったが、フランチェスカはルシアンの顔に好奇心が浮かぶのを見て急いで目をそらした。

公爵は向きを変え、低い声で言った。「おっと、レディ・ペンキュリーがやってくるぞ」彼はふたりに頭をさげた。「ぼくはこれで失礼するよ」

「臆病者《おくびよう》」フランチェスカはささやいた。

公爵はにやっと笑っただけで、離れていった。隣のルシアンも立ち去りかけたが、フランチェスカがくるっと振り向いてひとにらみすると、ため息をつき、その場に残って笑みを張りつけた。

「レディ・ペンキュリー」彼はエレガントにお辞儀をした。「ここでお会いできるとは、なんという珍しい喜びでしょう」

「くだらないお世辞は必要ありませんよ、タルボット」レディ・オデリアはそっけなく言ったものの、フランチェスカは老夫人の表情がかすかになごむのを見てとった。「ほかに行って、その技を磨いてきたらどう？　わたしはフランチェスカと少し話があるの」

「もちろんです、奥方」ルシアンは笑みを含んだ目でフランチェスカを見ると、ふたりに頭をさげて離れていった。

「どうすればいいか決めたわ」レディ・オデリアは前置きなしでそう言った。「田舎の領地のラドバーン邸でハウスパーティーを催しましょう」

「なんですって？」

「伯爵の花嫁を探すためよ」レディ・オデリアは鈍い女だと言わんばかりに声を尖《とが》らせた。「忘れたの？　それがわたしたちの目標ですよ」

「もちろん、覚えていますわ。ただ、なぜハウスパーティーが――」

「あの子をわたしたちが選んだ相手に会わせるには、それがいちばんだと思うの。ロンドンでは、とても相手は見つからないわ。ここはあまりにもエレガントすぎる。洗練されすぎているもの。タルボットのような男たちのあいだでは、あの子のあらが目立つだけ。あの男は、あまりに口がうますぎるわ。でも、女性は彼のような男を好むのよ。そうでなければ、シンクレアのような男を。もっとも、シンクレアの場合は、たとえ古靴みたいに見えたとしても、女性は群がってくるでしょうが。なんといっても公爵ですからね。でも、それはどうでもいいこと」

本題から脱線したのはフランチェスカのせいだと言わんばかりに、レディ・オデリアはじろりと彼女を見た。

「花嫁候補の女性を文明から引き離せば、わたしの妹の孫息子も少しはましに見えるに違いないわ」

「伯爵の称号と彼が築いた財産があれば、どこにいても彼を歓迎する女性はたくさんいると思いますわ」フランチェスカは皮肉をこめて答えた。

「ええ、たぶんね。でも、危険をおかしたくないの。パンジーにハウスパーティーの準備をさせるとしましょうよ。候補になりそうな女性を検討して、招待客リストをつくらなくてはね。あなたは早めにラドバーン邸に来て、ギデオンに少しマナーを教えてちょうだいな。できれば、あの子のそっけない態度を、もう少しなんとかしてやって。わたしの言うことはわかるわね。あなたから言ってくれるほうが、あの子も素直に聞くでしょうから。わたしが仄《ほの》めかすことには反発を感じるようだから」

「そんなことはないと思いますわ」フランチェスカはつぶやいた。

レディ・オデリアは目を細めた。「ごまかすのはおやめなさい。どんな男でも甘い言葉で真実をくるまない老人の助言より、あなたみたいにきれいな女性の助言を聞くものですよ」彼女はこくりとうなずいて、この問題を終わりにした。「それで、ラドバーン邸にはいつ来られるの？」

いつものようにレディ・オデリアの命令口調には腹が立ったが、確かに彼女の思いつきは理屈に合う。それにラドバーン邸に何週間か滞在すれば、館の維持費もしばらくは心配しないですむ。

「さあ……荷造りやいろいろな支度で、少なくとも何日かはかかりますわ」フランチェスカは答えた。

「急いでちょうだいよ。これを軌道に乗せる必要があるんですからね」

「もちろんですわ。でも――」フランチェスカはギデオンが近づいてくるのを見て言葉を切った。「あら、ラドバーン卿。またお会いできて嬉しいですわ」

これはもちろん嘘《うそ》だった。明らかに苛立《いらだ》っている彼と話すのは気が進まない。アイリーン・ウィンゲートとのあいだに何が起こったにせよ、その怒りをわたしにぶつけるつもりに違いないもの。

彼はフランチェスカに向かって小さくうなずき、大伯母にも会釈した。「レディ・ホーストン。レディ・ペンキュリー」

「ギデオン」レディ・オデリアは答え、希望をこめて彼を見た。「少しまえにレディ・アイリーンと話しているのを見ましたよ」

ギデオンは唇を引き結んだ。「レディ・アイリーン・ウィンゲートは傲慢《ごうまん》で、頑固で、とんでもない俗物だ。ぼくの妻にふさわしい女性ではありません」

さすがのレディ・オデリアも、あっけにとられて彼を見つめた。

フランチェスカは急いで言った。「なるほど。だったら、よけいにほかの計画を進めなくては。あなたの大伯母様と、ちょうどラドバーン邸でハウスパーティーを催そうと話していたところなの。賛成してもらえるかしら？　あなたが若い女性たちと知りあい、女性たちがあなたを知るにはよい方法でしょう？　一週間ばかり同じ人たちと一緒に過ごすほうが、ロンドンであちこちの舞踏会や夜会をまわって歩くより、知りあう機会はずっとたくさん持てるわ」

彼はうなずいた。「確かに。細かいことは有能なあなたにまかせます。そしてもちろん、伯母上に」

「いいですとも」ありがたいことに、彼は頭から怒鳴りつけたりはしなかった。それにアイリーン・ウィンゲートの件でわたしを責める気もなさそうだ。

「では、これで失礼する。このあとビジネスがあるので。いいかな？」

「ええ、どうぞ」夜のこんな時間にいったいどんなビジネスがあるのか見当もつかないが、フランチェスカは笑顔でうなずいた。

レディ・オデリアが少し青ざめ、ギデオンの言葉を聞いた者がいるかどうかを確かめるようにまわりに目をやった。ギデオンはふたりに頭をさげ、歩きだした。

だが、二、三歩離れたところで出し抜けに足を止め、きびすを返してふたりのところに戻ってきた。「レディ・ホーストン」彼は苦い声で言った。「招待客のリストには……」ためらったあと、短くつけ加えた。「レディ・アイリーンも入れるように」

5

翌朝アイリーンは、テーブル越しに義理の妹をちらりと見た。ふだんは血色のいい肌が青ざめて、まぶたが腫《は》れ、黒ずんでいる。これがほかの人間なら、昨夜スペンス家の舞踏会で飲みすぎたのではないかと思うところだ。ひょっとすると、モーラは気分が悪いのかもしれない。今朝テーブルについてから驚くほど口数が少ないうえ、食欲もあまりないようだ。

アイリーンは皿を見下ろし、自分もあまり食べていないことに気づいた。でも、その理由はちゃんとわかっている。昨夜はギデオンとの不愉快な結果に終わった散歩のあと、舞踏会が終わるまで怒りはおさまらなかった。すぐにも帰りたかったのだが、モーラが頑として承知しないので、しかたなく最後にはこっそり広間を出て、回廊の一角に静かな場所を見つけ、夜の残りをそこで過ごしたのだった。

誰も邪魔をしに来る人間はいなかったが、楽しい一時間を過ごしたとは言えなかった。ギデオンの無礼な行為と自分のぞっとするほど非常識な反応が、繰り返し頭に浮かんできたからだ。ようやく帰宅し、自分の部屋に引きとってからも、いっこうに心は静まらず、テラスでの衝撃的なキスが頭を占領して、ベッドに横になっても眠りはなかなか訪れなかった。

何時間も寝返りを打ったあとようやく眠ったものの、今度はみだらな夢に悩まされ、汗をびっしょりかいて目を覚ました。

そのせいで、朝食におりてくるのがいつもより少し遅れたばかりか、一睡もできなかったようにまぶたが重く、皿の上で食べ物を突くだけでほとんど口に運んでいなかった。

アイリーンはもうひと口、卵を噛《か》みながら、テーブルについている家族をちらりと見た。ハンフリーと母は心配そうにモーラを見ながら小声で話している。モーラはいったいどうしたのかしら？　アイリーンはまたそう思った。

するとそれに答えるように、モーラが顔をあげ、アイリーンを見た。「昨夜《ゆうべ》はどうしてあんなに早く帰りたがったの？　おかげでせっかくの舞踏会が少しも楽しくなかったわ」

アイリーンは眉をあげた。「頭が痛かったからよ。でも、わたしたちは早く帰らなかった。だから、どうしてあなたの夜を台無しにしたのかわからないわ」

「アイリーン……」ハンフリーが静かな声でたしなめた。

何よ、いつも悪いのはわたしなのね。アイリーンは傷ついて弟をちらっと見た。ハンフリーときたら、すっかりモーラに魂を吸いとられてしまった。このわたしに、思っていることさえ口にするなというつもりなの？

「でも、ハンフリー、いまのは筋の通った質問よ」彼女は落ち着いた声で言った。

「そうじゃないんだ」ハンフリーはまた心配そうに妻を見ながら言った。「その話は朝食のテーブルでしなくてはならないのかい？」

母のクレアが急いで口をはさんだ。「昨夜はすてきなパーティーだったわね。わたしはとても楽しんだわ。あなたはどうだった、ハンフリー？」

「ええ、母上、もちろんぼくも楽しみましたよ」ハンフリーは笑顔で母を見た。「母上が楽しく過ごしているのを見て、喜んでいたんです」

「ええ、楽しかったわ」モーラは同意した。「ねえ、批判する気はないのよ、アイリーン。ただ、あなたにもう少し努力をしてほしいの。レディ・ホーストンがあなたを連れだしたのはとてもいいことだったわ。そのあと、あなたはあの殿方と歩いていた。どなたでしたっけ、お義母様《かあ》？」

「ラドバーン卿《きよう》よ」母は答えた。「ええ。モーラが彼を指さして、あなたが彼と広間を歩いていたと言うのを聞いて、わたしも驚いたのよ。わたしはこれまでお見かけしたこともなかったけれど、ミセス・シュルーズベリーが教えてくれたの。何年も前に誘拐されたバンクス家の跡取りだとね。なんて悲しい話なの……」母は首を振り、舌を鳴らした。

「ええ、でも、重要なのは、彼がたいへんな資産家だということよ」モーラが口をはさんだ。「とても適切な結婚相手だわ。それなのに、あなたは彼に興味を持ってもらえるように、これっぽっちも努力しなかった。それどころか、戻ってくるとすぐさま帰りたがったわ」

「ラドバーン卿に興味などないわ」アイリーンはそっけなく言い返した。

「もちろん、ないでしょうよ！」モーラは叫んだ。「あなたはどんな男性にも興味がないのよ！　信じられないほど変わった女性だわ。わたしにはさっぱりわからない。ときどき、ただわたしを悩ませたいだけなのだと思いたくなるわ」モーラはまるで子供のように口を尖《とが》らせ、アイリーンをにらみつけた。

アイリーンは義理の妹を見つめた。いくらモーラでも、ここまで言うなんて少しおかしい。「モーラ、これはあなたとはなんの関係もないのよ」アイリーンはなだめるように言った。

「そういう言い方はやめてちょうだい」モーラは噛みつくように言って、ナプキンをつかみ、テーブルに投げ捨てた。「わたしは子供じゃないのよ。まるでばかな娘に話すみたいな口ぶりで。もちろん、わたしにも関係があるわ！　ふつうの女性なら熱心に結婚したがるのに、あなたはそれを拒否する。ええ、一生ここにいるほうがいいんでしょうよ！　たとえそれが、自分自身の人生を持たない、オールドミスになることでもね！　ハンフリーの人生を邪魔するほうがずっといいんだわ。いつも彼にどうすべきか、どう振る舞うべきかを指図して――」

アイリーンはモーラの言葉にショックを受け、あんぐり口を開けて彼女を見つめた。

「それにあなたは」モーラは涙を浮かべながら夫に向かって続けた。「あなたは一日たりともアイリーンの指示を仰がなくてはいられないようだわ。〝アイリーン、これをどう思う？〟」モーラは苦い声で夫の真似《まね》をした。「〝誰々卿にはなんと言えばいいと思う？〟わたしの意見は一度も訊《き》いてくれない。でも、わたしはあなたの妻なのよ！」

ハンフリーは驚いて目をしばたたき、つかのま言葉を失っていた。それから彼は身を乗りだし、モーラの手を取った。「かわいい人《マイ・ディア》……どうしてそんなことを思えるんだい？もちろんぼくはきみの意見に関心を持っているよ」

「ふん！」モーラはぱっと立ちあがって、彼の手を振り払った。「あなたはわたしのことなんかどうでもいいのよ。ええ、どうでもいいんだわ！」そして泣きながら部屋を走りでた。

ほかの三人は呆然《ぼうぜん》とその後ろ姿を見つめた。

「ハンフリー！　アイリーン！」母が心配そうに叫んだ。「いったいどうなっているの？」

「わたしはここを出ていくべきかもしれないわね、ハンフリー」アイリーンは硬い声で言った。自分がモーラを嫌っているように、モーラも自分を嫌っていることは最初からわかっていたが、これほど憎まれているとは思ってもいなかった。

「いや、いや」ハンフリーは急いで否定し、椅子を押しやって立ちあがり、戸口からアイリーンに目を移したあと、また戸口を見た。「モーラのあとを追うべきなんだろうな。でも……すっかり取り乱していたから……最近は、とても感情の起伏が激しいんだ」彼はアイリーンに目を戻し、額にしわを寄せた。「ぼくが代わりに謝るよ。さっきモーラが言ったことは決して本意じゃないんだ。もちろんモーラは、姉さんが好きなんだよ。母さんのことも。ただ……まだ言わないでくれと釘《くぎ》をさされているんだが、どうやら話したほうがよさそうだ。モーラは微妙な状況なんだ」ハンフリーはかすかに顔を赤らめ、恥ずかしそうにほほえんだ。

アイリーンはぽかんとした顔で弟を見たが、母は喜びの声をあげた。「赤ちゃんができたのね？　まあ、ハンフリー！」母は胸の前で両手を握りしめ、顔を輝かせた。「すばらしいわ！　おめでとう！」

「赤ちゃん？」アイリーンは母を見て、弟に目を戻し、微笑を浮かべてテーブルをまわり、弟を抱きしめた。「よかったわね」

「そう言ってくれると思ったよ。モーラにも、姉さんがいやがるはずがないと言ったんだよ」ハンフリーはばか正直に言った。「最近は、どうかしているんだ。どうしてあんなことを言ったのか、これでわかってくれたね。もちろん、ばかげたことだ。でも、彼女はあんなことを言うつもりはまったくなかったんだ」

「もちろんよ」アイリーンは調子を合わせた。

「でも、アイリーン……」ハンフリーは姉の手を両手で包みこんだ。「これから二、三週間は、できるだけ逆らわないでくれるかい？　だんだん気持ちも安定してくると思う。いまは笑ったり泣いたりとても不安定なんだよ。なんでもないことにも、取り乱すんだ」

「もちろん、言葉に気をつけると約束するわ」アイリーンは同意したものの、赤ん坊が生まれるまで、壊れ物を扱うようにモーラに気を遣わなくてはならないことを思うと気が滅《め》入《い》った。弟と違って、アイリーンはモーラが自分の状態を最後まで精いっぱい利用する気がした。いいえ、実際はもっと長く。赤ん坊を産んだあとは、ハンフリーの子供の母親として、これまでよりもさらに自分への配慮を要求するだろう。

「ありがとう」ハンフリーはにっこり笑った。「そう言ってくれると思ったよ」彼はアイリーンの手を軽くたたき、戸口に向かった。「そろそろ階上《うえ》に行って話してくるよ。姉さんを傷つけたかもしれないと、いまごろは悲嘆に暮れているだろうから」

アイリーンは黙って弟が出ていくのを見守った。モーラがさっきの発言を悔やんでいるとは思えないが、ハンフリーにそれを言ってもしかたがない。あの弟はモーラへの愛ですっかり目が眩《くら》み、妻の欠点などひとつも見えないのだから。

母はやさしい顔でハンフリーの後ろ姿を見送っている。だが、アイリーンに目を移すと、母の顔から喜びが少しずつ消えていった。

アイリーンは罪悪感が棘《とげ》のように胸を刺すのを感じた。わたしがモーラとけんかをするたびに、母は心を痛めているに違いないのだ。

「やれやれ」母はため息をついた。「これから何カ月かは難しくなるわね。モーラは間違いなくとても……繊細になるでしょうから」

「ええ、間違いなく」アイリーンは皮肉たっぷりに同意した。「心配しないで。精いっぱい逆らわないようにするわ」

「あなたがそうしてくれることはわかっているわ」母はどうにか笑みを浮かべたものの、それも長くは続かなかった。彼女は開いている戸口を後ろめたそうに見て、声を落とした。

「でも、とても難しいでしょうね。ハンフリーのお嫁さんを非難する気はないけれど……」

「ええ、わかっているわ、お母様。お母様ほどやさしい人はいないもの。モーラはすべてが順調なときでも、難しい女性なの。それが真実よ」

「若い夫婦にとっては、母親と一緒に暮らすのはつらいものなのよ。あなたのお父様がわたしたちにお金を遺《のこ》してくれていたら、どんなによかったかしら。自分たちだけの小さなコテージを持てたら、すてきだったでしょうに」母は自分の思いにほほえんだ。

「ええ、そうね」アイリーンの物思いは、母ほど甘いものではなかった。「せめてお母様には、じゅうぶんに遺すべきだったわ」

「まあ、いまさら言ってもしかたがないわ」あんなにつらい思いをさせられたのに、いまでも母は夫の悪口を言いたがらないのだ。「とにかく、できるだけ波風が立たないように努力するしかないわね。お腹《なか》が大きくなるにつれて、モーラには手助けが必要でしょうし。少し手狭になるけれど、モーラは実家のお母様や姉妹に来てもらいたいでしょうね」

母は言葉を切り、少し顔をしかめた。

「昨夜はあんなに踊るべきではなかったかもしれないわね。わたしがしょっちゅういとこと踊るのを見て、モーラが不機嫌な顔をしていたのはわかっていたの。あれは不適切だったかもしれないわ」

「お母様は不適切なことなど、何ひとつなさらないわ」アイリーンは請けあった。「いとこや友人と踊るのはちっとも悪いことじゃなくてよ。お母様はずっと上流階級の人たちのあいだで過ごしてきたんですもの。ロンドンに最近来たばかりのヨークシャーの地主の娘より、何が適切かはるかによく心得ているわ」

「アイリーン！」母は戸口に心配そうな目を向け、それからアイリーンに目を戻した。「そんなことを口にしてはいけませんよ。モーラと仲良くやる努力をすると約束してくれたじゃないの」

「努力はするわ」アイリーンは不満そうに言った。「でも、自分の意見を捨てる気はないわ。モーラの前では口にしないけど。でもそれはお母様のためよ。モーラの意見や気分を尊重するわけじゃないわ。わたしに言わせれば、モーラの面の皮は象と同じくらい厚いんだから」

驚いたことに、この言葉に母はころころと笑った。その声を隠すために急いで口を覆うと、娘に向かってたしなめるように首を振り、お茶をひと口飲んでから明るい声で言った。

「そうだわ。朝食をすませたら、毛糸を見てみましょう。赤ん坊の毛布を編まなくてはね。赤ん坊のものをつくるのはきっと楽しいわ」

「ええ、そうね」

母はアイリーンのそっけない声には注意を払わず、しゃべりつづけた。「靴下に帽子、小さなセーターもね。赤ん坊が着るものほどかわいらしいものはないわ」

まもなく母になる人間にもっと愛情が持てれば、楽しい仕事だろうが……。でも、母には義理の娘の機嫌を損ねる心配をするよりも、楽しいことを考えていてもらいたかったから、アイリーンは黙って母の部屋に一緒に行き、毛糸と編み図を取りだした。そして母が昼寝のときの帽子や、刺繍《ししゅう》入りのガウン、湯あがり毛布のことを話しつづけるのを聞いていた。赤ん坊が生まれるまでには、嫁入り道具よりもたくさんの品物を揃《そろ》える必要がありそうだ。

アイリーンはモーラの機嫌をとる心の準備をしようとした。おそらく不可能な目標だが、母のために努力しなくてはならない。ふたりの意見が食い違うたびに自分の意見をのみこみ、モーラに批判されても笑みを顔に張りつけて、モーラの気まぐれに合わせるのは、考えるだけでも口惜しいが、そうしなければ、母を絶えまなく心配させることになる。アイリーンがモーラを怒らせれば、母のクレアが代わりに謝り、言い訳し、モーラの機嫌をとらねばならないのだ。本来ならクレアのような義理の母親を持てたことを天に感謝すべき女性に母がおもねるなんて、考えただけで耐えられない。

これまでも何度となく思ったことだが、母を連れてこの家から出ていければどれほど嬉《うれ》しいだろう。だが、貴族の女性が自活できる選択肢はほんの少ししかない。家庭教師か話し相手として雇われるしかないのだ。そしてどちらも自分の部屋を借りるだけのお金さえ稼げない。そうした仕事の報酬には、貴族の屋敷に住むことが含まれているが、扶養する家族まで引き受けてはもらえない。たとえそういう仕事で、あるいはお針子をしたりどこかのお店で働いたりして、部屋を借りるだけの収入を得られたとしても、母は息子の館《やかた》を出て、自分たちの小さな家に住むという考えに仰天するだろう。アイリーンと母のふたりがここを出ていけば、ハンフリーが世間になんと言われるかわからない。息子を苦しめるようなことは決してできない、と母は言うだろう。

赤ん坊が生まれたら自分たちの生活がどう変わるかを、アイリーンは暗い気持ちで考えた。ウィンゲート卿の子供を産めば、とくに跡継ぎを産めば、モーラがこれまでよりいばりちらすのは目に見えていた。何かにつけて、お義姉様は母になる喜びも満足感も決して味わえないのよ、と哀れみをこめた甘い言葉で言う声が聞こえるようだ。そしてアイリーンが無駄にしたチャンスや、女にとって最も必要なもの——すなわち夫を手に入れる努力をまったくしなかったことを持ちだして、いびるに違いない。

ありがたいことに、モーラは午前中ずっと自分の部屋に引きこもり、昼食のあとまで出てこなかった。だが、せっかくの幕間《まくあい》も長くは続かず、午後になると、居間にいるアイリーンと母に加わった。クレアはすでに赤ん坊の毛布を編みはじめていた。

モーラはいつもより、ほんの少し青ざめていた。まるで重病人のように召使いにショールを取ってこさせ、扇を取ってこさせ、足をのせる台を取ってこさせた。そして母のクレアに自分の世話をさせ、ショールでくるんでもらい、自分の思いどおりの場所に足のせ台を移動してもらった。それでも、アイリーンは辛辣《しんらつ》なコメントはいっさい口にせず、モーラが頻繁にため息や愚痴をはさみながら、赤ん坊の誕生というまもなく起こる出来事について際限なく話すのを、にこやかな笑みを顔に張りつけて聞いていた。

メイドが客の訪れを告げに来ると、アイリーンはほっとした。これで少しは気晴らしができる。でも、メイドがレディ・ホーストンの名前を口にするのを聞いて、驚きを感じた。ちらっと母を見ると、やはりけげんそうな顔をしている。フランチェスカ・ホーストンは以前からそれほど頻繁に訪れる客ではなかったが、モーラが来てからはぴたりと姿を見せなくなった。フランチェスカが自分のことしか話さないモーラとの会話を避けたいと思っていても、彼女を責めることはできない。自分にもそうできたらいいのに。

そのフランチェスカが突然訪れたのは、なんだか奇妙だった。昨夜のパーティーでわざわざアイリーンのところにやってきたあととあっては、なおさら奇妙だ。とはいえ、モーラはフランチェスカ・ホーストンの訪問を少しも変だとは思っていないらしく、顔を輝かせておおげさに歓迎し、それから数分は、フランチェスカにはごくたまに〝そうですの？〟とか〝まあ、ほんとに？〟という相槌《あいづち》を打つ機会しか与えず、猛烈な勢いでしゃべりつづけた。

まもなくフランチェスカが、椅子の上で落ち着きなく体を動かしはじめるのを見ても、アイリーンは驚かなかった。最初の隙《すき》を逃さずに、立ちあがって帰り支度を始めるに違いない。案の定、モーラがようやくひと息ついたとたんにフランチェスカはこの短い沈黙に飛びつき、申し訳ないがそろそろおいとましなくては、と切り出した。

「馬車で公園をひとまわりするつもりですの」彼女は説明した。「それで、レディ・アイリーンをお誘いにあがりましたのよ」

モーラは滑稽《こっけい》なほどがっかりした顔になった。それを見ながら、アイリーンは急いで答えた。モーラのことだ、今日の午後はどうしてもアイリーンに一緒にいてもらわねばならない理由を思いつき、彼女の代わりに断りかねない。

「ええ、レディ・ホーストン、喜んでお供しますわ」

アイリーンはベルを鳴らしてメイドを呼び、帽子と外套《がいとう》を取ってこさせた。そして今日みたいに元気が出ない日には、馬車で公園をひとまわりすればすばらしい気分転換になるでしょうに、というモーラのあからさまなほのめかしをかわしながら、フランチェスカの腕を取ってさっさと部屋を出た。

「いいえ、モーラ」アイリーンはモーラを真似て甘ったるい笑みを浮かべた。「馬車に揺られるのはどうかしら。いまはとても大事な時期ですもの。そうでしょう？　ついさっきまで背中が痛いと言っていたじゃないの。それなのに馬車に乗るなんてとても無理よ」意味ありげにモーラを見て、母の同意を求めた。「そうでしょう、お母様？」

「ええ、モーラとわたしはここで楽しく過ごしますよ」クレアはモーラの腕をたたいて言った。「そうでしょう、かわいい人《ディア》？」

フランチェスカはアイリーンが義理の妹から逃れたがっていたことには触れず、天気や、昨夜スペンス家で催された舞踏会のこと、自分のブルーム型馬車——御者席が外にある、ふたりから四人乗りの四輪箱馬車——のことを話題にした。「いまではひどく旧式ね。ホーストン卿に贈られてから、十年にはなるでしょうから。でも、これは最初の贈り物だったので、手放すことができないの」

ふたりがその馬車に乗りこむのを待って、御者は馬車を前に進めた。馬車はがらがらと通りを走りだし、ハイドパークへと角を曲がった。少しのあいだはふたりとも、柔らかい金色の日差しと秋の爽《さわ》やかな空気を静かに楽しんだ。やがてアイリーンは自分の連れに顔を向けた。

フランチェスカはアイリーンの視線を感じて目を向け、えくぼをつくった。「あなたの頭のなかで、歯車がまわっている音が聞こえるようだわ」彼女は軽い調子で言った。「どうぞ。おっしゃいな。どうしてためらっているの？」

アイリーンは小さく笑った。「あなたには驚いたわ、レディ・ホーストン」

「どうか、フランチェスカと呼んでちょうだい。あなたがデビューしたときから知っている仲ですもの。そろそろ名前で呼びあってもいいころじゃなくて？」

「どうしてかしら？」アイリーンは言い返した。「わたしたちはこれから親友になるの？」

フランチェスカはこの無礼な言い方にも、気を悪くするどころか、さらに大きな笑みを浮かべた。「それはまだわからないわ。でも、わたしたちがまもなくもっとよく知りあうようになったとしても、驚かないでしょうね」

「それはなぜ？　不満を言うつもりはないわ。今日の午後、こうして誘いだしてくださって心から感謝しているんですもの。でも、はっきり言って、あなたが突然わたしに興味を持った理由がさっぱりわからないの」

「昨夜のあなたの率直な話し方がとても新鮮だった、と言うこともできるわね。ほんとうのことですもの。だから、今日の午後あなたと一緒に楽しく過ごしたいと思った、と」

「わたしがいまこの馬車に乗っている、ほんとうの理由を話してくれたらいかが？　レディ・ウィンゲートがあなたに相談したの？　彼女はあなたに……わたしの夫を見つける手伝いをしてくれと頼んだのかしら？」アイリーンはそう言いながらも、怒りと恥ずかしさで顔が赤くなった。

フランチェスカは驚きを浮かべ、アイリーンに顔を向けた。「レディ・ウィンゲート？　あなたのお母様？　どうして彼女が――いいえ、彼女はそんなことを言わなかったわ」

「母ではなく、モーラのほうよ。ハンフリーの妻の。彼女があなたにわたしのことを相談したの？」

「いいえ。レディ・モーラのことはほとんど知らないのよ。彼女がそんなことをわたしに相談すると、どうして思ったりしたの？」

「わたしをさっさと結婚させ、あの家から追いだしたいからよ」アイリーンはついそう言い返し、あまりに乱暴な言い方を恥じてフランチェスカを見た。「ごめんなさい。なんてばかな女だと思われそうね。あなたがモーラの友人じゃないことは知っているのに。ただ、モーラがつい先日もわたしが結婚していないことをうるさく責めて、あなたに相談しろとしつこく促したものだから。あなたが引き受けた女性は、みな立派な相手と結婚できた、とね。モーラはどうやら、あなたがすばらしいこつを知っていると思っているらしいの。それで……」

「たとえ義理の妹さんが見えたとしても、彼女とあなたのことをあれこれ話したりはしなかったでしょうよ」フランチェスカは穏やかにたしなめた。

フランチェスカが本気でそう言っているのを見てとり、アイリーンは急いで謝った。

「ごめんなさい。あなたがモーラの企《たくら》みに加担するはずがないのに。ただ、モーラがあなたの助けを得るべきだと言ったすぐあとだったものだから、とても偶然だと思えなくて」

フランチェスカはうなずいた。「ええ、わかるわ」

この人は、わたしが話した以上のことを読みとったんだわ。フランチェスカの顔に同情が浮かんでいるのを見て、アイリーンはちらっとそう思った。

「義理の妹さんと暮らすのは、たいへんでしょうね」フランチェスカはやさしく言った。

「ええ、最悪よ」アイリーンは率直に答えた。「その大半が、自分のせいだということはわかってるの。長いあいだあの家を自分の思うように切り盛りしてきたから。それをあきらめるのは難しいわね」

「あなたとレディ・モーラは、心を許した友達のようにはなれそうもないわね」

「まだ取っ組みあいのけんかをしていないのが、不思議なくらい」自分がフランチェスカに悩みを打ち明けていることに少し驚きながら、アイリーンは皮肉な笑いを浮かべた。とくに好きなタイプではないとずっと思っていたが、こうして話してみると、フランチェスカはとても感じのよい女性だった。

フランチェスカは笑った。「だったら、結婚を考えるべきかもしれなくてよ。それならモーラと一緒に暮らさずにすむし、自分の家を切り盛りできるわ」

「いいえ、夫の家を切り盛りするだけよ。わたし自身のものはひとつも持たず、男の思いどおりに生きなくてはならない。モーラの言葉には棘があるし、彼女もわたしの人生を思いどおりにしようとしているけれど、いまのところはまだこの状態のほうがましだわ。少なくとも今の家では、ときどきは横暴なモーラからわたしをかばってくれる弟がいるもの。それに、モーラの命令には従う義務はないけど、結婚すれば、すべてが夫の気の向くままだわ」

フランチェスカは驚いた顔でアイリーンを見たが、こう口にしただけだった。「夫から愛され、大事にされている女性もたくさんいるわ」

「ええ。でもどんな夫にあたるかは一種の賭《かけ》でしょう?」

フランチェスカは肩をすくめた。「ほとんどの女性は夫を見つけたがる。そして妻という立場に満足しているわ」

「だったら、どうしてあなたは再婚しないの? ご主人が亡くなってからもう何年もたつのに」アイリーンは鋭く指摘した。

フランチェスカは驚いてまばたきしたが、すぐに立ち直った。「アンドルーほど愛せる人が見つからないだけかもしれないわ」

アイリーンは顔をしかめた。「こんなことを言ってごめんなさい。でも、わたしはホーストン卿を知っているわ。父の飲み仲間だったから。父のことを知っているから、ホーストン卿がどんなふうに時間を過ごしていたかよくわかるのよ」

フランチェスカは穏やかに答えた。「あなたが間違っていると言えば嘘《うそ》になるでしょうね。でも、未亡人という立場は、義理の妹に頼らざるを得ないあなたの立場ほど不快ではないのよ。わたしは結婚しなくてもあなたのようにいやな思いをせずにすむの。いずれにせよ、わたしはあまりよい例にはならないわ」フランチェスカは窓の外の通りに目をやった。「愚かな結婚をしたんですもの。あなたならわたしのようなばかげた選択は決してしないと思うわ」

「ごめんなさい」アイリーンはひどい言葉をぶつけたことを悔やんだ。「ご主人のことを、あんなふうに言うべきではなかったわ。この舌はしょっちゅう勝手に動くの。だからみんなに毒舌だと言われるの。あなたを傷つけるつもりはなかったわ」

「いいのよ、心配しないで」フランチェスカはにっこり笑った。「わたしに真実を話すのは、なんの害もないわ……。でも、ふだんの会話でほかの人に同じことをしないほうがいいでしょうね。ほとんどの人は、その率直さを不適当だとみなすでしょうから」

アイリーンはほほえみ返しただけで、少しのあいだ黙って馬車に揺られていた。それから、口を開いた。「昨夜あなたにラドバーン卿を紹介されたあと、彼に妻を探している、わたしを候補者として考えてもいい、と言われたわ」

「なるほど」フランチェスカはかすかに眉をあげた。「どうやら、あの伯爵も率直に話す方のようね」

「ええ。だから結婚に関心はないときっぱりお断りしたの。それで終わりだと思ったけど、あなたが誘いに来て、こうして馬車に乗り、また結婚の話をしている。これは偶然なのかしら？」

フランチェスカはじっとアイリーンを見つめ返し、小さく肩をすくめた。「わたしはラドバーン卿の大伯母様にあたる、レディ・オデリア・ペンキュリーから頼まれたの。確かにあなたの言うとおり、わたしは結婚の仲介者としてある種の評判を得ているらしいわね」フランチェスカは笑みを含んだ顔で曖昧《あいまい》に手を振った。「伯爵のご家族は、彼を結婚させたがっているのよ。彼にまつわる過去の悲劇のことは、あなたもよくご存じね。ご家族は彼が適切な伴侶《はんりよ》を得れば、ロンドン社交界でふさわしい場所を得られると考えているの」

「そしてわたしが適切な伴侶になると思ったの？」アイリーンは信じられずに訊き返した。「どういうわけで、候補者のひとりに選ばれたのかしら？　わたしがオールドミスだから、どんな相手にでも、たとえほとんど知らない相手にでも、飛びつくほどあせっていると思ったから？」

「彼のことをよく知らないうちに結婚する必要はないわ」フランチェスカは穏やかに指摘

した。

アイリーンの金色の目に怒りが閃《ひらめ》くのを見て、フランチェスカはなだめるように両手を挙げ、笑いだした。

「やめて、わたしにあたらないでちょうだい。いまのは冗談よ。誰もあなたに彼と結婚しろと言ってるわけじゃないわ。わたしは結婚してもよいという気持ちがある候補者を考えてほしいと頼まれたの。するとラドバーン卿があなたに会いたいと言った。だからあなたに彼を紹介したのよ。彼のお祖母《ばあ》様は領地でハウスパーティーを計画しているの。少なくともレディ・オデリアはそのつもり。だから、パーティーは催されるでしょう。それに出向けばラドバーン卿ともっとよく知りあえるはずよ。それをあなたにも、お知らせしようと思って」

「彼とも、ほかの誰とも、もっとよく知りあう必要はまったくないわ。わたしはずっと昔に結婚しないことに決めたんですもの」アイリーンはまっすぐフランチェスカの目を見た。

「あなたは父をご存じね？」

フランチェスカは目をそらした。「ええ。彼がどういう人だったかは知っているわ」

「そうかしら」アイリーンは言った。「社交界のほとんどは、父が放蕩《ほうとう》者だったことを知っている。不品行な道楽者だったことはね。父はギャンブルに飲酒、ほかにも数えきれないほど意志の弱さを表す行いにふけって、母の人生をそれはみじめにしたわ。でも、母をみじめにしたのは、家の外で父がする行為のせいだけではなかったの。父が家にいるときは、わたしたちみんなが一刻も早く出かけてほしいと思ったものよ。大声で怒鳴り、なんでも頭ごなしで、ささいなことにも癇癪《かんしゃく》を起こす。しかも飲んでいるときは……ほとんどいつも飲んでいたけれど、完全に理性をなくし、気に入らないことがあると拳《こぶし》をふるった。母から召使いまで、家の者は父を恐れていたわ。だからわたしは、決して母のような立場に身を置くまいと決めたの。男の気まぐれに支配されたくない、とね」

「でも、この結婚なら、あなたにも力が与えられるのよ」フランチェスカは指摘した。「彼の家族は見合い結婚を望んでいるんですもの。ビジネスの取り決めのような。交渉しだいで、条件をつけられるわ。書面にして手当て金を保証してもらうとか、なんらかの保証を受けとれるはずよ」

「だとしても、結婚してしまえば、彼の支配のもとに置かれることには変わりないわ。わたしにはなんの権利もなくなり、すべてを夫の判断にゆだねることになる」

フランチェスカが黙っているので、アイリーンは言葉を続けた。

「いずれにせよ、たとえそういう結婚に同意するとしても、その相手はラドバーン伯爵ではありえないわ」アイリーンの頬がまたしても紅潮し、目が金色に光った。「あんな無礼で、がさつな人と結婚するなんてとんでもない。彼ときたら尊大で頑固で、それに――」

アイリーンは言葉を切り、必死に自分を抑えて息を吸いこんだ。

「まあ、もうどうでもいいことね。昨夜の舞踏会できっぱり断ったんですもの。ラドバーン卿はもうわたしに関心はないはずよ」

アイリーンを深い関心を持って見ていたフランチェスカは、口を開いたものの、思い直したようにためらい、考えこむような顔になった。「それはわたしにはわからないけど、あなたの気持ちがそんなにはっきりしているなら、無理には勧めないわ。気にそまないことをお願いするつもりはないの。ただ、レディ・オデリアからパーティーの話を聞いたとき、あなたが興味を持つかもしれないと思っただけ。あなたは女性には珍しく、昔から感情ではなく理性で物事を判断する人だから」

アイリーンは目を細め、じっとフランチェスカを見た。この人はほんとうにそう思っているの？　それとも、わたしをおだてて巧みに操ろうとしているの？　確かに、わたしは感情的ではなく、理性的に人生を歩もうとしている。その点からすれば、この実利的な、ほかの人々なら論理的だと判断するに違いない申し出をはねつけるのは、少しばかり奇妙に見えるかもしれない。わたしは不安のあまり、自分と母が生きていく最もよい手立てを拒否しようとしているの？

だが、彼女は急いでこの思いを振り払った。「ちゃんと理性的に判断しているわ。結婚からどういう結果が生まれるかわかっているの。だから、愚かな望みを持つことはしないの」

フランチェスカ・ホーストンはうなずいた。「当然ね。これに関してはもう話すのをやめましょう」

フランチェスカはほかのことを話しはじめた。彼女があまりにあっさりこの話題を捨てたことに内心驚きつつも、アイリーンは会話に加わり、この人を好きになるのはなんとたやすいことかしら、と思った。真剣な話やあっと驚くような話をするわけではないが、会話は楽しく、彼女が話すとごくあたりまえのことも興味深く聞こえる。明るい、気持ちのよい声でよく笑うフランチェスカを見ながら、アイリーンはふと思った。わたしはフランチェスカ・ホーストンを誤解していたかもしれない。うわついた愚かな女性だと片づけていたのは、少しばかり早急だった。重要な問題に触れるわけではないが、フランチェスカは頭の回転が速い。それに温かい人柄のおかげで、どんな噂話《うわさばなし》をしても後味の悪さは残らず、ただの楽しいおしゃべりに変わってしまう。

ふたりの馬車はゆっくり公園を通り、頻繁に停《と》まっては、馬上の人々や、ほかの馬車の人々と言葉を交わした。明らかにフランチェスカは社交界のほとんどの人々を知っているらしく、誰もが熱心に彼女と話したがっているようだった。

アンティークのような大きな黒い馬車に内気な娘と一緒に乗っているレディ・フェンウィット＝テイラーが、フランチェスカを呼びとめ、窓から顔を出して大声で話しはじめた。どうやら彼女はフランチェスカの母親の親友らしく、おしゃべりはしばらく続きそうだった。

アイリーンは座席にゆったりと座り、ふたりの会話をぼんやりと聞いていた。すると腹立たしいことにまたしても思いが昨夜のギデオンとの出会いへと戻りそうになり、急いでそれを頭から追い払った。あの男に頭を占領されるなんて、まっぴらだわ。

後ろからべつの馬車が近づいてくる音がして、いきなり男の声が彼女の名前を呼んだ。

「レディ・アイリーン！　ようやく見つけたぞ」

体が熱く、それから冷たくなった。一瞬、愚かにも、自分の想像が彼を呼びだしたのかと思ったくらいだった。彼女はどきどきしながら振り向いた。

「ラドバーン卿」

6

昨夜会った黒い髪のハンサムな男が、車体の高い黄色い二頭立て二輪馬車から飛びおり、手綱を馬手に投げると、フランチェスカの馬車に向かって歩いてきた。

アイリーンはくるりとフランチェスカを振り向いた。

「最初からこういうつもりだったの?」

だが、フランチェスカも驚いてギデオンを見つめている。「いいえ!」彼女は首を振った。「まさか。彼がここに来るとは思いもしなかったわ」

フランチェスカの顔は、とても嘘《うそ》をついているようには見えない。

「なんてこと」アイリーンは低い声で毒づいた。「わたしったら、いつもつきがないんだから」

「ラドバーン卿《きょう》、ここでお会いするとは驚きましたわ」フランチェスカは近づいてくる彼に言った。「あなたは午後の公園を馬車でのんびりまわるようなタイプには見えませんでしたけれど」

「ああ、違う」彼はそっけなく答えた。「きみを捜していたんだ」

「そうでしたの？」フランチェスカはかすかに眉をあげた。そうすると傲慢《ごうまん》な感じになって、相手の偽りや無礼をたしなめるのに、たいていはかなりの効果をあげる。

だが、ギデオンにはまったく効き目がなかった。彼はただ馬車の横で立ちどまり、べつの馬車にいる女性たちにおざなりに会釈すると、アイリーンとフランチェスカに向かって話しつづけた。

「少しまえ、レディ・ウィンゲートのお宅にレディ・ペンキュリーとお邪魔した」彼は挨《あい》拶《さつ》も、前置きもなしでアイリーンにそう言った。「レディ・ペンキュリーはラドバーン邸にきみを招待しに行ったんだが、残念ながらきみは留守だった」

「ええ、留守でしたわ」アイリーンは答えた。ギデオンはすぐ横の馬車にいる好奇心に満ちた女性たちのことなど、おかまいなしだったが、アイリーンは彼女らに噂話《うわさばなし》の材料を与えるのはごめんだった。

「レディ・ウィンゲートは、きみがここにいると教えてくれた」ギデオンは言葉を続けた。

「なるほど」アイリーンにはとてもよくわかった。明らかに、モーラは結婚の可能性を嗅《か》ぎつけ、この男にわたしのあとを追わせたに違いない。彼女はレディ・フェンウィット＝テイラーの馬車をちらっと横目で見た。「家に戻って、レディ・ペンキュリーにお会いしたほうがよろしいかしら」

「大伯母はもう帰ったよ」ギデオンは言った。「ぼくは、この招待のことをきみに伝えてくれと言われてここに来たんだ」

「そうですの。では……」アイリーンは助けを求めてフランチェスカを見た。

少なくとも、フランチェスカはアイリーンの懸念を即座に理解した。彼女は母の友人の馬車を見て、それからギデオンを見て、アイリーンに言った。「ラドバーン卿と散歩しながら、レディ・オデリアのご親切な招待のことを話しあってはいかが？　ここから見ていれば、つき添いの役目は果たせると思うわ」横にいる馬車の女性たちに笑顔を向ける。「それなら、わたしもレディ・フェンウィット＝テイラーとお話が続けられるし」

ギデオンとアイリーンの会話の残りを聞くことができなくなって、レディ・フェンウィット＝テイラーはがっかりした顔になった。そこでギデオンは、ようやく自分たちのやり取りが見知らぬ人間の耳に入っていたことに気づいたらしく、貪欲《どんよく》な表情で待っているレディ・フェンウィット＝テイラーに会釈し、馬車をおりるアイリーンに片手を差しのべた。

アイリーンはギデオンに手をあずけ、自分の指をつかむ彼の手の強さと大きさを痛いほど意識した。彼の手が触れたとたん、昨夜つかまれたときと同じ、奇妙な興奮の震えが走る。歩きだすときにギデオンは腕を差しだしたが、アイリーンはそれを取らず、両手を自分の体の前で組んだ。

彼女は注意深くフランチェスカの馬車が見える範囲にとどまりながら、馬車や馬が通る広い道からはずれ、芝生の上を横切って散歩道に出た。

ギデオンは前置きなしで言った。

「ラドバーン邸のパーティーにきみも来てほしい。きみの友人のレディ・ホーストンも来る予定だ。ほかの人々も何人か」

「結婚適齢期の女性が何人かということ?」アイリーンは鋭く言い返した。「簡単に比べられるように、候補者を一堂に集めて品定めをするつもり?」

彼は顔をしかめた。「いや。そういうわけではないよ」

アイリーンは片方の眉をあげた。「あらそう? だったらどういうつもりなの?」

「ただ……何人かの人々に出会うには、そのほうが簡単なようだから」アイリーンの表情を見て、彼は口をこわばらせた。「わかったよ、いいとも。若い女性を何人か呼ぶことになる。でも、彼女たちを比べて品定めするためじゃない。ただ、そのほうがおたがいに知りあうのに都合がいいというだけだ」

「一度に何人も、ね」

「ああ、そうさ」彼は苛々《いらいら》しながら同意した。

「お招きは感謝しますわ、ラドバーン卿。どうぞ、レディ・ペンキュリーにこう伝えてくださいな。申し訳ありませんが、わたしは辞退申しあげます、とね。あなたと結婚するためにほかの女性と競うつもりはないわ」

ギデオンの顔が紅潮した。「これは競争なんかじゃない！」

「ほかにどんな呼び方があるのかしら？」アイリーンは冷ややかに言い返した。「花婿の対象はひとり。それに対して花嫁候補は〝数人〟で、あなたはそこからひとりを選びだす。したがって、招かれた女性たちは、競ってあなたの気を引こうとする。そうではありませんこと？」

「くそ！　きみはどんな会話もややこしくする、とんでもなく苛立たしい才能があるな」彼は怒りに燃える目でアイリーンをにらんだ。

「わたしと話すのがそんなに難しいのに、どうしてそのパーティーに招きたいのかわからないわ」アイリーンは言い返した。

「ああ、ぼくも不思議だよ」

「ほらね。わたしがいないほうがはるかに楽しく過ごせるはずよ」

「確かにそうだろうな」彼はうなるように言った。ふたりはそれから一分ほど黙って歩きつづけた。

アイリーンはフランチェスカの馬車が見えなくなる手前で足を止め、馬車のほうを振り返った。「そろそろ戻ったほうがよさそうだわ。レディ・ホーストンから見えなくなりそうだもの」

「いいとも」彼はアイリーンと同じように冷ややかな声で言い、馬車のほうに戻りはじめた。ややあって彼はぽつりと言った。「何をそんなに怖がっているんだ？」

「なんですって？」アイリーンはきっとなって彼を見た。「怖がってなどいないわ。どうしてそんなことを言うのか、想像もつかないわ」

「そうかい？」彼はけげんそうにアイリーンを見下ろした。「ラドバーン邸を訪れることさえこれほどしぶるなんて、ほかにどう考えればいいんだ？　ぼくはきみに結婚を申しこんでるわけじゃない。そんなことは考えてもいないのに」

「わたしだって、あなたと結婚するつもりはまったくないわ。だから、パーティーに出席する意味もないでしょう？　わたしの代わりに、べつの候補者を呼べばいいわ」

「もちろん、きみはぼくと結婚などしたくないだろう。ぼくも同じだ。おたがいにほとんど知らない仲なんだから。だが、それがこの招待の目的なんだ。知りあうことが。ぼくらがたがいにふさわしい相手かどうかを見極めることが」

「あなたのことは、もうよくわかっているわ」アイリーンは立ちどまって、彼に体を向けた。

ギデオンも立ちどまり、彼女と向かいあう。「そうかい？　どうやって？　まだ十五分も一緒に過ごしていないのに」

「昨夜《ゆうべ》の出来事で、あなたの本性はよくわかったもの」彼女は鋭く言い返した。怒りがこみあげ、冷ややかな落ち着きがともすれば崩れそうになる。「わたしにはあれでじゅうぶんだったわ」

緑色の目に怒りを閃《ひらめ》かせ、ギデオンは少しかがみこんで彼女に顔を近づけた。「ぼくには、きみがその〝本性〟にとても熱心に応《こた》えたように思えたが」

彼の低い声に背筋がぞくぞくし、昨夜の欲望の記憶がまたしても体の奥でざわめく。アイリーンは屈辱に体をこわばらせた。

「称号がどうあれ、あなたが紳士でないことは確かね」

「どうして？　真実という厄介な代物を持ちだすからかい？」彼も負けてはいなかった。「きみの言うとおりだ。ぼくは紳士じゃない。正直に話す。きみもそういう女性だと思っていたが、どうやら間違いだったらしいな」

ついさっきまでの氷のレディのような姿は跡形もなく、アイリーンは怒りに頬を染め、目をきらめかせて彼をにらみつけた。そんな自分がどれほど美しく見えるか本人は気づいていない。それはギデオンが何年も前に見た、奔放な、力強い美しさだった。ギデオンは顎を食いしばって目をそらしたが、体が勝手にこれに反応するのを抑えられなかった。

「なんで――」アイリーンが言いかけたところで彼がきびすを返し、自分を無視して歩きだしたことに驚いて言葉を切った。

彼女は両手でスカートをつかみ、怒りを静めようとした。正直に言えば、ギデオンに向かって金切り声でわめきたかった。でも、それでは彼と同じ無礼で粗野な行動をとることになる。彼女はこみあげてくる衝動を必死にこらえ、怒りの言葉を押し戻し、かっかしながら彼のあとを追った。

目の隅に彼女の姿が映っても、ギデオンは顔を向けなかった。アイリーンも彼を見ようともせず、すばやく追いつくと横に並んだ。

ふたりはまもなくレディ・ホーストンの馬車のところに戻り、アイリーンはギデオンが差しだした手を無視して、馬車に乗りこんだ。フランチェスカが彼の伸ばした手と、石のように無表情な顔にさりげなく目をやった。ギデオンの目は冷たく、ガラスのように硬い。フランチェスカは何も言わず、アイリーンの同じようにこわばった顔と、上気した頬、金色にきらめく目を見た。

「ちょうどよかったわ」フランチェスカは明るい笑みを浮かべた。「少し疲れて、そろそろ帰りたいと思っていたところなの。ラドバーン卿、またお会いできて光栄でしたわ」「レディ・ホーストン」彼はそっけなく言い、フランチェスカのほうをほとんど見ずにアイリーンに顔を向けた。「レディ・アイリーン。考え直して、領地を訪ねてくれることを願っている」

そして返事を待たずにふたりに会釈し、横に停《と》まった馬車のふたりには目もくれずに歩み去った。

フランチェスカは持てる社交術を駆使して、アイリーンが必死にしがみついている落ち着きを失うまえに、レディ・フェンウィット＝テイラーとの会話を切りあげ、どうにか数秒で礼儀正しく別れを告げ、御者に馬車を出すように命じた。

「もう！」アイリーンは声をあげて、拳《こぶし》で膝をたたいた。「なんてひどい、最低の男なの！」

「ラドバーン卿との会話は、うまくいかなかったようね」フランチェスカは皮肉たっぷりに言った。

「あんなに頑固で、苛立たしい、憎たらしい男はいないわ！　彼の家族がどれほど努力しても、あんな男と結婚したがる女性がいるとは思えない。妻になったら一生――」

フランチェスカはアイリーンが言葉を探すのをしばらく待ってから促した。「一生なんなの？」

「考えつくこともできないわ」アイリーンは不機嫌な声で言った。「わたしの頭では、考えつかないようなみじめなことよ。彼は世界一ひどい夫になるでしょうよ。強引で、腹立たしくて、そして――」またしてもアイリーンは言葉を切り、苛立たしげに低い声を発した。

「あらまあ」フランチェスカは穏やかに言った。「彼はよほどひどいことを言ったに違いないわね。いったい何を言ったの？」

「彼は……」アイリーンは言いかけて口をつぐみ、一瞬の間をおいてから続けた。「何を言ったかよりも、それを言ったときの態度が腹立たしいの。礼儀をわきまえない、粗野な態度が。しかも、わたしを責めたのよ。このわたしを！　正直に言ったのが気に入らないのか、とね。暴言を吐いておきながら、〝真実〟を盾にとって、わたしが腹を立てるのはおかしいと責めたの。なんと言ったと思う？　わたしがレディ・ペンキュリーの招待を受けるのを怖がっている。彼はそう言ったのよ。怖がっているだなんて！」

フランチェスカはアイリーンの目に危険な光がきらめくのを見て、率直に答えた。「あなたが怖がっているところは、想像もできないわ」

「あたりまえよ！　わたしは決して……もちろん、怖いときもあったわ。誰だってそうでしょう？　でも、それを人に見せるようなことはしなかった！　何が起こるか怖くて、それを避けたことは一度もないわ！」

「そうでしょうね。でも、ラドバーン卿はその気性がわかるほど、あなたのことをよく知らないんですもの」

「そのとおりよ。それなのに、わたしの考えを見抜いているような口ぶりなの。わたしが感じていることを。ばかばかしいにもほどがあるわ」

「でも、彼は礼儀正しい会話には慣れていないのよ。不幸な悲劇のせいで」

アイリーンはふんと鼻を鳴らした。「厩舎《きゅうしゃ》で働く子供でも、もっと礼儀正しいわ。彼はああいう性格なのよ。皇太子として育っても、粗野に振る舞っていたでしょうよ」

「だとしても、そういう欠点に目をつぶってくれる女性は簡単に見つかるはずよ」フランチェスカは言った。「もちろん、あなたのような人はだめでしょうけど。踏みにじられるのを拒否する勇気のない女性ならいいわね。さもなければ、彼に適切な行動を教えられるだけの機知のある人が」

「でしょうね」アイリーンはそっけなく答えた。

「この状況、このチャンスが与えてくれる利点だけを見て、それがもたらす危険や不都合には気づかない。そういう人はいるものよ」フランチェスカはアイリーンを見ながら言葉を続けた。「それに、ハンサムな男性の持つ魅力に勝てない女性もいるわ。彼はなかなか魅力的ですもの」

アイリーンは肩をすくめた。「ああいう顔立ちが好きならね。わたしはあんなに険しい顔は嫌い。それに体も大きすぎるわ。頬骨が高すぎるし、ハンサムと呼ぶには、顎が角ばりすぎているわ」

フランチェスカはうなずいた。「ええ、そのとおりね。それにわたしは茶色い目は好みじゃないの」

「あら、彼の目は緑色よ」アイリーンは訂正した。「彼の色の組みあわせは奇妙ね。髪も眉も黒くて、肌も浅黒ければ、ふつうは褐色でしょうに。鮮やかな緑色。少しも魅力的じゃないわ」

「ええ、そのとおり」

「だいたい、髪が長すぎるわ」

「とても野暮ったいわね」

「まるでならず者みたい」アイリーンは少し考え、こう言った。「眉の隅に傷があるし。あれでほかの魅力が台無しね」

「あらそう？　気づかなかったわ」

アイリーンはうなずいて、自分の右眉を指さした。「ここの、ちょうど眉尻のところに」

「それに彼はちっとも笑わないしね」フランチェスカは指摘した。

アイリーンは目をそらした。「まあ、一度だけ笑ったわ。まるで……」つかのま、アイリーンの表情がやわらいだ。「まるで違って見えた」彼女は首を振った。「でも、ときたま浮かべる笑みを待って、人生を費やすわけにはいかないわ」

「ええ。そうね。たとえとくべつすてきな笑顔でも」

「ええ」

「それに、ハンサムかどうかはたいして重要じゃないわ」フランチェスカはアイリーンを見ながら続けた。「表面的なことですもの。脈が速くなるというだけで、夫を選ぶのは大きな間違い」

「まったくそのとおり」アイリーンは小さなため息をつき、通り過ぎていく建物に目をやった。

しばらくして、アイリーンが言った。

「彼とレディ・ペンキュリーが家を訪れたのはまずかったわ。わたしがラドバーン邸に招かれたことを、モーラに知られてしまったもの。断ったりしたら、激怒するでしょうね。彼女はわたしに結婚して、家を出てもらいたいの。伯爵を捕まえるのを拒否したら、たいへんなことになるわ。昼も夜も、わたしの考えを変えようとするに違いない。それも、ハンフリーや母をせっついて、ふたりの協力を得ようとするに違いないわ」

フランチェスカはアイリーンをじっと見た。「だったら、ラドバーン邸に行くべきかもしれないわね」アイリーンの表情がとたんに険しくなるのを見て、彼女は急いでつけ加えた。「怒らないで、最後まで聞いてちょうだい。パーティーに行けばどんな利点があるかを考えてみて。一週間かそれ以上、義理の妹さんから逃れられるのよ。お母様も連れていけばいいわ。少しのあいだレディ・モーラから離れるのは、お母様も歓迎するんじゃなくて？　あなたが自分の願いどおりにしてくれるとわかれば、レディ・モーラの機嫌はよくなるはずよ。一週間、彼女から自由になれるの。好きなようにしても、誰とも争わずに――」

「ラドバーン卿のそばで過ごせば、争うことになるでしょうよ」アイリーンは皮肉たっぷりに言い返した。

「レディ・モーラとは争わずにすむわ」フランチェスカは笑顔で言い直した。「それに、彼の領地を訪ねたからといって、婚約する必要はないのよ。戻ってきたら、結婚しないと言えばいいだけ」

「でも、彼のそばで過ごすことになるわ」アイリーンは指摘した。「一週間も一緒にいて、大げんかをせずにいられる自信はまったくないわね。せっかくのパーティーを台無しにしたら申し訳ないわ。だいたい、こちらの都合だけで参加するのはどうかしら。彼を夫にするつもりがまったくなければ、レディ・ペンキュリーとレディ・ラドバーンをだますようだわ。その気もないのに、ラドバーン邸に滞在するのは間違ってる」

「気にする必要はないわ。ラドバーン卿の家族がどんなに彼の結婚を望んでいるにせよ、自分たちが招待した女性がひとり残らず彼のプロポーズを受けるとは思うもんですか。ただしばらく彼と過ごすことで、花嫁候補に彼の長所に気づいてほしいと願っているだけよ」

「むなしい願いね」アイリーンは冷ややかに断言した。「むしろ、ラドバーン卿と過ごす時間は少ないほどいいでしょうに。ほんの数分話しただけで、どんなに伯爵夫人になりたい女性でも逃げだしたくなるに決まってるわ」

「最初のぎこちなさがとれれば、彼のよさがわかるかもしれない。さもなければ彼の態度に慣れてくるとか」

アイリーンは肩をすくめた。「わたしは無理だわ。彼を夫として考慮する気があるふりはできないわ」

フランチェスカは小さなため息をついた。「残念だわ。あなたが来てくれたら楽しいでしょうに。これで、くすくす笑う若い女性ばかりと過ごすことになるのね……それにレディ・オデリアと」

彼女は顔をしかめ、アイリーンを笑わせた。

「ごめんなさい、フランチェスカ。あなたと一週間過ごすだけなら、きっと楽しいと思うの。でも、それじゃバンクス家の人たちに申し訳ないわ。ラドバーン卿にすら申し訳ないわ」

「ねえ」フランチェスカは座り直してアイリーンの腕に手を置き、顔を輝かせて身を乗りだした。「もしも偽りの理由で行くのでなかったらどう？　彼と結婚する気はないと、きっぱりあちらにお伝えしたうえでなら？」

「どういうこと？　だったら彼らがわたしを招く意味はどこにあるの？」

「わたしの手伝いをするためよ」フランチェスカは嬉《うれ》しそうな顔で答えた。「あなたがラドバーン卿と結婚する気がないことは、ちゃんと説明するわ。もちろん、あなたが彼を嫌っているとは言わずに、もっと穏やかな表現を使うつもりだけど。実はレディ・オデリアに、ほかの招待客より一週間早く行って、ラドバーン卿の欠点をできるだけ改善してほしいと頼まれているの」

「改善するって、どうやって？」アイリーンは尋ねた。

「もちろん、彼の性格は変えられないけど、あなたほど好みの激しくない女性の目に、もう少し魅力的に映るようにはできると思うわ」

「わたしほど批判的ではない女性に、ってことね」アイリーンは言い返したが、笑みを浮かべて言葉に含まれている棘《とげ》を取った。

「レディ・オデリアの話だと、彼はダンスがあまり得意ではないらしいの。これは改善できるわ。それに、彼にエチケットや、社交的な会話のし方を教えるのも、あなたがいてくれたほうがずっとらくにできるわ」

「まあ、確かに彼にはそういう知識が必要ね。でも、わたしはあまりいい教師にはなれないと言う人々もいるでしょうよ」

フランチェスカは肩をすくめた。「わたしはなれるわ。彼があなたと練習するあいだ、わたしは彼の能力や進歩を評価して、どこが間違っているかを見極め、あなたにそれをはっきり本人に指摘してもらう。どう、うまくいきそうじゃない？」

フランチェスカがにやっと笑って言うと、アイリーンはつい笑い返していた。「ええ。ラドバーン卿の間違いを指摘するのは楽しいでしょうね」

「ほらね。わたしたちはいいコンビになれそうよ。あなたの助けがあれば、きっと彼の社交技術をかなり改善できるわ。ラドバーン卿と一緒に過ごす時間が多くなるでしょうけど、こちらに結婚の意志がないことをあらかじめはっきりさせておけば、それほど問題にはならないはずよ。彼にもレディ・オデリアにも、あなたにしつこく迫らないようにきちんと話しておくわ」

アイリーンはためらった。ラドバーン邸で二週間ほど過ごすのは楽しそうだった。あの苛立たしい伯爵に、たくさんの欠点を指摘できるのが愉快なのか。それともただ義理の妹と赤ん坊が生まれる準備から離れられるのが嬉しいのか。思いがけず好きになったフランチェスカと一緒に過ごせるのが嬉しいのか。理由はわからなかったが、アイリーンはラドバーン邸に出かけるという見通しに、気持ちが明るくなった。

「そうね」彼女はためらいがちに言った。「合理的な取り決めだと思うけど、ラドバーン卿がわたしの拒否をすんなり受け入れるかしら」

フランチェスカは肩をすくめた。「彼はあなたを説得しようとするかもしれないわね。でも、力ずくで迫るとは思えないわ。悪い人ではないと思うの。ただ……エレガントではないだけ」

「ええ、もちろん」アイリーンは急いで同意した。「悪人ではないわ。ただ頑固なだけ。それに自分に自信があるのね。それは必ずしも悪いことではないわ」

「あなたなら、彼の説得をきっぱり拒否できるでしょうし」フランチェスカはそう言った。

「もちろん」アイリーンはふたたびにやっと笑った。「頑固なことでは誰にも負けないもの」

「ええ、そうね。それに、ほかの女性たちが到着すれば、それほど彼のそばにいなくてもよくなるわ。ラドバーン卿はほとんどの時間をその女性たちと過ごすでしょうし、彼女たちも熱心に彼の歓心を買おうとするはずですもの」

「ええ」アイリーンの笑みが少し揺れた。

「わたしの助手として来てくれたら、こんな嬉しいことはないわ。あなたも少しのあいだ義理の妹さんから離れられる。よかったら、お母様を連れていらっしゃいな」

「母も喜ぶと思うわ」アイリーンは考えこむような顔になった。

「ええ、お母様にも楽しいはずよ。レディ・オデリアとレディ・ラドバーンは、どちらもお母様より年配だけど、レディ・オデリアはその気になれば、とても愉快になれる人なの。それに、わたしはとても助かるわ」

「ほんと？」アイリーンはフランチェスカを振り向き、鋭い目で彼女を見た。

「ええ、もちろん」フランチェスカは正直に答えた。「あなたが来てくれれば、ラドバーン卿が花嫁を見つけられる可能性はとても高くなると思うの。わたしは花嫁候補として彼と話したことがないけど、あなたはあるわ。彼のどんなところが女性にとって苛立たしいかわかっているでしょう？　だからどこをどう改善すればいいかもわかる。それに、あなたが一緒なら、わたしの責任も軽くなるわ。ほかの女性たちが到着したら、彼を紹介し、彼が花嫁候補たちと話せるように場を整えるのを手伝ってくださる？　お目付役の仕事は、ひとりよりもふたりのほうがずっとらくですもの」

「確かにそうね。でも、彼の申し出を受けるように女性たちを説得するのはごめんよ。良心の呵責《かしやく》を覚えずに彼を推薦することはできないもの。とくに若い、世間知らずのお嬢さんには」

「そんなことはお願いしないわ！」フランチェスカは恐怖を瞳に浮かべて答えた。「性格の弱い花嫁は、彼とは最悪の取りあわせですもの。ラドバーン卿の奥様になる女性は、意志の強い人、彼と彼の家族に対等に渡りあえる人でなくては。いずれにせよ、本人にその気がないのに説得するなんて間違ったことだわ。でも、適切な相手が彼を知り、慕うようになる機会をつくるのは、それとはまるでべつのことよ」

「ありそうもないけど……」アイリーンは懐疑的な声で言った。

「そうかもしれない。でも、努力する価値はあるはずよ。これまで彼に起こったことを考えると、お気の毒になるの。家族から引き離されて、極貧の生活を強いられ、躾《しつけ》も教育も愛情もなしに育ってきたことを思うとね。生きのびただけでも奇跡のようなもの。こうして伯爵の称号を引き継ぎ、領地を相続したけれど、母親も父親も知らずにスラム街で育ったという悲劇の埋めあわせにはならないわ。彼の人生からはとても多くが盗まれてしまったんですもの」

アイリーンも同情で胸が痛むのを感じた。「ええ。とてもつらかったに違いない。それを思えば、マナーや話し方をこんなに批判するのは間違っているわね。そういう瑣末《さまつ》なことは大目に見るべきだわ。彼の力ではどうにもできなかった人生の結果だもの」アイリーンは考えこむような目になった。

「そのとおりよ」フランチェスカは彼女に目をやった。「どう、ラドバーン邸にわたしと一緒に来てくれる？　そうしてくれたらとてもありがたいわ」

アイリーンは彼女を見て、にっこり笑った。「ええ。一緒に行ってお手伝いしたいわ。ラドバーン卿がわたしのことを、花嫁になる名誉を競う女性のひとりだと勘違いしないでくれれば」

「ええ」フランチェスカは急いで同意した。「その点は彼にもレディ・オデリアにも、はっきり伝えるわ」

アイリーンの笑みが大きくなった。「いいわ。では、これで決まりね」

馬車がアイリーンの家に到着し、その前で止まった。ふたりはフランチェスカがこの一件をレディ・オデリアと話しあったあとで、旅の詳細をつめるためにもう一度会う約束をした。それからアイリーンは弾むような足取りで馬車をおり、フランチェスカに小さく手を振って階段をあがり、家のなかに消えた。

フランチェスカはその後ろ姿を見送りながら、めまぐるしく計画を立てた。アイリーンに告げたことは嘘ではない。彼女にギデオンと結婚する意志がないことは、はっきりと先方に伝えるつもりだった。

もちろん、ギデオンはそんなに簡単に負けを認めるような男には見えないから、この件はこれでおしまいになるわけではない。それに、本人はまったく気づいていないが、〝大嫌い〟な男に関するアイリーンの細かい描写には、彼女のほんとうの気持ちが表れていた。ギデオンと結婚するよう圧力をかける気は毛頭ないが、アイリーンには自分の気持ちに気づく機会をたっぷり与えるとしよう。

フランチェスカは帰宅するようにと御者に合図した。さっそく、仕事に取りかからなくては。

7

重くて古い馬車が街道をがたがたと進み、ウートンベックの村へと入った。そこは緑地とありふれた石造りの教会があり、なだらかなのぼり坂の道沿いに商店やコテージが立ち並ぶだけの静かな小村だ。だが、馬車に乗っている三人には重要な意味を持っていた。ウートンベックを通過すれば、バンクス家まではもうほんの一、二キロだ。

レディ・オデリアはフランチェスカとアイリーンとクレアに、自分の馬車を提供してくれた。かなり古めかしいが、スプリングのよく利いた贅沢《ぜいたく》な乗り物だった。馬車には、道中、快適に過ごせるようにと、空腹や喉の渇きを癒《いや》すための食べ物と飲み物がつまったバスケット、寒くなったときのための膝掛けも用意されていた。

そろそろお母様を起こしたほうがいいかしら？　アイリーンは馬車の隅にもたれてうとうとしている前の席の母を見て迷った。母のクレアはギデオンとその家族に会うまえに、きちんと身づくろいする時間がほしいだろうが、眠っている母を起こすのは気がひける。この訪問に興奮し、準備に追われて、この十日ばかりはあまりよく眠っていなかったのだ。

アイリーンに言わせれば、母やほかのみんながあれほど大騒ぎしてさまざまな準備をする必要など、まったくなかった。まず、新しいドレスをつくらねばならない、と家族は言い張った。アイリーンは抗議し、ドレスはたくさんあると指摘したのだが、驚いたことに義理の妹までが、伯爵家に二週間も滞在するなら、せめて二、三着は新しいドレスが必要だと言う母に同意したのだった。

「ちゃんとしたイブニングドレスがなくてはね。今年のシーズンに何度も着たものではだめよ」生まれてくる赤ん坊のことをつかのま忘れ、モーラは勇んでそう主張した。「昼間に着るドレスも二、三着は必要だわ。そうでしょう、お義母《かあ》様？　ラドバーン邸で、アイリーンにみすぼらしい格好をさせることはできませんもの」

アイリーンは弟の嫁の寛大な申し出にすっかり意表を突かれ、仕立屋に行くことについ同意してしまった。自分の小さな家族が仲良くしている光景にすっかり気をよくしたハンフリーは、財布の紐《ひも》をゆるめ、モーラに好きなだけ使っていいという許可を与えた。

もちろん、モーラの善意の裏には、何かとうるさい義理の姉を結婚させて厄介払いしたいという熱意が隠れていることは間違いない。それでも、モーラとほとんど争わずに外出するのは、実際のところなかなか気分のいいものだった。仕立屋に行くと知り、フランチェスカも同行したいと申しでた。おかげでこの外出はいっそう楽しいものになった。そして笑い声とおしゃべりの絶えない、ふだんとはまるで違う穏やかなこの外出のあいだに、アイリーンは気づくといつもよりはるかにたくさん、しかもふだん着ているものよりも女らしい、魅力的なドレスを買っていた。

舞踏会用のドレスは絶対に金色のサテンがいいわ、とフランチェスカは言い張った。そしてスカートの裾《すそ》まわりのひだ縁飾りは三列ではなく一列だけにして、低い襟ぐりも二、三センチあげてもらうことにしたものの、柔らかい金色に輝くサテンにすっかり心を動かされ、アイリーンも最後は同意した。同色の柔らかいダンス用の靴と、むきだしの腕にかける金色のショール、髪に飾るリボンや花も買う必要があった。

そのあとは、旅行用に黒の紗《うすぎぬ》で縁取った灰色のボンバジンのドレスと、黄みを帯びた濃い緑色のイブニングドレス、綿モスリンで仕立てた昼間のドレス二着もなし崩しに同意させられ、モーラとフランチェスカに熱心に勧められて、アクセサリーも買うことになった。

すっかり満足し、疲れて、その日の買い物はようやく終わった。でも、社交界の名花との新しい友情に目を輝かせたモーラは、翌日アイリーンのクローゼットをじっくり見て、今回の訪問に必要な残りのドレスを選ぶ手助けをしたいというフランチェスカの申し出に飛びついた。疲れているうえに、思いがけず金色の舞踏会用ドレスに強く魅せられて当惑していたアイリーンは、弱々しい抗議しかできなかった。

翌日、フランチェスカはメイジーというメイドを伴ってウィンゲート家を訪れ、メイジーは針を持たせたらまるで魔法使いなの、と請けあった。五人の女性はアイリーンの部屋で手持ちのドレスを全部取りだし、アイデアを絞った。フランチェスカのすぐれたファッション・センスと、メイジーのすばらしい腕前は、誰ひとり否定できなかった。そしてアイリーンが気づいたときには、こちらにひだ飾りがつけられ、あちらにリボンが飾られ、襟ぐりを大胆にカットされ、袖《そで》を長くされたり短くされたりしていた。レースを少し使うか、サテンの飾り結びをつけるだけで、アイリーンの地味なドレスはそれまでと違い、おしゃれな、魅力的なドレスに生まれかわった。

アイリーンは容赦なく自分の服が変えられていくことに抗議したものの、その結果があまりにすばらしいため、もとの形に戻す気にはなれなかった。いつもの地味で質素なドレスを着ないからなんだというの？　ギデオンには彼の妻になる気はないときっぱり宣言してある。だいいち、彼はとても実用的な理由で妻を求めているのであって、外見はどうでもいいはずよ。だから、わたしがおしゃれなドレスを着たところで、彼がほかの女性を追いかける邪魔をしていることにはならないわ。

それに、もうこれまでみたいに地味な格好をする必要もないわ。彼女はその夜、鏡の前に立ちながら思った。わたしがオールドミスだということは周知の事実。妻を探しているたいていの男性が目を向ける年齢は、とっくに過ぎたんだもの。ことさら控えめにする必要はないわ。たとえば、いつもは引っつめている髪をゆるめて、メイジーが言ったように巻き毛を滝のように垂らしたフランス風スタイルに結っても、髪に飾りをつけてもかまわないはずよ。

アイリーンにとっては女性がドレスに費やす努力と時間は愚かな浪費でしかないが、考えてみれば、義理の妹と一緒に暮らすようになってから、この数日ほど和気藹々《あいあい》と過ごせたことは一度もなかった。実際、ドレスに手を入れながら、ほかの女性たちと笑ったり、噂話《うわさばなし》に興じたりするのはとても楽しかった。もっとも、この快適な雰囲気が、主にフランチェスカの努力のおかげであることも、アイリーンにはわかっていた。

もちろん、楽しいことばかりではなかった。モーラは誰かを批判せずに十日と過ごせる女性ではない。それにアイリーンのほうも、モーラの助言と、モーラが大きな顔で采配《さいはい》をふるうことに反発せずにはいられなかった。それでも、あと何日かすればモーラから離れられると思えば、これまでよりはるかにたやすく耐えることができた。新しいドレスができあがってきたことも、それを助けてくれた。彼女は鏡の前ですべてのドレスを試着せずにはいられなかった。パーティーに参加する若い女性たちが、珍しくおしゃれしている自分を見て驚くところを想像すると、抑えきれずに笑みがこぼれた。

アイリーンはオールドミスという立場に満足しているが、若い女性がそのせいで自分のことを、まるで社交界のごみのようにみなしていることに、内心は反発を感じていたのだ。

この一週間半のあいだ、ゆるんだボタンをつけ直し、ちぎれた蝶《ちょう》結びや裂けた裾を直し、ドレスを洗濯し、アイロンをかけて整えるうちに、彼女のなかにはしだいに興奮が募っていった。ドレスを鞄《かばん》につめるだけでも、たくさんの労力と時間が必要だった。

ラドバーン邸には二週間しか滞在しない予定だが、こういう訪問にはたくさんのドレスが必要だ。加えてダンス用の靴と、それが壊れたときのために予備の靴。乗馬する機会が訪れたときの用意に乗馬靴もいる。周辺を歩きまわるための頑丈な散歩用のブーツに、昼間はくエレガントな靴も、服に合わせて少なくとも二、三足は持っていかねばならない。すべての靴をきれいにして、念入りに点検し、注意深く布で包んで鞄に入れる。靴だけでも、これだけの作業が必要なのだ。

同じ服を毎日着るわけにはいかないから、持っていくドレスはかなりの数になった。乗馬服、旅行用の服、アイリーンが楽しみにしている長い散歩用には、厚手の生地でつくられた服が一、二着いる。そのほかに昼間着る服が数着、正式な晩餐《ばんさん》会で着るイブニングドレス、そしてもちろん、バンクス家が二週間の滞在中に催すパーティーのために、最も華やかな舞踏会用のドレスが二着。

ほかにも、寝間着やさまざまな素材と重さのペチコート、シュミーズ、ストッキング、寒くなったときやラドバーン家が隙間《すきま》風の入る邸宅だったときのために、実用的なフランネルのペチコートも必要だ。最後に、ドレスの上に着る外套《がいとう》も用意していかねばならない。もうすぐ九月になるとあって、ラドバーン邸にいるあいだに、冷えこむようになるはずだ。

イブニングドレスか舞踏会用のドレスで外に出るときのために、いちばんいいビロードの外套がいるし、昼間着る外套も二枚ほど必要だろう。

それから、最後になったが忘れてならないのが、それぞれのドレスに合うアクセサリーだ。長手袋に短い手袋、ふだんのものに、エレガントなもの。乗馬用の革手袋。リボンやほかの髪飾り。ささやかな宝石類。扇。それと、もちろん、帽子もいくつか。驚いたことに、モーラはアイリーンに黒貂《くろてん》のマフを貸してくれた。

「まだこれをつけるほど寒くないけど」モーラはアイリーンに言った。「滞在が終わるころには、少し寒くなるかもしれないわ。それに、毛皮のマフほど女性をエレガントに、か弱く見せるものはないのよ。お義姉《ねえ》様の手はなかなかすてきだから、それを引きたてなくちゃね」

「ありがとう」アイリーンは驚いて口ごもった。「大事に使うわ」

「ええ、そうしてちょうだい」モーラが茶色い眉をひそめるのを見て、アイリーンは義理の妹の気が変わらないうちに、急いでマフをトランクにつめた。

あまりにもすることがたくさんありすぎて、わくわくする暇もないくらいだった。出発の前日に、一行に従うフランチェスカのメイドと御者が乗る馬車にすべてのトランクを積むのを見守りながら、ようやくアイリーンはそれまで抑えつけていた興奮が胸を満たすのを許した。

明日は、ロンドンと社交界の息のつまる拘束を離れて、自由な郊外へと出発するんだわ。母とふたり、意地の悪いモーラの甘い言葉にくるんだ毒舌や敵意からしばらくは自由になれる。モーラが〝微妙な状態〟や、これから何カ月も続く犠牲、吐き気やめまい、そのほかこの時期の女性が悩まされるありとあらゆる病を口にするのを聞かずにすむ。母がモーラの顔色をうかがわずに過ごすことができるだけでも、フランチェスカとラドバーン邸に行くことに決めてほんとうによかった。

そしていま馬車に揺られながら、アイリーンはギデオンのことを考えた。屋敷に到着したら、おそらく彼も挨拶《あいさつ》をするために待ちかまえているだろう。どんな態度をとるかしら？　そっけなくするかしら？　それともまだわたしの気持ちを変えようとするかしら？　わたしを口説くようなことはしないと思うけど……だいたい、あの男に〝口説く〟という社交的な技を使う能力があるかどうかも疑問だわ。でも、おそらくなんらかの形で、わたしが彼と結婚すべきだと説得しようとするでしょうね。彼には妻が必要なようだし、あっさりあきらめるタイプには見えないから。

もちろん、ほかの若い女性たちもいる。彼がそのうちのひとりに目を留める可能性もあるわ。アイリーンは無意識に唇を引き結んだ。ええ、その可能性は高い。招待された女性たちのなかには、彼の求愛を受け入れ、伯爵夫人になるチャンスをつかむためなら、自由をあきらめる女性がいるに違いない。わたしだって、伯爵が誰かほかの女性に目を留めてくれるほうがいい。けれど正直に言えば、ギデオンにとってわたしが特別な存在ではないこと、どんな女性でも彼の目的にかなうことをはっきりと知らされるのは、少しばかり面白くない。

ええ、彼がほかの女性に惹《ひ》かれたとしても、それを不愉快に思うのはばかげているわ。アイリーンはそう自分に言い聞かせた。伯爵に追いかけられるのは望んでいないのだし、彼が無関心でいてくれるほうが、この滞在ははるかに楽しくなる。多少はプライドが傷つくとしても、すぐに立ち直るわ。彼がわたしをあきらめてくれれば、どれほどほっとすることか。

レディ・オデリアは古めかしくて重たい馬車と一緒に保守的な御者も送ってよこしたため、馬車はのろのろとしか進まなかったが、アイリーンは少しも気にならなかった。フランチェスカはとても楽しい旅の連れだったし、母は批判的な義理の娘から離れたとたん、嬉《うれ》しそうに話し、よく笑った。だから時間はとても楽しく過ぎていった。そして沈黙が落ちても、アイリーンには考えることがたくさんあった。こんなふうに長い旅をしたことはほとんどない。初めて見る景色を眺めるのも、宿に泊まるのも、新鮮な経験だった。領地からロンドンへ出てくるときもそうだが、これまでの旅の大半はその日のうちに終わるものだった。新しい体験ができるのはすばらしいことだわ。アイリーンはこの機会を存分に楽しむつもりでいた。

目的地が近づいてくるにつれ、彼女の胸には期待がこみあげてきた。ラドバーン邸がちらりとでも見えないかと、ときどき窓のカーテンを引いて外を眺めたが、馬車が進んでいく細い道の片側の、背の高い生け垣以外は何ひとつ見えない。馬車がもっと細い、あまり踏み固められていない小道へ曲がった。屋敷に向かう私道に入ったに違いないと思ったアイリーンは、ふたたびカーテンを引いて外をのぞいた。

一行は小さなコテージを通り過ぎ、森のなかに入った。両側にそびえている高い木の枝が、道に張りだして屋根の上でアーチをつくっている。馬車はがたがた揺れながら、その道を進み、細い流れにかかった石橋を渡って、それからまもなく森を抜けた。

アイリーンはラドバーン邸を見るために、恥ずかしげもなく窓から顔を出した。馬車の前にはゆるやかにうねる青々とした芝生が広がっていた。そのなかを私道が屋敷の前へと弧を描いている。ラドバーン邸は丘の上に堂々とそびえていた。建物の前にも横にも、建物の線をやわらげる樹木や灌木《かんぼく》はない。

アイリーンは息をのんだ。「まあ」

彼女が見たなかでいちばん大きな屋敷でもないのに、ラドバーン邸はとても印象的な建物だった。壮麗な門衛詰所として建てられた中央の四角い建物は四階建てで、その両端にある一対の円筒形の塔がさらに二階上へとそびえている。どちらの塔からも屋根窓のあるふつうの三階建ての翼棟が延びていた。建物全体が赤煉瓦《れんが》で、その色は部分部分でわずかに違う。ほかよりも暗い赤の煉瓦が交じっているところもあった。塔の最上部の装飾には石に似た煉瓦のテラコッタが使われている。窓枠も同じだった。午後の空で低く傾いた秋の太陽が、縦仕切りのある窓をきらめかせ、塔の横に陰をつくって、屋敷の荘重な雰囲気をいやがうえにも高めている。

自然に目を覚ましたアイリーンの母もフランチェスカも身を乗りだし、アイリーンに倣って馬車の窓から顔を出した。母のクレアがアイリーンと同じ感嘆の声をもらした。

「どうやら」フランチェスカがあっさりと言った。「バンクス家は、自分たちのことをとても高く買っているようね」

「あれは……なんと言い表せばいいかわからないわ」アイリーンは屋敷を見つめたまま応じた。「美しいとは呼べないけれど、とても立派ね。それに魅力もあるわ」

「わたしには、地下室にかびの生えた骸骨《がいこつ》がひとつかふたつ転がっていそうな屋敷に見えるわ。さもなければ、頭のおかしくなった叔父が屋根裏部屋に閉じこめられていそう」フランチェスカが言った。

アイリーンはくすくす笑った。「あら、エリザベス王朝時代の海賊が自分のために建てそうな屋敷じゃないこと？　冒険好きの、向こう見ずで、大胆な海賊が」

「まあね」フランチェスカはからかうようにアイリーンを見た。「アイリーン、あなたにはだまされたわ。そんなロマンチックな想像をするなんて」

アイリーンは少し赤くなって、座席に座り直した。「ばかなことを言うのはやめてちょうだい。何かに魅力を感じるからといって、それに心を奪われるとはかぎらないわ」

フランチェスカは黙ってほほえみ、話題を変えた。「レディ・オデリアが出迎えてくれるはずよ。レディ・オデリア・ペンキュリーをご存じですかしら、レディ・ウィンゲート?」彼女はアイリーンの母を見て尋ねた。

「先日もお会いしたけれど、よく知っているとは言えないわね」クレアは注意深く答えた。

「レディ・オデリアの場合は、彼女に会えば知っているも同然だと思いますわ」フランチェスカはにっこり笑ってそう言った。「遠まわしなことを言わない人ですもの」

クレアはほほえみ返し、認めた。「ええ、レディ・ペンキュリーはとても……ご自分に忠実な方ね。これはすばらしいことよ」

「ええ、間違いなく」フランチェスカの声には皮肉がこもっていた。

「わたしはレディ・ペンキュリーに一度もお会いしたことがないの」アイリーンは母を見た。「そうでしょう、お母様？　彼女は記憶に残るような女性らしいもの」

「ええ」母は同意した。「会ったことはないと思うわ。近ごろは、あまり旅をなさらないようだから。少なくとも、ロンドンへはめったに出てこないもの」

「ありがたいことにね」フランチェスカはアイリーンに言った。「あなたは大丈夫でしょうけど、わたしは昔から彼女が恐ろしかったの。彼女がダンシー邸を訪れるたびに、会わずにすむようにベストを尽くしたものよ。何ひとつ見逃さない人なの。ひだがひとつ裂けていても、髪がほんの少し乱れていても、似合わないデザインの服を着ていても」

「レディ・ペンキュリーをよくご存じのようね」アイリーンは言った。「親戚《しんせき》か何かなの？」

フランチェスカは恐怖に目をみはった。「とんでもない！　実家がロックフォード公爵の領地のひとつ、ダンシー邸の近くにあるのよ。とても気持ちのいいところ。そしてレディ・オデリアは公爵の大伯母様だから、彼がそこにいるときはよく訪れていたの」

「ラドバーン邸のほかの方たちもご存じなの？」アイリーンの母が尋ねた。

「いいえ。実を言うと、ここに来るのは初めてですの」フランチェスカは説明した。「現在のラドバーン伯爵のお祖母《ばあ》様、レディ・オデリアの妹さんにお会いするのも初めて。どんな方か興味がありますわ。レディ・オデリアのような人が、ひとつの家族にふたりもいるのは想像しにくいんですもの」

「ラドバーン邸には、ほかにも誰か住んでいるの？」アイリーンは尋ねた。

「亡くなった伯爵の二番目の奥方もいるはずよ。伯爵が晩年に再婚したのは知っているけれど、伯爵夫人には会ったことがないの。伯爵が老齢だったのと、病気がちだったせいでしょうね、ロンドンには来たことがなかったから。奥方の名前さえ思い出せないくらい。でも、息子がいるのよ。まだ小さいけど。ラドバーン卿が見つかったとき、その子の相続権が失われたことがだいぶ噂になったわ。でも、奥方とその子のことは、それくらいしか知らないの。家族のほかの人が住んでいるかどうかも。レディ・オデリアは、〝ささいなこと〟ははぶく傾向があるんですもの」

「いずれにしても、もうすぐわかるわ」アイリーンはふたたび窓の外に目をやった。

一行はもう屋敷の前の階段に到着しかけていた。ドアが開き、黒いスーツを着た威厳のある顔つきの男が階段をおりてくる。そのあとには、お仕着せ姿の召使いがふたり従っていた。先頭の男は執事に違いない。

彼は馬車が完全に停《と》まるのを待って、ドアを開き、なかにいるレディたちに頭をさげた。

「みな様、ラドバーン邸にようこそおいでくださいました。長旅であまりお疲れでないとよろしいのですが」

「おかげさまで、とても快適な旅でしたわ」フランチェスカは執事に言い、彼の手を取って馬車からおりた。

アイリーンと母がそのあとに続く。三人ともしばし立ちどまり、高くそびえる屋敷を見上げた。執事が誇らしげな笑みを浮かべて言った。

「この門衛詰所は、最初のラドバーン伯爵がお建てになったものです」彼は説明した。

「もちろん、もっと古い、初期のノルマン風建築の非常にすぐれた建物もございます。ですがヘンリー八世の時代に初代伯爵がこのすばらしい建物を建てて以来、見向きもされていません。実際のところ、このラドバーン邸はハンプトン宮殿に対抗することを目的としていましたが、残念なことに、ラドバーン卿はこの門衛詰所を建設しただけでお亡くなりになりました。二代目の伯爵は、建物に関する一代目の構想を分かちあっておりませんでしたので、門衛詰所にたんにほかの棟を建て増したのでございます」

「あの塔のなかには何かがあるの？」アイリーンは円筒形の建物を見上げながら尋ねた。

「螺旋《らせん》階段だけでございます。それと、言うまでもなく、最上階からはこのあたりが一望できます。あそこまであがる気になればですが」

「わたしは見てみたいわ」アイリーンは言った。

「では、若い人たちと一緒にそうしてちょうだいな」母のクレアが言った。「わたしは下の階を見るだけで満足よ」

「このお屋敷のあらゆる場所に見るものがございますよ、奥様」執事は母に請けあった。「わたくしはホラスと申します。必要なものがございましたら、なんなりとお申しつけください。よろしければ、お屋敷のなかにご案内いたします。伯爵未亡人とレディ・ペンキユリーが先ほどからお待ちでございます」

荷物は召使いたちにまかせて、三人の女性は背中をぴんと伸ばした執事に従って屋敷のなかに入り、正面の広いホールを横切り、立派な調度の置かれた客間に踏み入った。旅をしてきた一行が入っていくと、そこに座っていた三人の女性が彼女らに顔を向けた。

アイリーンは、ギデオンがそこにいないのをひと目で見てとった。でも、関係ないわ。むしろ、彼がいなくてほっとしたくらいだ。とはいえ、ここにいて客人を迎えないのは失礼だ。ラドバーン卿《きょう》はどこにいるかしら？　わたしたちを迎えないことで、わたしの自尊心を傷つけるつもりなの？　だとしても、もちろん、全然関係ないけれど。アイリーンは心のなかで繰り返した。

「ようやく着いたわね！」女性のひとりが割れ鐘のような声で言った。鉄色の髪にレースの縁取りがある黒い帽子をかぶった女性だ。旧式な大きなスカートと固い胴衣の、暗紫色のシルクのドレスを着ている。声にふさわしく大柄で、座っていたソファから重たげに立ちあがると、風をはらんだ帆船のような力強さと威厳を見せて進みでた。この人がレディ・オデリア・ペンキュリーに違いない。

同じソファでレディ・オデリアの隣に座っていた女性は、やはり年配だが、外見も体つきもレディ・オデリアとは正反対だった。レースの縁飾りがある黒い帽子の下には純白の髪が柔らかく波打ち、黒いドレスはモダンなスタイルで、ほっそりした線にハイウエスト、黒いレースで縁取られている。まるで病人のように痩《や》せていてレディ・オデリアよりも背が低いが、おずおずと肩をすぼめているせいで、実際の身長はあまりよくわからない。白い巻き毛が帽子の下のピンからはずれ、シルクとレースのひだが体にまとわりつき、とにかく、すべてが小さく、か細く見える。立ちあがった拍子に、黒い房飾りのついたショールの端が肩からすべり落ち、それを引きずったまま、彼女はためらいがちに二、三歩前に出て、弱々しく微笑した。

「ようこそ、フランチェスカ」レディ・オデリアが言った。「長旅のあとでも、とても溌《はつ》剌《らつ》として見えること」彼女は自分の後ろの華奢《きやしや》な女性を半分振り向き、こう言った。「ほらね、パンジー。言ったでしょう、この人たちはひどい目に遭ったりしていない、とね。あなたのように旅が苦手な人ばかりではないのよ」

「ええ、もちろんですとも、オデリア」パンジーと呼ばれた女性は笑みを浮かべ、小さくうなずいた。体と同じようにか細い声だ。にこやかなほほえみはやさしく、彼女の目もやさしかったが、心の半分はどこかほかにあるようにぼんやりした表情だ。

フランチェスカはアイリーンとクレアをレディ・オデリアに紹介した。続いてレディ・オデリアが、さっと妹に手を振り、ラドバーン伯爵未亡人だと客たちに紹介する。

パンジーはアイリーンの手を取った。彼女の手は骨と皮しかないように軽く、関節がごつごつして、部屋のなかは温かいにもかかわらず冷たかった。「お会いできてとても嬉しいわ」アイリーンの目にほほえみかけながら続ける。「よいお友達になれそうですもの」

「ご親切にありがとうございます、レディ・ラドバーン」アイリーンはそう言ったものの、なぜ亡きラドバーン卿の母親が自分と仲良くしたがるのかわからなかった。この人はきっと誰にでもこんなふうに挨拶するのだろう。姉のレディ・オデリアに、わたしが孫のプロポーズを受けるために来た、と間違った考えを吹きこまれていないといいけど。

ちらりと横を見たが、フランチェスカは小さく肩をすくめただけだった。ちょうどそのとき、部屋にいる三人目の女性が近づいてきた。

ブロンドに白い肌、大きな丸い空色の目のきれいな女性だ。とても豊満な体つきで、黒と白の半喪のドレスは襟ぐりが浅くすっかり胸を覆っているものの、その豊かさは明らかで、すぐ下に巻いた飾り帯がいっそうそれを強調している。

「はじめまして」彼女はフランチェスカを、ついでアイリーンとクレアを冷たい目で一瞥《いちべつ》した。「ラドバーン伯爵夫人です」

「息子のセシルの未亡人テレサよ」パンジーが悲しみを浮かべて説明した。「セシルがわたしたちのところから逝ってしまって、もう一年になるの」

「ラドバーン邸にようこそ」若いほうのレディ・ラドバーンは、パンジーも彼女の言葉も無視して冷ややかに言った。

アイリーンは興味深い目でテレサを見た。先代の伯爵の未亡人は、想像していたよりもはるかに若い。アイリーンとフランチェスカよりはもちろん年上だが、それほどいくつも違わないようだ。テレサはとくに友好的には見えなかった。言葉遣いは丁寧だが、よそよそしく堅苦しい態度で、空色の目には隠しきれない冷ややかな光がある。アイリーンは彼女が自分たちを歓迎していないという、はっきりした印象を受けた。実際、あえて推測するなら、この伯爵夫人はアイリーンたちに来てもらいたくなかったようだ。

ただ、この女性が嫌っているのは、自分とフランチェスカだけなのか、それとも新しいラドバーン伯爵夫人になりたがっている女性なら誰でもなのかはよくわからない。見るからに無害な義理の母をそっけなく無視したところを見ると、案外、ただ不愉快な女性なだけかもしれない。

「喉が渇いたでしょうね、お茶を持ってこさせましょう」レディ・オデリアが言った。

テレサが刺すような目で自分の背中をにらみつけているのには気づかずに、レディ・オデリアは呼び鈴を鳴らす紐に歩み寄った。

「お客様は先にお部屋に行きたいかもしれませんわ」テレサは言った。「長旅でお疲れでしょうから」

レディ・オデリアは眉をひそめて振り向いた。「三人とも、その前にギデオンに挨拶をしたいでしょうよ」

テレサは鼻を鳴らした。「まるで彼がお客を迎えるだけの礼儀を心得てでもいるような口ぶりですこと」

レディ・オデリアは背筋を伸ばした。そうするとこれまでよりもっと威圧的に見えた。

「なんですって、テレサ」彼女は鋼のような声で言った。「わたしの妹の孫は避けられない用事があって、おそらくは領地の用事で、ここにいられなかったのでしょう。わたしの見るところ、この何年かここは恐ろしいほど荒れた状態に放置されてきましたからね」

テレサは悪意に満ちた目でにらんだものの、レディ・オデリアに立ち向かうだけの勇気はないらしく、哀れっぽい声になった。「亡くなるまえの数カ月、夫は気分がすぐれなかったんです。わたしもできるだけのことはしましたわ。でも、誰かさんのように、ビジネス向きの頭を持っていないんですもの」

〝誰かさん〟という言葉は、伯爵家に戻るまえに、すでに自分の財産を築いていた新しい伯爵へのあてつけだろう。彼の商才が、数多くある欠点のひとつとみなされていることは、アイリーンも知っていた。紳士というものは、金儲《かねもう》けなどという世俗的な行為に手を染めるものではない。レディともなればなおさらだ。それが貴族の通念だが、アイリーン自身は、どんな事柄に関しても無知や無能力を誇るのはおかしいと思っていた。そうした無知のせいで貧乏になるとしたら、もっと愚かなことだ。湯水のようにお金を使う父のせいで、長いあいだひどく切りつめた暮らしを強いられてきたアイリーンは、貧しくとも上品に暮らせという考えにはうなずけなかった。実際、ギデオン・バンクスは最悪の環境を生きのびたばかりか、自分の手で財産を築いた。これは卑しむよりも賞賛すべきことではないか。

でも、未亡人の伯爵夫人は、アイリーンと同じ考えではないらしい。それどころか、テレサは新しい伯爵をかなり嫌っているように見える。まあ、それはある意味で理解できる。ギデオンが見つからなければ、テレサのまだ幼い息子が伯爵の称号も領地も相続したのだから。そういう状況で、息子が伯爵になりそこねたことを母親が嘆くのは、無理もないことだろう。とはいえ、テレサのつんと取り澄ました態度から見るかぎり、まだ子供である伯爵の母親という重要な立場が失われたことも気に入らないようだ。しかもギデオンは結婚を急いでいるから、伯爵夫人というテレサの立場は、まもなく完全に奪われてしまうことになる。

テレサが新しい伯爵を嫌う気持ちは理解できるとはいえ、アイリーンは彼女を好きになれなかった。ここに滞在しているあいだ、テレサとあまり長い時間を過ごす必要がないのはありがたいことだ。それに先ほどのテレサの冷たい目からすると、彼女のほうもアイリーンと友人になりたいとは思っていないようだ。

結局、レディ・オデリアの言い分が通ったのは意外でもなんでもなかった。三人の客は腰をおろし、ほかの女性たちと一緒にお茶を飲みながら、レディ・オデリアに旅の細々とした出来事などを話した。まもなくお茶を飲みおえ、小さなケーキも食べおわると、ギデオンはまだ姿を現さなかったが、レディ・オデリアはようやく客を部屋に案内することを許した。

アイリーンの部屋は広くて、場所もよく、ベッドの両側の窓から小さな庭を見下ろすことができた。さっそく窓から外を見て、庭の先の木立へと目をやった。秋が深まる季節とあって、木立の向こうには、枯れた裏庭もほんの少し見える。その向こうには牧草地が広がっていた。遠くには、彼女らが来るときに渡ってきた小川が、鮮やかな色のリボンのように曲がりくねって、ゆるやかな丘陵地帯を流れていく。ロンドンでは自由にできないのが不満だったが、ここには午後の散歩を楽しめそうな場所がいくつもあるわ。

　荷物を積んでいる馬車はまだ到着していないため、今夜着るものは小さなバッグに入れて馬車の屋根につけてきた数枚のなかから選ぶしかない。でも、バッグに入れてきた深い青のドレスなら申しぶんないだろう。二階のメイドが、後ほど荷物を解き、夕食の支度のお手伝いにうかがいます、少しお休みください、と告げに来た。だが、アイリーンは旅の疲れを少しも感じなかった。期待に胸がときめいて、横になって旅の疲れを取る気になれない。そこで昼寝を取りやめ、まもなくお風呂に入り、着替えをすませた。それからメイドをさがらせて髪を梳《と》かし、いつものように頭の上にまとめはじめた。

　すると、フランチェスカのメイドのメイジーが、勢いよく入ってきた。「あら、それじゃだめですよ！」メイジーは恐怖を浮かべ、急いでアイリーンの手からブラシを取った。「おぐしはあたしにさせてくださいな。あたしが思っている髪型に結わせてくれるという約束ですからね」

「でも、あなたはレディ・ホーストンの支度を手伝う必要があるわ」アイリーンは抗議した。

「いいえ、まだ大丈夫です」メイジーはアイリーンの髪を慣れた手つきで引っ張り、ねじり、ピンで留めながら答えた。「あなたの髪を結ってからでも、レディ・ホーストンの支度をお手伝いする時間はたっぷりありますから」

「ええ、でも――」

「どうか、あたしに結わせてくださいな。この巻き毛を結うのをとっても楽しみにしていたんですから。もちろん、奥様の髪も美しいですよ。でも、あなたの髪とはまったく違いますからね。あなたの髪はとても豊かで、それにこの巻き毛！」

「手がつけられないわ」アイリーンは言ったが、メイジーはにっこり笑って首を振り、自信たっぷりに請けあった。

数分後、メイジーが結いあげて一歩さがり、さっと片手を振って自分の作品を誇らしげに示すと、アイリーンは息をのんだ。

「まあ……」アイリーンは鏡のなかの自分を見つめた。

メイジーがつくりだした髪型は、アイリーンがいつも結う引っつめ髪とはまったく違っていた。ダークブロンドの髪は後ろに結いあげられて、そこからくるくる巻いたおくれ毛がたっぷり落ち、柔らかく顔を縁取っている。実際はヘアピンでしっかり留めてあるが、まるでいまにもすっかり落ちてきそうに見える。

とても美しいわ。アイリーンは鏡のなかのメイジーに笑顔でうなずいた。

メイドがフランチェスカの支度を手伝うために立ち去ったあとも、アイリーンは少しのあいだ鏡の前から離れられなかった。こういう虚栄心を甘やかしてはいけないのだろうが、自分に向かってついほほえみたくなる。わたしはいつもより、きれいに見えるわ。女らしく、もっと近づきやすく見える。いつもの厳しい表情を張りつけようとしたが、顔の筋肉が言うことを聞いてくれなかった。

アイリーンは立ちあがり、窓辺に歩いていった。だが、外はすでに暗くなり、何も見えない。部屋に目を戻し、これから夕食までの一時間、何をして過ごそうかと落ち着かぬ気持ちで思った。

階下の図書室をのぞいて読む本を探すこともできるが、じっと座って読書をする気にはなれない。少し歩きまわりたかったが、こんな時間に、しかもこのドレスで散歩するのは無理だ。そういえば、到着したときに、入り口のホールの横に長い回廊が見えたわ。あそこに飾ってある美術品を見てまわるのなら、問題はなさそうだ。

アイリーンは黒いショールをつかんで、短いパフスリーブから出ている腕にかけ、部屋を出た。ひとりでいたい気分だったので、足音をたてぬように静かに歩き、急いで階段をおりた。入り口のホールを回廊へと横切りはじめたとき、男性の声が彼女を呼びとめた。

「レディ・アイリーン。まさかもう逃げだすつもりじゃないだろうな」

みぞおちがきゅっと縮むのを感じながら、アイリーンは振り向いた。もちろん、この声の主が誰かは見るまえからわかっていた。「ラドバーン卿」

8

ギデオンも、同じように夕食のために支度を調えていた。長めの黒い髪といかつく鋭い顔立ちは、正装の黒い上着と膝丈のズボン《ブリーチズ》、糊《のり》の利いた白いシャツ姿とは、ほんの少し違和感がある。雪のように白い幅広のネクタイ《クラヴァット》のひだのなかには、大きなルビーがおさまっていた。

アイリーンは近づいてくる彼を見守りながら、ギデオンのどこがほかの男たちと違うのかを見極めようとした。日に焼けた肌が、少しばかり海賊のような印象を与えるのだろうか？　それとも豊かな黒い髪が長めなせいか。おそらく彼は、あまり自分の外見に気を配らないタイプなのだろう。でも、何よりも違うのは、彼の目だった。新緑のように鮮やかな緑色の目は、険しく、用心深い。まるでどんなときでも油断せず、この大きな邸宅のなかでさえ、誰かの襲撃に備えているかのようだ。

「夕食にはまだ早いと思うが」彼は近づきながら言った。言葉は平凡だったが、自分をさっと見た彼のまなざしは、アイリーンの血を熱くした。

「あなたもね」アイリーンは冷ややかに答え、ギデオンの視線を受けとめた。そしてほかの誰とも経験したことのない、あの奇妙にぴりぴりした震えをまたしても感じた。

「時間が来るのを待つあいだ、一緒に回廊を歩かないか？」彼はふたりの前に延びている長い回廊を示した。片側に窓が並び、その向かいの壁には絵画が飾られている。

アイリーンはうなずいて回廊に向かったものの、彼が差しだした腕は取らなかった。壁のずっと先まで突きだした燭台《しょくだい》が灯《とも》り、ちらつく明かりが反対側の壁に等間隔で並ぶ、縦仕切りの入った窓をきらめかせている。黒っぽい木の梁《はり》で補強された高い天井のせいか、ここには何やら秘密めいた雰囲気があった。バンクスの祖先に違いない男性や女性の肖像画のほかにも、田園風景や動物の絵も飾られていた。彫像や花瓶は台座に置かれたものもあれば、それだけで立っているものもある。座って向かいにある絵を鑑賞できるように、窓の下にところどころベンチが置いてあった。

ほとんどの絵画はとくにすぐれているとは言えないが、ギデオンの顔を見なくてもすむように、アイリーンはそれが傑作であるかのようにじっと見入った。彼を見ると、心が乱れすぎてしまうことに気づいたのだ。

ドレスのスタイルから、年代順にかかっていることがわかる祖先たちの絵をいくつか通過し、大きな馬の絵の前に来た。アイリーンは足を止めていきなり言った。「ここにある絵のなかでは、これがいちばんすばらしいわ！」

ギデオンの顔がほころんだ。「ああ、ほんとだ。持ち主の肖像画よりはるかにいいな」彼は馬の絵のすぐ横にかかっている男の肖像画を示し、それから自分の先にある引きつった顔の女性の絵を示した。「その奥方の絵よりもね。聞いた話だと、三代目の伯爵は自分の奥方より馬のほうがはるかに好きだったらしい」

アイリーンは思わず微笑を浮かべ、急いでそれを引っこめた。「そう言える人たちはかなりいそうね」

「きみは結婚についてあまり好ましい意見を持っていないんだね、レディ・アイリーン」

アイリーンは答えず、彼に向かって眉を片方だけあげ、ふたたび歩きだした。

「それとも、きみがそんなに粗末な意見を持っているのは、結婚ではなく、男そのものにかな？」

アイリーンは肩をすくめた。「好きなように考えればいいわ」

それから何分か黙って歩きつづけたあと、ギデオンがふたたび口を開いた。「またきみの機嫌を損ねてしまったようだな」

アイリーンはちらりと彼を見た。「どうしてわたしがあなたに腹を立てるの？　ついさっきお目にかかったばかりなのに」

ギデオンは小さくうなずいた。「なるほど。きみが到着したとき、ぼくが出迎えなかったのが気に入らないのか。それはもう大伯母にさんざん怒られたよ」

「あら、あの部屋にいらっしゃらなかったの？」アイリーンは無関心な声で言った。「気がつかなかったわ」

「そうかい？」彼は口もとに笑みを浮かべてつぶやいた。

とても魅力的な笑みだわ。アイリーンはそれに気づいた。彼がほほえむと緑色の目がどんなふうにきらめくか忘れていた。ギデオンはもっと頻繁にほほえむべきだわ。この笑顔を見たら、相手は怒りつづけていられなくなる。

「お客様を無視したのはどちらかというと失礼なことだったわね」

「そういうマナーをぼくにたたきこむために、きみたちが来てくれたんだ。そうだろう？」

「ラドバーン卿《きょう》、世界一立派なマナーの人間がどれほど努力しても、あなたにマナーをたたきこむのは無理でしょうね」

口もとにはまだ笑みが残っていたから、彼はこの言葉に腹を立てなかったようだ。「確かに。しかし、レディ・アイリーン、きみもあまり礼儀正しい女性だとは言えないと思うが」

アイリーンは言い返そうと息を吸いこんだが、思い直し、小さく笑った。「ええ、そのとおりね」彼女は言葉を切り、ギデオンを振り向いた。「わたしたちは、これまでのことは水に流して、もう一度最初からやり直すべきかもしれないわ。なんといっても、これからしばらく、あなたを適切な女性と結婚させるという、同じ目標に向かって努力するんですもの」

彼は肩をすくめた。「それはぼくの目標というより、家族の目標だ」

アイリーンはかすかに驚いて、彼を見た。「するとわたしの思い違いで、あなた自身は結婚に関心はないの？　結婚したいわけではないの？」

「いつか結婚しなくてはならないことはわかっている。それがいまでもたいした変わりはないだろう。だが、ぼくがどうしても誰かの夫に、そして父親になりたいかといえば、答えはノーだ」

回廊を歩き、絵画を見ながら、アイリーンは隣のギデオンのことも同じように観察していた。

「あなたは花嫁探しにもっと熱心なのだと思っていたわ」彼女はややあって言った。

ギデオンは片方の肩をあげた。「どうかな……結婚する気はあるよ。それも家族と同じ階級の女性とね。だが、これから一生ぼくのことを見下げる妻と、さもなければ、絶えずぼくの訛《なまり》や、服装や、貴族らしからぬ点を指摘しつづける妻と暮らすのは、あまり気をそそられるとは言えないからな」ギデオンはちらりと横目で彼女を見た。「きみがぼくの立場なら、そういう相手と結婚したいと思うかい？」

「いいえ、あなたの言うとおりね。だからわたしは結婚しないの」

「でも、きみは貴族にふさわしくないとはみなされていないよ」

「ラドバーン卿、あなたはわかっていないわ。すべての男にとって、妻は自分よりも劣る存在なのよ」アイリーンは頭を傾けて彼を見上げた。

ギデオンは足を止め、驚いた表情で彼女を見返した。「きみは本気でそう信じているのかい？」

アイリーンは眉をあげた。「ほかにどう信じればいいの？　いいえ、無意味なちょっとした礼儀作法のことを話しているわけじゃないのよ。ほら、女性が座るまで立っているとか、外では外側を歩いて女性を守るとか。わたしが言っているのは、結婚生活のあらゆる本質的な問題に関すること。夫は妻のあらゆることを決める。装身具やドレスを買うお金を与える。妻にこうしろ、ああしろ、と指図する。それが平等な相手にすることかしら？」

ギデオンは眉を寄せた。「いや、しかし――」

アイリーンは挑むように彼を見た。「しかし、何？」

彼の口の端の片方が持ちあがり、半分笑みが浮かんだ。「しかし、きみの夫がきみの行動を指図したり、きみに代わって決断をくだしているところはちょっと想像できないな」

「ええ、そういうことが起こらないようにするつもりよ。それより、あなたのような人が、あなたがついさっき描写した類《たぐい》の女性と結婚する気になるほうが不思議だわ」

「そういう取り決めでも、それなりに暮らしていくことはできるさ。運がよければ、もっと……これまで引きあわされた女性たちよりも、もっと興味深い女性が見つかるかもしれない。結局、この結婚の最終的な目的は、ぼくをより家族のおめがねにかなうような男にするためだからね」ギデオンはそう言いながら唇をゆがめた。冷たい緑色の目に、ほんの一瞬だけわびしい表情がよぎった。

「家族に腹を立てているようね」アイリーンは言った。

「ほかに何を感じるべきなんだい？」ギデオンは言い返した。「彼らは血のつながりが、何よりも重要だと言う。だが、ぼくにはその証拠はまったく見えない。彼らは自分たちと同じ血が流れている人間を見つけたことに、なんの喜びも感じていないんだ。重要なのは、ぼくが大切な血筋を絶やさないための跡継ぎだということだけだ。ぼく個人に対する感情は、まったく持っていない。そしてぼくの不適切な育ちのせいで、自分たちが恥をかくことばかり心配し、その恥を少しでも少なくするために、ぼくを結婚させようとしている」

アイリーンは彼のまなざしを受けとめられずに目をふせた。この仮定に異議を唱えるのは少しばかり難しかった。

「ぼくはロンドンのイーストエンドで育った」ギデオンはほとんど感情を交えない声で続けた。「つい最近まで孤児だと思っていた。この屋敷も両親のことも、まるで覚えていない。女性に抱かれているぼんやりした記憶があるだけで、その女性の顔も覚えていない。

ただ柔らかくて、ライラックの香りがしたことしかね。最初のはっきりした記憶は飢えだよ。ぼくはいつも腹をすかしていた。子供たちをたくさん使って財布をすらせたり、盗みをさせる男のもとにいたんだ。狭い場所を通り抜けて、相棒たちのために窓やドアを開けるのに使えたから。ぼくはすりも得意だったし、足も速かった。だから、その男にとっては価値があった。さもなければ、寒い通りに放《ほう》りだされて、のたれ死んでいただろう。しかし、ぼくは役に立つ子供だったから、その男はぼくを養ってくれ、眠る場所も与えてくれた。もっとも、食べるものはほんのわずかしか与えられなかったが。学校なんか一度も行かなかったよ。自分で算術を覚え、読み書きできるようになったんだ」

アイリーンは深い同情を感じた。「お気の毒に」

ギデオンはちらっと横目で見て声を尖《とが》らせた。「きみの同情がほしいわけじゃない。ぼくの生活がどんなものだったか話しているだけだ。それがぼくの世界だった。ところが、ある日、ロックフォード卿が現れて、ぼくはラドバーン卿で、家族がぼくの帰りを待っているという。だが、彼らに何を感じるべきなんだい？　家族とはいえ、ぼくにとってはまったく見知らぬ人間ばかりだ。それも、ぼくが家族の名に泥を塗るのを防ぐことしか頭にない連中だ。傲慢《ごうまん》で、役立たずで、人並みの感情を持ちあわせていない貴族だよ。ぼくが昔から嫌悪してきた上流階級の一員だ」

アイリーンは彼の言葉の裏にある苦痛を感じ、自分でも驚いたことに、一歩近づいて彼の腕に手を置き、低い声で言った。「でも、あなたもその同じ階級の一員なのよ」

ギデオンは彼女を見た。「とてもそうは思えないな」

彼の手がアイリーンの手を包んだ。ふたりのあいだに何かがかすかにきらめき、細い、温かい、蜘蛛《くも》の糸のように軽いものがふたりをたがいに結びつける。アイリーンは一度も経験したことのない、奇妙な感覚をおぼえた。これまでギデオンと一緒にいたときに彼女を溶かした欲望とは違うが、なんらかの形でそこにつながっている。

アイリーンは顔をあげ、ギデオンの目を見つめた。彼が頭を下げて顔を近づける。ふいに緑色の目が強い光を放ちはじめ、アイリーンの顔を漂って唇で止まった。アイリーンは話すことはおろか、未知の感情に紡がれた蜘蛛の巣にからめとられ、動くこともできなかった。

胸をときめかせながら彼を見つめていると、またしても体の奥が熱くなりはじめた。するとそのとき、女性の声がした。まだずっと遠くで、誰の声かもわからないが、アイリーンはここが屋敷の回廊だということを思い出した。いつ誰がふたりを見つけるかもしれない。こんなふうに彼の腕に手を置き、顔を寄せあって立っているところを見られたら、どう思われることか。誰の目にも、ふたりは親密な仲に見えるだろう。そんなふうに思われては困る。それに、これ以上ここにいたら、間違いなくもっと衝撃的な光景を人目にさらすことになる。

アイリーンは頬を染め、急いで彼から離れた。いったいどうしてこの人のそばにいると、わたしはこんなにおかしな行動をとってしまうの？　男性との距離を保つのに苦労したことなど、一度もなかったのに。

彼女は少し向きを変えてから、当惑を隠そうとして言った。「これまで貴族を嫌いだったとしても、いまでは彼らがあなたの家族よ」

ギデオンも一歩さがった。つかのま彼の目に浮かんだ温かい光は跡形もなかった。「自分の子供を取り戻そうともしなかった家族かい？」彼は言い返した。「母を責めることはできないかもしれない。ぼくが誘拐されたときに、おそらく殺されてしまったんだからね。だが、父は？」

「でも、お父様を責めることはできないわ」アイリーンは抗議した。「あなたがどこにいるか、あなたの身に何が起こったか、知らなかったんですもの。お父様たちは、誰がどこにあなたを連れ去ったのか、見当もつかなかった。あなたは死んだに違いないと思っていたのよ」

ギデオンは冷ややかな目でアイリーンをじっと見た。「たとえ死んだと思っていても、父親なら息子を捜すと思わないか？」

「でも、お父様は捜したのでしょう？」

ギデオンは肩をすくめた。「そう聞いてる」

「どうして疑うの？　あなたが嫌っている階級に属しているというだけで、お父様をひどい人間だと思っているの？」

「ロックフォード卿はわずか数カ月でぼくの居所を突きとめることができた」ギデオンは言葉を切り、その意味がアイリーンの頭にしみこむのを待った。「それも、誘拐から二十五年以上もたったあとで、だ。とうの昔に痕跡《こんせき》が消えていてもぼくの居所を突きとめることができたとしたら、誘拐の直後になぜ見つけられなかったんだ？」

確かにそのとおりだ。アイリーンは呆然《ぼうぜん》として彼を見つめた。

ギデオンが差しだした腕を取り、みんなが夕食のために集まっている控えの間へと戻りながらも、彼女の頭のなかにはこの問いが渦巻いていた。

小さな客間に入っていくと、レディ・オデリアとパンジーが奥の壁際に座り、話していた。レディ・オデリアの声は部屋じゅうに響いているが、パンジーの言葉は聞きとれない。そのせいで話の流れを追うのは不可能だが、レディ・オデリアの声はいやでも耳に入ってくる。部屋にいるほかの人々は、あちこちに立って身の入らない会話をしようとしていた。

夕食に集まった人々は、それほど大勢ではなかった。アイリーンの母のほかには、すでに昼間会っている伯爵家の人々、それに聖職者の詰め襟で牧師だとわかる男と、牧師の妻に違いないふくよかでやさしげな女性、窓のそばにひとりたたずむ、年配の、長身で黒い髪の男がいるだけだ。

レディ・オデリアが言葉を切って、アイリーンを今夜の客に引きあわせてくれた。彼女が思ったとおり、一組の男女は牧師夫妻で、ロングリーという名前だった。もうひとりの紳士は、パンジーの次男、ジャスパー卿だとわかった。

ギデオンの叔父様だわ。アイリーンはそう思いながら、彼女の手を取ってお辞儀する彼を観察した。確かに、ジャスパー卿とギデオンはよく似ている。こめかみのところは銀色に変わっているが、ジャスパーも豊かな黒い髪で、顔立ちもとてもよく似ていた。体つきはギデオンよりも細く、甥《おい》ほど筋肉質ではない。それにギデオンにはない洗練された雰囲気と、イートン校とオックスフォードで学んだエリートだと告げる、名状しがたい何かがあった。

ジャスパーの物腰は少しばかりよそよそしかった。部屋はお気に召しましたか？　ロンドンからの旅はいかがでしたか？　このあたりにいらしたことは？　などとアイリーンに礼儀正しく問いかけながらも、彼女の答えには関心を持っていないことが見てとれた。ギデオンのほうを一、二度見たものの、彼にもほとんど言葉をかけない。この人はギデオンが戻ったことをどう思っているのかしら？　ギデオンが見つかるまで、ジャスパーは伯爵夫人の息子の次に相続権を持っていた。そして慣行どおりであれば、最も近い男性の親族として、少年が相続年齢に達するまで伯爵家の財産を管理することになったはずだ。だが、ギデオンが戻ったことで、ジャスパー卿の役割はずっと軽いものになった。ジャスパーはギデオンに対してテレサのような敵意を示しているわけではないが、ギデオンはここに戻ったとき、つい先ほど彼が言ったとおりの、冷ややかな歓迎しか受けなかったに違いない。アイリーンはそう思わずにはいられなかった。

彼が家族に拒絶されたと感じているのも無理はなかった。叔父はよく言っても距離を置き、父親の妻だった女性は明らかな敵意を示している。そして全員がギデオンを狼狽《ろうばい》の種だとみなし、適切な配偶者を見つけてそれをごまかそうとしている。

アイリーンは不本意ながらも、ギデオンに同情していた。彼女もモーラとさまざまな問題を抱えているとはいえ、そして父が生きているときにはしょっちゅう父と衝突していたとはいえ、少なくとも母と弟の愛はどんな場合でもあてにできた。両親を知らずに育つというのは、どんなものなのか？　まったく愛のない家族のなかに、いきなり放りこまれるのはどういうものなのだろう？

フランチェスカが部屋に入ってきて、この物思いを破った。彼女が最後だったため、一同はまもなく食堂に入り、食事が始まった。

テーブルの雰囲気は、どちらかというとぎこちなく、会話もスムーズに進まなかった。いつも会話を独占しているレディ・オデリアは、話すことより食べることに気を取られている様子。パンジーはレディ・オデリアかテレサの顔色をうかがってからでなければ、何ひとつ口にできないようだ。ギデオンも彼の叔父もあまり会話に加わろうとしない。フランチェスカの巧みな社交術だけでは、食卓の会話を弾ませるのはとても無理だったが、アイリーンの母クレアの助けを得て、なんとか礼儀正しい世間話を絶やすまいと努力していた。

とうとうそのフランチェスカも匙《さじ》を投げ、テーブルには重い沈黙が訪れた。それを破るのは、ナイフやフォークが陶器にあたる音と、ときどきぶつかるグラスの音だけだった。沈黙が長引けば長引くほど、重苦しく、不快になっていく。アイリーンは訴えるように向かいに座っているフランチェスカを見た。

だが、フランチェスカが新たな話題を思いつくまえに、テレサが意味ありげな笑みを浮かべて口を開いた。「わたしたちのためにラドバーン卿を教育しに来てくださるなんて、ご親切ですこと、レディ・ホーストン」

テレサは、テーブルの上座についているギデオンをちらっと見た。ギデオンは無表情な顔で、いまの言葉が聞こえないかのように、彼女を見ようともせず食べつづけている。アイリーンは神経が尖り、胃が締めつけられるのを感じて、父と一緒に食卓についていたころのことを思い出した。食事の途中で父の酒が一定の量を超え、いつ癇癪《かんしゃく》を起こすかわからない状態になったことに突然気づくことがよくあった。するとみんながはらはらびくびくしはじめる。アイリーンも恐怖に身を硬くし、いつ父が怒鳴りだすかと息をひそめて身構えていたものだ。

「レディ・オデリアのお役に立てて、こんな嬉《うれ》しいことはありませんわ」フランチェスカは冷ややかに応じた。

「でも、きっと忍耐力を試されることになるでしょうね」テレサはくすくす笑いながら言った。「ラドバーン卿は社交界から、ずいぶん長いこと離れていたんですもの」

ナイフをつかむ手に力をこめて、アイリーンはつい割って入った。「ええ、ラドバーン卿の身に起こったことは、恐ろしい悲劇でしたわ。でも彼が無事に戻って、ご家族の方はさぞ大きな喜びを感じておられるでしょうね」

テレサはアイリーンを見た。「あら、もちろんですわ。ただ、彼があいう場所で何年も生きのびられたことに驚かずにはいられませんの。わたしたちの誰かが、そういう状態で生きるなんてほとんど不可能に思えますもの」

「どんな階級の子供にとっても、寒さと飢えはつらいのではないかしら」アイリーンは答えた。

「そうでしょうね」口ではそう言っても、テレサの表情は納得していなかった。

「請けあってもいいよ、レディ・テレサ。ぼくの仲間にもぼくにも、同じようにつらかった」ギデオンが口をはさむのはめったにないことらしく、彼の家族が驚いたように彼を見る。

「もちろんですよ。何をばかなことを言ってるの、テレサ」レディ・オデリアがきっぱりした声でそう言った。

テレサは怒りをこめてレディ・オデリアをにらんだものの、穏やかな声で続けた。「贅《ぜい》沢《たく》に育った子供にとっては、そういう状況で生きのびるのは、ほかの子供たちよりもずっと難しいのではないかと言いたかっただけですわ」

「だが、ぼくの感受性は恐ろしいほど庶民的だから、さほど苦にならなかったに違いない。そう言いたかったのかい、伯爵夫人？」ギデオンは皮肉をこめてテレサの称号を強調した。

テレサはまた小さく笑い、テーブルについている人々を見まわして、彼らの同意を誘おうとした。「どうやらラドバーン卿は、ご自分の欠点を指摘されるのがお嫌いなようね。最初にここに座った夜のことを覚えておられます、伯爵？」テレサは挑むようにギデオンを見た。「お皿の横に並んだナイフやフォーク、スプーンの数を見て、あなたの顔に浮かんだ表情ときたら！　わたしはそれを見て、あなたをなんとかする必要があるとすぐに思いましたわ。そこでレディ・パンジーが、レディ・オデリアに手紙を書いたんですわ」

アイリーンはギデオンの代わりに怒りを表し、手にしたナイフとフォークを音をたてて皿の上に置いた。気の毒で彼を見ることができなかった。

向かいの席で、フランチェスカが穏やかに言った。「わたしもよくそう感じますわ。すべてのコースになぜ違うナイフやフォークが必要なのか、ときどきうんざりするくらい。魚と肉に同じフォークを使ってもまったく差し支えないでしょうに」

「あら、レディ・ホーストン。冗談がお上手ですこと」テレサは明るい声で言い返した。「そういえば、あなたはとても気楽な気持ちの方だそうですわね」テレサは内緒話をするように、フランチェスカのほうに身を乗りだした。「でも、ナイフやフォークの使い方を説明するのはほんの手始めだと、すぐにおわかりになりますよ」彼女はいかにも思慮深そうにうなずいた。「どうしても変えられないこともあるものですわ。それが立派な血筋のしるしですもの」

「そうですの？」フランチェスカはテレサほど鈍くない者なら、はっとするような冷ややかな調子で答えた。

「ええ。洗練されていなければ……」テレサはあてつけがましくギデオンをちらりと見た。「おのずと現れますわ。それを変えるのはとても難しいものです。立派な育ちを〝学ぶ〟なんてことはできませんもの」

テレサは満足そうな顔で、椅子にゆったりと座り直した。つかのま、テーブルのまわりは静かになった。フランチェスカはちらりとアイリーンを見た。明らかに彼女にしては珍しく苛立《いらだ》っているように見える。

アイリーンは明るい茶色の目に危険な光をきらめかせ、にっこり笑ってテレサに顔を向けた。「レディ・テレサ」彼女は愛想のよい声で呼びかけた。「とても意外ですけれど、あなたには一度もお会いしたことがありませんわね。こんなに趣味のよい、洗練されたあなたのことですもの、ロンドンにいらしたことがおありでしょうに。ロンドンのパーティーで一度もお会いしていないのはどういうわけかしら？」

テレサは冷たい目でアイリーンを見た。「セシルは――夫のラドバーン卿は、ロンドンへ行きたがりませんでしたの。自分の家で過ごすのが好きだったんです。もちろん、彼のそばにとどまるのがわたしの務めでしたから」

「でも、彼と結婚するまえは？　ロンドンでお目見えをなさったのでしょう？　いつのことですの？」

テレサの頬が赤くなりはじめた。「そのときにも、ロンドンには行きませんでしたわ。父は社交的なタイプではなく、父に言わせると〝けばけばしいロンドンの生活〟を嫌っていましたから」

「そうですわね。ご主人もお父様も、あなたにお似合いの洗練された暮らしから、あなたを遠ざけておいたなんて、なんて残念なことだったのでしょう」アイリーンはにっこり笑った。「それでお会いしていない理由は説明がつきますわね。でも、ご家族のことはきっと聞いているはずですわ。お父様の称号はなんでしたの？　ラドバーン卿と同じ伯爵でいらしたのでしょうね？」

テレサはさらに頬を赤くして、首を振った。「いいえ、伯爵ではありませんでした」

「すると、もっと高い位？」アイリーンは感心したような表情をつくった。

テーブルの向かいで、フランチェスカが片手を口にあてた。青い目に笑いがきらめいている。彼女はアイリーンに向かって首を振ったが、アイリーンは無視してテレサにこう言った。

「侯爵でいらしたの？　それとも、ラドバーン卿のご親戚《しんせき》のような公爵様？」

「とんでもない」テレサは神経質な笑いをもらし、追いつめられた顔でテーブルを見まわした。

「ああ、でしたら、男爵ね」アイリーンは容赦なく追及した。

「父はミスター・チャールズ・エフィントンでした。ハードリー・エフィントン卿の息子の」テレサは硬い声で言った。

「なるほど」アイリーンはテレサの目をまっすぐに見つめた。

「高い階級の人間でなくても、よい育ちはできるものよ」

「もちろん、あなたのおっしゃるとおりよ」アイリーンは容赦しなかった。「つまり、紳士をつくるのは、血筋ではなく、教育と礼儀と洗練された好み、そういう物腰だとおっしゃるのね」

「ええ、そのとおり」テレサはほっとしたようにこの説明にうなずいた。

「すると、上品な作法と話し方を心得た教育のある商人は、明らかに貴族と同じかそれよりも上だということね」

「なんですって？」テレサはアイリーンを見た。「もちろん、そんなことはないわ。わ、わたしはそんなことを言わなかったわ」

「でも、上品な育ちが血筋から来るのではなく、身につけた礼儀や話し方から来るのだとしたら――」

「そんなことは言わなかったわ！」テレサは叫んだ。「あなたはわたしの言葉をわざと曲げて取ったのよ」すっかり動揺して、テレサはテーブルを見まわし、助けを求めた。

「アイリーン、テレサをいびるのはもうやめなさい」レディ・オデリアが愉快そうな声で口をはさんだ。「テレサのようにものわからない人を相手に、理屈で戦いを挑むのは公平とは言えませんよ」

フランチェスカが笑いだし、ごまかそうとあわてて咳《せ》きこむ。テレサは殺意のにじむ目でレディ・オデリアをにらみつけたものの、何も言わなかった。

「どうか許してくださいな、レディ・オデリア」アイリーンはテレサがいまや自分に向けている恐ろしい視線を無視して、料理に注意を戻した。

食事のあと、男たちがお酒と葉巻のために喫煙室に行ってしまうと、女性たちは音楽室に向かった。フランチェスカは廊下を歩きながらアイリーンの腕を取った。

そして顔を近づけ、つぶやいた。「ラドバーン卿を弁護するとは、とても見上げた心がけね。でも、あなたはレディ・テレサの宿敵になったようよ」

フランチェスカは女性たちの前を歩いているテレサのほうを顎で示した。彼女の言うとおりだ。テレサのこわばった背中さえ、敵意を放っている。

アイリーンは肩をすくめ、小さくほほえんだ。「彼女の怒りより、はるかにひどい怒りを買ってきたものよ。でも、生きのびてきたわ。レディ・テレサの怒りからも生きのびるでしょう」

「ええ、そうね」フランチェスカは同意した。「でも、わたしなら、あの伯爵夫人を甘く見たりしないわ。彼女はあなたを憎んでいる。それにあなたは彼女の行く手に立ちはだかることになるもの」

アイリーンはけげんそうにフランチェスカを見た。「彼女の行く手に立ちはだかる？どうやって？」

「メイジーが召使いたちの噂話《うわさばなし》を仕入れてきたの。どうやらレディ・テレサはラドバーン卿が結婚しないことを願っているようだわ。彼が結婚しなければ、息子のティモシーが彼の相続人になる。でも、ラドバーン卿が結婚すれば、ティモシーの地位はずっと不確かなものになってしまうわ。ラドバーン卿には息子ができるでしょうから。実際、何人もできる可能性がある。そうなると、彼女としては、なんとか伯爵が結婚しないように画策したいわけ」

「それはずいぶんとはかない望みのように思えるけど」

フランチェスカは肩をすくめた。「ラドバーン卿の夫としての欠点をおおげさに吹聴《ふいちょう》し、花嫁志望の女性が怖がって逃げだすことを願っているんじゃないかしら」

「候補者の女性たちを怖がらせるには、彼の個性だけでじゅうぶんでしょうよ」

フランチェスカはアイリーンを見た。「ラドバーン卿のことをそんなふうに思っているなら、どうして彼を弁護したの？」

これはアイリーン自身も不思議に思っていたことだった。彼女は頭に浮かんだ唯一の答えを口にした。「レディ・テレサの嫌みはもっと気に入らなかったの」

フランチェスカはうなずいただけで、何も言わなかった。

「昔から、不当な仕打ちには我慢できないのよ」アイリーンは言葉を続けた。テレサのひどい言葉に感じた燃えるような怒りに、自分でも少しばかり驚いたことはつけ加えなかった。

「なるほど」フランチェスカはつぶやいた。

「でも、あれはいらざるおせっかいだったわ。なんといっても、ラドバーン卿は明らかに自分の世話は自分でできる人で、わたしの弁護などこれっぽっちも必要ではないもの」

「でも、必要かどうかはあまり関係がなかったのではないかしら」フランチェスカは答えた。

「どういう意味？」アイリーンは疑《うたぐ》り深そうな目を向けた。

「さあ、どういう意味かしら」フランチェスカは無邪気な顔でアイリーンを見返した。

「わたしは彼に何かを感じているから、弁護したわけじゃないわ」アイリーンは指摘した。

「もちろん違うでしょうね」

この答えが正反対の意味を仄《ほの》めかしているような気がして、アイリーンは息を吸いこみ、異議を唱えようとした。だが、口を開く寸前に、抗議すればするほど、自分が愚かに見えるだけだと気づいた。そこでかなりの欲求不満を感じながらも、彼女は口から出かかった言葉をのみこんだ。

でも、自分の行為に対する自分自身の疑いを断ち切るのは、それほど簡単ではなかった。わたしはどうして、あんなにすばやくギデオンを弁護したの？　彼は救いがたいほど粗野な男だと結論づけたのだから、むしろテレサの嫌悪を支持して当然なのに。ギデオンの子供時代は、言葉に尽くせないほどの苦痛と悲しみに満ちていたに違いない。彼はそうした年月から受けた傷を抱えているはずだ。どんな子供にせよ、子供が彼が送ったような生活に直面すると考えただけでぞっとする。だが、そういう不幸な事実がいまの彼を変えるわけではない。彼が思いやりのない、粗野で不快な男だということは変わらないのだ。

テレサが無礼で、鈍感で、思いやりに欠けていたことは確かだ。そしてフランチェスカは彼女に冷たい軽蔑《けいべつ》を示した。それがほとんどのレディの反応なのに、どうしてわたしはテレサをやりこめずにはいられなかったの？

わたしはそういう人間なのよ、とアイリーンは自分に言い聞かせた。テレサがあんなにひどい、傲慢な言葉を投げつけるのを、黙って見ていることができないたちなの。たとえあれがほかの人々に向けられたものでも、同じことをしたはずよ。ええ、あの男が嫌いだからといって、誰かがひどい言葉を投げつけるのを許すほど不公平な人間でありたくないものだわ。

でも……なぜか先ほどの出来事と、自分がなんの抵抗も感じないで彼を弁護していたことが忘れられなかった。音楽室でレディ・オデリアが牧師の妻を相手に、自分と妹が四十年前に知っていた女性の話をくどくどと続けるのを聞くとはなしに聞きながら、退屈な一時間を過ごすあいだ、アイリーンは気づくとこの件に思いが戻っていた。

レディ・オデリアが言葉を切り、フランチェスカにピアノを弾くよう促した。それから話の続きに戻り、静かなピアノの音にかき消されないように、いっそう声を高くした。

フランチェスカは従順にピアノの前にとどまり、静かに弾きながら、ときどきアイリーンに向かってくるっと目をまわしてみせた。テレサはアイリーンからだいぶ離れた椅子に座って、刺すような目でにらみつけている。母のクレアは小さなソファの隣に腰をおろし、夕食の席でアイリーンがテレサの申し立てを整然とずたずたにしたことを静かに案じていた。

食後の一服と一杯のあと、男性陣が音楽室にやってこなくても、アイリーンは責める気にはなれなかった。明らかに、彼らはこういううんざりする夜を以前も過ごしたことがあるに違いない。

礼儀にかなうだけの時間が過ぎたと判断すると、アイリーンは旅の疲れを口実に、早めに部屋に引きとることにした。フランチェスカもすばやくこれに便乗した。レディ・オデリアはいまどきの若い女性の体力のなさに関してぶつぶつ言いながらも、ふたりが音楽室を出ていくのを許した。アイリーンとフランチェスカはほっとして部屋を後にした。

ふたりはフランチェスカの部屋ではるかに楽しい一時間を過ごしたが、やがて階下の女性たちがお開きにするのが聞こえてきた。アイリーンは足音をしのばせて自室に戻り、窓辺に立って暗い庭を見下ろした。上弦の月が出ているが、木立や灌木《かんぼく》の輪郭がかろうじて見てとれるだけの光しかない。

外の暗がりに目をやり、また今夜のことを考えていると、視界のはずれに光がひとつ現れた。好奇心にかられ、ガラスに顔を近づける。ランタンの光だわ。それを持っている男が歩くにつれて揺れている。アイリーンは両手で目の横を囲い、部屋の明かりをさえぎって目を細めた。夜のこんな時間に庭を歩きまわっているのは誰かしら？

その男は門の差し錠を開けるためにかがみ、手もとを照らすためにランタンを掲げた。するとその光が男の顔に落ちた。ギデオンだ。

アイリーンはいっそう興味をそそられ、背筋を伸ばして、ギデオンが庭を横切り、木立のなかに消えるのを見守った。まもなく木立の向こうに揺れる光がふたたび現れ、一瞬後、見えなくなった。

ギデオンはこんなに遅くに歩きまわって何をしているのかしら？　眠るまえに葉巻を一服するとか、ただその辺をひと歩きしているようには見えなかった。どこかへ向かうような歩き方だったし、足もとを照らすためにランタンを持っていた。それに、庭にとどまりもしなかった。最後に光が見えたときはかなり遠かったわ。

村の居酒屋に行ったのかもしれない。居酒屋は、いかにも男が行きそうな場所だ。家族とうまくいかなかった夜のあとにはとくに。紳士がくつろぐにはあまりに下世話な場所だが、紳士の役割に不快を感じている男には、ぴったりだろう。

とはいえ、村も居酒屋も、ギデオンが向かった方角とは反対の場所にある。だいたい、徒歩で行くのは少し遠すぎやしないかしら？　もしも居酒屋に行くなら、馬に乗っていくだろうに。でも、彼は厩舎《きゅうしゃ》の方角に向かったわけでもない。

いったいなんの用事で、どこへ行ったのか？　あちらの方角には、畑と森と、点在するコテージ以外の何があるのかしら？　彼は誰かと会っているの？　でも、こんな時間に人に会う理由など想像もつかない。どんな社交的な活動にも少々遅すぎる。でも、女性と会うなら話はべつだ。彼はロマンチックな逢引《あいびき》に出かけたのだろうか？

ばかばかしい。アイリーンは自分を叱《しか》った。男性が夜中近くに、ひとりで、畑のなかですることは、きっとほかにいくつもあるはずよ。わたしがひとつも思いつけないからといって、存在しないことにはならないわ。

仮に、彼が逢引のためにこっそり屋敷を出ていったとして、わたしになんの関係があるの？　いったいどうしてあれこれ考えて、時間を無駄にしているの？　ギデオンへの疑いが、胸にねじれるような痛みをもたらす理由など、まったくないというのに。

9

翌日、フランチェスカとアイリーンは、ギデオンが結婚できる確率を高めるための活動をさっそく開始した。レディ・オデリアが言うように、無駄にする時間はない。花嫁候補たちはすでに招待されて、あと一週間あまりで到着するのだ。

アイリーンとフランチェスカは、朝食のあと食堂で落ちあった。だが、ギデオンは三十分近くも遅れてやってきた。おおかた真夜中の逢引《あいびき》のあとで寝過ごしたのだろう。アイリーンはいささか腹を立ててそう思った。昨夜の彼の行動を考えれば考えるほど、ギデオンが女性に会いに屋敷を抜けだしたとしか思えなくなってくる。彼はきっと欲望をそそる男なのね。なんといっても、彼にキスされただけで、わたしがあんな反応を示したのだもの。それにあれだけハンサムで、金も、地位もあるとなれば、彼のものになりたがる女性はいくらでもいるでしょう。

これは予測がついたことよ。わたしにはなんの関係もないわ。アイリーンはそう思ったが、この典型的な男の無責任ぶりを見せつけられて、苛立《いらだ》ちを感じないではいられなかった。まもなく花嫁を選ぶというのに、愛人と逢瀬《おうせ》を楽しんでいるなんて。さもなければ、どこかの女性をたんなる欲望のはけ口に使っているなんて。自分がたいした根拠もないのに結論に飛びついていることはわかっていたが、苛立ちを抑える役には立たなかった。

その女性は誰なのかしら？　小作人の妻か娘？　相手が近くに住んでいるのは間違いない。もしかすると、この屋敷の近くには、彼の思いどおりになる未亡人がいるのだろうか。ハンサムな伯爵に抱かれて、寂しさをまぎらしたがっている女性が。さもなければ、この屋敷のメイドのひとり？　アイリーンは自分が会ったメイドたちを思い浮かべてみた。ギデオンの目をとらえるほど美しい娘がいただろうか？

彼がどこに行ったか、誰と会っていたか突きとめる方法があるかしら、と思ったところで、自分の考えがどれほどばからしいかに気づいた。彼が女性と会っていたら、なんだというの？　わたしにはまったく関係ない。それより、この手に負えない想像力と好奇心を抑えて、目の前の仕事に集中し、さっさとギデオンを結婚させるのがいちばん。愛人や逢引の心配は、彼の妻となった女性がすればいい。

ようやくギデオンがやってきた。急いで来たように見える。それに苛々しているようだ。アイリーンは意地悪く、暖炉の上の時計に目をやった。彼はその視線をなぞり、苛々して唇をひくつかせた。

「ああ、ぼくは遅れたよ、レディ・アイリーン」彼は不機嫌な声で言った。「紳士のふりをする術《すべ》を学ぶという人生の主たる義務を差しおいて、ちょっとしたビジネスの用事を優先させてしまったんでね」

「遅れたことは気になさらないで」フランチェスカはなめらかな声で言った。「でも、紳士のふりをする必要はないのよ。あなたは伯爵家の長男として生まれた、正真正銘の紳士ですもの」

「ええ、あとはただ、それらしく振る舞う術を身につければいいだけ」アイリーンが皮肉たっぷりにつけ加えた。

「それをきみから学ぶのかい？」ギデオンはまっすぐな黒い眉を片方あげた。

「あら、アイリーンはちゃんと作法を知っているわ」アイリーンが答えるまえに、フランチェスカがいたずらっぽい笑みを浮かべて言った。「ただ、それをいつも活用するとはかぎらないだけ」言葉を切ってつけ加える。「間違いなく、あなたもそうするでしょうけれど」

ギデオンは笑みを浮かべた。「レディ・ホーストン、きみはぼくらをよく知っているようだね」

フランチェスカはうなずいて、まるで秘密を分かちあうような小さな笑みを返し、この場の苛立ちや怒りを取りのぞいた。それを見てアイリーンは、奇妙なことに生まれて初めてフランチェスカの魅力的な作法を羨《うらや》ましいと思った。とても苛々して不機嫌な顔で部屋に入ってきたギデオンが、フランチェスカの言葉でリラックスし、素直に言いつけに従う気になっている。彼がフランチェスカにほほえみかけるのを見たとたん、鋭い反発がこみあげ、そんな自分にショックを受けた。まさか、いいえ、そんなはずはない。これは嫉《しっ》妬《と》なんかじゃないわ。

アイリーンは急いで目をそらし、目の前の仕事に逃げこんだ。「ここに座っていただけるかしら、ラドバーン卿」

彼はテーブルのそばに立っているアイリーンのところにやってきた。彼の椅子の前には、グラスとナイフとフォーク類が、中央に置かれたダマスク織りの麻のナプキンを囲んでいる。

「やれやれ」彼は唇をゆがめた。「悪名高いナイフとフォークだな」

「これは簡単に学べることよ」アイリーンは説明を始めた。

「それはどうかな?」彼はその前の椅子に座った。「なかには、なかなか学べない者もいるからな」

「あなたはそうではないはずよ」アイリーンはそっけなく言った。「それに、最初のレッスンはこれ。レディが立っているあいだは、座ってはいけない。紳士はレディたちが全員座ってから席につくの」

「少し前のところから始めましょうか」フランチェスカはギデオンに言った。「食堂に入るときは、レディに腕を差しださなくてはいけないの」

「誰でもいいのかい？」

「いいえ。もちろん順番があるわ。昨夜《ゆうべ》は家族と親しい友人たちだけの非公式な食事だったけど、もう少し大勢の晩餐《ばんさん》のときは、ホストであるあなたは、いちばん位の高い女性に腕を差しだすの。たとえば、昨夜の場合はあなたのお祖母様《ばあ》よ。彼女とレディ・テレサはどちらも伯爵未亡人だけれど、お祖母様の年齢から彼女のほうが上。それに、なんといっても、レディ・パンジーは公爵家の令嬢だったんですもの」フランチェスカはいたずらっぽい目でちらりとアイリーンを見た。「言うまでもなく、公爵令嬢は准男爵の次男の令嬢よりも格上なのよ」

アイリーンは昨夜の件に関するフランチェスカの言葉に少し赤くなり、こっそりギデオンを見た。彼が唇に笑みを浮かべてアイリーンに頭をさげると、もっと赤くなったものの、ほほえみ返さずにはいられなかった。

「これはレディ・オデリアには言わないでね」フランチェスカは愉快そうに目をきらめかせ、言葉を続けた。「当然ながら、彼女も公爵家の出身だけど、結婚した相手は子爵だった。だから順番では妹のレディ・パンジーのほうが上なの」

「でも、奇妙なことに、レディ・オデリアが男爵位よりも下の男性と結婚していれば、いちばん上になるのよ」アイリーンは口をはさんだ。「その場合は公爵令嬢の称号を失わないから。つまり、公爵の長男夫人のすぐあとで、公爵家の次男や三男たちの奥様よりも上になるの」

ギデオンは眉を寄せてアイリーンを見た。「ぼくにそれを覚えろと言ってるのかい？」

「いまのところは重要ではないわ」フランチェスカが急いで言った。「それにもちろん、将来は、奥様に頼ればいいことよ」

「そうだな」ギデオンは皮肉な声で言った。「貴族と結婚する多くの利点のひとつだ」

「いまは、食事のし方に進みましょう。まず、レディをエスコートして食堂に入る。アイリーン、あなたがレディ役をしてちょうだい」フランチェスカはギデオンにアイリーンのところへ行けと合図した。そしてふたりが立ったまま自分を見ていると、苛立たしげにうなずいた。「どうぞ。練習よ。腕を差しだして」

ギデオンは向きを変えてアイリーンに歩み寄り、肘を曲げて腕を差しだした。

「よろしい。とてもいい形だわ」フランチェスカは励ますように言った。

アイリーンは彼の腕に手を置き、ふたりでテーブルへと歩いていった。

「彼女も順番に従って着席するけど」フランチェスカは言葉を続けた。「正式な晩餐会では席の前に名前の入ったカードが置かれているから、混乱はないわ。ふつうの場合、彼女はここに座るの」フランチェスカはその場所を指さした。「でも、いまはここにナイフやフォークを並べさせたから、あなたの隣にアイリーンを座らせてちょうだい。彼女の椅子を引いて、彼女が腰をおろしたら、静かに少し押しこむ」

フランチェスカは彼にうなずきながら、ため息を押し殺した。ギデオンが椅子を引き、アイリーンが腰をおろす。でも、彼が椅子を前に出すタイミングが早すぎて、アイリーンの膝の後ろにあたった。アイリーンが後ろを振り向いて、怖い顔でにらみ、彼はその顔をぽかんと見た。

「もう少し静かに、ゆっくりやってみて」フランチェスカが言った。

「悪い」ギデオンはフランチェスカに謝った。

「あなたが謝るべきなのは、わたしのほうよ」アイリーンが彼に食ってかかる。

ギデオンは小さな笑みを浮かべ、座りながら言った。「ああ、でも、それじゃ面白くないだろう?」

アイリーンは片方の眉をあげた。金色の目が火花を散らしはじめるのを見て、フランチェスカが急いで言った。「では、フォークとナイフの使い方に移りましょう。アイリーン、どれがどれだか教えてあげてちょうだい」

アイリーンはいやだと言いそうな顔でフランチェスカを見たものの、しぶしぶうなずいた。「いいわ」彼女はギデオンにかがみこんで、彼の前に手を伸ばし、指さしながら言った。「これは使う順番に並んでいるの。いちばん外側にあるのが、最初に使うナイフとフォークよ。わかる？ スープのスプーンはいちばん右の、給仕が受け皿を置く場所にある。

次のひと組は魚のナイフ、左にある魚のフォーク、それから肉のナイフとフォーク。プディングのスプーンとフォーク、そして最後が口直《セイボリー》しの一皿のナイフとフォーク。最後に出てくるアイスクリームのスプーンとフルーツのスプーンは、お皿と一緒に来るわ」

アイリーンは説明しながら、自分がギデオンのすぐそばにいるのをとても強く意識していた。彼のつけているコロンの香りがかすかに漂い、体温が伝わってくるようだ。ちゃんと聞いているかどうか確かめるためにテーブルのナイフ類から目をあげると、彼の顔がすぐそばにあった。彼女はどきっとして思わず身を引き、つかのま片手を彼の腕に置いて、よろめかないように体を支えなくてはならなかった。ギデオンは見つめ返してくる。もしかして、彼はわたしが指さしていたナイフ類ではなく、ずっとわたしを見ていたの？

「ちゃんと聞いてるの？」アイリーンは食ってかかった。

「もちろんさ。でも、これはなんに使うんだい？」彼は左手にある小皿の上の、小さな丸みを帯びたナイフを指さした。

「バターを塗るナイフよ」アイリーンは体を起こし、彼のすぐそばから離れた。「だからパンのお皿にのっているの」

「そしてこのグラスのどれがリキュールのため？」

「全部違うわ。リキュールやポートワインのグラスは給仕が適切なときに持ってくるの」

彼女はふたたび彼の前に手を伸ばし、ナイフとスプーンの少し上に置いてあるいくつかのグラスを示した。「これはスープのときのシェリー酒用。こっちは魚のときの白ワイン用。肉料理用の赤ワインのグラスはこれで、これは水のグラス。でも置く場所を覚えておく必要はないわ。グラスは給仕が適切なときに満たすから」

「セイボリーのフォークはどれだって？」

アイリーンは彼の向こう側にある小さなフォークに手を伸ばした。それは給仕が銀のセイボリー用の皿を置く場所にいちばん近いところにある。彼らはこんなふうに何分か説明を繰り返し、何に使うか、どこに置かれているかを復習した。ところがギデオンはそのたびにひとつかふたつ忘れる。アイリーンはしだいに苛々してきた。

そして間違いをおかすたびに彼の表情は硬くなり、イーストエンドの訛《なまり》がきつくなった。HがAに近くなり、AがIに近くなる。フランチェスカの忍耐力も限度に達しかけているようだった。

フランチェスカはため息をついて、疲れた声で言った。「いいわ。もう一度訊《き》くわね、ラドバーン卿《きょう》。魚のナイフはどれかしら？」

ギデオンはためらい、自分の前に並んだナイフ類を見下ろした。「ええと……どれもみな同じに見えてきたな」彼は少しのあいだ、皿の上で手をふらつかせた。「きっと……これだな」人さし指で勢いよく肉のナイフを示す。

アイリーンはうめき声をもらした。「違うわよ、違う違う。少なくとも、二十回は教えたのに」

彼女は手を伸ばして彼の手をつかみ、無理やりその指をもっと小さな魚用のナイフのところに置いた。

「これが魚のナイフよ。左にあるこのフォークと一緒に使うの。ひらめはロースト肉の前に来るから、どちらも肉のフォークとナイフの外側にあるのよ。どうしてそれがわからないのか理解に苦しむわ」

アイリーンはギデオンをうんざりした顔で見た。ギデオンはこの数分間と同じ、石のような無表情のままだ。いえ、待って。彼の目に浮かんでいるのは……。

「ぼくには難しすぎるに違いないな」彼はかすかに震える声で言い、言葉を切ってぎゅっと唇を結んだ。

アイリーンは目を細め、少しかがみこんで彼の目を見つめた。「わたしをだましていたのね！」

「どういう意味かわからないな」ギデオンは目をみはってそう言ったものの、口がひくつきはじめ、彼は片手をあげてそれを唇に押しつけた。

「やっぱり！」アイリーンはぱっと体を起こし、両手を拳《こぶし》に握った。「少しやりすぎたわね！　ビジネスで成功しているあなたが、こんなに愚かなはずがないわ！」

ギデオンがこらえきれずに笑いだし、アイリーンをいっそう激怒させた。彼女はくるりと向きを変え、早口にまくしたてながら食堂を行きつ戻りつしはじめた。

「いったいどういうつもり？　なぜわたしはこんな男のために時間を無駄にしているのかしら？　なんて礼儀知らずで、身勝手な、恥知らずなの！」

癇癪《かんしゃく》を起こして歩きまわっているアイリーンから目を離し、フランチェスカは眉をあげてテーブルの向かいからギデオンを見つめた。「全部、演技だったの？」突然、彼女はくすくす笑いだし、すぐに声をあげて笑っていた。

「どうかしてるわ！」アイリーンが叫んで振り向き、今度はフランチェスカに食ってかかった。「腹が立たないの？　わたしたちは三十分も時間を無駄にしたのよ。彼がおそらくとうに知っている、このばかげたナイフとフォークの使い方を教えようとして！」

ギデオンはにやにや笑いながら、彼女を見た。「そんなに難しいことじゃないからね。きみたちは昨夜のテレサの言葉を信じすぎていると思うよ。ぼくは穴蔵で生きてきたわけじゃない。だいぶ前にシェフを雇えるようにもなった。ついでに言うと、この風通しのいいでかい建物にいるシェフより、ぼくのシェフのほうがはるかに腕がいい。それにぼくの執事は、テーブルの支度に手を抜くような男じゃないからね。たとえ、ここに着いたときには食べ方を知らなかったとしても、ほかの人々を見ていれば、簡単に学べることだ。べつにユークリッドでも、プラトンの書き物でもないんだから」

アイリーンは腰に両手をあて、けげんそうな顔で彼を見つめた。「なぜ？」彼女は両手を振りあげて、彼のそばに戻った。隣に腰をおろし、首を振りながらもう一度言う。「なぜわたしたちに何も知らないと思わせたかったの？　なぜ実際よりも粗野なふりをするの？」

「そのほうが、家族が喜ぶからさ」ギデオンはそう言うと、目をきらめかせ低い声でつけ加えた。「それに、きみにこれほど近づいてもらう方法がほかにあるかい？」

アイリーンは目をみひらいた。彼の言葉で、突然、下腹部がかっと熱くなり、急いでフランチェスカを見て、いまの声が彼女に聞こえたかどうかを確かめた。フランチェスカは微笑したまま、信じられないというように首を振っている。どうやらギデオンの言ったことは聞こえなかったようだ。アイリーンは少しほっとして彼に目を戻した。ギデオンは彼女を見ていた。先ほどの笑いでいつもの厳しい表情はやわらいでいるが、彼女の反応を見落とすまいとじっと見つめてくる。アイリーンは赤くなり、急に混乱して目をそらした。

「ばかなことを言わないで」鋭く言い返したつもりだったが、思ったより気弱に聞こえた。

「いいでしょう」フランチェスカが立ちあがって、真剣な表情に戻った。「悪かったわ。あなたに何が必要か、ほかの人々の言葉を真に受けすぎたわね。振り出しに戻りましょうか。あなたはマナーを磨く必要などないのかもしれない。だとすると、レディ・アイリーンとわたしがここにいる理由はほとんどなくなるわ。だから、あなたに訊くけれど、あなたが……役に立つ知識を得たいと思う領域があるかしら？　新しい家族や仲間にもっとたやすく溶けこむために、会得したいことがある？　それとも、わたしとアイリーンはあなたの〝教育〟をやめるべきかしら？」

「いや」彼はためらわずに答えた。「きみとレディ・アイリーンの助けは必要だと思う。でも、食器類に関してはこれ以上知りたいことはない。どこから見ても申しぶんないように、気を配ってくれる従者がいる。それに、きみが言ったように、席順に関しては妻が教えてくれるだろう。ぼくの話し方はきみたちとは少しばかり違う。それも気づいているよ。しばらく正しい話し方をしようと努力したんだが、文法の問題ではなく、発音の問題だと言われてね。だからこれは簡単には直らない。しゃれ者のように話せるようになる望みはほとんどないな。また、とくにそうなりたいとも思わない」彼は言葉を切り、つけ加えた。「だが、ひとつだけ、うまくなりたいものがある。ダンスが苦手なんだ」

「あら」フランチェスカは嬉《うれ》しそうな顔をした。「それは、わたしたちにもお手伝いできると思うわ。ねえ、アイリーン？」

「ええ、もちろん」アイリーンはうなずいた。

一同は食堂を出て、音楽室へ向かった。アイリーンはギデオンにダンスを教える危険にすぐさま気づいた。ダンスの練習には、パートナーが必要だ。そして彼のパートナーになるためには、踊っているあいだずっと彼に手を取られ、腕を腰にまわされてすぐそばに立っていなくてはならない。食堂で彼のそばにいただけで、あんなに奇妙な反応が起こるとすれば、彼と踊ったときにどう感じるか考えるだけでも恐ろしかった。

「わたしがピアノを弾くわ」彼女は音楽室に入るとすぐにそう言って、昨夜フランチェスカがレディ・オデリアのために弾いたピアノのほうへ向かった。

フランチェスカが笑った。「だめよ、かわいい人《マイ・ディア》。忘れたの、あなたのピアノは聞いたことがあるの。わたしが弾くから、あなたはラドバーン卿のパートナー役を務めてちょうだいな」

残念ながら、フランチェスカの言うとおり、アイリーンには音楽の才能はなく、毎日の練習も大嫌いだったから、彼女のピアノの腕はお粗末なものだった。若い未婚の女性はさまざまな社交的集まりで、音楽の才能を披露するように頼まれることが多い。だから、フランチェスカはアイリーンのピアノの腕前を知っていた。無理に自分が弾くと主張すれば、その頑固さの裏には何かがあると勘繰られるだろう。ギデオンと踊りたくない理由を詮索《せんさく》されるよりは、彼と踊るほうがまだましだ。

「もちろん」アイリーンはおとなしく引きさがった。

彼女はちらっとギデオンを見た。彼はアイリーンがなぜピアノを弾きたがったかちゃんとわかっている、という笑みを浮かべていた。もっと悪いことに、アイリーンが彼と踊りたくない理由もお見通しのようだ。彼女自身の願いにもかかわらず、アイリーンは彼に惹《ひ》かれている。彼の腕に抱かれ、音楽に合わせて踊りたくないのは、自分の反応が恐ろしいからだ、と。

「ワルツから始めましょうか?」フランチェスカが尋ね、答えを待たずに続けた。「ロンドンの外では、必ずしもワルツを踊る機会があるとはかぎらないことは知っているわ。でも、ここのパーティーは洗練された集まりですものね。それに、ワルツがいちばん簡単だし。アイリーン、わたしが楽譜を探しているあいだに、ラドバーン卿にステップを説明してあげて」

フランチェスカはピアノの上に重ねてある楽譜の束を探しはじめた。だが、アイリーンが向かいあうと、ギデオンが片手をあげた。

「ステップはわかってる。もう習ったからね。ただ、うまく踊れないだけだ。練習が必要なんだと思う」

「もちろんよ」アイリーンは彼の独善的な笑みに、負けん気を刺激された。いやな人。ダンスのレッスンのあいだは、死んでも落ち着きを保って、彼に影響を受けたりしないわ。

「まず音楽なしで少し踊ってみましょうか?」

「そうしたければ」ギデオンは片手を差しだし、それから彼女を引き寄せて、もうひとつの手を腰に置いた。

彼の手のひらが重く、温かく、しっかりと腰をつかむ。アイリーンはその手がどんなに大きいかをとても意識した。こんな近くに立って彼の顔を見上げると、少し息が乱れる。

ギデオンはどちらかというと相手を圧倒する男だ。でも、わたしは簡単に威圧される女じゃないわ。アイリーンは自分にそう言い聞かせなくてはならなかった。

「まず、あまりきつくつかまないこと」彼女は落ち着いた声で言った。「片手は軽く女性のウエストに置くべきなの」

彼は少し手をあげた。アイリーンは手を伸ばし、彼の親指を少し移動させて、正しい位置に置いた。

「今度は、わたしたちが行く方向にわたしを導いて。でも、軽くね。袋を引っ張ったり押したりするような、ぎこちないやり方はだめよ。指に軽く力を入れるだけにして。それに、わたしの手はぎゅっとつかまないで、軽く包む。ええ、それでいいわ。では、踊りましょう」

アイリーンはワルツのリズムを数え、彼らはぎこちなく、ぎくしゃくと動いた。

アイリーンは彼を見上げ、少しばかり懐疑的に尋ねた。「実際よりもへたなふりをしているんじゃないでしょうね？」

ギデオンは笑った。「いや。残念ながら、ぼくはこんなふうにしか踊れないんだ」

「練習すれば上手になるわ」アイリーンは励ました。

「親愛なるレディ、きみはこれまで礼儀正しい嘘《うそ》をつかなかった。この先もやめてほしいな」

アイリーンはくすくす笑った。「いいわ。では、ほんとうのことを言うわね。これまで踊った最悪の相手というわけじゃないけれど、確かに最高の相手というわけでもないわね。でも、練習すれば、いまよりは上手になると思うわ」

彼は小さく頭をさげて、了解した。「ありがとう、では、練習しよう」

そしてふたりはフランチェスカのピアノに合わせて音楽室をまわった。ここは本来、踊る場所ではないため、ほかの家具や調度をよけなくてはならないせいで少々難しかった。スツールをひとつ倒し、後ろにさがって椅子にぶつかったあと、ふたりは練習をいったん中断して椅子の位置をずらし、ほとんどの障害の周囲に円い通り道をつくった。ギデオンは一、二度そこをまわるとリラックスしはじめた。ぎくしゃくしていたステップも、しだいになめらかになっていく。

自信がついてくるにつれ、ギデオンは足もとではなく、彼女の顔を見るようになった。実際、彼があまり長いこと見つめるので、アイリーンは頬が染まるのを感じた。

「わたしの顔には目が三つあるのかしら?」彼女は少し鋭い調子で尋ねた。「礼儀にはずれるほど長く見つめているわよ」

「悪い。明らかにぼくの卑しい育ちのせいだな」口ではそう言ったものの、彼の声は少しもすまなそうではなかった。「それにこれを指摘するのも無礼なことかもしれないが、きみにはどこか違うところがある」

アイリーンは片方の眉をあげた。「違うところ？　何と違うの？」

「初めて会ったときのきみと違う。髪型のせいだな。あのときと同じじゃない」

「女性はいろいろと髪型を変えるのよ」

「ぼくは昨夜と今日の髪型が好きだな」彼は少しかすれた低い声で続けた。「柔らかくて。あまり……きつく縛られていない。男はそれを見ると……」

彼の言葉にアイリーンの体が熱くなった。訊くべきではないのはわかっていた。こんなふうに話しつづけるのを彼に許してはいけない。ええ、これは間違っている。危険だわ。でも、気づくと先を促していた。「それを見ると、何？」

「髪をおろしたくなる」彼は答えた。かすれた声がアイリーンをときめかせた。「髪が、きみの肩の上にこぼれ落ちるのを見たくなる」

アイリーンは少しつまずき、彼が腰に置いた手に力をこめて支えた。彼女は顔をそむけた。「そういうことは言わないで。あなたの話し方は親密すぎるわ」

「つまり、礼儀正しくないってこと？」ギデオンは皮肉たっぷりに尋ねた。

「適切ではない、ってことよ」アイリーンは訂正した。「紳士は若い未婚の女性にそういうふうに話してはいけないの」ギデオンの言葉にどれほど影響を受けたか悟られたくなくて、少し反抗的に彼の顔を見上げた。

「だが、ぼくが紳士じゃないことはふたりとも知ってる」彼はアイリーンを見つめて言った。アイリーンはその目が燃えるように熱くなったのに気づき、彼の言葉に含まれた意味をはっきり読みとった。低い声が愛撫《あいぶ》のように肌をなで、彼女は思わずぶるっと震えた。

「求愛する女性には、そういうことを言ってはだめよ」体のなかの反応を無視しようと努めながら、きっぱり言う。

「ほかの女性たちに言っているわけじゃない」彼は指摘し、こうつけ加えた。「ほかの女性にはなんの興味もない」

「まだ会ってもいないのに」

「だいたいにおいて、くすくす笑う愚か者ばかりだということは、会わなくてもわかる。さもなければプライドが高くて、人を見下すのが好きなタイプだ。それに、ひとり残らず、生まれたときから教えられてきたことしか口にしない。きみほど心をそそる女性はひとりもいるもんか」

アイリーンは鋭く息を吸いこんだ。「結婚に興味はないと言ったはずよ、ラドバーン卿」

「きみはぼくが口にするあらゆる言葉やぼくの動作を正しているんだ。せめて名前を呼んでくれてもいいだろう？」

「ラドバーンはあなたの名前よ」

「いや、違う。ラドバーン伯爵はぼくじゃない。ぼくという人間とはまったく関係ない、どこかの誰かだ」彼の声は鋭くなり、ハンサムな顔にいつもの厳しい表情が浮かぶ。「ぼくは生まれてからずっと、ギデオンだった」

彼をこの名前で呼ぶのは適切なことではない。まだ知りあってからほんの数日にしかならないのだから。名前を呼びあえば、ふたりが親密な間柄であることを仄《ほの》めかすことになる。これは正しくない行為だが、しばらく考えたあと彼女は承知した。「いいわ、ギデオン」

彼は体の力を抜き、彼女の手を握った指にかすかに力をこめた。まるでつるつる滑る坂を落ちていくような気がして、アイリーンは目をそらした。この状況はどこで手に負えなくなってしまったの？　わたしは、とても不適切な話し方をしたギデオンに注意した。正しいことをしたのに、どういうわけか彼を名前で呼ぶことになってしまった。生まれてからずっと知っている男性さえ、名前で呼んだことなどないのに。

わたしはこういうことに慣れていないんだわ。ギデオンにも、この状況にも、心のなかでぐつぐつたぎり、とんでもなく都合の悪いときに表面に浮かびあがってくる感情にも。

アイリーンは言葉に棘《とげ》があることで知られていた。もっと若いころに求婚者が現れなかったのは、持参金がないことよりも、むしろこのとっつきにくい性格が災いしていたのだと主張する人々もいる。とはいえ、彼女は気難しく、辛辣《しんらつ》な舌の持ち主だと思われることを少しも気にしなかった。くすくす笑ったり、間の抜けた笑みを浮かべて、相手がどんな愚かな男でも感心したように見上げる根性のない娘たち。そんな娘を演じるよりは、うとまれるほうがむしろましだ。

レディ・アイリーン・ウィンゲートは、自分を知っている女性だった。たやすく揺すぶられたりしない。めったに煙に巻かれることも混乱することもない。とりわけ、自分のことで混乱することなどない女性だった。ところが、ギデオンに会ってからというもの、自分に驚かされてばかりいる。一度も感じたことのないことを感じ、激しい感覚と感情にもてあそばれて、思ってもみなかった行動をとっている。自分を抑えられないなんてまったく初めてのことで、アイリーンは少しばかり動揺した。

ワルツが終わり、ふたりが離れると、彼女は二、三歩ギデオンから離れて、フランチェスカのほうに振り向いた。ふたりがひと息入れているあいだに次の曲を探そうと、フランチェスカは楽譜をめくっている。

アイリーンは息を吸いこんだ。「レディ・フランチェスカ、あの、これでやめてもいいかしら」

「もちろんですとも」フランチェスカは驚いてアイリーンを見た。「ごめんなさい。疲れたの？　うっかりしたわ。ずっと弾きつづけてはいけなかったわね」

ギデオンが顔をしかめ、アイリーンに近づこうとした。「そうだな。二、三分休憩しよう。それかお茶でも飲んで――」

「いいえ、べつに――」アイリーンは反論しようとした。少しばかりワルツを踊ったせいで、疲れたなんて思われたくない。が、考えてみれば、これはうまい口実になる。「ええ、そうかもしれないわ。でも、お茶は結構よ。自分の部屋で休むことにするわ。少し頭が痛いの」

彼女はギデオンの目を見ることができず、急いでフランチェスカに向きあった。

「よかったら、この続きは明日にしませんか？」

「もちろんいいわ」フランチェスカは微笑し、片手を振った。「今日の午後は、わたしたちの手から逃れられて、ラドバーン卿もきっと喜ぶでしょう。わたしはレディ・オデリアとパーティーの計画を立てることにするわ」

「ありがとう」アイリーンは小さな笑みを浮かべ、ギデオンのほうを見ないで音楽室から逃げだした。

安全な自分の部屋に戻ると、彼女は窓辺の椅子に体を投げだすように座り、少しのあいだ、自分の臆病《おくびょう》な振る舞いをこきおろした。こんなところに隠れているなんて、いったいどういうこと？　これもわたしらしくない行動のひとつだわ。

社交界の女性たちは偽の頭痛をよく口実にする。わたしは彼女たちと同類ではないはずなのに、たったいま、音楽室でそうしてきた。男性に対処できなくて、逃げだすような女でもないはずよ。しかも自分の反応が抑えられないから逃げだすなんて、もってのほかだわ！

アイリーンは指で椅子の肘掛けをたたいた。どうしてギデオンが自分にこんな影響を与えるのか、理解できない。でも、いつまでもこんな状態ではいられないわ。彼に会うまえの自分を取り戻さなくては。

少し外を歩いてくるべきね。領地に戻ったときによく出かけるように、のんびりと。新鮮な空気を吸って、体を動かせば、ばかげた動揺もおさまるはず。物事をもっと明確に見られるはずよ。

そう心が決まると、アイリーンは散歩のために持ってきた頑丈なブーツにはき替え、顔を日差しから守ってくれるつばの広い麦藁《むぎわら》帽子をかぶった。いま着ている新しい服の裾《すそ》が汚れないように、古い服に着替えるべきなのはわかっていたが、ひとりでは後ろのボタンを全部はずすことができない。かといって、呼び鈴を鳴らしてメイドを呼ぶのも気がひけた。疲れと頭痛を口実にダンスのレッスンを中止したすぐあとで散歩に出かけるのを、みんなにふれまわることはない。

アイリーンは裏の階段をこっそりおりて、裏口から庭に出た。きちんと手入れのされた小道をすぐにはずれ、その先の牧草地へとまっすぐに芝生を横切っていった。

まもなくイギリスの領地によくある、くねくねと曲がった狭い道に出た。アイリーンはそれがどちらに向かうのかよくわからぬまま、屋敷から見えそうもない方角へと曲がり、歩きだした。

小さな峰沿いに続くその道は、とても見晴らしがよかった。眼下には草原が広がり、その向こうに畑が、さらに遠くにはコッツウォルズの丘陵が見える。右手は木立で、それからもうひとつなだらかな坂があり、その坂の上には角ばった古めかしい灰色の塔と、同じ石でできた塀の一部が立っていた。

あれはここに着いた日に執事から聞いた、古いノルマン風建築の塔の名残に違いない。あとで探検する価値があるかもしれないわ。アイリーンは少しのあいだ立ちどまり、額に手をかざしてそれを眺めた。

すると、後ろから馬勒《ばろく》が鳴る音と、蹄《ひづめ》の音が聞こえた。驚いて振り向くと、ひとりの男が大きな鹿毛《かげ》色の去勢馬に乗って近づいてくる。アイリーンの胃は足もとまで落ちた。

馬上の男はギデオンだった。これで疲れも頭痛も真っ赤な嘘だということが、ばれてしまったわ。

10

アイリーンはパニックにかられたが、逃げだしたい衝動を無理やり抑えつけた。ついさっき、いつもの強いわたしに戻ろうと決めたばかりじゃなかったの？　この問題も、これまでと同じように対処すべきだわ。そう、真っ向から立ち向かうの。

そこで背筋をぴんと伸ばし、ギデオンが近づいてくるのを見守った。レディ・オデリアはフランチェスカに、ギデオンは乗馬がへただと言ったそうだが、馬にまたがった彼はなかなかさまになっている。子供のころから馬に乗ってきた彼女の知りあいの多くは、確かにもっと形よく乗れるかもしれない。でも、その事実は、広い肩をいからせ、革手袋をした大きな手で手綱をつかみ、たくましい腿で馬体をしっかりとはさんだギデオンが放っている力強さを少しも損なっていなかった。

アイリーンはごくりとつばをのみ、さらに背筋をまっすぐにした。

「やあ、レディ・アイリーン」ギデオンは近づきながら笑いを含んだ声で言い、彼女に向かってさっと帽子を取った。「ここできみに会うとは驚いたな」

「ええ、ほんと。わたしもあなたに会って同じくらい驚いたわ」彼女は言い返した。「あとをつけてきたの？」

「いや。忘れたのかい、きみは頭が痛くて部屋で休んでいるとばかり思っていたよ」彼はそう答えながら馬からおり、手綱を片手に持って馬を引き、近づいてきた。「思いがけなく今日の残りが自由になったから、農地を少し見まわりに行こうと思ったのさ」

自分がここにいる説明が必要だと感じ、アイリーンは口を開いた。「新鮮な空気を吸えば、頭痛がおさまるのではないかと思ったの」

「なるほど」彼はうなずいた。「だったら、一緒に歩くことにしよう……もちろん、ひとりで歩くほうがよければべつだが」

彼の目のからかうようなきらめきを見て、アイリーンはこの挑戦を受けてたたずにはいられなかった。「もちろん、そんなことはないわ、伯爵」彼女は答えていた。「実際、わたしたちには話しあっておくべきことが、いくつかあると思うの」

「そうかい？　ぼくの礼儀作法の悪さを指摘するつもりかな？　それとも、踊り方を？　それに、ギデオンと呼んでくれるんじゃなかったのかい？」

「ギデオン」ささいな点は、このさい譲歩することにしよう。アイリーンはとっさにそう判断した。「もちろん、ほかの人々がいるところでは、適切な呼び方ではないけど」

「ああ、言うまでもないな。そういう場合は、ぼくのことをラドバーン卿《きょう》と呼んでもらわなくてはならない」

「ええ、あなたにはさぞばかげて見えるでしょうね」アイリーンは硬い声で言った。「でも、わたしたちはしきたりを守って生きているの。レディがそれを破ると、ろくなことがないわ。ただでさえ変わり者だと思われているんですもの。わたしの名誉が噂《うわさ》の種になるような振る舞いはできるだけ避けたいわ」

ギデオンは顔をしかめた。「そうかい？　きみの名誉に疑問を抱く人間がいるとは、ぼくには想像もつかないが」

「疑問を抱く余地も与えたくないの」アイリーンは言い返した。

彼は承知したというように頭をさげた。ふたりは並んで歩きつづけ、やがて彼が言った。

「それで、ぼくに何をしてもらいたいのかな？」

「いいえ、そうじゃなく……自分の立場をはっきりさせておきたいだけ。わたしがここに来たのは、フランチェスカの手伝いをするためよ。彼女はあなたの大伯母様に、はっきりそれを伝えてくれたかしら」

「フランチェスカはレディ・オデリアにそう伝えたよ」

「結婚する意志がないことは、あなたにも同じようにはっきりさせたつもりだったわ」

「そうしたとも」

アイリーンはちらりと横目で彼を見た。「それなのに、今朝、あなたはわたしにああいうことを――」

「ああいうこと？」

「お世辞、と言えばいいかしら」

ギデオンはおおげさに眉をあげ、驚きの表情をつくった。「ぼくにはきみを褒める自由もないのかい？」

「問題はその中身よ。あれは……紳士がよく知らない女性に対して、さもなければ、兄が妹に対して口にする褒め言葉ではなかったわ」

「確かに兄の褒め言葉ではなかった。だが、ぼくはきみの兄じゃないからね」

「とぼけないで。あなたの言葉は、あれは……男性が女性と戯れるときの言葉だわ」

「ぼくはきみに戯れてもいけないのかい？」

「ええ、だめ」アイリーンはむっとして答えた。「もう、驚いた顔をするのはやめてちょうだい！　わたしが何を言いたいか、ちゃんとわかっているくせに。あなたはわたしを……誘惑するような話し方をしたわ」

ギデオンの唇にかすかな笑みが浮かんだ。「ぼくの意図がはっきり伝わってよかった」

「でも、言ったはずよ、わたしは――」

「きみが言ったことはちゃんと聞こえたよ、アイリーン」

「だったら、どうしてあきらめないの？」許したわけでもないのに、ギデオンが自分を名前で呼んだことにさえ気づかず、彼女は問いただした。「何度も言うようだけど、わたしがあなたと結婚する可能性はまったくないわ。だから言い寄るのは時間の無駄よ。わたしの気持ちを変えたいと願っているのかもしれないけど、決して変わりませんからね」

「そうだな。きみの気持ちは石に彫られたように決まってる」彼は言い返した。

アイリーンはぐっと眉を寄せた。「今度はわたしを侮辱するつもり？」

「忘れたのかい、ぼくはきみを褒めてはいけないんだ」

彼女はおおげさなため息をついて顔をそむけた。ふたりは怒りに満ちた沈黙を保ったまま歩いた。

しばらくすると、ギデオンが穏やかに言った。「いずれにせよ、ぼくはきみに結婚を申しこんではいないよ。それはきみも気づいたと思うが」

「確かに。でも、言い寄ったわ。それは自分でも認めたじゃないの」

「まあ、きみは結婚しないと言っただけで、ほかの……関係についてはとくに触れなかったからね」

アイリーンは出し抜けに止まり、怒りに頬を染めてさっと向き直った。「なんですって！　あなたは……まさか、わたしが……わたしが……」彼女はその続きを口にできず、言葉を途切れさせた。

ギデオンは心得顔ににやっと笑って、アイリーンの思ったとおりの意味をさっきの言葉が含んでいたことを認めた。これはひどい侮辱だわ。アイリーンはきっぱりはねつけるべきだと思ったが、代わりに、笑みを浮かべた唇と鮮やかにきらめく緑の瞳に魅せられて、下腹部の奥がうずくのを感じた。彼から離れるべきだと思いながら、アイリーンは震えながら息を吐きだした。この目を見つめてはだめだとわかっているが、目をそらすことも、あとずさることもできない。自分がそうしたくないことに気づいて、アイリーンは激しいショックを受けた。

「結婚はいやだという女性でも……男女関係のすべてを自分に禁じる必要はないさ」ギデオンは注意深くそう言った。

「わたしが体面をけがすようなことをするとでも？　名前をけがすようなことを？」アイリーンは自分の声がひどく震えているのにぞっとしながら尋ねた。彼はこれが体の奥の震えと一致していることに気づいてしまうかしら？　わたしの目を見て、わたしが否定している欲望を目覚めさせたことがわかるかしら？

「いや、きみには無理だろうな」ギデオンは半歩近づき、手綱を落として両手で彼女の二の腕をつかんだ。「ぼくらはどうすればいいんだい？　きみはぼくらのあいだにあるものを否定するのかい？　ぼくがきみに触れるとこの肌が熱くなることを、忘れろというのかい？　きみがぼくにキスを返してくれたことも？」

アイリーンは目を閉じた。これ以上彼の顔を見ていたら、ギデオンの腕のなかにこの身を投げだしてしまいそうだ。アイリーンは彼の唇をもう一度感じたかった。それもどうしようもないほど。あのキスの味、その感触は、いまでもはっきりと思い出せる。彼のキスを思い出すと唇がうずうずした。

「いいえ」彼女はほとんど恐怖にかられてつぶやいた。「違うわ。わたしたちのあいだには、何もないわ」

「きみは嘘《うそ》をつかない女性だと思ったが」ギデオンは鋭く言い返し、腕をつかんだ手に力をこめて彼女を引き寄せた。

次の瞬間には、彼の唇がむさぼるように重なり、アイリーンの頭は真っ白になった。伸びあがって彼の口に自分の口を押しつけ、彼の首に腕を巻きつけてしがみつきながら、アイリーンは夢中でキスを返した。情熱が嵐《あらし》となって体を駆けめぐり、ほかのすべてをなぎ払う。

この瞬間は、自分の体にあますところなく押しつけられた固い体の感触と、下腹部でうずく荒々しい欲望と、脈打つ熱い血潮しか存在しなかった。キスは長く、深く、まるでたがいの魂を呼びだすことができるかのようだった。アイリーンは彼の腕のなかで震えた。奇妙に力が抜け、気を失いそうなくらいだが、それでいてキスを終わらせたいとは思わなかった。彼がほしい。彼の味と熱と、固くたくましい体が。彼をのみこみたい、自分のなかに感じたいと激しく願い、そんな気持ちが自分のなかにあることに深いショックを受けた。

　ギデオンが背中に手を滑らせ、体の脇《わき》をなで、ヒップの上へとさっとおろして、長い指で柔らかい肉をつかむと、アイリーンを持ちあげて脈打つ欲望のあかしに彼女を押しつけた。男性をこういう形で感じるのは、アイリーンにとっては初めてのことだった。それがどんな感触か想像したことすらなかったが、即座にそれが何かに気づき、脚のあいだがうずきはじめた。

　彼女は黒い髪に手を埋《うず》め、自分の体をそれにこすりつけたい、彼の服のボタンをはずし、むきだしの肌をなでたいという奔放な欲望にかられた。

「なんてこと！」彼女は体を引き離し、半分横を向いて、震える手で顔を覆った。「だめよ！　わたしは何をしているの？」

　ギデオンはうめき声をもらし、後ろからアイリーンを抱き寄せた。ヒップに押しつけられる股間《こかん》のものが、硬く、執拗《しつよう》に彼女を求めてくる。アイリーンは荒い呼吸に彼の胸が上下するのを感じ、うつむいて髪に顔を埋める彼の乱れた呼吸を聞いた。

「きみも感じているはずだぞ」ギデオンはかすれた声でつぶやいた。「ぼくと同じ欲望に焼かれていることを否定しないでくれ」

「いいえ、違うわ。決して」

「きみは厳格すぎる。むごすぎるよ」ギデオンは唇でうなじをくすぐりながら言った。

「きみがどれほどぼくの心をそそるか、少しも関心がないのかい？」

「あなたの心をそそろうとしたことはないわ」

「わかってるさ」彼は半分笑うような、半分うめくような声をもらした。「そこが厄介なところだ。きみはそうする必要もないんだ。その金色の目でちらっと見られただけで、ぼくの理性は吹っ飛んでしまう。この髪が何本かピンからはずれているのを見ただけで、それが全部落ちるのを見たい。ピンをはずして、この蜂蜜《はちみつ》色のサテンのように柔らかい巻き毛に、両手を埋めたくてたまらなくなる」

「ギデオン、やめて！」アイリーンは彼から離れ、まだ震えている両手を握りしめ、彼と向かいあった。「あなたの手管にはのらないわ。わたしがあなたの愛人になると、本気で思っているの？」

「いや」ギデオンは怒って彼女をにらんだ。「ぼくはきみを妻にしたいんだ。それはよくわかっているはずだぞ」

「ギデオン、その気はないともう言ったはずよ。どうしてそれを信じてくれないの？」

「どうすればいいんだ？」彼は言い返した。「ああ、確かにきみは結婚しないと言った。でも、きみの気持ちを変えようとしてどこが悪い。ぼくがおとなしくきみの拒絶を受け入れると、本気で思っていたのかい？　なんとかしてきみの気を変えようとしないと？　できるかぎりの方法で、結婚してくれるように説得しないと？」

彼らは長いことにらみあっていた。それからアイリーンはため息をつき、体の力を抜いた。「いいえ。あなたがあきらめるとは思っていなかったのでしょうね。あっさりあきらめるとは」

「そんなにひどいことかい？」彼は低い声で尋ね、一歩近づいた。

アイリーンは一歩さがり、馬にぶつかった。おとなしい去勢馬は彼女から離れようとはせずに、その場にとどまっておいしそうな草を食べようと首を伸ばしている。

ギデオンは彼女を見つめたまま近づき、指の関節で彼女の頬をなでた。彼はアイリーンの目を見つめながら、ゆっくりとその手をおろし、顎をかすめ、喉をなで、胸の上で大きく広げた。アイリーンは彼から目をそらすことができなかった。彼の指が大胆におりつづけて、服の上から胸をなぞり、お腹《なか》をなで、ヒップの脇を滑っても、離れることさえできなかった。

「ぼくの妻になるのが、そんなにいやかい？」ギデオンは黒っぽい緑色の目で食い入るようにアイリーンを見つめながら尋ねた。「ベッドをともにし……この手を感じるのが……」

「いいえ」彼の手が通ったあとが燃えあがり、声が震えたが、アイリーンは正直に答えた。「それほどひどくはないでしょうね……しばらくのあいだは。あなたがわたしにこの欲望を感じているあいだは」

アイリーンは意志の力を振りしぼって、痙攣《けいれん》するように震えながら彼の手から離れた。

「でも、この渇きが静まったあとも、わたしはまだあなたの思いどおりにしなくてはならないわ」

「きみはぼくの欲望を甘く見すぎていると思うな」ギデオンは穏やかに言い返した。「だが、仮にきみが正しいとしよう。ふたりのこの炎が燃えつきたあとも、きみはまだぼくの妻だ。きみはぼくの名前を名乗り、ぼくの尊敬を受け、ぼくの財産を自由に使うことができる」

「わたしが使えるのは、あなたがくれるものだけよ」アイリーンは鋭く言い返した。「あなたの熱が冷め、望んでいたものを手に入れたあとも、わたしの辛辣《しんらつ》な舌を愉快に思うかしら？　いいえ、おそらく生意気な、独立心が強すぎる女だと思うでしょうよ。あなたの考えや気持ちには関係なく、思ったことをずばり口にしすぎるとね。わたしは理屈をこねすぎる、自分の意見に固執しすぎる、そう気づくに違いないわ」

ギデオンは愉快そうに眉をあげた。「そういうことには、とっくに気づいていると思わないかい？」

「冗談にするのはやめてちょうだい！」アイリーンは叫んだ。「あなたにとっては取るに足りない愚かな心配でも、わたしには大きな問題なの！　自分のものはひとつもなく、自分の体を好きなようにする権利すら認められずに……夫の思いつきや気まぐれに翻弄《ほんろう》され、夫の定めたとおりに生きるしかない。そういう人生を送らなくてはならないとしたら、あなただって結婚する気はなくなるでしょうよ」

「アイリーン――」ギデオンは少しばかり驚いた顔で片手を差しのべた。「きみはぼくがそんな独裁者だと思っているのか？」

「知るもんですか！　あなたのことを知らないもの！」白い顔のなかで頬だけを燃えるように赤くして、アイリーンは大きく目をみはって叫んだ。「でも、ほしいものがあるとき、男性がどれほど簡単に甘い言葉をささやけるかはわかってる。そういう言葉をどれほど簡単に忘れてしまうかも。うっかり信頼してもし間違っていたら、人生を投げ捨てることになるのよ。あなたはわたしを殴ろうと蹴《け》ろうと思いどおり。誰もそれを止めようとはしない。わたしが血を流し、お腹を痛めて産む子供たちも、あなたのもので、わたしにはなんの権利もない。たとえ取りあげられても、何ひとつできない。実際、そうしたいと思えば、あなたに閉じこめられても誰にも助けてもらえないわ。わたしが着るものさえあなたのもの。あなたがくれたお金しか使えず――」

「待ってくれ」ギデオンはさえぎった。「ぼくはそんな怪物じゃないぞ！　ああ、確かにきみはぼくを知らないな。ぼくがきみのことを知らないように。だが、そういう行動をとると思われるような理由を、ぼくはひとつでも与えたかい？」

「いいえ」アイリーンは必死に落ち着きを取り戻そうとしながら答えた。「こんな可能性を考えるなんて、愚かな女だと思うでしょう？　ええ、ほかの人々にも何度もそう言われたわ。だから繰り返す必要はなくてよ」

ギデオンはつかのま彼女をじっと見て、それから静かな声で尋ねた。「結婚するのが怖いのは、お父さんのせいなのかい?」

アイリーンは彼の言葉にかっとなって、反射的に言い返していた。「怖い? 怖くなんかないわ。ただ、論理的にとらえているだけよ」それからため息をつき、こわばった体から少し力を抜いて静かな声で続けた。「父のことを知っていたんだったわね。父がどんな男だったか。父を痛めつけていたところを見ると、あなたにもきっと何か迷惑をかけたのね」

ギデオンは少しけげんそうに彼女を見た。「彼が迷惑をかけたから、ぼくが追いかけていって殴った、と思ってくれるんだね」

「それほど得意になることはないわ。あなたを知っているからではなく、父がどういう人間か知っているからですもの」アイリーンは冷ややかにそう言った。

「だが、ぼくは褒めてくれたと受けとりたいな。きみの口からそういう言葉を聞けるのはめったにないことだ」

「好きなように取ってちょうだい」アイリーンはつんと顎をあげてそう言うと、ふたたび小道を歩きだした。

ギデオンは馬を引いてその隣に並んだ。「確かに、ぼくはきみのお父さんを知っていた。

ぼくの世界にいる彼を。彼はぼくのもとで働いている女性を攻撃したんだ。彼は賭博場《とばく》でトランプのカードを配って生計を立てている女性は、ひとり残らずほかの要求にも応《こた》えるものだと思いこむ癖があってね」ギデオンは口もとをこわばらせた。「そして彼女が拒否すると殴った」

「だからわたしたちの家に来たの?」

ギデオンはうなずいた。「もちろん、きみのお父さんのような男たちが、ロンドンのぼくが身を置く世界でどう振る舞おうと、必ずしも家族や仲間のあいだで同じように振る舞うとはかぎらない。それはわかっているよ」

「父が仲間のあいだでどういう振る舞いをしていたか、わたしには答えられないわ。でも、自分よりも下だとみなす相手を、どう扱うかはわかってる。母とわたしたちもそうみなされていたから。母はとても忍耐強い、とてもやさしい人よ。でも、父は絶えず母の欠点を見つけていた。父と結婚するまえの母がどんな女性だったか知らないけど、わたしが知っている母は、父のそばでは何ひとつ自信が持てず、いつもびくびくして暮らしていたわ。何がきっかけで父が怒りだすか、誰ひとり見当もつかなかった。父は何日も、何週間も、わたしたちの誰かがおかした〝誤り〟を怒鳴りつづけたものよ。そしてほんのささいなことで母に手をあげたわ」

「気の毒に」

「もう終わったことよ。想像がつくでしょうけれど、わたしは父の死をあまり悲しんではいないの」

ギデオンは顎をこわばらせた。「お父さんはきみのことも殴ったのかい？」

「一度か二度、乱暴に押しのけて倒したことがあったわ。酔うと乱暴になったから、わたしを傷つけるつもりだったかどうかはわからない。わたしのことは、ある意味で少し誇らしかったようなの。父を恐れて、びくびくしなかったからよ。いくら怒鳴っても、母や弟のハンフリーと違って、泣きもしなければ、震えもしなかったから」

ギデオンはかすかな笑みを浮かべた。「ああ、きみは小さな雌ライオンのようだったに違いないな」

アイリーンは肩をすくめた。「父に恐怖を見せればつけ入られるだけ、それを子供のころに見てとったのよ。その意味では、動物と同じだったわ。でも、父の怒りの結果を知るには、殴られる必要はなかったわ。母に対する父の仕打ちを毎日見ていたもの。母は父の妻だから、母に対してはとくにひどかった。結婚するまえはどれほど立派な紳士だったか、昔、母が話してくれたことがあるの。母の魅力や美徳をどんなふうに褒めたたえたか。でも、結婚すると、父は母を愚かだと思うようになったのよ」

自分がこんな話をしていることに少し驚きながら、アイリーンはちらっとギデオンを見た。ふだんは誰にも話したことがないのに。なぜ彼に話すことに抵抗がないのか、自分でもよくわからない。父のひどい面をギデオンが知っているからだろうか。彼が生きてきた人生が、アイリーンの知っている誰かの人生よりもはるかにつらいものだったからか。それともただ、どんな秘密も彼には打ち明けられると感じたからか？　とはいえ、これでギデオンは、わたしをこれまでとは違う目で見るかもしれないわ。男は女がこの世界の不快な面をあまり知りすぎることを喜ばないものだ。

　ギデオンは足を止め、腕をつかんでアイリーンを自分に向けた。「すべての男が、きみのお父さんと同じではないよ。妻を大切にする男はたくさんいる。深い思いやりを持って、やさしく接する男も多いよ」

「わたしは宝石とは違うわ」アイリーンはそっけなく言い返した。「甘やかされ、上等のシルクに包まれる、そういう女ではないの。どんな男性も、わたしのことをそんなふうには思わないでしょうよ。また、たとえ愚かな思い違いをする男性がいたにせよ、すぐにはっきりさせてやるわ。わたしは宝石というよりも、脇に刺さった棘《とげ》のような女だとね」

　アイリーンは彼の手から離れようとしたが、ギデオンはしっかりとつかんで放そうとしなかった。「ぼくはきみのお父さんとは違う。ほかの男とも違う」

　アイリーンは午後の日差しに金色の目をきらめかせて彼を見た。「それはわかってるわ。でも、わたしが間違っていたらどうなるの？　手遅れになるまで、結果はわからないのよ。いいこと、わたしの気持ちは変わらないわ。わたしはあなたと結婚できない」

それからまもなく、アイリーンはギデオンと別れた。彼は農地を見に行き、彼女は屋敷に戻った。そして自分がなんだか悲しい気持ちになっていることに気づいて少し驚いた。今度こそ、彼もはっきりわかったはずだ。これ以上追いかけるのをやめて、来週のパーティーにやってくる女性たちに目を向けるに違いない。がっかりするのではなく、ほっとすべきよ。アイリーンは自分に言い聞かせた。

ところが、どんなに努力しても、憂鬱《ゆううつ》な気分を振り払うことができない。アイリーンはぼんやりと窓の外を見つめて、午後の大半を自分の部屋で過ごした。どういうわけか、わたしは愚かな少女のように、愛の夢を見ていたに違いない。さもなければ、どうしてフランチェスカやモーラの説得に乗せられて、魅力的な新しいドレスを買ってしまったの？　はるばるラドバーン邸へ来ることに同意したの？　メイジーに髪型を変える許可を与えたの？

でも、その夢もこれで消えたわ。ギデオンには今日の午後きちんと話した。今夜は何年もしてきた髪型に戻し、食事のときは古いドレスを着ることにしよう。正しい行動をとったんですもの。もうすぐいつもの気持ちに戻れるはずよ。

アイリーンは予定どおり、襟もとと袖口《そでぐち》にレースをつけてほんの少し明るくしただけの、茶色のボンバジンのドレスを選び、昨夜と同じ髪を結いに来たメイジーを追い払った。

いつものように早めにおりていかずに、フランチェスカが部屋を出るのを待ち、彼女に加わった。これなら食事の前にギデオンとふたりだけで話をしなくてもすむ。食事のときには、彼女とギデオンの席は離れているから、話をする必要はまったくない。

夕食は冷たい雰囲気でのろのろと進んだ。会話がとだえがちなせいで、よけいに長く思えた。もちろん、レディ・オデリアはべつだ。彼女はその気になれば、どんな場合でもなんらかの話題を見つけられるようだった。

だが、食事が終わりに近づいたとき、それまではまったく会話に加わらなかったギデオンが口を開き、みんなを驚かせた。「お祖母《ばあ》様、来週のパーティーにもうひとりお客様を招待しました」

アイリーンにはとくにショックを受けるような報告には思えなかったが、ふたりのレディ・ラドバーンもレディ・オデリアもこの言葉にぎょっとしたようだった。三人はあんぐり口を開け、目をみひらいてギデオンを見た。

「なんですって?」レディ・オデリアがややあって訊《き》き直した。

「来週ここに来てくれるように、友人をひとり招いたんです。ピアーズ・オールデナムを。パーティーのお客様は女性が多いので、もうひとりぐらいは男性がいたほうがいいと思って。ダンスのときにね」三人の女性は何も言わず、驚きを浮かべて彼を見つめている。彼女たちの顔に浮かんでいるのは……恐怖だろうか?　アイリーンがそう思ったとき、ギデオンが穏やかな調子でつけ加えた。「執事と家政婦にはもう伝えましたから、ご心配にはおよびませんよ。ただ、あなた方の計画を調整する必要があるといけないので、いちおう、伝えておこうと思ったまでです」

しばらく沈黙が続いたあとで、レディ・オデリアが言った。「お友達というのは、どういう意味なの？　あなたが以前……知っていた人？」

「そのとおり。ミスター・オールデナムとぼくのつきあいは、そうだな、かれこれ十年になる。彼をみなさんに紹介するのが楽しみですよ」

テレサとパンジーが、揃《そろ》ってレディ・オデリアを見た。レディ・オデリアはふたりを見て眉をあげ、それからギデオンに目を戻した。

「まさか本気じゃないんでしょう？」彼女は言った。

「いいえ、本気です」

「ばかばかしい！　そんな……あなたが昔知っていた人たちを、わたしたちが招待した人たちに紹介することはできませんよ」

「できない？」ギデオンの声は穏やかだったが、アイリーンは皮肉な調子を聞きとった。だが、レディ・オデリアはまったく気づいていないようだ。

ちらりと向かいにいるフランチェスカを見ると、このやり取りを興味深い目で見守っている。アイリーンはレディ・オデリアに目を戻した。

「ええ、できませんとも」レディ・オデリアは自分がギデオンを説得できたと確信して、大きな声で断言した。「彼を招くまえに、わたしに相談すべきだったわね。そうすれば、だめだと言ってあげたのに。あなたがそういう人たちのことを忘れないのは、とても立派なことよ。でも、彼らがわたしたちと交われると思ってはいけません」

「なるほど。するとほかの招待客は彼を避けると思うんですか？」彼は考えこむような声でそう言った。「ピアーズがそう簡単に意気消沈する男でなくて幸いだったな」

「いいえ、ギデオン。あなたはわたしを誤解しているわ。その人を招くことはできません。手紙を出して、来ないように告げるのね。この次ロンドンに行ったときにでも訪れればいいでしょう」

「いいえ、伯母上」ギデオンは落ち着き払って、冷たい目で言い返した。「誤解しているのは、あなたのほうです。ぼくは彼を招待した。彼はここに来ます」

レディ・オデリアはあんぐりと口を開け、ややあって音をたててそれを閉じた。「いいえ、わたしが禁じます」

「あなたが禁じる？」ギデオンはシルクのようになめらかな声で繰り返したが、アイリーンはだまされなかった。

レディ・オデリアは妹の孫を厳しい顔でにらみつけた。彼女は驚くことになるわ。アイリーンは思った。

「レディ・オデリア」ギデオンはわずかに身を乗りだし、まるで固い石のように冷たい言葉をその口から落とした。「ぼくはどうやら、あなたに間違った印象を与えたようですね。ぼくの将来に関してこれまであなたの計画に従っていたのは、それがぼく自身の意図と一致していたからです。不幸にしてそのせいで、あなたはぼくが自分の人生とこの屋敷をあなたの手にゆだねたと勘違いされたようだ。いまさら言うまでもないが、ラドバーン邸はぼくのものです。あなたも、ここにいるほかの人々も、ぼくの容認を得て、ここに滞在しているにすぎない。ぼくはここにいつでも好きなときに、好きな人間を招くことができる。あなたには老齢と大伯母にふさわしい尊敬は感じているが、いまもこれからも命令に従うつもりはまったくありません。ピアーズは来週ここに到着します。彼を丁重にもてなしてもらいますよ。ぼくの気持ちをはっきりわかってもらえましたか？」

レディ・オデリアはおそらく生まれて初めて言葉を失い、口を開けたままギデオンを凝視した。

彼は少しのあいだ待ち、それから小さく頭をさげた。「今夜ここにいる男性はぼくだけだから、これで失礼して書斎に引きとらせていただきます」

ギデオンは立ちあがり、食堂を出ていった。

そのあともしばらく、驚きに満ちた沈黙が続いた。やがてフランチェスカがワインをひと口飲んで言った。「まあ、彼には確かにリールズの血が流れているわね」

アイリーンはくすくす笑い、あわててナプキンで口を覆った。

「どうしましょう？」テレサはテーブルを見まわしながら訴えた。

「選択の余地はほとんどなさそうね」アイリーンは言った。

「あなた！」テレサはくるっと振り向いた。「ええ、そうね。あなたはいいでしょうよ。辱めを受けるのはあなたではないんですもの」

「どうしましょう」パンジーはおろおろして涙ぐんだ。「あの子はわたしたちにすっかり腹を立てているわ。オデリア……」パンジーは助言を求めて姉を見た。

「まったく」レディ・オデリアはショックを受けているようだった。「恩知らずの生意気な男だこと。彼のことなど放《ほう》りだして、ペンキュリー館《やかた》に戻りたくなってきたわ」

「だめよ！　オデリア！」パンジーが叫んだ。涙がこぼれ、頬を伝う。「どうか、あの子とわたしたちを残して帰ったりしないで」

レディ・オデリアは表情をやわらげ、片手を伸ばして妹の手をたたいた。「ほらほら、パンジー。あなたを見捨てたりするもんですか。わたしがここを発《た》つことに決めたら、あなたも連れていくわ」

「レディ・ラドバーン」アイリーンはパンジーに言った。「わたしなら心配しませんわ。ラドバーン卿があなたを傷つけるようなことをするとは思えませんもの。彼はそういう意地の悪い人には見えませんわ」

「ええ、あの子はあなたを傷つけたりしませんよ、パンジー」レディ・オデリアは妹に言った。「ただ、少し扱いにくくなってきたけど」レディ・オデリアは眉をひそめた。「どうして、あんなに強情を張るのかしら?」

「もしかすると、あれこれ命令されるのにうんざりしているのかもしれませんわ」アイリーンは言った。「わたしの知りあいには、自分のパーティーに呼ぶ客を指図されて、おとなしく従う男性などひとりもいませんもの」

「あの子は少しお父様に似たところがあると思わない、パンジー?」レディ・オデリアは考えこむような顔でそう言った。

パンジーは悲痛なうめきをもらしただけだった。

「まあ」レディ・オデリアは言った。「どうやらフェリントンの娘は、あの子の妻には向かないわね。あの娘はまったく意気地がないから、あの子を導くことなどできないわ。残念なこと……でもまあ、あなたがいてよかったわ、アイリーン」

「なんですって?」アイリーンはレディ・オデリアを見た。「わたしはお話ししたとおり、ラドバーン卿と結婚する気はありませんわ」

「ええ」レディ・オデリアはこの言葉を払うように肩をすくめた。「そう言うのは簡単ね。でも、わたしたちはあなたが彼を弁護するのを見たんですからね」

「公平な意見を口にしただけです」アイリーンは少しばかりむきになって言い返した。

「べつに、彼を……好きだからではありませんわ」

「ふむ」レディ・オデリアは心得たような笑みを浮かべた。「まあ、ギデオンがあきらめてほかの娘を選ぶまえに、あなたには真実に目覚めてもらいたいものね」

11

アイリーンはレディ・オデリアの誘いに乗って、ばかげたことを口走るほど愚かではなかった。レディ・オデリアはほかの女性のことを持ちだし、ギデオンがそのひとりを選ぶと仄《ほの》めかして、嫉妬《しっと》させようとしているに違いない。

でも、彼女はレディ・オデリアの思いどおりにも、誰の思いどおりにもなるつもりはまったくなかった。ギデオンがほかの女性を妻に選ぼうと、彼女にはまったく関係ないと自分に言い聞かせていたが、彼がほかの女性と結婚することを思うと、嫉妬に胸がちくりと痛むことは認めざるを得なかった。ここにいるあいだにギデオンを好ましく思いはじめていたから、自分に結婚する気があれば、彼を選んでいたかもしれない。それにギデオンのように申しぶんのない条件を備えた魅力的な男性に求愛されれば、どんな女性でも多少は心がふらつくものだ。

でも、アイリーンは結婚する気はなかった。欲望やプライドに気持ちを左右され、決心がぐらつくほど弱くもない。そして自分が結婚する気もないのに、彼がほかの女性と幸せを見つけないように願うような、そんな心の狭い女でもないと思いたかった。だから、ギデオンを見るたび、彼がほかの女性に求愛しているところを想像するたびに感じる痛みは、無視しようと決意した。

美しいドレスを着て、髪を柔らかい、女らしい形に結いたいという虚栄心も、アイリーンは必死に抑えた。実際、ギデオンの注意を引きつけてもなんの意味もないどころか、むしろそれは彼女の願いに反するのだ。さらに、これまでの地味な服装と地味な髪型に戻るのは、彼やフランチェスカたちに、彼の気持ちを捕まえる意志がまったくないことをはっきりと告げるよい方法に思えた。

彼らはダンスのレッスンを続け、伯爵の社交的技術を向上させるために、三人でやや気取った会話を交わした。アイリーンはギデオンとのあいだに適切な距離を保つよう心がけ、彼に対してどちらかというと堅苦しい口調を保った。フランチェスカの不思議そうな顔と、ギデオンの苛立《いらだ》ちのこもった愉快そうな顔に気づいたが、彼の態度に悩まされないように努めた。彼はアイリーンを怒らせ、言い争いに引きこもうとしている。でも、争うたびにふたりとも感情を高ぶらせ、それが一種の親密さを生みだすことに気づいたアイリーンは、愛想よく、だが、よそよそしく彼に接しようと努めた。

それから数日のあいだ、彼らは午前中を〝授業〟に使い、昼食の直前で終了する、というおおまかな予定に従った。午後になるとギデオンは書斎に引きこもるか、領地の管理に出かける。そのあとフランチェスカとアイリーンは何をしても自由だった。もっとも、フランチェスカは来週の計画を練るので忙しく、結果としてアイリーンもその準備を手伝うことになり、ほんとうに好きなように過ごせる時間はかぎられていた。

席順、花の手配、メニューや音楽に関するいつ果てるともない会話は耐えがたいほど退屈だったし、まもなく到着するさまざまな花嫁候補の利点を話しあうのは言葉に尽くせぬほど苛立たしかったから、昼食がすむと、アイリーンはできるだけ客間に近づかぬように心がけた。彼女はこっそり図書室に逃げこむか、部屋に引きとって一カ月ほど前に始めた刺繍《ししゅう》を手に取るか、友人や弟に手紙を書いて過ごした。

できれば長い散歩に出かけたいところだが、ラドバーン邸に到着した翌日に思いがけずギデオンにでくわしたあとは、ふたたびその危険をおかす気になれなかった。だが、家のなかに閉じこもっているのがだんだんいやになってきて、とうとう四日目の午後は我慢できなくなった。庭を歩くだけならギデオンにでくわす恐れはないわ。彼は書斎に閉じこもっているか、領地を見まわっているはずだもの、おそらくのんびり庭をぶらつくことなんかないわ。それに、数日後にほかの招待客が到着すれば、ひとりで過ごせる時間はほとんどなくなる。

棚の帽子を取って静かに裏のドアからテラスに出ると、アイリーンは奥の庭へ向かって階段をおり、帽子の紐《ひも》を結びながら小道を歩いていった。とくに行きたい場所があるわけではないから、道が分かれるたびに足の向くままのんびりと、秋の花を眺めた。蔦《つた》に覆われたアーチ格子の下を通り、その向こう側に出て、生け垣のあいだを通ろうと向きを変えたとき、彼女は足を止めた。

目の前に小さな子がうずくまって、かたつむりが小道を横切るのをじっと見ている。アイリーンの足音を聞いて、少年ははっとしたように振り向いたが、彼女の姿を認めるとほっとした顔で立ちあがった。

「ごめんなさい」アイリーンはにっこり笑って謝った。「あなたを驚かせるつもりはなかったの」

「ミス・タイニングだと思ったんだ」

少年は内緒話をするような声で言った。丸い鼻にそばかすが散った、感じのよい顔に砂色の髪の、ずんぐりした五歳ぐらいの男の子だ。テレサにそっくりの空色の目からすると、この子がこの屋敷に到着してから、なぜかまだ一度も顔を合わせていないテレサの息子、ティモシーに違いない。

「ぼくの家庭教師だよ」少年は説明を続けた。「目を覚まして、ぼくが消えてたら、ものすごく怒るに決まってる。でも、こんないいお天気なのに、家のなかにいるなんていやだもん」

「ええ、こんないいお天気ですものね」アイリーンは真面目《まじめ》な顔でうなずいた。

ティモシーは彼女をじっと見た。「ギデオンと結婚するために来た人？」

アイリーンは眉をあげた。「わたしはレディ・アイリーン・ウィンゲートよ。ラドバーン卿《きょう》のお手伝いをするためにここにいるの。でも、彼と結婚する気はないのよ」

「うん、お母様もそう言うんだ。ギデオンと結婚する人なんか、見つからないって。でも、レディ・ペンキュリーは見つかると言ってるよ。みんなレディ・ペンキュリーの言うとおりにするんだよ」

「そうなの？」アイリーンはほほえんだ。「たいていの場合はね。でも、今度だけは彼女の思うとおりにはならないと思うわ」

「ほんと？　だといいけど。ギデオンが結婚しないほうがいいもん。お母様が、彼が結婚したら、ぼくはおしまいだって」

「あなたはおしまい？」アイリーンはショックを受けて訊《き》き返した。「それはどういう意味かしら？」

ティモシーはまた肩をすくめた。「わかんない」言葉を切り、それから打ち明けるように言う。「お母様はギデオンが嫌いみたい」小さなため息をつく。「ぼくがギデオンと遊ぶのもいやなんだ。でも、ぼくはギデオンが大好き」ティモシーは顔を輝かせた。「知ってる？　ギデオンはぼくのお兄様なんだ。ギデオンが来るまで、ぼくにはお兄様がいなかったんだよ」

「ええ、兄弟がいるのはとてもすてきね」アイリーンは言った。「わたしには弟がいるわ」

「ほんと？　ギデオンみたいに大きい？」

「いいえ。彼ほどじゃないわ。あなたのお兄様は大きな人だもの」

「うん。ギデオンはぼくもいつか大きくなるって。そうだといいな。大きくなりたいもん」

「ええ、きっとなれるわ。叔父様のジャスパーも背の高い人ですもの」

ティモシーは嬉《うれ》しそうにうなずいた。「うん。ジャスパー叔父様はいい人だよ。でも、ギデオンのほうがもっと好き。叔父様と話したことはあんまりないの。お母様はジャスパー叔父様のことも嫌いなんだ。でも、叔父様は悪い人じゃないよ。そうでしょ？」

「叔父様のことはあまりよく知らないの。でも、悪い人だとは思えないわ。少し静かで、堅苦しい人だけど」

「ギデオンのほうがずっといいよ」ティモシーは明らかに自分の好きな話題に戻った。「ギデオンは、ぼくが集めたものを見たがるんだよ。石や虫なんかを。ときどき午後は庭に来るんだ。だから、ミス・タイニングが眠ってるのを見て、ここに来たの」

「そうなの」アイリーンは急に脈が速くなるのを感じながら、ちらっと周囲を見まわした。いやな男！　どこにでもいるんだから！「今日もここに来ると思う？」

「わかんない。たぶんね」

「だったら、屋敷に戻ったほうがいいかもしれないわ。あなたがお兄さんと話せるように」

「ギデオンは気にしないよ」ティモシーは請けあった。「みんなのことが好きだもん」

「ほんと？」これはアイリーンが気づかなかった一面だった。

ティモシーはうなずいた。「いつも庭師や馬丁と話してるよ。ときどき、こっそりキッチンにお菓子を取りに行くと、そこにいて、コックや召使いなんかと話して笑ってる。ホラスだけはべつだけど」ティモシーは執事の厳格な表情を上手に真似《まね》た。「ホラスはギデオンが好きじゃないみたい」

「ホラスは誰も好きじゃないと思うわ」アイリーンはつぶやいた。

ティモシーがくすくす笑って飛び跳ねた。「ホラスは誰も好きじゃない。ホラスは誰も好きじゃない」

アイリーンはほほえんで、ふざけている少年を見守った。この陽気で活発な子供が、テレサの息子だとはとても思えない。アイリーンは、この子が母親の影響をあまり受けずに大きくなってくれることを願わずにはいられなかった。少なくとも、ギデオンに関するかぎり、この子は母親の意見には左右されていないようだ。

ティモシーがぴょんぴょん跳びながら、大きな声で唱えているので、アイリーンはブーツの足音がすぐ後ろで聞こえるまで気づかなかった。あわてて振り向くと、ついさっき通ってきた蔦格子のアーチを、ギデオンがくぐってくるところだった。彼はアイリーンを見て足を止めた。

「やあ、レディ・アイリーン。ティモシーが誰と話しているのかと思ったよ」

「ラドバーン卿」ここに長居をしすぎたわ、と彼女は思った。ギデオンが来るかもしれないとわかったときに、立ち去るべきだった。

彼に会うためにここに来たと思われやしないかしら？　アイリーンは急に心配になった。目当ての男に〝偶然〟でくわすために、時間をかけて注意深く計画を立てる女性もいるのだ。そういう偶然は、パーティーのために屋敷に招かれ、何日も滞在するときにはとくによく起こる。

「散歩に出てきたら、ティモシー坊っちゃんに出会ったの」アイリーンは言ったとたんに後悔した。これではまるで言い訳をしているようだ。

「お兄様が来るかもしれない、って言ったんだよ」ティモシーが嬉しそうに口をはさんだ。

「そしたらほんとに来た！」

「ああ、来たよ。ここに来て、いつもの二倍もよかった。きみに会えただけじゃなく、レディ・アイリーンにも会えたからね」ギデオンはやさしい顔で少年を見下ろし、にっこり笑った。「今日は何を見せてくれるんだい？」

そして少年と同じ目の高さになるように、しゃがみこんだ。ティモシーは嬉しそうに笑って、ポケットから宝物を取りだしはじめた。石、おはじき、半ペニー青銅貨、曲がっている錆《さ》びた釘《くぎ》、古い鍵《かぎ》。

「これはすごい。驚いたな」ギデオンはつぶやきながら、ひとつひとつを真剣な顔で調べていき、やがて鍵を手に取った。「これはずいぶん古い鍵みたいだぞ。何年も前に、誰かがなくして、悲しい思いをしたんじゃないかな」

ティモシーはうなずいて、ギデオンに見せる価値があると判断した宝物のひとつひとつを、いつ、どこで見つけたか、説明しはじめた。この長い説明が終わると、彼はギデオンの手を引いて、先ほど見ていたかたつむりのそばに連れていった。だが、かたつむりはようやく道を横切りおえて、灌木《かんぼく》の下に入りこんでいた。

アイリーンはふたりを見守りながら、ギデオンのこの少年に対する忍耐強さと、明らかな愛情に深い驚きを感じた。ギデオンにこんなやさしい面があるとは思ってもみなかった。先日の夜、レディ・オデリアをそっけなくやりこめたときの彼は、これっぽっちの思いやりもない、冷酷な男に見えた。

でも、少年の話に注意深く耳を傾けているギデオンからは、食堂で見せたような独裁者の雰囲気は微塵《みじん》も感じられなかった。それに便宜的な目的で結婚するような冷ややかな男にも見えない。

ギデオンが振り向き、アイリーンが自分たちを見ているのに気づいて、彼女にほほえみかけた。そのくったくのない、心から嬉しそうな笑みに打たれ、アイリーンの心臓は胸のなかで宙返りを打った。彼の顔の冷たい鋭い角がやわらぎ、温かく、とても魅力的な顔に変わる。この笑みに引きこまれ、アイリーンもほほえみ返していた。

ギデオンがしなやかな動きで立ちあがった。「さてと、きみと話ができて楽しかったよ、ティモシー。宝物を見せてくれてありがとう。いまごろは有能なミス・タイニングが必死になってきみを捜しているに違いない。そろそろ屋敷に戻ろうか」

ティモシーはあまり不満を言わずにこの言葉に従って、屋敷へと戻りはじめた。ギデオンはアイリーンのそばで足を止めた。

「きみもぼくらと一緒に戻らないか?」

「うん、そうして!」ティモシーはアイリーンの手を取った。彼はギデオンを振り向いてきっぱり言った。「ぼく、この人が好きだよ。汚れても叱《しか》らなかったもん」彼は小道に膝をついていたときについた土を示した。

「レディ・アイリーンはまれに見るすばらしい女性だからな」ギデオンは笑いを含んだ目で彼女を見ながら同意した。

「それに、彼女もホラスのことが嫌いみたい」ティモシーは言った。

ギデオンはくすくす笑った。「それじゃ、ますますぼくらの友情を得る価値があるな」

ティモシーは嬉しそうにほほえんだ。「お兄様も彼女のことが好きになると思った」彼はアイリーンを見上げた。「あなたもここに住むの?」

アイリーンはギデオンが横から自分を見ているのを無視して、ティモシーに言った。

「わたしは少しのあいだいるだけなの。ほんの一週間か二週間だけ」

「なんだ」ティモシーはがっかりした顔になった。

彼らが上の庭に入ったとたん、地味な茶色いボンバジンのドレスを着た神経質そうな細い女性が、心配そうな顔でひとつひとつ灌木のあいだを見ながら、広い道を急いで歩いてくるのが見えた。

その女性は彼らを見ると叫び声をあげ、大急ぎで三人のほうに歩いてきた。「ティモシー坊っちゃん! そこにいたんですね!」

彼女は三人の前で止まった。逃げだしたティモシーを怒っているものの、ギデオンの姿に怯《おび》えているようだ。

「申し訳ありません、伯爵様。この子がお手をわずらわせましたか。もう二度とそんなことのないようにいたします」彼女は大急ぎで、ティモシーのあいているほうの手をつかんだ。

アイリーンは安心させるようにティモシーの手をぎゅっとつかんでから放した。でも、本人は家庭教師に怒られることをとくに恐れているようにも見えない。

「ミス・タイニング!」かん高い声が上のテラスから聞こえてきた。

彼らが揃《そろ》って目をあげると、テレサがそこに立っていた。人形のようなかわいい顔を怒りにゆがめ、スカートをつかんで急いで階段をおりてくる。

「あなたときたら、またこの子を手もとから離したの、ミス・タイニング？」テレサはかん高い声でヒステリックに叫んだ。「大人の女性が五歳の子供にそんなに簡単に出し抜かれるなんて、まったくどういうわけかしら！」

「申し訳ございません、奥様」ミス・タイニングは低い声で謝り、目をふせたまま、テレサの前で頭をさげた。「坊っちゃんはてっきりご自分の部屋で遊んでいるものとばかり思っていたんですの。それで――」

「この子は庭にいただけよ」テレサに怒りをぶつけられている女性が気の毒になって、アイリーンはとりなした。「危ないことは何もしていないわ」

テレサはアイリーンを振り向いてにらみつけた。「結婚もしていないのに、子供のことをよくご存じだこと」彼女は軽蔑《けいべつ》を浮かべてアイリーンを見下した。

アイリーンは家庭教師のように簡単に怯えたりはしない。彼女は冷ややかな目でテレサを見返した。「あなたのように子供思いの母親が、子供の姿が見えないときに感じる大きな不安を軽んじるつもりはなかったわ。実際、ティモシーにこれまで一度も会わなかったのが不思議なくらいね。あなたはこの子とよく一緒に過ごしているのでしょうから」

テレサはアイリーンの言葉に含まれた皮肉につんと顎をあげたが、彼女が口を開くまえに、アイリーンは言葉を続けた。

「子供のことはあまりよく知らないけれど、このラドバーン邸でラドバーン卿の弟が危ない目に遭うようなことはないはずよ。ティモシーは屋敷から見えないところにいたとしても、声が聞こえない場所にいたわけではないんですもの。何かあれば、近くで働いている庭師が助けてくれるでしょう。現に、この子が庭にいた短いあいだに、わたしとラドバーン卿のふたりがばったりこの子にでくわしたくらいですもの。庭にいても危険ではないと思いますわ」

テレサはそれでもアイリーンをにらみつけ、息子にも家庭教師にも目をくれずに怒鳴った。「ミス・タイニング、いますぐティモシーをなかに連れていきなさい。この件についてはあとで話します」

「はい、奥様」家庭教師はテレサに向かって従順に頭をさげ、それからティモシーを引きずるようにしてテラスに向かった。

少年はギデオンとアイリーンを振り向き、のんきに手を振った。アイリーンはそれを見て笑みを隠したが、ギデオンはおおっぴらに手を振り返した。

「わたしの息子にかまわないでちょうだい！」テレサはギデオンに食ってかかった。

「なんだって？」彼はテレサを冷ややかな目で見た。

「聞こえたはずよ」テレサは言葉を続けた。「あなたがあの子のそばにいるべき理由はひとつもないわ」

「あの子はぼくの異母弟《おとうと》だ」ギデオンは言い返した。

「とにかく、あの子にはかまわないで！」テレサは怒鳴った。

ギデオンはこの反応にかすかに眉をあげただけで、何も言わなかった。

だが、テレサはまだ終わっていなかった。「あなたのせいであの子は行儀が悪くなったわ。あなたがここに来るまでは、こんなにしょっちゅう逃げださなかったのに」

「ティモシーはぼくがこの時間によく庭を散歩することを知っているんだ」ギデオンは認めた。「ぼくと会えるのを楽しみにしているんだと思う。毎日少しのあいだぼくたちが一緒に散歩できる時間をとれば、逃げだす気にはならないかもしれない。あなたもあの子が危ない目に遭っているかもしれないと心配しなくてもすむ。あの子のためにもいいと思うな」

「ティモシーにとって何がいいか決めるのはこのわたしよ」テレサは彼に言った。

ギデオンのとても合理的かつ寛大な申し出に、テレサはどういうわけかいっそう腹を立てたように見えた。活発な五歳の弟のために毎日時間を割きたいという男は、それほど多くはないだろうに。アイリーンはテレサにそう言おうとしたが、そんなことをすれば、おそらくテレサはいっそう怒るに違いないと気づいた。それではギデオンとティモシーのためにはならない。

テレサは叫ぶような声で言い返した。「息子があなたと過ごすのを、わたしが望むとでも思うの？　あの子が店の売り子のように話し、イーストエンドの通りにいる子供のようなマナーになるのを望むとでも？」

アイリーンはこの侮辱に鋭く息をのみ、ちらっとギデオンを見た。彼は不機嫌に口を引き結び、石のような表情で少しのあいだ黙ってテレサを見ていた。

それからこう言った。「あなたは混乱しているようだな。息子のことが心配であとで悔やむようなことを口にしたのだろう。この会話はふたりとも忘れることにしよう」ギデオンはテレサに向かってかすかに頭をさげた。「息子の世話をしに、子供部屋に戻りたいだろうから」彼はアイリーンに向かって腕を差しだした。「レディ・アイリーン？　ぼくらは散歩を続けようか」

「ええ、もちろん」アイリーンはギデオンの腕に手を置き、ふたりはテレサのそばから離れた。

ギデオンの腕はまるで鉄でできているように固い。アイリーンはちらっと彼を見上げた。こちらも花崗岩《かこうがん》のようだ。

「レディ・テレサの言うことを気にしてはだめよ」アイリーンは言った。「あの人は愚か者だわ」

「それは確かだな」

「ごめんなさい」

「何を謝るんだい？　きみは何もしなかったじゃないか」

「ええ。でも、彼女が……あんなにひどいことを」

「ぼくはテレサよりはるかにひどいことを言う連中を相手にしてきた」彼は肩をすくめた。「いずれにしろ、テレサはただそれを面と向かって口にするほど無礼で、愚かなだけで、ほかの家族も同じことを感じているんだ」

「いいえ、そんなことはないわ」アイリーンは抗議した。「それに、あなたは店の売り子みたいに話すわけでもない。マナーにしても……まあ、なかにはもっと洗練された紳士もいるでしょうけど、もっとひどい紳士にもたくさん会ったことがあるわ」

ギデオンはにっこり笑い、ちらっとアイリーンを見た。「きみはぼくの気持ちを明るくしようとしているのかい？」

アイリーンはつんと顎をあげた。「事実を話しているだけよ」

「だが、ぼくがイーストエンドの通りで育ったのは事実だ」

「ええ。でも、あなたは明らかにはるかに立派な大人になったわ」アイリーンは指摘した。「それもロックフォード公爵があなたを見つけるまえに、もう立派にやっていたと聞いたわ」

ギデオンは彼女を見た。「確かに金は儲《もう》けた」

「それ自体、すばらしいことよ」アイリーンは言い張った。「自分の置かれた環境から抜けだすなんて。以前話してくれた男から逃れて――」

「ジャック・スパークスだ」

「盗みを働くのをやめた」アイリーンは言葉を切り、それから少し心配そうに言い足した。「そうなんでしょう？」

ギデオンは笑った。「そうだ。警官がぼくの居所を突きとめて、監獄にぶちこむ心配はしなくても大丈夫だよ。ぼくの事業はすべて合法的なものだ。最初からそうだったわけじゃないが、もう何年も前にそうすることができた。絞首台からぶらさがってこの人生を終えるのはごめんだからね」

彼らは少しのあいだ黙って歩きつづけた。「どんなふうにやったの？」

「泥棒稼業から抜けだしたのか、ってこと？」彼は驚いたように尋ねた。「ほんとに知りたいのかい？」

「そうよ。どうしていけないの？　きっとめったに聞くことができない興味深い話に違いないわ」

「ぼくの家族は誰ひとり聞きたがらなかった。それどころか、ぼくが過去のことに触れるのをいやがっているんだ」

アイリーンは肩をすくめた。「わたしは関心があるの。そうやって成功するには、機知と勇気が必要だったに違いないもの」

「役に立ったのは、機知と勇気よりも利己的な考え方だろうな」彼は答えた。「こう思いはじめたのさ。働いてるのはぼくなのに、どうして稼いだ金を全部こいつに渡さなきゃならないんだ、こいつがお情けでくれるパン屑《くず》だけで我慢しなきゃならないんだ、とね。だから、すった金を全部スパークスに渡すんじゃなく、その一部を隠しはじめた。糸と針を手に入れて、ズボンの内側に秘密のポケットを縫いつけ、財布をするたびに、少し抜きとってそのポケットに隠した。稼ぎが悪くて何度か杖《つえ》で殴られたが、痛めつけられても、自分のために金を隠す価値はあると思ったんだ。やがて体が大きくなると、彼が殴ろうとしても止められるようになった」ギデオンは言葉を切った。その先は話したくないのかと思ったが、ややあって彼はこう言った。「しばらくすると、ぼくは自分で商売を始めたんだ」

「泥棒として？」

「いつも正直ではなかったかもしれないが、答えはノーだ。ぼくが持っている技術は、泥棒に最も適しているとは言えなかった。窓からなかに入るとか、人ごみのなかを気づかれずに進むとか、そういう仕事をするには大きくなりすぎた。ほとんどの仲間よりも大きくて、強かった。戦い方も知っていた。だから、人を守る仕事につくことにしたのさ」

「人を守る仕事？　誰を？」

「危険と隣りあわせで生きている男たちが必ずいるんだよ。敵がいる男たち。警察に保護を期待できない男たちが。彼らには、ほかの人が自分たちのものを盗んだり、自分たちを傷つけたりするのを防いでくれる人間が必要だ。うまく守れれば、かなりの金を払ってもらえるんだ。これはぼくがまだ子供で、いろんなことを学ぶまえのことだ。そのあと、金を稼ぐもっとらくな、もっとましな方法を思いついた」

「どうやってお金を稼いだの？」

「ぼくを雇っている男たちから学んだのさ。彼らがどうやって金を儲けるか、ほかの連中が彼らからどうやって金を儲けるかを見て、こういう一連の関係がどんなふうに働くかをじっくり学んだ。そして上のほうにいる連中は筋肉じゃなく、頭を使うことも。いちばん儲ける連中は、合法的に儲けることも知った。つまり、彼らは監獄にぶちこまれることも、絞首台にあがることもない。これは重要なことだ」

「それで、あなたはどうやって違法な仕事から合法的なビジネスへと移ったの？」

ギデオンは肩をすくめた。「少しずつ、だと思う。ぼくには貯《た》めた金があった。もらった報酬のほとんどを貯めていた。ほかの仲間は、金をもらったとたんにそれをジンや女につぎこんだが、ぼくは節約した。最後の仕事の依頼主は居酒屋と博打場《ばくち》を持っていた。ほかにもいくつか店を持っていたが、いちばん儲かっていたのがこのふたつだ。ぼくはそこで長い時間を過ごし、店のひとつで働いてる男と仲がよくなった。実際、ぼくはそいつが不満を持った客に喉を切られそうになったところを助けたんだ」

「まあほんと？」アイリーンは驚いて目をみはった。「喉を切ろうとするなんて、たんなる不満だけだったとは思えないけど」

「まあ、そいつはなんでもぶつぶつ言う男だったのさ。きみの言う〝紳士〟のひとりだよ」

「あなたの話だと、わたしが紳士と呼ぶような男性だとは思えないわね」

「彼はピアーズに有り金を全部巻きあげられたことに腹を立てたんだ」

「ピアーズ？　あなたがパーティーに招待した人？」

「そうさ。ピアーズはその男の金をすっかり巻きあげた。彼に頼めば、喜んでそのときの傷を見せてくれるだろうよ。二、三センチの長さの傷がここにある」彼は首の横を示した。「襲った男の杖の先が剣になってってね。ピアーズが店を出るのを外で待ちかまえていたそいつが杖をひねると、剣が飛びだしてきた。ピアーズは片手をさっと振りあげてそれを横に払ったが、濡《ぬ》れた敷石の上で滑り、倒れたんだ。そのままだったら、おそらくそいつに殺されていただろうが、たまたまぼくがちょうどそのとき外に出た。そして何が起こっているか見てとり、客の手から杖を取りあげ、そいつを追い払った」

「とても簡単だったような口ぶりね」

「その客は戦った経験がほとんどなかったが、ぼくはあったからね。杖に仕込んだ剣があっても、彼が勝てる確率はほとんどなかった。そのあと、ピアーズとぼくは友人になり、やがて一緒にビジネスを始めたんだ。雇主に借りた金とそれまでに貯めた金で、ぼくは小さな店を買い、賭博《とばく》場を始めた。ピアーズが経営して、もうひとりの友人もそこで働いた。その店が成功したのさ」

「父に会ったのは、そのころだったの？」

ギデオンはうなずき、ちらっとアイリーンを見た。「ああ。ウィンゲート卿は上得意だった……少なくとも、最初のうちは」

「あなたが父を放《ほう》りだすまでは、ってこと？」

「そうだ」

「父を放りだすのは、ある程度の危険が伴っていたんじゃなくて？」アイリーンは頭に浮かんだ疑問を口にした。「父とその取り巻きはお金を落とす上客だったでしょうに」

「ビジネスを軌道に乗せるほうがもっと重要だった。ぼくは誰にも、経営のし方を指図されるつもりはなかった。それに、雇人に乱暴を働くような客は、たとえ貴族でもお断りだ」彼は肩をすくめた。「いずれにせよ、とくに害はなかったよ。何人か得意客を失ったかもしれないが、乱暴な客も下品な客もいない楽しめる店、というぼくの方針を好ましく思う客を引き寄せたからね。賭博場にはそういう連中が多いんだ。それに新たな客のほとんどが、ウィンゲートやホーストンみたいな男たちよりも金を持っていた」

「すると、あなたはレディ・フランチェスカのご主人も知っているの？」

ギデオンはうなずいた。「未亡人になったほうがよかった、とわかる程度にはね」

「ええ、あなたの言うとおりでしょうね」

彼らは散歩を続けた。アイリーンはふたりのまわりの静けさと、横にいるギデオンを強く意識していた。

「奇妙だね」ギデオンは考え深い声で言った。「彼女は縁結びが上手だという評判なのに、自分の再婚相手を見つけることができないのは」

「たぶん、ほかの人のことは自分のことよりはっきり見えるんでしょうね」

「それとも、自分の過ちから学んだのか」ギデオンはアイリーンを見た。「結婚するとき、万一の場合でも経済的に困らないような手立てを確保しておく女性はあまりいないからね」

「たいていは、外見と甘い言葉にだまされてしまうのよ。母もそうだった。フランチェスカもそうだったのかもしれないわ。ホーストン卿はハンサムな人だったから。一時の情熱に目が眩《くら》み、何が自分にとっていちばんいいことか、よく見えなくなってしまうのかもしれない」

ギデオンが目覚めさせた欲望のことを思いながら、アイリーンはちらっと彼を見た。そのせいでこのわたしさえ、小さいころから決しておかさないと誓ってきた過ちをおかしそうになる。

彼はアイリーンの目をとらえ、笑みを浮かべた。それから足を止め、彼女と向かいあって両手を取り、低い声で言った。「情熱は間違いだとはかぎらない。最も賢明な決断をくだしても、情熱が導くのと同じ道をたどることもある」

「そういう場合の賢明な判断は、情熱に曇らされているのだと思うわ」アイリーンは言い返した。「感情と……」彼女は咳払《せきばら》いして、目をそらした。この煙るような緑の目を見上げていては、話すのが難しい。「感覚は、理性を曇らせるもの。そういう状態で自分の道をはっきり見定めるのは難しいわ」

ギデオンは彼女の片方の手を口もとに持っていき、手の甲にそっと唇をあてた。「アイリーン……きみの〝感覚〟は、この結婚がどんなものになるかという、とてもはっきりした見通しをきみに与えてくれるはずだよ。それを信じればいいだけだ」

彼は手のひらを上に向けて、そこにもキスした。アイリーンの手が震え、その震えが全身に広がった。彼女はかがみこんで手のひらにキスしているギデオンの顔を見た。彼の頬に影を落としている長いまつげと、官能的な唇の曲線を。彼の髪が手首をかすめた。

彼はこんなにハンサムだったかしら？　アイリーンは不思議に思った。彼に会ったときには、周囲にいたほかの男たちは色褪《いろあ》せてしまった？　いま彼らのことが頭のなかから消えてしまったように？　ギデオンのように自分を夢中にするまなざしの男は、ほかにひとりも思い浮かばなかった。誰かのほほえみを、こんなに期待して待った記憶もない。わたしの心臓は、いつから彼を見るたびにこんなふうに激しく打つようになったの？

先日の午後のようなキスを繰り返してしまうことを避けて、この数日、あれほど必死に彼から離れていた。何日も距離を置いて接していたのに、彼をひと目見ただけで、ほほえみや、手のひらのキスだけで、またしても膝の力が抜け、下腹部の奥で欲望がたぎり、泡立ちはじめる。

こんなふうに自分を抑えられないのは、とても怖かった。こんなに簡単に、あっというまに、まるで煙のようにいともたやすく彼女の防御をすり抜けられるなんて。それでも……それでも……。

わたしをこんなふうに感じさせる男と結婚するのがなぜいけないの？　それとも、結婚したあと自分の欲望を悔やむはめになった女性たちも、同じ過ちをおかしたの？　あるいは、これは賢い結婚がもたらすたんなる利益のひとつ？　便宜的な行動についてくる、ありがたいおまけ？

ギデオンが頭をあげ、アイリーンの目をのぞきこんだ。彼には、わたしの目のなかに躍っている思いが読めるのかしら？　わたしの混乱が？　きっと自分がどれほどわたしの心を乱すかを読みとっているに違いないわ。熱く燃える彼の目のなかには、かすかな男の満足も混じっている。

ギデオンはさらに近づいた。彼はアイリーンのすぐそばに立ち、まだ手を取っていた。

そして自分の顔に押しつけ、頬をすり寄せた。アイリーンは熱いなめらかな肌、ざらつく無精ひげを感じた。この頬が自分の頬にすり寄せられ、彼の口が唇を覆うところが目に浮かぶ。

ふいに最初のダンスのレッスンのあと、彼の両手がどんなふうに自分の体の上を動いたかを思い出し、胸の先が硬くなり、薔薇《ばら》の蕾《つぼみ》が震えた。

「この何日かで、ぼくをだましたつもりでいたのかい？」ギデオンはつぶやいた。かすれた声がアイリーンを揺すぶった。「その地味な服の下にあるものが見えないと思うのかい？　きみの髪がどれほど豊かで、柔らかいかを思い出せないと？　その巻き毛がどんなふうにきみの顔を縁取るかを？　きみは地味なドレスを着て、その巻き毛を家庭教師のように引っつめている」

彼がさらに顔を近づけて話すと、髪に熱い息がかかった。アイリーンは体が震えるのを抑えられなかった。

「だが、ぼくはきみを知っているんだ」ギデオンは低い、かすれた声で続けた。「ぼくはきみにキスした。この腕できみを抱いた。きみのなかにある情熱を知っているんだ」

ギデオンは人さし指を顎にかけ、彼女の顔を上向けた。アイリーンはなす術《すべ》もなく彼を見上げ、何も言えずに震えながら息を吸いこんだ。ギデオンはキスするつもりだわ。かがみこんで、わたしを抱きしめるに違いない。彼の口がふたたび重なって……思っただけで体が震え、怖くて、興奮して、どうすればいいかわからなくなる。

長いこと、ギデオンはただじっとアイリーンを見つめていた。そしてようやく動いたときには、激しいキスでアイリーンをむさぼろうとはせず、かがみこんで、唇をかすめるように合わせただけだった。

「ぼくらが持つことができるものを、否定しないでくれ」彼はふたたびやさしく口を押しつけながらささやいた。アイリーンはいつのまにか身を乗りだして、唇を離すまいとしていた。

ギデオンは顔をあげた。

「決めるまえに、よく考えるんだ」

彼は親指で下唇をかすめ、きびすを返して急ぎ足に歩み去った。体のなかのあらゆる神経が張りつめ、どうしようもなくうずいているアイリーンを残して。

12

自分のなかに渦巻く感情に呆然《ぼうぜん》として、アイリーンはしばらくのあいだ立ちつくしていた。やがて屋敷への道をのろのろと歩きだしたあとも、歩みは遅く、物思いに沈んでいた。頭のなかは、テレサとティモシーとのふいの出会いや、結婚とギデオンへの気持ちに関する思いがぐるぐるとまわっていた。

相談できる相手がいれば、どんなにありがたいことか。でも、母やフランチェスカの助言を得るのは怖かった。母のクレアはギデオンとの結婚を勧めるに違いない。それに、微妙で遠まわしな助言ではあっても、フランチェスカもおそらく同じことを言うだろう。

混乱するのも、途方に暮れるのも、アイリーンは慣れていなかった。それに、好きでもない。でも、きっぱりと事の善《よ》し悪《あ》しを判断するいつもの自分には、戻れそうもなかった。人懐っこいメイドのおしゃべりをうわの空で聞きながら、アイリーンは食事のために化粧と着替えをすませた。そして、いつのまにか自分が女らしく、美しく見える新しいドレスを着て、メイドに巻き毛を垂らす髪型にしてもらっていたことに気づいた。

鏡に映った自分の姿を見て、一瞬、ためらった。もっと地味なものに着替えたほうがいいだろうか。でも、そんなことをするのは、もっと愚かな気がして、結局そのまま部屋を出て、階下で夕食を待つ人々が集まっている控えの間に向かった。

驚いたことに、フランチェスカはすでにそこにいた。いつもは、急ぎ足で最後に入ってくる彼女が、今夜はレディ・オデリアと妹のパンジーと同じくらい早い。しかも、何やら考えこんで、赤いベルベットのソファで話をしているレディ・オデリアとパンジーからは、少し離れた窓辺に座っている。

アイリーンは部屋を横切り、すぐ横の椅子に腰をおろした。フランチェスカは顔をあげ、にっこり笑った。

「ああ、来たわね。レディ・サリスブリッジにはどこに座ってもらおうか、考えていたところなの。厚かましくもレディ・サリスブリッジが持っているのとそっくりのドレスを着たミセス・フェリントンと険悪な状態だと知ったばかりなの」

「あらまあ」アイリーンは言った。「それは難しいわね」

「ええ。レディ・サリスブリッジよりもミセス・フェリントンのほうがそのドレスが似合っていたものだから、いっそう険悪な状態になったらしいわ。ついさっき手紙で知ったばかりなの。それで、フェリントンのお嬢さんとレディ・サリスブリッジのお嬢さんたちを招いたことを、いまは心から後悔しているのよ」

アイリーンはほほえみながら首を振った。「そんなに気に病むことはないわ。そういうことはなるようになるものよ」

「ええ。でも、みんなの前で髪をつかみあうようになるのは、あまり好ましくないわ」フランチェスカはにっこり笑ってえくぼをつくった。

「今夜はずいぶん早くおりてきたのね」

「これはあなたのせいなのよ。わたしは今日の午後、客間から逃げださなくてはならなかったの。だから部屋に戻って、夕食のために着替えるしかすることがなかったわけ」

「それがどうしてわたしのせいなの？」

「だって、わたしが逃げだしたくなった理由は、レディ・テレサがあなたたちの魔の手からどうやってティモシーを救いだしたかを、事細かに話しはじめたからなの。あなたとラドバーン卿《きょう》は彼女の息子さんを堕落させているんですって？」

アイリーンは顔をしかめた。「彼女はひどい言葉でギー——ラドバーン卿を侮辱したの。彼があの人に我慢しているのは、ティモシーのためだと思うわ。ラドバーン卿はティモシーが好きなの。ティモシーはとても素直ないい子で、レディ・テレサの息子だとはとても思えないくらい」

フランチェスカはくすくす笑った。「わたしはまだ会ったことがないけど、レディ・テレサの育て方から堕落するのは、その子にとってはむしろよいことでしょうね」

「レディ・テレサは、ラドバーン卿がティモシーと一緒に過ごす時間をとっていることに感謝すべきよ。父親がいないティモシーには、尊敬できる男性が必要だもの。でも、レディ・テレサはラドバーン卿に、息子に彼の……マナーと話し方がうつるのはごめんだと言ったのよ」

「レディ・テレサは愚かな人だわ」フランチェスカはそっけなく言った。「それに、誓ってもいいけれど、彼女は息子のことなど、これっぽっちも気にかけていないわね。あれほど母性愛に乏しい人には会ったことがないわ。レディ・オデリアに言わせれば、彼女があの子を産んだのは、セシル卿が亡くなればラドバーン伯爵の母親になれると思っていたかららだそうよ」それからいたずらっぽく笑い、こう続けた。「ロックフォード卿がラドバーン伯爵の跡継ぎを見つけたと告げに来たときの、彼女の顔が見たかったわね」

「フランチェスカ……」フランチェスカの言葉で、ラドバーン邸に着いた最初の夜にギデオンと話したことを思い出した。

フランチェスカは真剣な調子に興味を引かれたように顔を向けた。

「ねえ、ラドバーン卿の家族はずっと伯爵の居所を突きとめられなかったのに、公爵がわずか数カ月のあいだに彼を見つけることができたのは、少しおかしいと思わない？」

フランチェスカはじっとアイリーンを見つめた。「何が言いたいの？」

「実は、ここに着いた最初の夜、ラドバーン卿が言ったの。ロックフォード卿がどれほど簡単に自分を見つけたかを指摘して、どうして父にそれができなかったのかわからない、とね。わたしも少し不思議な気がするわ」

「ロックフォード卿を知っていれば、不思議でもなんでもないはずよ」フランチェスカは請けあった。「彼はそういう人なの。あれほど苛立《いらだ》たしい男には、会ったことがないわ。ロックフォード卿はいつも正しいの」フランチェスカはそう言って顔をしかめた。「よく晴れた日にみんなで出かけるのに、彼ひとりが傘を持っていくとするでしょう？　すると必ず雨が降るの。そして今日はこんなにいいお天気だから、傘などまったく必要ないと指摘した人間がひどく愚かに見えるのよ。あるいは、本やイヤリングが見あたらなくて、何日もありとあらゆる場所を探してもだめでがっかりしていると、そのあと彼がソファに座り、クッションのあいだに手を入れて、こう言うの。〝ごらん、ここに誰かが置き忘れた本がある〟とね。とにかく、彼はうんざりするほど有能なのよ」

「まあ」

「それに」フランチェスカはこの話題にすっかり調子づいて言葉を続けた。「ひたすらひとつのことに熱中するタイプで、とんでもなく頑固な人だから、もっと合理的な考えの人ならとうにやめてしまう場合でも、結果が出るまで決してあきらめないの」

アイリーンは目をしばたたいた。「なるほど。ごめんなさい。あなたと公爵はお友達かと思っていたわ」

「友達？」訊《き》き返したフランチェスカの声には皮肉がこもっていた。「わたしたちがどんな仲にしろ、〝友達〟という言葉があてはまるかどうかは疑問でしょうね」彼女は言葉を切り、少し考えてから言った。「長年の……知りあいと呼ぶのが適切ではないかしら」

どうやらこの話には裏がありそうだが、いまアイリーンの頭を占領しているのはべつのことだった。「それでも、ラドバーン卿がこんなに長い年月見つからなかったのは、少し奇妙じゃないかしら？　たとえ公爵が並はずれて粘り強い人だとしても、父親なら、せめて遠縁の親戚《しんせき》と同じくらいは熱心に捜すんじゃなくて？」

フランチェスカは眉を寄せて考えこんだ。「確かにそうね。でも、ラドバーン卿が子供のときは、誰かが彼を隠していたのかもしれないわ。でも、大人になったいまは、もう隠しておけない。実際、実業家として成功していたせいで、見つけるのはたやすかった」フランチェスカは言葉を切り、それから尋ねた。「ラドバーン卿はどう思っているの？　父親が自分を捜さなかったと思っているのかしら？」

アイリーンは肩をすくめた。「さあ。そんなことはありそうもないけど。でも、よく考えてみると、この誘拐事件にはいくつかおかしなところがあるわ」

「おかしなところ？」フランチェスカはけげんな顔で少し身を乗りだした。「たとえば？」

「ええ……たとえば、なぜ犯人は子供と母親を連れ去ったの？　子供だけなら扱うのはたやすい。人目もそれほど引かないはずよ。でも、女性と子供となると、ふたりの人間に目を光らせていなくてはならない。大人の女性は隠すのも運ぶのも難しいわ。それに母親は子供を助けようと必死に抵抗するでしょうに」

「そうね。でも、いつも母親が一緒なので、子供だけをさらうことができなかったのかもしれないわ。ラドバーン卿はまだ小さかったから、乳母か母親か、誰かがいつも一緒だったはずですもの。それに、ふたりなら身の代金もたくさん取れると思ったとか」

「彼らはふたり分の身の代金を要求したの？」

「さあ、どうかしら。訊いたことがないから」

「それに母親はどうなったのかしら？　ラドバーン卿だけがロンドンに放《ほう》りだされたのなら、彼が途方に暮れたことは理解できるわ。自分が住んでいた場所や、どこから来たか、父親が誰なのか、何も話せなかったのはね。仮に彼が伯爵の息子だと言ったにせよ、みんな冗談だと思ったかもしれない。でも、母親はここに戻ってきたはずよ」

「犯人が手もとに置いて、彼を育てたのかしら？」

アイリーンは少しのあいだ、その可能性を考えてみた。ギデオンが一緒に暮らしていたジャック・スパークスという男が、誘拐の犯人だということはありうる。とはいえ、もしもそうだとすれば、さまざまな疑問が生じる。「でも、母親はどこにいたの？」

「殺されてしまったとか」フランチェスカが答えた。

「身の代金を受け取ったあと、なぜ彼らは子供を返さなかったの？　子供は犯人に殺された、とみんなが思ったのよ。だから返してくれなかったのだ、とね。でも、犯人は子供を殺していなかった」

「誰を返してくれなかったですって？　そこでなんの話をしているの？」レディ・オデリアの声が部屋の向こうから聞こえてきた。

フランチェスカはこわごわそちらを見た。「あの……なんでもありませんわ」

「なんでもない？」レディ・オデリアは片方の眉をあげた。「なんでもないことを、どうして話せるの？」

「ラドバーン卿の誘拐について話していたんです」アイリーンは落ち着いた声で説明した。「レディ・ホーストンはあなた方の気持ちを乱したくなかったんですわ」

ギデオンの祖母は息をのんだが、レディ・オデリアはただうなるような声を発して言った。「明らかに、あなたにはそういう思いやりはないようね」

「ほかの人の会話の内容を訊いてくる人は、その会話がどんなものにしろ、聞く覚悟ができているに違いありませんもの」アイリーンは落ち着き払って言った。

一瞬、レディ・オデリアの目がいたずらっぽくきらめいた。「おや、威勢がいいこと」

「ええ、ほんとに」いつのまに部屋に入ってきたのか、テレサが口をはさんだ。アイリーンはフランチェスカとの話に熱中していて、気づかなかったのだ。テレサはアイリーンとフランチェスカから離れたところにいる年配のふたりのほうに歩いていた。

レディ・オデリアは見下すような目でアイリーンを見て、言葉を続けた。

「レディ・アイリーンはほかの人々の事柄に、驚くほど関心があるようですわね」

ちょうど入ってきた母のクレアが少し顔を赤くし、急いで口をはさんだ。「ごめんなさい、レディ・オデリア。アイリーンはときどきほんの少し言葉がすぎることがありますの」

「正直なのは悪いことではありませんよ、クレア」レディ・オデリアは言った。「そう心配しないで。わたしはいつも言うんですよ。ごく簡単なこともきちんと話せないような娘たちより、はっきりものを言う娘のほうがましだ、とね。それに好奇心が旺盛《おうせい》なのも悪いことじゃないわ」彼女は意味ありげにテレサを見てから、アイリーンに目を戻した。「それで、誘拐事件がどうしたというの？」

「もちろん、みんながこの事件のことは聞いたことがありますわ。でも、詳しいことはわからない。そのせいかもしれませんが、いくつか奇妙なことがあるように思えますの」

「そう？」

「まず、三十年近くも誰も見つけられなかったのに、いくら有能な方だとしても、ロックフォード公爵が短期間で伯爵を見つけられたのは、奇妙だと思いませんこと？」

パンジーが目をみひらいたが、レディ・オデリアはこくりとうなずいた。「なるほど、ギデオンが不思議に思っているのね？　確かに、セシルはもっと捜索してもよかったように思えるわね」レディ・オデリアは肩をすくめた。「あの事件があったとき、わたしはここにはいなかったから、ギデオンと母親を捜すためにどういう努力が払われたのか、正確には知らないの。パンジーには懇願されたけど、来られなかったのよ。末の娘がちょうど出産を控えていたものだから」彼女は部屋を見まわした。「当時のことを話せるのは、パンジーしかいないわね。あなたがここに来るずっとまえのことだもの、テレサ」

「あら、わたしはここにいましたわ、レディ・オデリア」テレサの発言はみんなを驚かせた。「この屋敷に、ではありませんけど、両親はここからほんの数キロしか離れていないところに住んでいますの。当時の騒ぎはよく覚えてますわ。もちろん、わたし自身はまだ社交界へデビューするまえで、たぶん……十五歳ぐらいでしたわ。このあたりは、何カ月も誘拐事件の話でもちきりでした。もちろん、ときどき耳に入ってくる断片的な噂話《うわさばなし》だけで、詳しいことは知りませんでしたけど。若い娘には、誰もそういう話をしてくれませんから」

「セシルは捜索のし方を間違えたんでしょうね」レディ・オデリアが言った。「あの子はいつもかっとなると何も見えなくなったから」

「オデリア！」パンジーが怒って叫んだ。「どうしてそんなことが言えるの？　セシルはできるかぎりのことをしたわ。ええ、ふたりがどこへ行ったのか、手がかりを求めてオーウェンビーにこのあたり全体を捜させたのよ。でも、犯人が誰でどこへ行ったかもわからないのに、誘拐を企《たくら》むような悪党の跡をたどることなんか誰にもできないわ」

「ラドバーン卿とお母様は、どんなふうに連れ去られたんですの?」アイリーンはやさしく尋ねた。

「どんなふうに?」パンジーはぼんやりした顔でアイリーンを見た。「それはどういう意味?」

「屋敷にいるときにさらわれたんですか? それとも散歩をしているときとか?」

「ああ。それは……どうだったかしら? ずいぶん昔のことだから」パンジーは膝の上で握りしめた自分の手を見下ろした。「かわいそうにセシルは半狂乱になって」

レディ・オデリアはレディらしくもなく鼻を鳴らした。「ええ、そうでしょうよ! 間違いなく、屋敷のなかを歩きまわって、怒鳴ったり、ものを倒したりしたんでしょうね。役に立つことは何ひとつできずに」

「オデリア!」

「セシル卿はとても取り乱されたに違いありませんわね」フランチェスカはパンジーをなだめるように言った。

アイリーンは質問を続けた。「すると、レディ・セリーンといまのラドバーン卿が屋敷から連れだされたのか、外でさらわれたのか、覚えていらっしゃらないんですの?」

「外よ」パンジーは急いで言い、うなずいた。「ええ、外だったに違いないわ。ここに駆けこんできてふたりを連れ去るなんて、とても無理ですもの。ふたりは庭にいたの。ええ、そうよ。庭にいたの」

「ふたりが連れ去られるところを誰も見なかったんですか？」アイリーンは食いさがった。

「ええ。ちょうどふたりだけだったの。誘拐犯は誰にも知られずにふたりを連れ去ったのよ」

「誘拐されたことはどうしてわかったんです？」

「なんですって？　もちろん、セシルから聞いたのよ」

「彼はどうしてわかったんです？　手紙でも届いたんですか？」

「ああ！　ええ、そう。手紙が届いたとセシルが言ったわ。息子を取り戻したければ、バンクスのルビーをよこせ、とね。息子と……もちろん、セリーンを。美しい首飾りだったのよ。エリザベス女王に手ずからいただいたうちの宝でしたよ。スペインの女王の宝物殿にあったものの一部で」

パンジーはそれっきり口をつぐんだ。レディ・オデリアはしばらくその続きを待ってから、しびれを切らして促した。「で、そのあとはどうなったの？　セシルはその首飾りをどうしたの？」

「もちろん、彼に渡したのよ、オーウェンビーに。お姉様は彼のことを覚えていないと思うけど、まだ子供と言ってもいいころから、セシルの身のまわりの世話をしていたの。セシルは彼に全幅の信頼を寄せていたわ」

「セシルは、その男が首飾りを盗んで、誘拐犯に渡したふりをするとは思わなかったのね」レディ・オデリアは尋ねた。

「ええ、もちろん、そんなことは考えもしなかったわ！」パンジーはショックを受けたように見えた。「オーウェンビーはセシルに害がおよぶようなことなど、決してしなかったでしょう。でも、犯人はギデオンを返さなかった」

「レディ・セリーンも」アイリーンはつけ加えた。

「ええ、そうよ」

「その従者は、直接誘拐犯に会ったんですか？」アイリーンはかすかな驚きをにじませて尋ねた。「誘拐犯の顔を見たんですか？」

「なんですって？　ああ、いえ、違うわ。たしか彼は首飾りを……どこかに置いて立ち去ったの。誘拐犯の一味は、それを手に入れたら、ギデオンを返してくれるはずだった。ギデオンは、たしか、大きな古い樫《かし》の木のところに残されていることになっていたわ。村へ入る道沿いにある樫の木のそばに。そこでオーウェンビーは首飾りを指定された場所に置くと、その樫の木のところに急いだの。でも、ギデオンはいなかった。オーウェンビーは待って、待って、待ちつづけたわ、ええ。でも、ギデオンは来なかったの。そして、首飾りを置いた場所に戻ると、首飾りもなくなっていたのよ」

「そのあと、ラドバーン卿はどうしたんですの？」どうやら好奇心にかられたと見えて、フランチェスカが尋ねた。

「もちろん、あの子はオーウェンビーにふたりを捜させたわ。あらゆる場所を。リヴァプールやサウサンプトン、すべての港をね」

「港？」アイリーンは驚いて尋ねた。「誘拐犯がふたりを外国に連れだすと思ったんですか？」

パンジーははっとしたようにまばたきした。青白い顔がじわじわと赤くなった。「それは……よくわからないけど。誘拐犯ならそうするんじゃなくて？」彼女は答えを求めるように部屋を見まわした。

レディ・オデリアが妹をじろりと見た。「パンジー、そわそわするのはやめなさい。セシルは誘拐犯を捜しにオーウェンビーをどこへ送ったの？」

「まあ、オーウェンビーがあれこれ訊きまわるためにロンドンへ行ったことは知ってるわ。でも、ふたりを見た人はひとりも見つからなかったの」パンジーは消え入りそうな声で言った。

「誘拐事件で、あなたが覚えているのはそれだけなの？」レディ・オデリアが尋ねた。

「ずいぶん昔のことですもの！」パンジーがヒステリックに叫んだ。「それに、わたしたちはみんな取り乱していたのよ。わたしは……わたしの記憶はあまりはっきりしていないかもしれないわ」

「オーウェンビーという男から、話を聞くべきかもしれませんね」アイリーンは言った。

「彼はまだ生きているんですか、レディ・ラドバーン？」

アイリーンに向けたパンジーの顔には、ほとんど恐怖に近いものが浮かんでいた。「いいえ！　いいえ、あの、彼は生きているわ。でも、もうここでは働いていないの。セシルが死んだあと、この屋敷を去ったのよ」

「村に住んでいるんですか？　だとすれば、ギデオン――いえ、ラドバーン卿が彼を訪ねて話を聞くことができますわ」

パンジーはまばたきして、弱々しく言った。「その必要はありませんよ。わたしの孫がオーウェンビーから話を聞く必要など……そんなことは……あまりにもつらすぎるわ」

「ばかばかしい」レディ・オデリアがきっぱりと否定した。「どうしてつらいの？　あの子は自分に何が起こったか知りたいはずよ。あれこれ悩むよりも、はっきりさせたほうがいいの」

「何をですか？」

全員が戸口を振り向いた。そこにはギデオンが立って彼らを見ていた。

「何をはっきりさせたほうがいいんです？　何をあれこれ悩むんです？　あの子というのは、ぼくのことですか、伯母上？」

「ええ、もちろんよ。アイリーンが昔あなたに起こったことを話していたんですよ」

「アイリーンが？」ギデオンは彼女を見た。

「ええ」アイリーンは落ち着いた目で彼を見返した。「お気にさわったらごめんなさい。いくつか疑問があって……」

「きみも知っているように、ぼくにも疑問がある」彼は言った。「それに、気にさわることなどないよ。先鋒《せんぽう》を切るのはいかにもきみらしいな」ちらっと口もとをほころばせてそう言うと、ギデオンは祖母に向き直った。「その問題は、もっと早くぼくが切りだすべきでした」

「パンジーの話だと、あなたのお父様があなたたちを捜しにやった男は、まだ生きているらしいわ」レディ・オデリアが代わりに答えた。「その男なら、捜索のことをもっと詳しく話せるでしょうよ」

「あなたのお祖母《ばあ》様は、オーウェンビーがどこにいるか話してくださるところだったの」パンジーがその答えを口にしなかったのに気づいたアイリーンは、ギデオンが入ってくる直前の自分の質問に話を戻した。ギデオンの祖母は、誘拐事件のことをあまり話したくなさそうだ。

パンジーはアイリーンをちらっと見た。ほかの女性なら、悪意に満ちたひとにらみだっただろうが、パンジーがにらんでも、怒りよりもむしろ苦悶《くもん》に満ちているように見える。

「レディ・アイリーン……そんなことは……」パンジーはギデオンに顔を戻したが、そこにも慰めは見つからなかった。「わたしは……彼がどこに行ったか知らないわ。でも、ギデオン、彼に会っても何ひとつ……」パンジーは懇願した。「あの出来事は……いまさら掘り返さないほうがいいのよ」

ギデオンは長いこと祖母を見ていた。「いや、ぼくはそう思いません。あなたにつらい思いをさせるのはしのびないが、ぼくはその男と話したい。オーウェンビーという名だと言いましたね？」

「どうか、ギデオン……」パンジーはいまにも泣きそうな声で訴えた。「そんなことをして、どんなよいことがあるの？　オーウェンビーはきっと忘れてしまったわ。ずいぶん昔のことですもの」

「ばかなことを言うのはおやめなさい、パンジー」レディ・オデリアがそっけなく言った。「誘拐一味を捜してこのあたり全体を走りまわったことを、忘れる者がいるもんですか！」

「オデリア！」パンジーは姉をにらみ、ギデオンに目を戻した。「お願い、もっと楽しいことを話せないの？」

ギデオンの表情がこわばった。「なぜそんなに事件のことを話すのをしぶるんです？　ぼくが真実を知るのがいやなんですか？　父がぼくのことをどれほどあっさり片づけてしまったかを？　ぼくを見つける努力をほとんどしなかったことを？」

「いいえ！」パンジーは叫んだ。「セシルは努力したわ！　あの子は必死だった！　あなたに無関心だったなんて思ってはだめよ。セシルはとても……あんなに取り乱した人間なんか見たことがなかったわ。彼女はあの子の悲しみには値しなかったのに！」

ギデオンは凍りついた。ふいに張りつめた沈黙が訪れた。

「なんですって？」やがてギデオンは尋ねた。「それはどういう意味です？　母のことですか？」

「いいえ！　そんな……」パンジーはパニックにかられて部屋を見まわした。

「パンジー！」レディ・オデリアの声は鋭く、命令するようだった。「おろおろするのはおやめなさい。いますぐちゃんと話して。いまのはどういう意味だったの？」

パンジーはいまにも気を失いそうに見えたが、ようやく肩に力を入れた。「許してちょうだい、セシル」天井を見上げてつぶやき、さっきよりもしっかりした声でつけ加えた。「でも、お父様があなたのことを心配していなかったなんて、そんなばかなことを考えてはだめよ、ギデオン。あなたをお父様と家族から離したのはセリーンだったの」

「なんですって？」パンジーの言葉に全員が驚きの声をあげた。

パンジーは挑むように少し顎をあげた。「あなたは誘拐されたわけじゃないのよ、ギデオン。お母様があなたを連れて愛人と駆け落ちしたの」

13

あまりの衝撃に、控えの間にいる人々は言葉もなくパンジーを見つめた。アイリーンは心配でたまらず、ちらっとギデオンに目をやった。彼は青ざめた顔で祖母を見つめている。

この沈黙を破ったのがレディ・オデリアだったのは、それほど意外ではなかった。「頭がおかしくなったの？　パンジー！」

「いいえ、わたしは正気よ」パンジーは答えた。もっとも、とても低いささやき声だったから、聞きとるのは難しかったが。「これはほんとうのことよ」

「でも、そんなはずないわ！」テレサがいまにも泣きそうな声で叫んだ。「彼女は誘拐されたのよ。それはみんなが知っているわ。セリーンはずっと前に死んだのよ！」

「セシルは二十五年以上もみんなに嘘《うそ》をつきつづけたというの？」レディ・オデリアは妹を責めたてた。「あなたも嘘をついてきた、と？」

パンジーはうなずいた。ふいに両目に涙があふれ、頬を伝いはじめた。「ええ、そうよ。わたしたちは嘘をついたの。みんなに」

パンジーは自分の言葉を止めようとするように、片手を口に押しあてた。

「違う、違うわ」テレサが首を振りながらうめくように否定した。

「でも、どうして？」アイリーンは黙っていられずに尋ねた。ギデオンが受けたショックを思うと、胸がつぶれそうだった。ほんの数カ月前、公爵が彼を見つけて彼の世界をひっくり返したばかりだというのに。またしても混乱した世界に突き落とされたのだ。「なぜ誘拐されたふりをしたんですの？」

「セシルは真実が知れわたることに耐えられなかったのよ！」パンジーは泣きながら叫んだ。「スキャンダルに……」

「そのために誘拐事件をでっちあげたんですか？」アイリーンは信じられずにつぶやいた。

「自分のためじゃないわ！」パンジーは叫んだ。「彼女のためだったのよ！　セシルはセリーンのためにそうしたの。あんな仕打ちをされても、彼女を愛していたからよ。あの子は……セリーンが自分の愚かさに気づいて、すぐに戻ってくると確信していたの。駆け落ちしたことがみんなに知られれば、セリーンが戻ったときにつらい思いをする。あの子はそれを防ごうとしたのよ」

「おおかた、妻が自分を捨てたと認めるのは、プライドが許さなかったんでしょうよ」レディ・オデリアが言った。

「オデリア、どうしてそんなひどいことが言えるの？　セシルは胸を引き裂かれたのよ。

あなたは昔からあの子をけなしていたわね」

「セリーンが駆け落ちしたと、どうしてわかったの？」

「セシルから聞いたからよ、もちろん」パンジーは驚いて姉を見た。「わたしにそういうことを隠すような子ではありませんからね。セシルはわたしのところに来て、セリーンが駆け落ちしたという手紙を振りたてたわ。涙ですっかりインクがにじんでいた。まるで胸が張り裂けるような思いをしたのは、セリーンのほうだというように。セリーンは、ごめんなさい、とセシルに謝っていたわ。でも、ほかの男を愛してしまった、夜のうちにその男と駆け落ちする、とね。自分を離別してくれと懇願していた。捜さないでくれ、と。セシルは翌朝、書斎の机にその書き置きがあるのを見つけたの」

「父は追いかけなかったんですか？」ギデオンが静かな声で尋ねた。彼は石のように無表情だった。「息子を連れ去られたのに？」

「さっきも言ったように、あの子はセリーンが戻ってくると確信していたの。すぐに後悔して、心を入れ替えて帰ってくる、とね。だから誘拐されたことにして、身の代金を要求する手紙をセリーンの部屋で見つけたふりをした。オーウェンビーに首飾りを持たせ、犯人の要求に応《こた》えたふりをした。もちろん、オーウェンビーは首飾りを持って戻ったわ。セシルはそれを隠し、犯人が持ち去ったふりをしたの」

パンジーはため息をついてから、かすかに震える声で続けた。

「しばらくすると、あの子はセリーンが戻るつもりも、連絡をくれるつもりさえないことに気づいた。そして深い絶望に陥り、部屋にこもってしまったのよ。何もかもどうでもよくなって、放《ほう》りだしてしまった。セシルが会おうとしないものだから、領地の管理人がわたしのところに指示を仰ぎに来たくらいよ」

当時の記憶がよみがえったのか、パンジーの顔に恐怖が浮かんだ。

「でも、正気に立ち返ったに違いないわ」レディ・オデリアは妹に言った。「セシルが残りの一生を部屋に閉じこもり、嘆き悲しんで過ごさなかったことは、ちゃんとわかってるんですからね」

「ええ、もちろん」パンジーはうなずいた。「ようやく立ち直って、また物事に関心を持つようになったわ。少しずつ。そしてオーウェンビーを送り、セリーンとギデオンを見つけようとした。でも、そのころには、セリーンたちが残した跡はすっかり消えていたの。セリーンの手がかりも息子の手がかりも、何ひとつ見つからなかった。セリーンと愛人は、事前に周到な計画を練っていたに違いない、とセシルは言ったわ。まっすぐどこかの港に向かい、船に乗って国を離れたに違いない、とね。オーウェンビーはロンドンに行き、リヴァプールにまで行った。でも、彼らがそこにいた記録も、そこで乗船した記録も見つからなかったの。まあ、もちろん、本名を使うほど愚かではなかったでしょうけど。それにどの港から船に乗ったのかもわからなかったし。セシルはヨーロッパに人を送ってふたりを捜させたけれど、なんの手がかりもつかめなかった。おそらく、植民地のどこかに逃げたのでしょうね。どんなに捜されても見つからずにすむような場所に」

「でも、息子は?」レディ・オデリアが口走った。

アイリーンはさっとギデオンの顔を見た。彼女もそれを訊《き》きたかったのだが、ギデオンが感じているに違いない苦痛を思って口に出せなかったのだ。彼はたったいま、誘拐犯が自分を家と家族から無理やり引き離し、わずか四歳でロンドンの貧民窟《ひんみんくつ》に放りだしたのではなく、実の母親に捨てられたことを知ったのだ。そればかりか、少なくとも最初のうちは、父親も自分を取り戻そうともしなかったことを。

レディ・オデリアは、明らかにそういう思いやりはまったくない様子で続けた。「ギデオンはセシルの跡継ぎだったのよ。セシルがギデオンの居所を突きとめ、息子を取り戻そうとしなかったなんて、信じられませんよ」

「わたしもギデオンを捜すように言ったのよ」パンジーは主張した。「跡継ぎが必要だ、とね。セリーンが行ってしまったことはかまわない。でも、跡継ぎを失っては……」彼女は首を振った。「セシルは気にしていないようだったわ。ギデオンがいなければ、弟が跡を継げばいいと言ったの。自分のもとを離れた女の居所を突きとめる気はない、とね。これだけ捜しても見つからないほど、入念に姿を隠した女を」

パンジーはほかの人々のショックを受けた顔を見まわし、後ろめたそうにつけ加えた。

「ギデオンがひとりでロンドンに放りだされたことは知らなかったのよ。セリーンが息子を捨てるとは思いもしなかったもの。ギデオンは元気で母親と暮らしているとばかり思っていたの」

レディ・オデリアは呆然《ぼうぜん》として首を振った。「信じられないわね。いくらセシルでも。ギデオンをそのまま手放したなんて。どうしてあなたはそんなことに同意できたの?」

「知らなかったのよ！」パンジーはわっと泣きだした。「わたしは……まさかそんなことだとは！」

ギデオンはきびすを返して部屋を出ていった。

「ほらほら、パンジー！」レディ・オデリアが苛立《いらだ》って叫び、うわの空で妹の肩をたたいた。

そのすぐ横でテレサがいまにも泣きだしそうな顔をしている。アイリーンはどちらも無視して立ちあがり、急いで部屋を出た。

「ギデオン！」

彼はすでに廊下を半分進んでいたが、足を止め、振り向いた。アイリーンは急いで駆け寄った。

「待って！　わたしも一緒に行くわ」

彼は首を振った。つらそうに顔をゆがめている。「いや、いまのぼくは、誰の相手もできそうもない」

そう言うと、きびすを返してアイリーンを待たずに歩きだした。アイリーンはかまわずあとを追いかけた。

「ええ、そうね」彼女はテラスに出るドアを開けているギデオンに追いついた。「でも、ひとりでいるべきでもないわ」

彼はそっけなく肩をすくめ、テラスを横切っていく。アイリーンは何も言わないほうがいいと判断し、遅れまいと足を速め、黙って彼の横に従った。

ようやく、もう閉じこめておけなくなったかのように、彼は大声で叫んだ。「父はぼくのことなど、まるで気にかけていなかったようだな！　取り戻す努力をまったくしないで、手放したんだから」ギデオンは怒りにぎらつく目でアイリーンを見た。「どうしてそんなことができるんだ？　父親が息子になんの関心も示さないなんて？　祖母にしても、跡継ぎだという事実をのぞけば、ぼくにはまるで関心がないみたいだ！」

「お父様は、お母様と一緒にいるのが、あなたにとってはいちばんいいことだと思ったのかもしれないわ。あなたはまだ幼かった。たったの四歳だったんですもの。それに、あなたがロンドンにいたことは知らなかったのよ」

ギデオンにじろりとにらまれて、アイリーンは黙った。この主張が弱いものだということは明らかだ。正直に言えば、彼女自身すらそんなことは信じられなかった。

しばらくするとギデオンはいきなり立ちどまった。彼らは庭のはずれで枝を広げている樫《かし》の木のそばにいた。その樫の少し先には森が広がり、座って景色を眺められるように、涼やかな木陰に鉄製のベンチが置かれていた。

ギデオンはベンチの背もたれを両手でつかみ、その景色に目をやって、首を振り、まっすぐ前方を見つめてまた話しはじめた。

「父のぼくに対する無関心には、いまさら驚くべきではないんだろうな。父がぼくを見つけたいと思うほどの愛情を持っていなかったことは、なんとなくわかっていたような気がする。だが、母がぼくを――」彼は唇を噛《か》んでその先の言葉をのみくだした。

アイリーンは黙って彼の手に自分の手を重ねた。「ああ、ギデオン、とてもお気の毒だわ」

「母は死んだと、ずっと思っていたんだ。さもないと、ぼくを手放すはずがない、とね。子供のころでさえ、母は死んだに違いない、そうでなければぼくは母といるはずだ、と思っていた。ロックフォード卿《きょう》がやってきて、ぼくが〝誘拐〟されたことを告げられると、母は死んだことを確信したよ。心の奥深くでは、少なくとも母はぼくを愛していたことを知っていたから。だが……その母がぼくを捨てたことがわかった。男と逃げだして、ロンドンの下町に子供を放りだすなんて……いったいどんな母親だ？　ぼくの母は、どんな女だったんだ？」

「真実はわからないのよ！」アイリーンは叫んだ。「もしかしたら、お母様はほんとうに、死んだのかもしれない。何が起こったのかあなたは覚えているはずがないわ。たった四歳だったんですもの。誘拐が嘘だったからといって、お母様があなたを捨てたことにはならないわ。だいたい、そんなことをする気なら、どうして一緒に連れだすの？　あなたをここに残していくほうが、はるかに簡単だったはずよ。子供がいないほうが旅も早くできるし、人の目も引きにくいわ。それに、あなたを連れていけば、セシル卿がいずれ連れ戻しに来るはずだもの」アイリーンは首を振った。「ええ。あなたを連れ去ったのは、あなたと離れることに耐えられなかったからだとしか思えない。お母様はあなたをとても愛していたに違いないわ。夫と自分の結婚について、その〝愛人〟についてどう思っていたにせよ、あなたを愛していたに違いないわ」

「だったら、どうしてぼくはロンドンの下町に放りだされたんだ？」

「さあ。そのわけはもうわからないでしょうね」アイリーンは正直に言った。「どんなことでも起こりえたわ。お母様はロンドンで病気になり、亡くなったのかもしれない。そして、その〝愛人〟があなたをそこに残して立ち去った。さもなければ、あなたとお母様はロンドンで捨てられ、お母様は具合が悪くなって亡くなったか、なんらかの理由であなたから離されたか」

「愛人がうるさい子供にうんざりして、母に子供を捨てろと迫ったのかもしれない。夫を裏切り、自分の名をけがした女だからね。邪魔な息子を捨てるのになんのためらいもなかっただろうよ」

ギデオンの気持ちを思うと、アイリーンの胸は張り裂けそうだった。母親が自分を捨てたと知らされた彼のつらさは、想像することもできない。彼女は長いこと父親に悩まされたとはいえ、母に愛されていることにだけはいつも確信があった。その確かな、常に変わらぬ愛がまったくない人生はいったいどんなものなのか？　ギデオンは物心ついてから、完全にひとりだったのだ。頼る人間もなく、信頼できる人間もなく。

「ほんとうにお気の毒だわ」アイリーンは繰り返した。この言葉がどれほど弱々しく聞こえるかを知りながらも、そう言わずにはいられなかった。深い同情を伝える言葉がほかに見つからない。それにもちろん、彼の気持ちをすっかり理解することもできない。

ギデオンは肩をすくめ、こわばった顔で言った。「この知らせで人生が変わることはないさ。結局のところ、母の顔さえ覚えていないんだから。知っている人間に裏切られたのとは違う」

「ええ、でも、何を信じるかは、何を覚えているかと同じくらい重要なことよ。あなたは子供心にも、お母様に捨てられていないと確信していたのよ。そうじゃなかったら裏切られたと感じたに違いないもの」

「ぼくが何を信じていたにせよ、事実は事実だ。ぼくはひとりぼっちだった。いまと同じように」

「いいえ、ひとりじゃないわ！」

アイリーンは一歩近づき、彼の腕に触れた。わたしがいるわ、そう言おうとして……ためらった。ずっとそばにいるつもりもないのに、そんなことを口にするのは偽善でしかない。いまは彼と一緒にいるが、この状況が長く続くわけではないのだ。この何週間かが過ぎれば、彼の妻でも友人でさえないアイリーンは、ここを立ち去ることになる。

腕に置いた手を落とし、アイリーンは彼から目をそらした。「もうすぐ……結婚するんですもの。奥様という相手と支えができるわ。だから、ひとりではなくなるわ」

彼は乾いた笑い声をあげた。「金と称号がほしくて、ぼくみたいな平民育ちの男と結婚する妻が、ぼくを支えてくれる、って？　ぼくらの関係はそれほど親密なものになるとは思えないな」

「そんなふうに考える必要はないわ」

ギデオンは信じられないというように眉をあげた。「そうかい？　結婚を拒否しているきみの言葉を借りれば、ぼくが暴君のように脅しつけ、虐待する妻から、支えと親密な交わりと愛情を得られると思うのかい？」

「あなたが奥様にそんなことをするとは思っていないわ」アイリーンは率直に答えた。

「だが、きみはぼくがそうすると心から信じているようだったぞ」

「いいえ、わたしはただ自分が間違っていた場合に送ることになる人生を受け入れたくないだけ。でも、わたしはほとんどの女性とは違う。ほとんどの女性は結婚がもたらす最悪の事態を予想したりしないもの。考えることすらないくらい。たくさんの女性が、夫を愛しているわ。結婚は同等の関係で、ふたりの人間がひとつになることだと思っている人々もいるわ。そうでなくても、結婚すれば妻と子供ができる。あなたは子供時代に持てなかった家族を持てるのよ」

「ぼくは自分のために家族をつくりたいわけじゃない」ギデオンは鋭く答えた。「それは最初に会ったときに言ったはずだ。ただ、ぼくの立場の男がすべきことをしようとしているだけだ、とね。ぼくに期待されていることを。愛のために結婚する気はないね」

「だったら、奥様になる女性は気の毒な結婚生活を送ることになるわね」アイリーンは怒って言い返した。

「ぼくは妻に富と称号と安楽な暮らしを差しだす。この契約の唯一の欠点はぼくだからね。妻ができるだけその欠点にわずらわされずにすむように、せいぜい心がけるつもりだよ」

ギデオンは冷たい目と、石のように硬い表情でそう言った。まるで知らない男のようだわ。アイリーンは思った。「妻がぼくの存在で不快な思いをせず、窒息もしないように気をつけるさ」

「奥様を無視する、とはっきり言ったらどう？」アイリーンは言い返した。

「ぼくが妻をどうしようと、きみになんの関係がある?」ギデオンは怒って怒鳴った。「きみは妻になる気はないことをはっきりさせてくれた。こういう取り決めは、きみにとっては申しぶんないものだと思ったのに。自分の好きなように放っておかれて、夫という不都合からできるだけ離れていられるんだからね。だが、きみは何度も繰り返し、ぼくと結婚する気はないと宣言した。それなのに、ぼくがどういう結婚生活を送るかを、なぜそんなに気にするのかわからないね」

「気にしてなんかいないわ!」アイリーンは怒鳴り返し、彼をにらみつけた。

しばらくのあいだ、ふたりは怒りに燃える目でにらみあっていた。それから、彼が半分横を向いてため息をつき、ふたたび向き直った。

「すまない。今夜はあまりいい相手になれそうもない。失礼してひとりになったほうがいいだろう」

そしてきびすを返し、屋敷のほうへと歩み去った。

アイリーンは彼の後ろ姿を見送り、やがてため息をついて、自分も屋敷へと戻っていった。ギデオンにも腹が立ったが、自分のこともとても腹立たしい。いったいなぜあんなことを言ったのか? ギデオンの言うとおりだ。わたしは彼と結婚する気はない。そして一度ならずそう断言しているのだから、彼がどんな結婚生活を送ろうと、まったく関係ないはずだ。彼が結婚して幸せになることを願うけれど、それだけのこと。

ええ、先ほどのやり取りほどばかげたものはないわ。何年も母やほかの人々に言われてきたとおりのことを、彼に言うなんて。結婚はふたつの魂がひとつになること。夫が残りの一生の幸せと愛を与えてくれる。そんなおためごかしは、いつもあざわらってきたというのに。そのわたしが、あんなくだらない絵空事を口にするなんて。

ひょっとして心の奥底では、愛と結婚に関するロマンチックな戯言《たわごと》を信じているのだろうか？　まさか、そんなはずはない。絶対に。今日の午後、庭でギデオンと話したあとは、確かに動揺した。ギデオンに決意を揺すぶられ、ひょっとして彼を拒むのは間違いではないかという疑いを抱いた。

でも、あれは一時的な迷いよ。アイリーンはそう自分に言い聞かせた。結婚がどんなものか、わたしにはよくわかっている。ええ、わたしはギデオンに言ったような結婚生活を信じているわけではない。ただ、苦しんでいる彼をなんとかして慰めたかっただけ。少しでも、明るい気持ちになってもらおうとして、頭に浮かんだ最初の慰めを口にしただけ。自分でも真実ならよかったと願っていることを。

アイリーンははっとして足を止めた。自分の心に、そんな願望がひそんでいたとは、思ってもみなかった。現実的で、実際的な性格から、愛と魂の交流という薔薇《ばら》色の夢を信じることはできないが、心の奥深くではそういう夢が実際に存在することを願っていたのだろうか？　わたしには、そういう愛を求める気持ちがあるの？　ギデオンがその気持ちを目覚めさせたの？

なぜか急に脚が震えて、アイリーンは庭の小道沿いに置かれた石のベンチに座りこんだ。自分がどんな女なのか、彼女にはもうわからなかった。いつもあんなに確信があったのに。自分が正しいと信じ、ほかの女性のように弱くないことを、少しばかり自慢に思っていたのに。

でも、この確信が確かな自信に裏打ちされたものではなく、ギデオンのような男性にこれまで一度も会ったことがなかったからだとしたら？　胸がときめき、心が浮きたって、まわりのすべてが生き生きと見える、そんな気持ちにさせてくれる相手に。

アイリーンは渦巻く感情がつかめるかのように、お腹《なか》に手をあてた。彼女はギデオンにキスされたときの感じが好きだった。それはこれまで経験したことがなく、想像したこともないほどすばらしかった。が、それは不安ももたらした。この欲望が自分をどこへ導くのか不安でたまらない。体のなかにこの〝飢え〟が突然生まれたからといって、それまで何年も信じてきたすべてと反対の行動をとることなど、どうしてできるだろう？

愛のある結婚生活にひそかにあこがれていたとしても、それがどうしたの？　そんなものはただの願い、希望でしかない。現実には存在しないのよ。たったいまギデオンがあんなに冷たく、無関心に、ええ、どんな希望も凍りつくほど冷たい声で口にした結婚生活からもよくわかるはずだわ。

そうよ、たとえわたしの気持ちが変わったとしても、真実は変わらない。結婚は女性にとっては罠《わな》でしかない。信念を投げ捨てれば、生涯悔やむことになる。

どうやらわたしは、自分がさんざん批判してきた女性たちと同じような、ばかげた振舞いをしていたようだ。でも、少なくとも、わたしには真実がわかっている、だから愚かな振る舞いを抑えることができる。どれほどギデオンに同情を感じても、彼と話すのがどんなに楽しくても、危険な行動はもう慎むとしよう。彼と庭を散歩したり、踊っているときに愚かな会話を交わすのは。

わたしがここにいるのは、ギデオンが適切な伴侶《はんりょ》を見つける手伝いをするため。あさってはその候補者が到着する。そのうちのひとりが次のラドバーン伯爵夫人になるように、力を尽くすべきだわ。

アイリーンはまるで自分に反対している相手を言い負かしたかのように、勢いよくうなずいて立ちあがった。胸の奥には奇妙な痛みがあったが、彼女はそれを無視することに決めた。きっともうすぐ消えるわ。これからは、ここに来た本来の目的を果たすことに専念しよう。背筋をぴんと伸ばし、肩に力を入れて、アイリーンは屋敷へと戻りはじめた。

14

翌日、屋敷のなかは大混乱だった。ギデオンは朝食をすませるとすぐに領地の管理をしている男のオフィスに出かけていき、一日戻らなかった。そのためフランチェスカとアイリーンはダンスのレッスンをする必要がなくなり、招待客の到着を明日に控えて、その準備に専念することができた。

この家の人々は何かができるような状態ではなかったから、結果的にはよかった。ギデオンの祖母は、気分がすぐれないからと寝込んでしまい、メイドはパンジーの部屋に誰も入れようとしなかった。もちろん、レディ・オデリアは気の毒なメイドを脅しつけて入りこんだが、そもそもパンジーがヒステリーの発作を起こしたのは、自分と息子が二十七年前についた嘘《うそ》に対するレディ・オデリアの厳しい批判が原因だったため、レディ・オデリアが妹と話したあとも状況は少しも好転しなかった。

テレサも、新しい事実に動転し、すっかり取り乱して、しょっちゅうわっと泣きだしては、セシルと結婚したのは間違いだったと嘆くばかりだった。尊敬すべきレディ・オデリアすら、明らかにこの新事実に愕然《がくぜん》としていた。

この三人の不安を静め、乱れた神経をなだめて、多少とも落ち着きを取り戻す役は、アイリーンの母クレアが買ってでた。だが、これから一週間、たくさんの客たちを招いて行うハウスパーティーの土壇場の準備は、フランチェスカとアイリーンの肩にかかることになった。ふたりはあちこちの花瓶に花を生け、エレガントな筆記体で招待客の座る場所を示すカードを書き、舞踏会の最終的な詰めを行い、忙しく働く召使いたちの質問に答え、メニューに同意するか、あるいは手を入れねばならなかった。それに、最後の瞬間には決まって、ありとあらゆる問題が起こるものだ。

午後遅く、アイリーンはフランチェスカをつかまえて放そうとしない家政婦の手からようやく彼女を救出し、ひと息入れるために庭の散歩に誘いだした。

「屋敷から連れだしてくれて、ありがたいわ」フランチェスカは温かい太陽を振り仰ぎ、ため息をついてアイリーンの腕を取った。「片づけなくてはならないことが、山のようにあって。こんなときにお客様が到着するなんて最悪のタイミングね。ここの屋敷も召使いもまったく知らないから、ただでさえいろいろとやりにくいのに、ホラスときたら、これができない、あれもできない、と大喜びで言いに来るんですもの」

「あなたはとても上手に彼に対処しているわ。わたしならとてもあんなふうにはできないでしょうね」

フランチェスカはにっこり笑った。「練習を積んでいるのよ。ホーストン家の執事も、同じようなタイプだったから。彼がホーストン伯爵の相続人に引き継がれたときには、ほんとに嬉《うれ》しかったものよ」

アイリーンはくすくす笑った。「まるで執事も領地の一部だったみたいな言い方ね」

「ええ、そういうタイプだったわ。〝当屋敷では、そういうやり方をいたしておりません、奥様〟というのが口癖だった。まるで、初代ホーストン卿《きょう》が礎石を置いたときからいるみたいに」フランチェスカはくるっと目をまわしてみせた。「こんなにいろいろ手伝ってくれて、とてもありがたいわ、アイリーン」

「あら、テーブルに置くカードに名前を写し、花を生けるぐらい、それほどたいした仕事とは言えないわ」アイリーンはにこやかに答えた。「ラドバーン卿がレッスンを中止にしたようだから、その時間はたっぷりあったし」

「きっと昨夜《ゆうべ》の新事実に混乱しているのね」フランチェスカは首を振った。「彼にとってはひどいショックだったに違いないもの。彼と話した？」

「ええ。でも、あまり役に立たなかったわ。確かにショックだったには違いないけれど、彼はこの件に関して、とても冷ややかだったわ」

「レディ・テレサと二時間も一緒にいたあとでは、いっそ冷ややかなほうがありがたいくらい。彼女があんなにめそめそする女性だとは思いもしなかったわ」

今度はアイリーンがくるっと目をまわす番だった。「彼女はこの件に関係すらないのに」

「ええ。でも、これが公に知られて、自分の結婚の妥当性が疑問視されるのではないかと恐れているのよ」

アイリーンは肩をすくめた。「確かにその可能性はあるでしょうね。最初のレディ・セリーンが誘拐されたのではなく、誰かと駆け落ちしたのだとしたら、彼女がまだ生きている確率は高いもの。そして彼女が生きていれば、ラドバーン卿はレディ・テレサと結婚できなかったわけだから」

「そのとおり。そしてもしそうだとすれば、かわいそうなティモシーは私生児ということになって、ギデオンの跡継ぎですらなくなるわ。これはレディ・テレサにとっては、ひどい転落でしょうから」

「でも、セシル卿はギデオンの母親は死んだと宣言し、きちんと法的な手続きを取ったのよ。それに、彼女はもう二十七年も行方不明ですもの」

「離婚することはできたでしょうね。駆け落ちしたという事実もあるし」フランチェスカはうなずいた。「ただ、レディ・オデリアの話だと、セリーンがまだ生きていることをセシル卿が知っていたとすれば、彼はセリーンが死んだ手続きを取ったときに偽証罪をおかしたことになるそうよ。ほら、妻は死んだと思われる、と法廷で宣誓しなくてはならなかったから。レディ・オデリアのこの発言で、レディ・テレサはいっそうヒステリックになったの」

アイリーンは首を振った。「こうなると少し気の毒になってくるわね」

「わたしはレディ・パンジーがお気の毒だわ。レディ・オデリアにあんなふうに叱《しか》りつけられて」

アイリーンは顔をしかめた。「でも、レディ・オデリアの気持ちもわかるわ。ラドバーン卿の父親と祖母は、最悪の方法を取ったと思うの」

フランチェスカはうなずいた。「それは明らかね。レディ・オデリアが言うには、セシル卿はよく考えるまえに行動する人だったみたい。それにレディ・パンジーはとても優柔不断で、意志の弱い人だから」

「レディ・オデリアのようなお姉様と育ったんですもの、ある意味ではしかたがないわ」

アイリーンはパンジーをかばった。

「ええ。あの人を責めるのはかわいそうね。わたしが知っているリールズは、ひとり残らず強くて、頭ごなし。そしてほとんどいつも自分たちの思いどおりにするの。おたがいの意見が衝突したときは、ちょっと怖いくらいよ」フランチェスカはぶるっと震えてみせた。

「気の毒なレディ・パンジーはほかのリールズの犠牲になったんだわ」

彼女らは庭の中央をぐるっとまわり、話しながら屋敷へと戻っていった。フランチェスカはため息をついて、前方のテラスを見上げた。

「そろそろ戻るべきでしょうね」

アイリーンはうなずいた。「ええ。まだ何枚かカードが残っているの。夕食の前に片づけてしまわないと」

フランチェスカはアイリーンを見て言った。「あなたはどうなの、アイリーン？　あなたは大丈夫？」

「ええ、もちろん」アイリーンはにっこり笑って答えた。「驚くべき新事実だったけれど、なんといってもわたしには関係のないことですもの」

「でも、ラドバーン卿には関係があるわ。だから……」

アイリーンはまた肩をすくめた。「でも、わたしにはほんの小さな影響しか与えないわ。実際、今日は彼が屋敷にいなくてほっとしているの。ほかの問題に対処する時間がそれだけ多くなったから」

フランチェスカは眉を寄せ、アイリーンをじっと見た。アイリーンはしつこく訊《き》かれるのを覚悟したが、裏口から家のなかに入ったとたんに大きな声が聞こえ、ふたりは思わず足を止めた。

近くにある小さな客間のドアのなかで太い男性の声がしだいに大きくなり、やがてこう叫んだ。「嘘だ！」

男性の言葉に女性の涙声が続く。小声で話しているせいで、内容はわからなかった。

フランチェスカとアイリーンはどうしたものかと顔を見合わせた。これは気詰まりな状況だった。テラスに戻ったほうがいいのか、それとも口論が終わるのをここで待つべきか、できるだけ静かに廊下を進み、ここから離れるまでドアが開かないことを願うべきなのか？　ふたりは少しのあいだどちらとも決めかねてたたずんでいた。そのあいだもドアの向こうでは言い争いが続いている。

「嘘だ！」男の声が響きわたった。それから、ぶつぶつという声が続いて叫ぶのが聞こえた。「……は、信じませんよ！」

アイリーンは友人を見て、廊下の向こうを顎で示した。フランチェスカがうなずく。ふたりはできるだけ足音をたてずに急いで歩きだした。もう少しで玄関ホールに入るというとき、居間のドアが勢いよく開き、壁にぶつかった。

アイリーンはその音にびくっとして跳びあがり、反射的に振り向いた。客間からひとりの男が険しい顔で出てくる。ギデオンの叔父のジャスパーだ。

その後ろの開いているドアから、誰かが叫んだ。「どうしてわかるの？　あなたはここにいなかったのよ！　軍隊に入ってしまったじゃないの！」

ジャスパーはくるっと振り向き、吐き捨てるように言った。「ええ、確かにわたしはここにいなかった。そのことは一生悔やみつづけますよ！　わたしがふたりを見つけだし、ここに連れ戻すべきだったんだ！」

彼は廊下を歩きだし、狼狽《ろうばい》して立ちつくしているアイリーンとフランチェスカに気づいて、はっとしたように足を止めた。

低い声で毒づき、少しのあいだ怒りを抑えようとしながら立っていたが、ため息をついてふたりのほうに頭をさげた。「どうか、お許しを」

両手でハンカチをもみしだきながら、パンジーが戸口まで来た。泣き腫《は》らした目を赤くして、涙で頬を濡《ぬ》らしている。彼女はふだんよりももっとか弱く、強い風でも吹けば倒れてしまいそうに見える。「まあ！」彼女はアイリーンたちを見ると息をのんだ。「まあ、どうしましょう」彼女はハンカチで目を拭《ぬぐ》った。「ジャスパー……」

「ええ、母上。わかってます。ふたりとも、醜い争いを聞かせて申し訳ない」彼は半分パンジーに体を向けたものの、母の顔を見ないで続けた。「母上、お許しください。その知らせが……あまりにもショックだったので」彼は唇をぎゅっと結び、それから抑えきれないようにつけ加えた。「だが、母上は間違っていますよ」

彼はアイリーンとフランチェスカを見て言った。

「わたしはセシルの奥方ほど立派な女性、よい母親に会ったことがない。彼女が駆け落ちなどしなかったことは確かだ。子供を捨てることなど、絶対にありえない」

彼はそう言うと、ふたりのそばを通り過ぎて玄関の扉から出ていった。

母のパンジーがまだ涙を拭《ふ》きながら廊下に出てきた。「ジャスパー……」

そして彼が答えようとしないと、フランチェスカとアイリーンを見た。

「あの子にはわからないのよ」パンジーは悲しそうに言った。「これがどんなひどいスキャンダルになったかわからないの」


翌日、招待客が到着しはじめると、アイリーンの時間はほとんど彼らを迎えるフランチェスカの手伝いに費やされた。ギデオンの祖母は自室に引きこもったまま、レディ・オデリアがどれほど説得しても客を迎えるためにおりてこようとはしない。テレサは客間に来たことは来たものの、初めのころの高慢な態度にもかかわらず、こういうパーティーにまったく慣れていないことはすぐに明らかになった。彼女は到着した客たちを誰ひとり知らず、大勢の貴族の訪問を迎える仕事に少しばかり圧倒されていると見えて、天気について二言、三言、口にしたほかは静かで、何かを訊かれるたびにフランチェスカかアイリーンの指示を仰ぐ始末だった。

到着した最初の客は、ギデオンの友人、ピアーズ・オールデナムだった。浅黒いギデオンとは正反対に金色の髪の色白で細身の男だ。ホラスが細面の顔に明らかな非難を浮かべてエレガントに装ったピアーズを客間に案内してくると、ピアーズは屋敷の女主人に申しぶんのないお辞儀をした。

「お目にかかれて光栄です」彼は魅力的な笑顔でそう言った。「喜びでもあります。友人のギデオンを叱ってやらなくては。こんなに美しいご婦人方にお会いできることなど、ひと言も教えてくれませんでしたからね。すっかりあがっています」

「彼もあなたがこんなに口のお上手な方だとは教えてくれませんでしたわ」ピアーズの明るい笑顔と彼のてらいのない態度を好ましく感じ、アイリーンはにこやかに応じた。この男は、どんな場所にもすんなりと溶けこめるに違いない。

「どうも、美しいご婦人方の前ではふだんより雄弁になれるようです」彼は如才なくそう言った。

「ピアーズ！」ギデオンが満面の笑みを浮かべて客間に入ってきた。「まさか、こんな時間に到着できるほど、早起きしてきたわけじゃないだろうな」

「ギデオン！」ピアーズは振り向いて友人の肩をつかみ、ギデオンが差しだした手を握った。「もちろん、違うさ。昨夜のうちに到着したんだが、こっちに来るには遅すぎる時間だったから、まっすぐ宿屋に向かい、ベッドに倒れこんだんだ」

「馬丁をやって、きみの荷物を取ってこさせよう」

ピアーズは笑いながら首を振った。「いや。ぼくはそこでいっこうにかまわないよ。とてもいい部屋でね」

「ばかなことを言うなよ。もちろん、きみはここに泊まるんだ」

ピアーズはちらっと部屋の女性たちのほうを見た。「きみは母親や姉妹なしに育ったかもしれないが、友よ、ぼくは違う。土壇場でお客が増えるのはたいへんなことなんだぞ。そのせいで、ぼくらふたりは嫌われることになる」

アイリーンはギデオンが眉をひそめるのを見た。ギデオンと家族の摩擦を少しでも避けたいと願って宿屋に部屋を取ったピアーズの気持ちに、おそらく彼も気づいたのだろう。アイリーンはピアーズの配慮に感心し、この男を尊敬した。だが、ギデオンがまず間違いなくこの配慮に不満を持つことも、彼女にはわかっていた。それに昨夜あんなことがあったあとだ。ギデオンには手に入るかぎりの友人が必要だわ。

「あら、ミスター・オールデナム。あなたはわたしたちに不当な判断をくだしていらっしゃるわ」アイリーンは軽い調子で口をはさんだ。「わたしたちはもっと有能ですのよ。ちゃんとお部屋も用意してありますわ」これはほんとうのことだ。彼女自身が、オールデナムの到着に備えて部屋を用意させたのだから。

ピアーズは驚いて彼女を見た。「あなたは美しいだけでなく、ご親切で有能な方だ。しかし、お言葉に甘えるのは許されないほど無礼なことだと思います」

「とんでもない。あなたが恐縮なさることはありませんわ。ご到着を知らせるのが遅れたのは、ラドバーン卿がうっかりしたせいに違いありませんもの。わたしたち、ラドバーン卿のそういう無礼にはもう慣れていますの」

ピアーズは笑いだした。「いいでしょう。そう言われては、ありがたくお受けしないわけにはいかない。ギデオン、ぼくの荷物を取りにやってくれないか」

「もちろんだ」ギデオンはアイリーンをちらっと見た。昨日からの険しい表情が一瞬だけなごみ、温かい感謝が閃《ひらめ》く。それから彼は冷ややかな無表情に戻って向きを変えた。「来いよ、ピアーズ。屋敷のなかを案内しよう。失礼するよ、みなさん」

ピアーズは彼らみんなに明るい笑顔を投げてお辞儀をすると、ギデオンと一緒に部屋を出ていった。

「なかなかどうして、立派な若者だこと」レディ・オデリアが感想を述べた。

「ええ、わたしが想像していた人物とは違いますわ」フランチェスカも認めた。「あの話し方も服装も、紳士として通用しますわね」

「ラドバーン卿はミスター・ピアーズのことを誤解させて、わたしたちをあわてふためかせたかったのではないかしら」アイリーンは皮肉混じりに言った。「恥をかかされる可能性にみんなが動揺するのを見て、きっとこっそり楽しんでいたに違いないわ」

「ほかのお客様は、彼がどこの誰かと不思議に思うでしょうけれど」フランチェスカが言った。「少なくとも、侮辱されたと宣言して、腹を立てて帰ってしまうことはなさそうね」

アイリーンはいたずらっぽく笑った。「いっそ、そういうハプニングがあるほうが面白いのに」

次の客が客間に通されてきた。ミス・ロウィーナ・サートン。青い目にブロンド、ストロベリーのような唇とクリームのような肌の、人形みたいにかわいい女性だ。彼女はピアーズの二時間ほどあとに、兄のパーシーと一緒に到着した。パーシーは妹と同じ色合いの、少しばかりぼんやりしているが、感じのいい表情を浮かべた若者だった。ふたりの母親はふくよかでおおらかな女性で、たぶんあと二十年もすれば、ロウィーナもこんなふうになるのだろうと思われた。

少しも意外ではないが、ギデオンはそのあと客間には顔を出さなかった。招かれた女性たちは、おそらく夕食の席で初めて彼と言葉を交わすことになるだろう。だが、アイリーンはギデオンが不在なわけを説明もしなければ、弁護もしなかった。なんといっても、この女性たちは、遅かれ早かれ彼のそういう性格を知ることになる。彼がどういう男か、最初から知っておいたほうがいい。

午後の半ば、ミセス・フェリントンと娘のノラが到着し、あろうことか、その直後にレディ・サリスブリッジがふたりの令嬢を従えて入ってきた。魅力的な黒髪のミセス・フェリントンが客間のソファに座って、レディ・オデリアと楽しそうに話しているのを見たとたん、レディ・サリスブリッジは背筋をまっすぐに伸ばし、肩をいからせてフランチェスカを見た。

「レディ・サリスブリッジ、フローラにマリアン」フランチェスカはにこやかな笑顔で両手を差しのべ、急いで彼らに歩み寄った。「またお会いできて、こんな嬉しいことはありませんわ。お部屋にご案内しますわね。みなさんにお会いになるまえに、さっぱりなさりたいでしょうから。残念ながら、レディ・パンジーは具合が悪くて休んでおられますの。でも、今夜はみなさんにご挨拶《あいさつ》するはずですわ。アイリーン？　レディ・サリスブリッジとお嬢様たちをお部屋にご案内してくださる？　レディ・アイリーン・ウィンゲートはご存じですわね」

アイリーンは、レディ・サリスブリッジがラドバーン邸にライバルがいることに不満をもらさぬうちに、笑顔で三人を部屋の外へと導いた。とくべつ外交手腕に恵まれているわけではないが、レディ・サリスブリッジに不満を言わせないために、天気の話や彼らの旅について訊きながら、三人の女性を上の階へと案内した。フランチェスカは戦略的に彼らの部屋を屋敷の正面から近い場所に決め、ミセス・フェリントンと娘の部屋をそこからずっと離れた屋敷の裏手に配してあった。もちろん、夕食の席でもこの二組はできるだけ離れた席に座ることになっている。

サリスブリッジ伯爵夫人はプライドが高いことで知られているため——もっとも、伯爵家の内情は火の車で、借金取りに悩まされているというもっぱらの噂《うわさ》だが——フランチェスカはラドバーン伯爵家の居室に近い、広い快適な部屋を用意していた。一方のミセス・フェリントンは、夫の富が社交界における彼の地位よりも大きなことを心得た現実的な女性だ。しかもこの二十年あまり名花のひとりとして社交界に君臨してきた彼女は、自分自身に揺るぎない自信を持っているため、娘と自分の部屋の位置に不満をもらす可能性はほとんどない。

アイリーンは階段をあがりながら、ちらりと横目でレディ・サリスブリッジの娘たちを見た。ふたりともよく似ている。明るくも濃くもない茶色い髪に、はしばみ色の目、母によく似た長いわし鼻。ほかの人々をその鼻先から見下し、軽蔑《けいべつ》しているような印象を与える癖まで、母親にそっくりだ。

部屋を見まわし、自分たちが伴った侍女と、荷物を解く助けをするために送られたメイドにあれこれ命令している三人を残して、アイリーンは客間に戻った。ミセス・フェリントンとノラは、すでに部屋に引きとっていた。

だが、休むまもなくコックの訴えを聞き、サリスブリッジ家の高慢な侍女の要求にかっかしている家政婦をなだめなくてはならなかった。

それからまもなく、ハーリー卿とその娘が客間に入ってきた。馬車に揺られるのではなく、馬に乗ってやってきたふたりは、元気いっぱい、髪も服装も乱れている。同じ温かい笑みから、気持ちのよいマナー、砂色の髪に四角いそばかすの散った顔まで、この父娘《おやこ》はとてもよく似ていた。彼らは旅の話を事細かに語った。そこにはふたりが馬で飛び越えなくてはならなかった塀、生け垣、小川のすべてが含まれているようだった。ひとりがやめたところからもうひとりが続け、果てしなく続く彼らの話を聞きながら、アイリーンは、レディ・ハーリーはふたりが馬車に乗らなかったことをきっと喜んでいるに違いないわ、とひそかに思った。

レディ・ハーリーは一時間後、夫と娘よりもきちんとした格好で到着した。小柄な活気のない女性で、レディ・オデリアやほかの人々に挨拶をすませると、横になって旅の疲れを取るためにすぐに部屋に引きとった。

最後に到着した客は、ロックフォード公爵とその妹のカランドラだった。カランドラは兄によく似た黒い髪と黒い目のきれいな女性だが、エレガントだが堅苦しく少々威圧的な公爵とは違って、陽気で明るい性格のようだ。

サリスブリッジの母娘《おやこ》やほかの母娘たちを同室にしたにもかかわらず、ロックフォード公爵と妹が到着するころには、さすがの大邸宅も弾《はじ》ける寸前だった。幸いなことに、公爵は妹だけをラドバーン邸に残し、自分は近くに住む友人宅に泊まって、毎日、馬で通ってくることに決めていた。レディ・オデリアが家族の義務を振りかざし、なんとかしてラドバーン邸に滞在させようと説得したが、公爵は頑として首を縦に振らなかった。

カランドラはアイリーンのそばに立って彼女に笑みを投げ、扇で顔を隠してつぶやいた。

「レディ・オデリアはご存じないけど、兄がほかに泊まることにしたひとつの理由は、大伯母様がここにいるからなの」

アイリーンは笑みを押し殺した。「それでも、毎日、馬で通われるのはお気の毒のような気がするわ」

「とんでもない」兄とフランチェスカにはカリーと呼ばれているカランドラは答えた。「そのほうがずっと楽しいのよ。兄の大好きなとても退屈な話題をミスター・ストレスウィックと心ゆくまで話せるんですもの。植物や、岩や、長ったらしいラテン名がついてるもののことをね。それに、ミスター・ストレスウィックは学者で、浮き世離れした生活を送っているから、兄のこともほかの人々と同じように扱うの。彼にとって重要なのは頭脳なのよ。それが兄にはとても嬉しいことなのね。公爵だからという理由で、みんなが自分に媚《こび》を売るのに飽き飽きしているんですもの。もちろん」カランドラはつけ加えた。「公爵でいるのがいやだというわけではないの。誰かに腹を立てたときは、とても尊大になれるのよ。それになんでも最上のものが与えられるのも気に入っているの。でも、ほとんどの場合、兄はどちらかというと寂しいんだと思うわ」

ロックフォード公爵ほど寡黙で、超然として見える人物には、会ったことがない。常々そう思っていたアイリーンは少し驚いてカランドラを見た。

「あらいけない」カランドラは少し後ろめたそうな顔になった。「またしゃべりすぎてしまったわ。自分が何かを感じると思われるのを、兄はとてもいやがるの」カランドラはそう言って、とても魅力的ないたずらっぽい笑みを浮かべた。

「安心してちょうだい、お兄様には何も言わないわ。それに、いろいろ感じているとわかっても、そのせいで公爵をばかにしたりしないと約束するわ」

アイリーンは、公爵家の娘だというのに、少しも高慢なところのないこの溌剌《はつらつ》とした女性が好きになった。カランドラも花嫁候補のひとりとして来たのかしら？　そう思ったとたん、アイリーンはみぞおちが冷たくなるのを感じた。

だが、その思いを押しやり、フランチェスカがこれから数日間に計画しているイベントを話して楽しませながら、カランドラを部屋に案内した。そのあとは自分の部屋に戻って、今夜の支度をするのにぎりぎりの時間しかなかった。

昼間のうちに選んだドレスは、ベッドの上に広げてあったが、それを見て、精いっぱいおしゃれをしたほかの女性たちのところに地味なドレスでおりていくことを考えると……とても耐えられなかった。ここにいるのが結婚の仲介を助けるためだとしても、美しいドレスを着てもその仕事はできる。

彼女は呼び鈴を鳴らしてメイドを呼び、衣装だんすから新しいドレスを一枚取りだした。濃い緑色のシルクのイブニングドレス。これはたいていの髪や目の色には合わないが、彼女の髪と目の色、肌の色にはとても映りがいい。メイドはアイリーンがここ数日着ていた地味なドレスを取りやめにしたと聞いて微笑し、急いでアイリーンが選んだドレスのしわを伸ばしに行った。アイリーンはフランチェスカの部屋に行き、メイジーに髪を結ってくれと頼んだ。

一時間後、自分がほかの女性たちと同じくらいきれいに見えることに満足して、アイリーンは階段をおりていった。みんなが集まっている控えの間に入って、ちらっと見まわすと、ギデオンはもう来ていた。窓のそばに立ってロウィーナと話している。もっとも、実際には、話しているのはほとんどがピアーズで、かわいらしいブロンドの女性は彼の話に応《こた》えてくすくす笑い、気を引くように扇を使っている。ギデオンはそのそばに険しい顔で立っているだけだ。

振り向いたときの彼の顔を見て、アイリーンはギデオンがふたりをその場に残して、自分に近づいてくると思った。だが、彼はすぐに目をそらし、ピアーズとロウィーナに顔を戻した。

フランチェスカがアイリーンの横に並び、ぐるりと部屋を見まわした。「さてと」彼女は言った。「わたしたちの候補者をどう思う?」

アイリーンは部屋に目をやって答えた。「サリスブリッジ家のふたりはプライドが高すぎるわね」

「あら、ラドバーン卿さえその気になれば、ふたりのどちらでも彼のプロポーズを受け入れるでしょうよ」フランチェスカは答えた。

「そういう意味じゃないの。あのふたりはきっとラドバーン卿が拒否するわ。それにミス・サートンはくすくす笑いすぎるし、ミス・ハーリーは……」彼女は意味ありげに自分が話題にしている女性を見た。父親とロウィーナ・サートンの兄と一緒に繁殖用の雌馬の話に興じている。

「ええ」フランチェスカはうんざりしたように首を振った。「レディ・オデリアを説得して、彼女を含めるのは思いとどまらせようとしたのよ。彼女を気に入るのは、よほど乗馬が得意な男性だけでしょうし、そういう相手でなければミス・ハーリーの心を勝ちとるのは無理ですもの。でも、レディ・ハーリーはレディ・オデリアの名付け子なの。だから、レディ・オデリアはなんとかしてその令嬢をラドバーン卿に押しつけようとしているのよ。でも、ミス・フェリントンはどう？　彼女のことはどう思う？」

アイリーンはミス・フェリントンを観察した。「母親のような美人ではないわね」

フランチェスカはくすくす笑った。「わたしが選んだ女性で、あなたのおめがねにかなった人はひとりもいないの？　ミス・フェリントンはかなり有望だと思うけど。美しくはないとしても、かなりきれいな人だし、気持ちのいい人だわ」

「ええ、そうね。でも、ほんの少し、穏やかすぎると思わない？」アイリーンは指摘した。

フランチェスカは笑みを隠し、言葉を続けた。「ミス・サートンは少々愚かだとしても、とてもきれいだわ。それにサリスブリッジ家のふたりも、魅力がないわけではないわ。フローラのほうがもちろん、マリアンよりもきれいだけど、マリアンはかなり見込みがあるのではないかしら。なんといっても、ラドバーン卿はこの取り決めに、愛を探しているわけではないんですもの」

「ええ、確かに」アイリーンはそっけなく同意した。「それに、あのふたりに愛を見つけるのは、絶対に無理でしょうね」

「アイリーン、あなたはほとんどの女性に批判的ね」フランチェスカはとぼけてつけ加えた。「まるで嫉妬《しっと》しているみたいよ」

アイリーンはフランチェスカに顔を向け、眉をあげた。「嫉妬？　そんな考えがどこから来たのか、想像もつかないわ」

「あら、違うの？　あなたはラドバーン卿に……〝やさしい気持ち〟を持っていると思ったのに」

「とんでもない。ひどい誤解よ」

「そう。ただ、この数日、ラドバーン卿はあなたと一緒にいて楽しそうだったから」

「ほかに一緒にいる相手は、彼の家族だけだったんですもの。とくにわたしが好きだからだとは思えないけれど」

「あなたはどうなの？」フランチェスカは尋ねた。「彼のことをどう思ってるの？」

なんとも思ってやしないわ。アイリーンはそう答えようと口を開いたが、フランチェスカをちらりと見てしぶしぶ認めた。「わからないの。でも、いずれにせよ、それは関係ないわ。彼と結婚するわけじゃないんですもの。結婚に関するわたしの考えは、もう話したでしょう？　それにラドバーン卿は、わたしが受け入れることのできない類《たぐい》の結婚に関心があるの。だから、わたしが彼のことをどう思っていようとまったく関係ないわ」

「ほんとうに？」フランチェスカは低い声で尋ねた。

「ええ」アイリーンはきっぱり答えた。「関係ないわ。わたしは彼が結婚する手伝いをしに来ただけ。ほかの女性とね。どうやらラドバーン卿は、わたしが適切な候補者ではないという事実をようやく受け入れたようだわ」

「なるほど」フランチェスカはうなずいて、世慣れた目でアイリーンを見た。「まあ、あなたの助けはありがたいわ。明日はみんな馬で領地をまわりたがっているの。でも、母親たちは屋敷に残るのよ。だから、わたしは四人の男性と六人の若い女性たちを監督しなくてはいけないの。ハーリー卿はその点ではまったく役に立たないでしょうから、あなたがつき添いを手伝ってくれたらとても助かるわ」

「ええ、もちろん」アイリーンは同意した。「そのつもりよ」

アイリーンはギデオンのグループに、彼の大伯母が加わるのを見ていた。レディ・オデリアはレディ・サリスブリッジとふたりの令嬢を伴っている。ギデオンは彼らに向かって申しぶんのないお辞儀をした。会話はあまり進まないようだが、彼はその場にとどまっている。そしておおいに楽しんでいるとは言えないまでも、いまにもそこを逃げだしそうには見えない。ピアーズがそのグループからさりげなく抜けだしたあとでさえも。

ギデオンは努力しているんだわ。彼はフランチェスカの選んだ候補者を知ろうとしている。これは妻選びの最初のステップだ。そう思ったとたん、アイリーンの胸はちくりと痛んだ。

フランチェスカが正しいのだろうか？　これは嫉妬なの？　わたしはギデオンがここにいる女性たちに目を向けていることに嫉妬しているの？　ばかばかしい。アイリーンは自分に言い聞かせた。ただ、フランチェスカに告げたとおりの理由で、誰ひとりギデオンにふさわしくないと思う。それだけのことよ。ギデオンがここにいる誰かを気に入るとは思えないわ。誰ひとり彼にはふさわしくないもの。彼の妻になる資格を備えている女性はひとりもいない。

いいえ、ひとりだけいる。

「レディ・カランドラは」アイリーンはほとんど無理やりこの名前を押しだした。

「ええ？」

「公爵の妹さんは、かなり魅力的で、とても気持ちのいい人ね。それにおとなしくもないし、退屈でもない。彼女なら、ラドバーン卿の同意を得られると思うわ」

「ああ、カリー」フランチェスカは片手を払った。「わたしなら、彼女を花嫁候補には選ばないわね。カリーは心から愛する相手と結婚できるんですもの。公爵家の令嬢というすばらしい地位のほかにも、相当な持参金があるし。ロックフォード卿は、カリーがほんとうに結婚したい相手でなければ、結婚を急がせるようなことはしないわ。厳しい兄のふりをしているけど、目のなかに入れても痛くないほどかわいがっているんだから」

アイリーンは自分の胸が急にとても軽くなった事実を無視しようとした。「だったら、彼女がラドバーン卿を選ぶ可能性はないと思う？」

「まずないわね」フランチェスカは答え、それからつけ加えた。「もちろん、断言はできないけど。彼は少しばかり、カリーの好みよりも気難しすぎる気がするわ。それにふたりは親戚《しんせき》でしょう？　いとこ同士というわけではないけど。とにかく、カリーがラドバーン卿と結婚したがるとは思えないわ。わたしが彼女とロックフォード卿を招いたのは、ふたりがラドバーン卿の親戚で、彼らがここにいるほうが、このパーティーが自然に見えると思ったからなの。ほら……あからさまに花嫁選びの場に見せないため」

「なるほど」アイリーンは顔がほころびそうになるのを苦労して抑えた。「残念だこと」

「ええ、ほんとね」フランチェスカは皮肉をこめてつけ加え、少しかがみこんでつぶやいた。「親愛なるアイリーン、あなたはほかの人々に嘘をつくよりも、自分に嘘をつくほうが得意らしいわね」

それから、にっこり笑って離れていった。

15

フランチェスカは間違っているわ。わたしはギデオンに対する気持ちを、自分自身に偽ってなんかいない。いまにも恋をしそうなほど、彼に惹《ひ》かれているのはわかっているけど、決してそうなってはいけないこともわかっている。だから、たくさんの女性がしてきたように、心のおもむくまま愚かな決断をくださないだけ。アイリーンは自分にそう言い聞かせた。

そして彼と距離をとり、つき添いの役に徹してフランチェスカを手伝い、必要な仕事をなんでもこなした。一日目は、ほかの若い人々と一緒に領地をひとまわりしたが、ギデオンの横に並ぶこともなく、彼に話しかけようともしなかった。ギデオンは若い女性たちと次々に並び、しかもノラ・フェリントンとは少しばかり気を引くようなやり取りを交わしていた。その夜の食事のあとも客間で女性たちと冗談を交わし、音楽室では礼儀正しく彼女たちのピアノに耳を傾けたり、歌ったり、なんとマリアン・サリスブリッジのそばに立って楽譜をめくった。翌日の午後は、温かい九月の日差しの下でローン・テニスを楽しみ、そのあとお茶を飲みながら、順番に女性たちに話しかけた。

ギデオンが実際に、フランチェスカと大伯母が選んだ花嫁候補たちを知ろうと努力しているのは、アイリーンには少しばかり意外だった。どうやら彼女の拒絶を今度こそ受け入れ、もっとその気がある女性のなかから、妻を見つける気になったようだ。ギデオンはアイリーンに話しかけようとはせず、女性たちがパンジーとレディ・オデリアをうまく説きふせて、音楽室の絨毯《じゅうたん》を巻きとり、即席のダンスフロアにしてしまったときも、アイリーンをダンスに誘おうとはしなかった。ピアーズはアイリーンにダンスを申しこんだ。ギデオンの叔父のジャスパーも、パーシー・サートンも、ハーリー卿《きょう》ですら申しこんだが、ギデオンは彼女に近づこうともしなかった。

これはアイリーンに対する侮辱だった。どうやらほかの人々もそれに気づいたらしく、みんなが活発なカントリー・ダンスを踊っているのを見ていると、テレサがすぐ横に来てこう言った。「男というのは、移り気なものね」

アイリーンは冷たい目で彼女を見た。「それはどういう意味かしら？」

「とぼけないで」テレサは微笑し、肩をすくめた。「最初から彼にプロポーズされる望みなど抱いていなかったというふりをしたいなら、べつに否定する気はないわ」テレサは言葉を切り、それから続けた。「それに彼の愛を勝ちとろうとしなかったのは、賢いことだったわ。誰と結婚するにせよ、彼が相手に心を与えることはないでしょうから。彼には卑しい生まれの愛人がいるの。ロンドンにね。彼が愛しているのはその女なの」

「なんですって？」アイリーンは驚いてテレサを見た。それから自分の気持ちを見せすぎたことに気づき、肩をすくめ、必死に無関心な表情に戻そうと努めた。「たくさんの男性が愛人を持っているわ。とくに結婚するまえには」

「彼はその女と別れる気はないわ。ドーラというの。彼女のことでレディ・オデリアと言い争っているのを聞いたのよ。ラドバーン卿はドーラと縁を切る気はないと、きっぱり宣言していたわ」

テレサの言葉に激しい痛みが胸を突き刺し、アイリーンはつかのま息ができなくなった。ドーラ。あれから何年もたったが、その名前をはっきり覚えていた。初めてギデオンを見た夜に彼が口にした名前、父に手を出すなと警告した女性の名前だ。ドーラは、貴族の男を痛めつけてまで、ギデオンが守ろうとしていた女性だった。

あれから十年もたったあと、そのドーラがまだ彼の愛人だとは。明らかにドーラという女性は、どんな妻も決してできないほど強く、ギデオンの心をつかんでいるのだろう。

「あら、そう」アイリーンは冷ややかな声を保とうとして、ようやく言った。「父親によく似ているわね。セシル卿も、ほかの女性と縁が切れないうちに、べつの女性と結婚したんですもの」

アイリーンの言葉に、テレサは怒って離れていった。テレサがわたしを傷つけたとしても、あんな残酷なことを言うべきではなかったわ。アイリーンは自分の辛辣《しんらつ》な言葉にほんの少し後ろめたさを感じたが、ギデオンがほかの女性を愛していることを聞いた瞬間に感じた痛みが思いがけないほど深く、何も考えずに、つい口走ってしまったのだ。

テレサの言ったことはほんとうなの？　それとも彼女は、わたしを傷つけるため、わたしとギデオンの仲を隔てるために、根も葉もない話をでっちあげたの？　フランチェスカに言わせれば、テレサは息子が伯爵の第一相続人にとどまれるように、ギデオンとわたしに結婚してもらいたくないのだ。でも、ギデオンはもうわたしを追いかけていない。テレサにもそれはわかっているはず。彼はわたし以外の女性たちと踊って、楽しませている。だから、あんな話をわざわざでっちあげるのは理屈に合わないわ。

もちろん、テレサはただ意地の悪い女性で、手近な誰かに毒を吐きだしたかっただけかもしれない。たとえそうだとしても、なぜあんな話をでっちあげるの？　ギデオンが大伯母と話しているのを聞いたという話は、いかにもありそうなことだ。それに嘘《うそ》だとしたら、偶然ドーラという名前を選ぶかしら？　ドーラは実際にギデオンが、二度と彼女にかまうな、と父に警告した女性の名前だもの。ギデオンは賭博《とばく》場のディーラーを守るために、父を痛めつけたと言っていた。でも十年前、彼があんなに怒っていたのは、その女性にただの雇人以上の気持ちを抱いていたからかもしれない。

それに、ドーラを愛しているとすれば、彼が結婚に愛を求めていない説明がつく。急に伯爵になったために結婚できなくなった女性を愛しているとしたら、義務のために結婚し、ロンドンにいる愛する女性とも別れるつもりはないことも納得できる。

かすかな吐き気を感じ、アイリーンはつばをのみこんだ。ほかの女性を愛しているのに、ギデオンはあんなふうにわたしにキスしたの？　彼がわたしを愛していないことも、あれがただの欲望だということもわかっていたけど……彼の欲望にはこれっぽっちの思いやりもなく、彼の抱擁にはただの欲望しかなかったとは思いたくない。

アイリーンは周囲を見まわした。みんなの目は、ギデオンやほかの人々が踊っている部屋の真ん中に向けられている。こちらを見ている者は誰もいない。わたしが部屋を出ても誰にもわからないわ。もちろん、ギデオンにもわかるはずがない。

彼女は目立たぬように部屋を出て、ためらった。自分の部屋に戻るつもりだったが、気持ちが波立って、部屋にじっとしていられそうもない。そこで急ぎ足に裏口へと向かい、テラスに出た。少しのあいだそこにたたずんで、深呼吸しながら落ち着きを取り戻そうとする。

ようやくどうにか心を静め、庭へ続く階段をおりはじめた。夜気はほんの少し冷たかったが、ほてった頬にはひんやりとして気持ちがよかった。それにショールを取りに戻るのはいやだ。長くいるつもりはなかった。欠けた月の光だけでは、庭の奥の木々や生け垣がつくっている深い陰に踏みこめるほど明るくない。彼女は真ん中の道を噴水に突きあたるまで進み、そこにたたずんで、陽気な水音を聞きながら噴水を見下ろした。

「アイリーン」

その声に突然、心臓が激しく打ちはじめるのを感じながらくるりと振り向くと、ギデオンがほんの少し後ろに立っていた。水の音で彼の足音が聞こえなかったに違いない。彼のことを考えていたと悟られたくなくて、アイリーンは背筋を伸ばし、つんと顎をあげた。

「大丈夫かい？」ギデオンが尋ねた。「きみが部屋を出ていくのが見えたものだから」

「新鮮な空気が吸いたかっただけ」アイリーンは冷ややかに答えた。「音楽室が少し暑くなりすぎたから」

夜風にむきだしの腕をなぶられ、ぶるっと震えさえしなければ、この言葉はもっともらしく聞こえたに違いない。

「でも、冷えてしまったじゃないか」ギデオンはジャケットを脱ぎ、近づいてアイリーンの肩にかけた。

ジャケットはまだ彼の体温で温かかった。それに彼の匂《にお》いがする。アイリーンはその端をつかんで、なぜかふいにわっと泣きだしそうになった。わたしったら、いったいどうしたの？　彼がひと晩じゅう、無礼にもわたしを無視したあとで、こんなふうにやさしくした。それだけで泣きだしたくなるの？　そういう愚かな女ではなかったはずなのに。

アイリーンは彼に寄りかかり、固い胸に頭をあずけたかった。ギデオンがこんなに近くに立っていると、くらくらする。でも、そんなことは関係ない。彼の体から放たれる熱に引き寄せられそうになり、彼の匂いを吸いこむたびに体の芯《しん》がうずくけれど、それも関係ないの。こんな誘惑に負けるほど、わたしは弱くないわ。

アイリーンはつばをのみこんで言った。「ダンスを楽しんでいたようね」

ギデオンは顔をしかめた。「いや、あんな――」

そのとき、テラスから誰かが彼を呼んだ。「ギデオン！」

ふたりが振り向いて見上げると、ギデオンの叔父がテラスを急ぎ足に横切ってくる。

「失礼、レディ・アイリーン」ジャスパーは言った。「きみが一緒にいるのは気づかなかった」

「かまいませんわ。わたしが音楽室を出たので、ラドバーン卿が気遣って確かめに来てくださったんですの」

「気分が悪いのかい？」ジャスパーは急いで階段をおり、ふたりに加わった。

「いいえ、ちっとも」アイリーンは自分が感じているほど不自然に見えないことを願いながら、笑みを浮かべた。「ただ散歩したくて出てきただけですもの。でも、外は思ったより寒くて」

「きみと話したいと思っていたんだ、ギデオン。だが、今夜はふたりだけになる機会がなくて」ジャスパーは甥《おい》にそう言った。

「おふたりがゆっくり話せるように、わたしは失礼しますわ」アイリーンは急いで言った。

「いや、どうか、きみたちの邪魔をする気はなかったんだ」ジャスパーは狼狽《ろうばい》したように急いで言った。「ここにいてくれてかまわないよ。実際、この件については、先日きみにもすでに話している」

「ええ」〝先日〟というのは、三日前の午後のこと、フランチェスカとふたりで偶然ジャスパーと母親の口論を聞いたときのことに違いない。「レディ・セリーンのことですね」

「そうだ」

横にいるギデオンが体をこわばらせた。アイリーンは彼がこの会話を避けようとしているのを感じた。

「どうか行かないでくれ」ジャスパーはふたりに向かってそう言った。「重要なことなんだ。きみたちふたりに聞いてもらいたい。きみはお母さんについて間違った印象を与えられたんだよ、ギデオン」

「それはもうわかってます。父は母が誘拐されたふりをしたんです」

「いや、そのことではなく、駆け落ちのことだ。彼女は決してそんなことはしなかった。誓ってもいい。母からその話を聞いたとき、わたしは何かがひどく間違っていると感じた。セリーンが駆け落ちなどしたはずがない」

「なんですって？　どういう意味です？」ギデオンはジャスパーを見た。「ほかに何が起こったというんです？」

「それはわからない」叔父は認めた。ジャスパーは話しにくそうにこう言った。「しかし、彼女が愛人と駆け落ちなどしなかったことはわかっている。彼女はすばらしい女性だった。善良な、やさしい人だった」

「叔父上……」ギデオンはわずかに表情をやわらげ、手を伸ばして、慰めようとするようにジャスパーの腕をつかんだ。「あなたが母をそう思っていたことはわかります。あなたが知っていたときの母は、いま言ったとおりの女性だったのでしょう。でも、母が姿を消したとき、あなたはここにはいなかった。母が何をしたか知る術《すべ》はないんですよ。母がどんなふうに変わったかも」

「いや、ちゃんとわかっている！」ジャスパーはギデオンの手を振り解いた。「そういう言い方はやめてくれ。落ち着かせてもらう必要もない。くそ！　これは重要なことなんだ。わたしは正気をなくした老人ではないぞ。きみは彼女にとって、世界一大切な存在だった。彼女がきみをここから連れ去るはずがない。そんなことは絶対にありえない。きみを捨てたりすることも。絶対にない」

「ええ、きっと捨てたりしなかったんですわ」アイリーンが言った。「ラドバーン邸を出たあと、彼女の身に何が起こったかは、誰にもわからないんですもの。愛人に捨てられたか、ギデオンの身元を誰にも知らせることができないまま、ロンドンで死んだのかもしれません」

「セリーンには愛人などいなかった」ジャスパーは苛々《いらいら》してさえぎった。「それにギデオンをセシルから取りあげ、伯爵の跡継ぎという地位をギデオンから奪うようなこともしなかった。ギデオンをここに残して、ひとりで出ていくことさえしなかったはずだ」

「でも、あなたには――」ギデオンがさえぎった。

「いや、わたしにはわかる！」ジャスパーは苦痛に満ちた顔でギデオンの言葉をさえぎった。「わかっているんだ。なぜなら、わたしとここを出てくれと頼んだからだ。だが、彼女は頑として承知しなかった！」

ジャスパーの言葉に、ギデオンとアイリーンは呆然《ぼうぜん》と彼を見つめた。

「まあ」アイリーンがややあってつぶやき、噴水を囲んでいる低い石壁に座りこんだ。

「あなたが……」ギデオンは叔父を見つめた。

「わたしは彼女を愛していた」ジャスパーはそう言って、アイリーンの隣に崩れるように座り、膝に肘をついて両手で頭を抱えた。「神よ助けたまえ、わたしは彼女を愛していた。兄を裏切り、名誉を捨てたんだ」

「なんてことだ」ギデオンは低い声で吐き捨て、庭に目をやった。

「わたしはセリーンに夢中だった」ジャスパーはうつろな声で言った。「セシルのもとを去り、わたしと一緒に逃げてくれと懇願した。何度も何度もかき口説いた。アメリカに行こう、植民地に行こうと言って。家族も名前もどうでもよかった。彼女と暮らせるなら、ほかのことなど何ひとつ問題ではなかった。セリーンは、それは美しい女性だった。チャーミングで、気品にあふれた、やさしい人だった……だが、きみたちは老人の戯言《たわごと》を聞きたくはないだろうな」

ジャスパーは立ちあがり、ギデオンと向かいあった。

「彼女がここを離れなかったことはわかっている。わたしと一緒に離れることも拒否したんだからね。息子にそんな仕打ちはできない、息子はこのラドバーンの領地に属している、とセリーンは言った。ギデオンはいつか伯爵になる。その恩恵をわが子から取りあげることはできない。だが、子供を置いてここを離れることもできない。だから愛もなく、希望もなくても、子供のためにセシルのもとにとどまる、と。その彼女が、たとえそんな男がいたとしても、〝愛人〟と駆け落ちしたはずがない。きみを連れて逃げたりするはずがない。それにどんなことがあっても、きみを捨てたりするはずがないんだ」

「だから軍隊に行かれたんですの？」アイリーンが尋ねた。

ジャスパーはうなずいた。「わたしは絶望していた。ここにとどまることはできなかった。彼女を深く愛しながら、毎日セシルの妻として彼女を見ることは。セシルは彼女が流した涙のひと粒にも値しない男だったが、彼女はそんなセシルのものだった。わたしは兄を憎んだよ。自分がどんな宝を手にしているか、気づきもしない兄を。そしてこの地にとどまれば、セリーンを自由にするために、いつか兄を殺してしまうかもしれないと気づいたんだ。だから、将校の株を買い、インドに行く連隊に入りたいと志願した。できるだけ遠くに行ってしまいたかった。休暇のときさえ、二度とここに戻らないという誓いを破らないように」ジャスパーはため息をつき、疲れたように両手で顔を拭《ぬぐ》った。「わたしがあれほど弱くなければ、衝動的でなければ、そしてここにとどまっていたら、あんなことは起こらなかっただろうに」

「ご自分を責めてはいけませんわ」アイリーンはやさしくそう言った。「何が起こるか、あなたにはわからなかったんですもの」

「わたしは弱すぎて、耐えられなかったためにここを離れた」ジャスパーは悔いを浮かべ、鋼のような声で答えた。この人は一生それを悔やみつづけるに違いないとアイリーンは思った。「セリーンに何が起こったかは、神様だけがご存じだ」

「何が起こったんです?」ギデオンが硬い、鞭打《むちう》つような声で尋ねた。

「わからない」ジャスパーは彼を見た。「だが、セリーンが自分の意志でここから立ち去ったのでないことは確かだ」

翌朝アイリーンは、眠れない夜を過ごしたせいでほんの少し顔色が悪いにせよ、ふだんと変わらない落ち着きを保って朝食におりていった。前夜ギデオンがジャスパーとともに屋敷に戻ったあと、彼女はまだ話しているふたりを残して、まっすぐ部屋に引きとったのだった。

ふたりのあいだにどんな言葉が交わされたのかわからないが、頭のなかにさまざまな思いが渦巻いて、アイリーンは長いこと眠れなかった。愛する男性がはるか遠くに去ったあと、ここに残されたギデオンの母のことを考えずにはいられなかった。彼女はどうしたのだろう？　彼女の身に何が起こったのだろう？　恐ろしい可能性が次々に浮かび、ようやく眠りについたあとも、いやな夢を見て、冷や汗をかき、心臓が早鐘のように打ったせいで何度もはっとして目が覚めた。

そして最後の悪夢に揺り起こされたときには、早朝の太陽がカーテンの細い隙間《すきま》から斜めに入りこんでいた。目をつぶっても、もう眠れそうもない。それに悪夢にうなされるのはもうたくさんだったから、メイドを呼び、着替えをすませた。そしてこんなに早い時間なら、たぶん誰とも顔を合わせずにひとりでゆっくり過ごせるに違いないと、食堂におりていったのだった。

食堂には先客がひとりいた。ギデオンは彼女が入っていく音を聞きつけ、顔をあげると、急いで立ちあがった。

「アイリーン」

「ラドバーン卿」アイリーンはためらったものの、自然に振る舞おうと決め、彼が引いてくれた椅子に向かい、腰をおろした。「今朝はずいぶんがらんとしているのね」

「ああ、まだ早いからね。みんな昨夜《ゆうべ》のダンスで疲れたんだろう」

給仕がサイドボードから皿を持ってくると、少しのあいだは食べ物を取りわけ、食べることに専念できた。給仕はすでに食事をすませていたギデオンの皿を持ち去ったが、彼は立ち去ろうとはせず、ゆっくりお茶を飲んでいる。

アイリーンは彼の視線を感じたが、顔をあげなかった。なんだかとても居心地が悪い。この数日ふたりのあいだに張りつめていた空気が、昨夜ジャスパーのあまりに個人的な告白を聞いたことで、さらにひどくなったようだった。とうとう気まずい沈黙に耐えられなくなり、アイリーンはフォークを置いてテーブル越しにギデオンを見た。

「どうするつもり？」

「何を？」

アイリーンは顔をしかめた。「叔父様が昨夜おっしゃったことよ。何が起こったか……知りたくないの？」

「叔父とはあのあと、かなり長い時間話した」ギデオンは認めた。「祖母が言った父の従者がまだ村にいることは、すでに家政婦に確認していたんだが、話を聞きに行くのをためらっていたんだ」彼は肩をすくめた。「そんなことをしてもしかたがない、と自分に言い聞かせてね。しかし、こうなると……できるかぎりのことを調べたい。叔父はぼくの母に仕えていたメイドも、村に住んでいると教えてくれた。そのふたりに会いに行くつもりだよ。きみが……一緒に来てくれるとありがたいんだが」

「もちろん行くわ」アイリーンはためらわずに答えた。「でも、お友達のミスター・オールデナムのほうがいいんじゃないの？」

「いや。ピアーズにはこの件は何も話していない。彼は友人だが、これは……」彼は肩をすくめた。「ぼくらが話すようなことじゃないんだ」

「いつ行きたいの？」

ギデオンはかすかな笑みを浮かべた。「きみの朝食が終わったら、すぐにでも。屋敷の前に馬車をまわしておくよ」

アイリーンはこの件をよく考えることも、フランチェスカが自分を必要としているかどうかわかるまで待つこともしなかった。彼女はただうなずき、手袋と帽子を取りに部屋に戻って、腕と肩を覆うために薄い外套《がいとう》を着た。外に出ると、屋敷の正面に馬車が停《と》まり、ギデオンがそのそばに控えていた。

一緒に馬車に乗りこんだあと、彼女はまたしても居心地の悪さを感じた。ごくあたりまえの会話を何ひとつ思いつくことができない。彼がどれほど近くにいるか、手を伸ばしてたくましい腕に触れるのがどれほど簡単か……それでいて、彼がはるか遠くにいるような気がすることしか考えられなかった。

ようやく、あらたまった声で彼女は言った。「とても熱心に、いろいろな女性を知ろうとしていらしたわね」

「ああ」ギデオンは何を考えているかわからないような顔でちらりとアイリーンを見てから、窓に目を戻した。「ひとりひとりと話して、踊ったよ」

「ええ、見ていたわ」アイリーンは突然できた喉の塊をのみこんだ。

「ぼくのステップがきみのおめがねにかなったといいが」

「ええ、もちろんよ」アイリーンは自分の声が軽い調子で、さりげなく聞こえることにほっとした。「とても上手に踊ってらしたわ」

彼女は反対側の窓に目をやり、そのあとはまた沈黙が訪れた。ありがたいことに、数分後、馬車は村のはずれに達し、大通りをそれてくねくねと曲がる細い道を進み、まもなく住み心地のよさそうな、半分が木造のコテージの前で停まった。

きちんとした灰色の服を着て、白い帽子をかぶったメイドがドアを開け、お辞儀をして、ふたりを表に面した小さな客間に通した。

メイドが出ていくとすぐに、裏の窓から主人を呼ぶ声がした。「ミスター・オーウェンビー、お客様です」

まもなく客間に老人が入ってきて、ギデオンとアイリーンを見た。白髪交じりの髪を短く刈った、上背はないが、がっしりした体格の男だ。濃い色のブリーチズに灰色の上着、その下には質素な襟なしのシャツを着ている。庭で仕事をしていたらしく、額にうっすら汗をかいていた。

彼はギデオンに向かってお辞儀をした。「伯爵様」

「きみがミスター・オーウェンビーかい？」ギデオンは尋ねた。

「ただのオーウェンビーですよ。伯爵様はいつもそう呼んでおられました」

「ぼくの父かな？」

「そうです」

ギデオンがアイリーンを紹介したあと、オーウェンビーは小さな暖炉の前にある椅子を示した。

「どうぞ、かけてください、伯爵様、レディ。お茶をお持ちしましょうか？　それとも、お水を？」

「いや、結構だ。きみにいくつか訊《き》きたいことがあって来たんだ。母とぼくが……ラドバーン邸を立ち去った夜のことを」

「あなた方が誘拐された夜のことですね」

「ぼくらは誘拐されたのかい？」

「もちろんです、伯爵様」オーウェンビーはちらっとアイリーンを見た。「ラドバーン卿は首飾りを要求するメモを受けとられました。わたしは小さなビロードの袋に入れた首飾りを渡されて、伯爵から指示を受けたんです。それで、まず教会に行き、それを会衆席の下に置いてから、指示された樫《かし》の木のところへ行って、待っていました。だが、誰もあなた方を返しに来ませんでした」

「オーウェンビー、よさないか」ギデオンが鋭く言った。「嘘をつく必要はない。誘拐は父が実際に起こったことを隠すためにでっちあげた話だと、祖母からもう聞いているんだ」

「そうなんですか？　それで、お祖母《ばあ》様は何が起こったと言われたんでしょう？」

「それはきみの口から聞きたいな」ギデオンはそっけなく答えた。

オーウェンビーは肩をすくめた。「ラドバーン卿はレディ・ラドバーンの部屋に行かれましたが、奥方はおられませんでした。階下《した》にいるかと思ったが、そこにもおられませんでした。最初はとくに心配していませんでしたよ。家のなかを少し捜し、それから庭を捜しておいででした。散歩でもしているんだと思ってね。召使いに訊いたが、誰も奥様を見かけていないという。すると、家庭教師が正気を失ったみたいな声で、坊っちゃんがいない、と叫びながら階段をおりてきたんです。そこで、みんなあわてて捜しはじめた。すると、書斎に書き置きが見つかったんです」

「きみはその手紙を見たのかい？」ギデオンは尋ねた。

「わたしが？　とんでもない。伯爵様はわたしに自分宛《あて》の手紙を見せたりはしません。でも、奥様が駆け落ちした、とわたしに言われました。あなたを連れて男と逃げた、と」オーウェンビーは軽蔑《けいべつ》をこめて唇をゆがめた。「わたしには意外でもなんでもなかったね」

「どうして？」アイリーンはオーウェンビーの口調に驚いて、ついそう訊いていた。

オーウェンビーは彼女にはほとんど目もくれなかった。「奥様がどんな女か、わかっていましたから。あなたの前でこんなことを言って申し訳ないが、誰でも見てとれましたよ。伯爵様以外の人間には」

この男のセリーンに対する意見は、昨夜聞かされたギデオンの叔父の意見とはまるで違っていた。それに献身的な召使いが主人の妻の悪口を言うのも、めったにないことだ。しかもその女性の息子に向かってそれを口にするのはもっと珍しい。どうやらオーウェンビーの伯爵夫人に対する怒りだか恨みは、かなり根が深いようだ。

「で、その手紙を読んだあと、父はどうしたんだ？」ギデオンが尋ねた。

「すぐに彼らを追いかけましたよ」オーウェンビーは答えた。「伯爵様は、おとなしく奥様を行かせるようなお方じゃなかったからね。だが、ほんとうのところは誰にも話さなかった。わたしは馬に乗って村に行き、伯爵様は反対の方角に行かれました」彼は肩をすくめた。「だが、女と子供を見た人間には、ひとりもでくわさなかったんです。男連れにしろ、そうではないにしろ」

「母は厩舎《きゅうしゃ》の馬に乗っていったのか？　どうやって屋敷を出たんだ？」

「その答えはわたしにはわかりません。伯爵様が厩舎の馬丁頭に問いただすと、馬は一頭もなくなってませんでした。たぶん、子供を連れて道まで走って、愛人と落ちあったんでしょうよ」

「セシル卿はいつまで彼女を捜したんだ？」

オーウェンビーは肩をすくめた。「最初の朝のあとは、捜しませんでした。奥様が間違いに気づいて、戻ってくると思ってたんでしょう。でも、召使いや近所の連中には、奥様と子供がいないことを、何か言っておく必要がある。それで、ふたりが誘拐されたという筋書きを思いついたんですよ。それなら、しばらく奥様の姿が見えなくても、誰も不思議に思わないですからね。でも、奥様はとうとう戻らずじまい。連絡すらよこさない。一週間かそこらもすると、伯爵様は待ちきれなくなって、わたしをあちこちに送って居所を突きとめようとしましたが、まったくの無駄骨でした。逃げた跡はすっかり消えてしまって。奥様たちを見た人間は、ひとりも見つかりませんでした。それに、わたしは真実がばれないように注意深く尋ねる必要があったんでね。いくつか港をあたり、波止場で訊いてみたが、誰も子供連れの女も、家族連れも見てなかった。少なくとも、妙な家族は」

「それからどうしたんだ？」

「ここに戻りましたよ。ほかに何ができますか？　奥様たちはうまく跡を隠してしまいましたからね。どこに行ったたか、わたしらには見当もつきませんでした。伯爵様は人を雇って大陸を捜させたようだったが、その男も手がかりひとつ見つけられませんでしたよ」彼は不機嫌に口を引き結んだ。「伯爵様はそのあと、すっかり変わってしまいなさった」

「きみは父のもとにとどまったのかい？」

「もちろんです」オーウェンビーはうなずいた。「伯爵様が死になさるまで、おそばにお仕えしました。わたしが薬をのませ、食べ物を運んだんです。伯爵様は少ししかお食べになれなかったが。善良な方でしたよ、セシル卿は。よいご主人様でした」

「でも、あまりよい父親だったとは思えないわ」アイリーンはついそう言っていた。

オーウェンビーは刺すような目で彼女を見た。「こんなことを言って申し訳ないが、あなたは伯爵様をご存じない。奥様のこともね。奥様が伯爵様の胸を引き裂いたんです。伯爵様は、あんな――」オーウェンビーは次の言葉をのみこんだが、セリーンを侮辱するような言葉を口にしようとしたのは明らかだった。彼はちらっとギデオンを見て、こう言った。「あんな方より、もっとましな奥様を持つ資格がありましたよ」

「でも、父親なら、もっと熱心に息子を捜す努力をすべきだったわ」アイリーンは言い返した。

「母親と一緒にいるほうがいいと思ったんですよ」オーウェンビーは言い返した。「まさか奥様がロンドンの下町に、息子を置き去りにしたとは知らなかったからね」

「どうしてそれを知っているんだ?」ギデオンが尋ねた。

「なんだって?　どういう意味ですか?」

「母がぼくをロンドンで手放したことをどうして知っているんだ?」

「知りませんよ。ただ……そうだろうと思っただけで。あなたが見つかったのはロンドンじゃなかったんですか?　そういう噂《うわさ》でしたから。公爵があなたをロンドンの賭博場で見かけて、行方不明の坊っちゃんだってことがわかった、ってね」

ギデオンは眉をあげた。「まあ、事実はそれほどドラマチックじゃないが、確かにそのとおり。ぼくはロンドンで暮らしていた」

「ほかに何か覚えていなさるかね?」オーウェンビーは尋ねた。「奥様のことや、どうやってロンドンへ行ったか……何も覚えていなさらねえのかね?」

「ああ。何ひとつ覚えていない。何が起こったかぜひとも知りたいものだな」

「わたしが助けになればいいんですがね、伯爵様」オーウェンビーは言った。「だが、わたしが知ってるのは、いま言ったことだけです」

「母からは一度も連絡がなかったんだね?　手紙のひとつも?　噂も?　母を見た人間はひとりもいなかったんだね?」

「わたしが知ってるかぎりは、何もありませんでした」

ふたりがオーウェンビーから訊きだせたのはそれだけだった。ギデオンはほかにもいくつか質問したが、オーウェンビーの答えはいつも同じだった。もう知っていることは全部話した、ギデオンの母は愛人と駆け落ちし、息子を連れていった、と。

どうやらオーウェンビーからこれ以上訊きだすのは無理なようだ。ギデオンはうなずき、礼儀正しく別れを告げると、アイリーンと連れだってコテージをあとにした。

「あの男が自分の答えに固執していることは確かかね」アイリーンは馬車に乗りこみ、オーウェンビーの家をあとにしながら言った。

「それに、あまり多くを話したがらなかったな」ギデオンはつけ加えた。「どうもあいつは、もっと何かを知っているような気がする」

16

アイリーンは驚いて彼を見た。「なんだか不吉な言い方ね」

ギデオンは肩をすくめた。「どうかな。あの男の話に不吉な予感を抱かせる点があったかどうかはわからないが……何かがおかしい。ほら、彼は母の悪口を平気で口にしていただろう?」

「ええ、わたしも気づいたわ。確かにオーウェンビーは、ジャスパー卿《きょう》とはまるで違う意見を持っていたわね」

「どちらがほんとうの母だったのかな」ギデオンは考えこむような顔でつぶやいた。「叔父が言ったように、献身的な母親でやさしいチャーミングな女性だったのか。それとも、オーウェンビーの言ったように、無神経で冷淡で平気で嘘《うそ》をつく売女《ばいた》だったのか?」

ギデオンが気の毒で、アイリーンはとっさに彼の腕に手を置いた。「たぶん、真実はそのなかほどにあるのね。でも、ジャスパー卿の意見のほうが近いような気がするわ。オーウェンビーの見方は、彼が愛し、忠誠を尽くしたあなたのお父様の意見にゆがめられているに違いないもの」

ギデオンは笑みを浮かべ、アイリーンを見下ろして、彼女の手に自分の手を重ねた。

「ありがとう。親切な言葉は嬉《うれ》しいが、ぼくはオーウェンビーの意見などなんとも思っていないよ。母がどんな女性だったにせよ、母の記憶はまったくないんだから。できれば冷たい邪悪な女性ではなかったと信じたいが、たとえそうだったとしても、ぼくの人生にはなんの違いももたらさない。しかし、オーウェンビーの答えはどうもおかしい。あの男が誰よりも献身的な従者だったというのはほんとうなんだ。セシル卿がイートンに行ったころから、仕えていたそうだ。実際、父はオーウェンビーの長年の忠誠に感謝して、かなりの金額を遺《のこ》している。しかし、召使いは雇主の悪口はめったに言わないものだろう？　それに、息子の前で母親をあからさまにけなすようなことは、どんな人間でもふつうはしないものだ」

「そうね。オーウェンビーは……思ったよりも……無礼だったわ」

「もうひとつある。彼はぼくのこともとくに好きではないようだった」彼はアイリーンを見た。「それに気づいたかい？」

「確かに、あなたに会ってもおおげさな喜びは表さなかったわね」アイリーンは同意した。

「でも、感情をむきだしにするタイプには見えなかったもの。それに、屋敷にいたころのあなたを、あまりよく知らなかったのかもしれないわ。子供はほとんど乳母や家庭教師にまかされているから」

ギデオンはうなずいた。「それはそうだが」

アイリーンは注意深く言葉を選んだ。「あなたがラドバーン邸で育っていたら、オーウェンビーはあなたをもっとよく知るようになって、もっと好ましい思い出を持っていたはずよ」

ギデオンは唇の片方をあげ、アイリーンを見た。「アイリーン、きみは傷ついたぼくを慰めようとしているのかい？」

彼女は眉を片方あげ、少しばかり怒ったように答えた。「だって、オーウェンビーがあなたを感激して迎えなかったことに、ひどく心をかき乱されているようなんですもの」

「気にかけてくれてありがとう」

ギデオンは彼女に向かって頭をさげた。彼の笑みに胸が温かくなり、アイリーンはギデオンの祖母が思いがけない真実を口走ったあと話を交わして以来、ふたりに欠けていた親密さを感じた。

「だが、ぼくはあの男の言葉同様、彼の振る舞いなどどうでもいいんだ。ただ、奇妙な気がするだけさ。父に献身的だった従者が、二十七年も行方不明だったその息子に再会したんだ。多少の安堵《あんど》なり喜びなりを表すのが自然じゃないか？　長いこと伯爵家に仕えていた従者なら、もっと……」彼はみなまで言わずに肩をすくめた。

「〝おお、ギデオン様、こんなに長い年月がたったあとで、あなたが無事に戻られてこんな嬉しいことはありません！〟と言うと思ったの？」アイリーンがオーウェンビーの口調を真似《まね》て言った。

ギデオンはにやっと笑った。「まあね。きみは気づかなかったかもしれないが、ぼくを見る彼の目はとても冷たかった。まるで嫌っているようだった」彼は言葉を切った。「それとも、これはぼくの想像かな？」

「いいえ、あなたはそんな想像をするタイプじゃないわ」アイリーンは率直に答えた。「あなたを見たときの彼の目は見えなかったけど、あなたがそういう印象を受けたのなら、それにはもっともな理由があると思うわ」そしてためらってから言った。「つまり、疑っているの？　オーウェンビーがお母様を……殺したかもしれない、と？」

ギデオンの顔が悲しげになった。「それはありそうもないな」

「でも……オーウェンビーはお母様をとても嫌っていたようだわ。叔父様と密通していることを知って、お父様のためにお母様を亡き者にしたいと思ったとか。筆跡を似せて手紙を書くことはできたはずよ。あるいは、お父様がそれに気づいて自分で手紙を書き、オーウェンビーの罪を隠したのかもしれない。セシル卿はオーウェンビーが何をしても、彼を失いたくなかったのかも」

オーウェンビーのコテージで受けたそっけない出迎えは、ふたりがセリーンのメイドだった女性のコテージに到着したとき、ギデオンの姿に彼女があふれんばかりの喜びを表したことでじゅうぶん埋めあわせられた。

「伯爵様！　まあ！」彼女は手を差しのべて彼の腕に触れ、それから自分の身分を思い出して赤くなり、深々とお辞儀をした。「ラドバーン卿、あなたにお会いできるのは、なんてすばらしいことでしょう！　どうぞ、どうぞ、お入りください」

ナンシー・ボナムというそのメイドは、ふたりを引っ張るようにして、粗末なコテージの、ひとつしかない広い部屋のなかに招いた。彼女は縫い物のかごをつかみ、急いでソファの後ろに置くと、ついでギデオンに暖炉のすぐそばにある座り心地のよさそうな椅子を勧めた。

「どうぞ、おかけください。お茶をいれましょうか？　ああ、ほんとにもう、あなたがここに来てくださるなんて、なんて嬉しいんでしょう」彼女は顔を輝かせてそう言いながら、目の隅の涙を拭《ぬぐ》った。「ごめんなさい。ふだんはこんなに涙もろくないんですが、奥様の坊っちゃんにこうしてまた会えるなんて……」ナンシーは喉をつまらせた。

「いや、謝る必要はないよ」ギデオンはにこやかにそう言った。「もっと早く会いに来るべきだったね。気がつかなくてすまなかった。ここにいたころのことは、まったく覚えていないんだ」

「お母様を覚えていらっしゃらないんですか？」ナンシーはショックを受けた声で叫んだ。

「あらまあ、なんてことでしょう。あんなにおやさしい方でしたのに。立派なレディで、あたしにとてもよくしてくださいました。それに坊っちゃんをそれは愛しておいででしたよ。坊っちゃんは奥様の光でした。子供のことは乳母や家庭教師にまかせっきりで、あまり注意を払わないレディもいらっしゃるけど、奥様はそうじゃありませんでした。坊っちゃんがご病気になると、よくなるまでつきっきりで看病されていたものです。毎晩、坊っちゃんを寝かしつけにいらして、ちょっとした物語を読んでおあげでした。坊っちゃんはとても愛されて育ったんですよ。ええ、そうですとも」

「母のことを話してくれないか」ギデオンは言った。

ナンシーには、この言葉も必要ないくらいだった。彼女はレディ・セリーンの気性や、外見、性格を長々と話しはじめた。「奥様の目は坊っちゃんにそっくりでしたよ。ええ、とってもきれいな緑色でした。坊っちゃんはラドバーン卿似だとみんなが言ったものですが、あたしはむしろレディ・セリーンに似ておいでだと思ってました。奥様の髪も黒でしたし、背もお高くて。とても洗練されておいででした。どこからどこまでレディでしたわ。だんな様は、奥様のような方と結婚なさって果報者でしたよ。ご自分では決してお認めになりませんでしたけど。バンクス一族はプライドが高いですからね。それに、もちろん、だんな様のお母様はリールズ一族の出で、リールズがどんな人たちかは、みんなが知ってます。坊っちゃんのお母様はウォールブリッジだったんですよ。これはバンクスと同じくらい古い、ノーフォークまでさかのぼる由緒ある家柄です」

メイドはレディ・セリーンの家族と、自分の家族が代々そこに仕えてきたことをしばらく話したあと、自分だけでなく、村の貧しい人々にもとてもやさしかったセリーンの行為を次々に挙げていった。

ようやく彼女の話が途切れると、ギデオンはすばやく口をはさんだ。「ナンシー、母がここを去った日のことを教えてくれないか？　何があったんだい？」

「ああ、あのとんでもなくひどい、恐ろしい日！」メイドは涙ぐんで、ポケットからこれで何度目かにハンカチを取りだし、目を拭った。「あんなことが起こるとは、夢にも思いませんでした……奥様がベッドにいらっしゃらないのは、お部屋に入ったとたんにわかりました。ベッドはあたしが前の夜にしたとおりに、上掛けがめくってあって、奥様はまったくお休みにならなかったんです。どうすればいいかわからなくて……」ナンシーはうつむき、自分の手を見た。「ラドバーン卿には言いたくありませんでした。奥様が……困ったことになるといけないと思って。だんな様は……」彼女はちらっと不安そうにギデオンを見上げた。

「正直に話してくれ」ギデオンは落ち着いて言った。「父や母について、何を言おうとかまわないよ。ふたりは……ぼくはふたりになんの愛情も感じないんだ。まったく思い出せないんだから。ふつうの息子が親に持っているような気持ちはない。何を言おうと、ぼくを喜ばせることも、怒らせることもないよ。ただ真実が知りたいだけだ」

「坊っちゃんのお父様は気性の激しい方でした。いつも親切ではありませんでしたわ。奥様は……お幸せじゃなかったんです」メイドはまた目をそらした。

アイリーンは身を乗りだした。「奥様がだんな様に怒られるようなことはしたくなかったのね。どうして怒られると思ったの？　どうしてだんな様は、奥様がいないことを心配するのではなくて、怒ったの？」

ナンシーは居心地が悪そうにもぞもぞと動き、アイリーンに顔を向けた。「奥様は立派な方でした。それはわかっていただかなくては」

アイリーンはうなずいた。「ええ、きっとそうだったのね。ほかにも、奥様がお部屋にいらっしゃらない朝があったの？」

「とんでもない」ナンシーは首を振り、ためらいがちに答えた。「でも、ときどき、一度か二度は、夜の早い時間にお部屋にいらっしゃらないことがありました。朝はいつもお戻りでしたが」

ナンシーがしぶしぶそう打ち明けるあいだ、アイリーンはメイドの目をとらえていた。バンクス家に関係のない人間になら、ナンシーは知っていることをもっと話す気になるに違いにない。だからレディ・セリーンの息子がすぐそばに座っていることを忘れさせたかった。

「奥様は愛人と会っていたの?」

ナンシーは神経質に唇を噛《か》み、膝に置いた手をひねった。「ええ。あの……そうだと思います。一度、奥様の着替えをお手伝いしようとお戻りになるのを待っているうちに、お部屋で眠ってしまったことがあるんです。奥様が入っていらっしゃる音で目が覚めました。朝の四時ごろだったと思います。どうしてあんなに遅くまで起きていらっしゃったのか……。奥様の顔はいつもと違って、薔薇《ばら》色で、とてもお幸せそうでした。ほかにも……少しのあいだ、とても幸せそうに見えることがおありでした。花を両手に抱えて、歌をくちずさみ、にこにこしながら庭から戻っていらしたり。何週間もお幸せなこともありました。それから悲しそうになさって、窓の外を見て、泣いていらっしゃるときもありました」

「相手は誰だかわかる?」

ナンシーは首を振った。「いいえ。奥様はその方のことを、あたしにはひと言もおっしゃいませんでしたから。あたしにいやな思いをさせたくなかったんですよ。だんな様があたしにお訊《き》きになるのを恐れて。でも、そんな心配は必要ありませんでしたよ」ナンシーは挑むように顎をこわばらせた。「だんな様には、何ひとつお話しするもんじゃありません」

「ええ、もちろんね」アイリーンはうなずいた。「すると、その朝も、もしかすると誰かと会っていて、遅くなったのかもしれないと思ったのね?」

ナンシーはうなずいた。「奥様がお休みにならなかった理由が、ほかには思いつかなかったんです。もっとも、奥様はその方とお会いになるのをおやめになっていて、お幸せに見えたときからは、ずいぶん長いことたってましたけど」

これを聞いてアイリーンは、ナンシーからギデオンに目をやらずにはいられなかった。どうやら、ナンシーが見たレディ・セリーンの幸せのもとは、ジャスパーとのひそかな密会にあったようだ。

「ですから、少し驚いたし、心配になったんです」ナンシーは言葉を続けた。「でも、だんな様に申しあげるなんて、とんでもないことだと思いました」ナンシーは悲しそうにうめいた。「あのとき、まっすぐだんな様のとこに行っていたら！　もしかすると、奥様たちを誘拐した悪党に追いつくことができたかもしれないのに！」ナンシーはギデオンを見た。「あたしが話していたら、だんな様が無事に坊っちゃんとお母様を取り戻せたかもしれないんですのに」

「自分を責めてはいけないわ」アイリーンはナンシーを慰めた。「あなたに責任はないのよ。あなたは自分にできることをしただけ。たとえまっすぐラドバーン卿のところに行ったとしても、ベッドに寝た形跡がないとすれば、奥様が連れ去られたのは明らかに何時間も前だった。誘拐犯はそのころには遠くに逃げてしまったわ」

「そのとおりだ」ギデオンがやさしい声で同意した。「きみはほかにどうしようもなかったんだよ」

「ありがとうございます、伯爵様」ナンシーは鼻をすすって、彼に感謝の笑みを浮かべた。そして咳払《せきばら》いをひとつして、また涙を拭い、話を続けた。「ところが、そのとき家庭教師が駆けおりてきて、坊っちゃんがいないと騒ぎたてたんです。目を覚ましたら、いなくなっていた、あらゆる場所を捜したが見つからない、と半狂乱になって。それでラドバーン卿があたしのところに来たものですから、奥様もいないと申しあげました。だんな様はなぜもっと早く言わなかった、とさぞ激怒されると思ったんですが、あたしをお怒りにはなりませんでした。それまで何も言わなかった理由を尋ねようともなさらずに、なんだか……怖がっておいででした」

ナンシーは少し驚いたような声でそう言った。

「あんなだんな様は、一度も見たことがありませんでしたよ。いつもは冷たい情のない人でしたが、あの日は怖がってました。両手が震えていて。それで、いつもあんなにひどい仕打ちをなさるけれど、奥様を愛していらっしゃるに違いないと思ったんです。奥様とギデオン坊っちゃんが誘拐された、犯人は身の代金を要求してきた、とだんな様はおっしゃいました」ナンシーはため息をついた。「そしてオーウェンビーに身の代金を持たせて送りだしましたが、悪党は坊っちゃんを返してくださらなかったんです。それで奥様は死んだに違いないと思いました」

「奥様が誘拐されたのではなく、自分で逃げだしたとは思わなかったの？」アイリーンは尋ねた。

レディ・セリーンの元メイドは、かすかに後ろめたそうな顔になった。「実は……最初はそう思ったんです。だって誘拐犯たちがお屋敷のなかに入ってきて、誰にも気づかれずに奥様と坊っちゃんを連れ去るなんて、ちょっとおかしいですもの。もしかすると、奥様は伯爵様をまんまとだましたのかもしれないと思いました。自分が誘拐されたと見せかけてラドバーン卿をだますのは、ひどい仕打ちですけどね。でも、奥様はあんなに不幸せでいらしたんですもの。相手が誰にせよ、奥様は愛していた方とお別れになったに違いありません。そしてとうとう耐えられなくなって、ラドバーン邸から逃げだし、その方のところへ行く気になったのだと思いました。もしも逃げるとすれば、坊っちゃんを連れていったでしょう。坊っちゃんを残していくなんて、耐えられなかったでしょうから。それで……だんな様には黙って、奥様のお部屋に行ってお召し物を調べたんです。何かなくなっているものはないか見るために」

「なくなっていたの？」アイリーンは黙りこんでしまったメイドを促した。

「いいえ。足りないのは、奥様が前日の夜に着てらしたものだけでした。でも、寝間着はなくなってました。ベッドに広げておいたもので、ガウンもありませんでした。ペチコートもひとつかふたつ足りないような気がしましたが、はっきりわかりません。何枚も持っておいででしたし、洗うためにかごに入れてあったものもありましたから」

「逃げだす荷物にしては、少なすぎるわね」

「ええ。でも、奥様はそうしたかもしれませんよ。ラドバーン卿のものは何ひとつほしくなかったでしょうから。伯爵様のものを持っていくのは正しくない、と奥様なら思ったでしょう」

「宝石はどうだったの？　髪を梳《と》かすブラシは？　香水は？」

ナンシーは首を振った。「ですから、結局、誘拐されたに違いないと思ったんです。奥様はだんな様のものはお持ちにならなかったでしょうけど、ブラシや鏡は必要ですもの。そうでしょう？　それに香水を残していったところで、ラドバーン卿になんの役に立つんです？　それで、やっぱり誘拐犯たちがお屋敷にしのびこんで、奥様と坊っちゃんを連れ去ったに違いないと思いました。そしてベッドに広げてあった寝間着とガウンをつかみ、持ち去ったに違いない、と」ナンシーは眉を寄せ、ふたたび話しだそうとして、やめた。

「どうしたの？」アイリーンは急いで尋ねた。「ほかにも何かあったの？」

「いえ……ただ、奥様の置き時計がありませんでした」

「時計が？」

ナンシーはうなずいた。「変ですよね？　誘拐犯たちが持っていきそうなものじゃありませんもの」

「ええ、そうね」

「だが、逃げだすときに持っていくようなものだとも思えないな」ギデオンがつけ加えた。

「ええ、ほんとに。ただ、あれは奥様にとっては特別な品物だったんです。お母様の形見で、フランスのオルモル製の時計でした。とてもきれいな、あまり大きくないものでした。片手で持てるくらいの。奥様はそれをドレッサーの上に置いてらしたんです。お屋敷を出ていくとしたら、あの時計は持っていったに違いありません。あれは奥様のもので、伯爵様のものではありませんでしたからね。お母様の形見なので、大事にされていたんです。お母様は奥様がまだ子供のころにお亡くなりになったんですよ」ナンシーはつけ加えた。

「だから、あれがないのを見たときは、やはり出ていかれたのかと……でも……」

メイドは喉をつまらせ、必死に涙をこらえてから言葉を続けた。

「でも、奥様が亡くなっていらっしゃらないことを願うあまりに、そう思ったのかもしれません。誰かが奥様と坊っちゃんを連れていって、殺してしまったと思いたくなかっただけかもしれません」ナンシーは首を振った。「希望は強いものです。そこにないものを見せることができますからね。おそらく簡単に持っていける大きさだったんで、悪党どもが何ポンドかになりそうだと持ち去ったのでしょう」

ナンシーはそう言って黙りこんだ。

「奥様が明け方近くまで部屋に戻らなかったのは、誘拐される何カ月も前のことだったのは確か？」アイリーンは尋ねた。

メイドはうなずいた。「ええ、そうですわ。奥様はだいぶ長いこと悲しそうでした」

そのあとは、ギデオンが戻ってどんなに嬉しいか、奥様がいらしたらどんなに喜ばれたことかと繰り返すほかには、ナンシーにはもうあまりつけ加えることはなかった。ギデオンとアイリーンは彼女に別れを告げ、馬車に戻った。

少しのあいだギデオンは黙りこんでいた。ナンシーから聞いた話と折りあいをつける時間をあげたくて、アイリーンも無理に話しかけなかった。

村からだいぶ離れると、ギデオンはようやく沈黙を破った。「希望とは強いものだな。あまりにも信じたいと願うとそれが事実になる。何が起こったか真実を知ることは、決してできないんだろうな」

「そうかもしれないわね」アイリーンはうなずいた。彼の目があまりに悲しそうで、彼女はかがみこんで手を取りたかったが、どうにか自分を抑えた。

「問題は、もしも叔父の言うとおりで、母が愛人と駆け落ちしたのでないとすれば、難しい疑問が生じることになる」

アイリーンは彼を見た。「実際には何がレディ・セリーンに起こったのか？」

ギデオンはうなずいた。「ああ。母は殺されたのか？　誰かが母を寝室から連れだしたのか？」

「でも、誘拐はあなたのお父様の作り話だったことがわかったのよ。だからその可能性はない。オーウェンビーの言葉を信じるとすれば、ラドバーン卿は彼に、レディ・セリーンはあなたを連れてラドバーン邸を出ていくという置き手紙を残した、と言ったのよ」

「父だけが読んだ手紙だ」ギデオンが口をはさんだ。「父は祖母にもそう言った。だが、祖母も実際にその手紙を読んだのではなく、父が手にして振っているのを見ただけだったようだ。父には都合のよいことに」

「お父様が……お母様を殺したと思っているの？」アイリーンはささやくような声になった。口にすると、現実に起こった事実になってしまうかのように。

ギデオンは首を振った。「わからない。ただ……メイドは父を怖がっていたようだ。祖母さえ、父はすぐにかっとなる性格だったと言ってる。正直言って、その可能性は考えたくないよ。ぼくが人を殺すような男の息子だという可能性はね。だが、母が駆け落ちしたのでなければ、ほかにどんな選択肢がある？　誰かが屋敷にしのびこみ、母を連れ去り、殺したのかい？　それも、自分の意思で屋敷を出ていくという書き置きを無理やり書かせたあとで？」

アイリーンはため息をついた。「ありそうもないわね」彼女は口をつぐんで考えこみ、それから言った。「でも、お父様が殺したとしたら、あなたには何が起こったの？　どうしてあなたひとりが、ロンドンで捨てられたの？　これは理屈に合わないわ。あなたはラドバーン卿のひとり息子だった、伯爵家の跡継ぎだったのよ。お父様があなたをロンドンへ連れていき、そこに置き去りにするはずがないわ」

ギデオンは肩をすくめた。「ああ、確かにおかしい。称号を受け継ぐのが、貴族にとっては最大の関心事のようだからな。オーウェンビーが母を殺したとしても同じ疑問が残る。彼がぼくをロンドンに連れていったはずがない。だが、ほかにどんな可能性があるんだい？　母が死に、ぼくが行方不明になることを誰が望む？」

「まあ、いちばんありそうなのは、叔父様ね」アイリーンは指摘した。「あなたが姿を消して利益を得るのは、叔父様だけですもの。彼は第二継承権を持っていたわけだから。そしてお父様が悲しみに暮れて、部屋に引きこもってしまえば、セシル卿は二度と結婚しないと思ったかもしれないわ」

「ああ。だが、その結論には、ふたつばかり穴がある。まず、叔父のジャスパーは母を愛していた」

「彼の話ではね」アイリーンは言い返した。

ギデオンは彼女に向かって眉をあげた。「へえ、きみは疑《うたぐ》り深いんだな。いいだろう。確かにそれに関しては彼の言葉しかない。だが、叔父は事件があったときにはインドにいたんだ。それは祖母の言葉から確かだ」

「誰かを雇うこともできたわ」アイリーンは反論した。「お母様とあなたを殺すように誰かを送った。ところがその男は子供を殺す気になれず、あなたをどこかへ捨てた」

ギデオンはアイリーンをじっと見た。「きみは恐ろしいほど想像力が豊かだな」

アイリーンは顔をしかめた。「さもなければ、犯人はレディ・テレサかもしれない。彼女は有望な容疑者よ。ご存じ？　彼女の実家はこの近くにあるの」

「いや、知らなかった」ギデオンは驚いた。「しかし、当時はまだ子供だったろうに」

「彼女はそれほど若くないわ。たしか当時は十五歳だったとか」ギデオンの表情を見て、アイリーンは言った。「確かに少し若いわね。でも、ラドバーン伯爵夫人になりたくて、障害を取りのぞいたのかもしれないわ。あなたとお母様を」

「ぼくが殺されていれば、彼女は立派な容疑者になっただろうな。だが、十五歳の娘がそんな大それた企《たくら》みを実行することはもちろん、思いつくだろうか？　それにどうやってぼくをロンドンに連れていくんだい？」

「まあ、あまり信憑性《しんぴょう》があるとは言えないわね」アイリーンは譲歩した。

「それに手紙のこともある。母を殺した犯人は、母に手紙を書かせたんだ」

彼は少し黙っていたあとで、続けた。

「さもなければ、父とオーウェンビーが言ったとおり、母はぼくを連れて愛人と逃げだしたのかもしれない。ジャスパー叔父は自分が愛した女性が、べつの男と逃げたと信じたくないだけかもしれない。母は父を裏切って、その弟と密通したんだ。ほかの男と同じことをしなかったと言いきれるかい？　それに叔父よりもその男のほうが好きだったかもしれない」

「あるいは、セシル卿ともうこれ以上一緒に暮らすことに耐えられなくなっただけかもしれないわ」アイリーンはつけ加えた。「もうひとつ可能性があるわ。お母様はとても悲しんでいた、とメイドが言っていたでしょう？　もしかすると……」

ギデオンは目を細めた。「自分の命を絶った？」

アイリーンはうなずいた。

「だったら、どうしてそれを秘密にする必要がある？　なぜ誘拐などという話をでっちあげる必要があるんだい？」

「自殺はとても大きなスキャンダルになるのよ」アイリーンは指摘した。「教会は……」

「村の教会が伯爵家の圧力に屈しないと思うのかい？　ついでに言えば、検死する医者が都合よく事故死だと判断しないと思うのかい？」

「それでも、スキャンダルになったでしょう」

「だが、それを隠すために誘拐事件をでっちあげるほどのスキャンダルになったとは想像できないな。それに母の死体はどうしたんだい？」彼はずばりと指摘した。「仮に母が自分の意思でここを去ったのではなく、殺されたか自殺したとしよう。父は母の死体をなんとかする必要があった。どこかに隠す必要があった」

アイリーンはそれを考えると少し吐き気がした。「ええ。お母様が自殺したのを隠すために、そこまでするのは不自然ね」

「するとほかにどんな可能性がある？　母の気がふれて、屋根裏部屋に何年も閉じこめられていたとか？」

「どれもみな、あまり現実的とは言えないわね」アイリーンは同意した。

「叔父の信念は、叔父の願いに基づいているんだと思うな」

「でも、あなたがレディ・セリーンの生活の中心だったという点では、ナンシーと叔父様の話は一致しているわ」アイリーンは指摘した。「お母様に何が起こったにせよ、あなたを捨てたとは思えない。少なくとも、それは確かよ」

「ああ。ナンシーとジャスパー叔父の話を信じればね。だが、オーウェンビーの説明はどうなる？　彼によれば、善良だったのは父のほうで、母はひどい女だったんだ。どうやらぼくの親はふたりとも欠陥があったようだな。母は不実な妻で、ひとり息子を生まれた家と世襲の地位から引き離した。父は自分の子供を取り戻す気にならないほど愛情が薄かった」

「どちらも少し欠点がある、少し弱い、ふつうの人間だっただけかもしれない。お母様の罪は、ほかのすべてを台無しにするほど誰かを愛したことだけだったのかもしれないわ」

「ああ、詩人が称《たた》えるような愛だな」ギデオンは皮肉に口をゆがめた。「少なくとも、その欠点だけは、受け継がなくてすんだようだ」

「ええ」アイリーンは悔いが胸を締めつけるのを感じながら同意した。「わたしたちのどちらも」

馬車がラドバーン邸にいたる道に曲がり、まもなく彼らは小さな橋を渡っていた。ギデオンは前方にそびえる屋敷をちらっと見て不機嫌な顔になり、ふいに手を伸ばすと、馬車の屋根をたたいた。馬車がゆっくり停《と》まる。

「おいで」彼は突然そう言って扉を開け、馬車をおりた。そして向きを変えて片手を差しだした。「頼むよ。きみに見せたいものがあるんだ」

アイリーンは驚いて眉をあげたものの、彼の手を取って馬車をおりた。彼は森の端と並行して歩いていく。アイリーンは興味を引かれ、そのあとに従った。

17

ギデオンとアイリーンは森のすぐそばを、およそ二十分も歩き、それから屋敷へとぐるりとまわっている木立のなかを横切った。ギデオンはどうやら、その昔、爵位が彼らに与えられるずっと前からバンクスの領地を見守ってきた、ノルマン風の塔の名残へと向かっているようだ。

アイリーンは最初の散歩のときにこの塔を見かけ、そのうち探検したいと思っていたのだが、まだ訪れていなかった。何日か前に馬に乗ってみんなと一緒にそこを通り過ぎたとき、カランドラもここを探検するのは面白いでしょうね、と賛成したのだが、ミス・サートンがいかにもぞっとしたように震えながら、気味が悪いと尻込みした。おまけにギデオンが、あの建物は不安定だからなかを探索するのは危険だ、とそっけなくつけ加えたために、立ち寄らなかったのだ。

「あの塔？」アイリーンはけげんな顔でギデオンを見た。「わたしにあの塔を見せたいの？」

「ある意味ではね。塔のなかにあるものを見せたいんだ」

「不安定だから、なかに入るのは危険じゃなかったの？」

彼はにやっと笑った。「ミス・サートンには危険だろうな」

アイリーンは笑った。ギデオンがロウィーナ・サートンをこんなふうにけなすのを聞いて、認めたくないほど気分がよくなった。

塔のなかは薄暗かったが、階段をあがっていくにつれ、石壁のなかの細い隙間《すきま》や規則正しく並ぶ穴から差しこむ陽光がどんどん多くなっていく。やがて最上階にたどり着き、彼が頑丈な木の扉を開けると、その先の部屋が見えた。

アイリーンは驚いて息をのんだ。塔のほかの部分とは違い、ここには埃《ほこり》も瓦礫《がれき》もなかった。大きなキャンバス布が、崩れた屋根の残りから腰の高さの南の壁へと斜めに張られ、雨や風からこの部屋を守っている。半分崩れた壁からいちばん遠い場所には絨毯《じゅうたん》が敷いてあり、その上に大きなクッションと低いテーブル、小さな本箱が置かれていた。テーブルの上にはオイルランプがひとつ、本箱の上に蝋燭《ろうそく》が二本立っている。キャンバス布に覆われた壁の近くには、スツールがひとつと望遠鏡が置かれていた。

「ギデオン！」アイリーンは驚いて見まわした。「こんな部屋があるなんて夢にも思わなかったわ！」

「誰も知らないんだよ」ギデオンは壁のそばに歩いていき、腕木に巻きつけてあるロープを解いて引っ張った。するとキャンバス布が巻きあがり、部屋が開け放たれていく。

「なんてすばらしい眺めなの」突然目の前に現れた景色を見て、アイリーンはため息のようにつぶやき、西に傾いた太陽を見上げた。「あなたが夜に来るのはここだったのね！」

彼女は叫んだ。

「なんだって？」ギデオンは驚いて振り向いた。

「一度か二度、夜遅くに庭を横切って歩いていくのを見かけたの。どこへ行くのかと不思議に思っていたわ」彼女は言葉を切り、率直につけ加えた。「逢引《あいびき》に行くのかもしれないと思ったのよ」

「そうかい？」彼は眉をあげた。「ぼくに関するきみの意見を聞くのは、とても……興味深いな。それで、誰に会いに行くと思ったんだい？　小作人の奥さん？　それともメイドかな？」

「さあ、見当もつかなかったわ。でも、歩いて屋敷を抜けだしてこっちの方角に向かう理由が、ほかに想像できなかったんですもの。しかも、夜のあんな時間に。まさかあなたが天文学者だとは思わなかったから」

「学者と呼ばれるにはほど遠いさ」ギデオンは望遠鏡へと歩いていき、それを片手でなでた。「実際、ここに来るまでは星に興味なんかなかったんだ。星のことなんか、考えたこともなかった。この望遠鏡は屋敷にあったんだよ。どうやら、祖父の趣味だったようだ。

だから、ぼくも試しに使ってみることにした。そして空の魅力にすっかり心を奪われたのさ。で、このあたりを知ろうと周囲を歩きまわっているときにこの塔を見つけて思ったんだ。少し手を入れれば、観測所に使える、とね」彼は眼下に広がる光景に目をやった。

「ここにいると心が休まる。ひと息つける、と言えばいいかな」彼は低い声でつけ加えた。

「この何日かは、とても役に立ってくれた」

アイリーンは鋭く彼を見て、すぐに目をそらした。「でも、パーティーを楽しんでいたんじゃなかったの？」彼女は景色に目をやりながら、さりげなく尋ねた。

彼は低い、無作法な音を発した。「とんでもない！　あんな歯の浮くような甘ったるい会話を、誰が楽しめる？　何もかも、とても〝甘い〟か、とても〝愛くるしい〟か、とても〝かわいい〟か、〝気持ちがいい〟だ。何かの意見を尋ねれば、〝あら、伯爵、わかりませんわ。あなたはどうお思いになります？〟とくる。いったいどういう答えだい？　わざわざ訊《き》かれなくても、ぼくがどう思っているかはわかってるさ」

アイリーンは笑いださずにはいられなかった。ギデオンは不機嫌な顔でくるっと向き直った。

「ああ、きみにとっては笑いごとですむだろうよ。あれに耐える必要はないんだから。きみが機会をとらえてはこっそり抜けだすことに、ぼくが気づいていなかったと思うのかい？」

彼が花嫁候補者たちとの会話を楽しんでいないことや、それにわたしが部屋を出たことにちゃんと気づいていたことを、こんなに喜んではいけないわ。

「わたしにはあまり楽しいことはないんですもの」アイリーンは答え、ついこうつけ加えていた。「あなたはダンスを申しこんでもくれなかったわ」

ちらっと彼女を見たギデオンの目に何かがきらめいた。「そのせいで苛々《いらいら》したかい？」

「だから申しこまなかったの？」アイリーンは彼の言葉に傷つき、かっとなって言い返した。「わたしを苛立たせるために？　わたしを罰していたの？」

「ぼくがダンスを申しこまなかったのは」彼はひとつひとつの言葉を区切って言った。「きみがぼくの妻になる気がないからだ。そうはっきり言われたからさ。だから、妻になる気がある相手に気持ちを向けなくてはならなかった」

アイリーンはぴしゃりと言い返したかったが、愚かに聞こえない言葉をひとつも思いつけなかった。彼の言うとおりだ。候補になることを辞退した女と踊ったり、話したりするのは、時間の無駄でしかない。その時間をほかの花嫁候補を知るために使うのは、当然のことだ。

「ええ、もちろんね。友情やささやかな思いやりは、あなたの計画には含まれていないことを忘れていたわ」

アイリーンは顔をつんとあげ、挑むような目で彼をにらみつけた。

ギデオンのまなざしが急に燃えるように熱くなって、ふたりのあいだの空気が怒りと熱で脈打ち、うごめきはじめた。

アイリーンは、彼がこの前のように荒々しく自分を引き寄せ、キスするつもりだと思った。脚のあいだが熱くなり、乳首が硬くなる。体が彼に向かって開いていくようだった。もしも彼がキスしたら、わたしはマッチを落とした藁《わら》のようにめらめらと燃えあがるに違いないわ。

そうなることしか考えられない。もう何ひとつ怖くない。

彼女は出し抜けに向きを変え、彼から離れて部屋の真ん中へと歩いていった。そして何を言おうとしているのか自分でもわからないうちに、言葉が口から転がりでていた。「ドーラのことを話して」

ギデオンが驚いたように息をのむ。アイリーンはくるりと振り向いた。

「なんだって？　どうしてドーラのことを訊くんだ？」

「父が言い寄ろうとして、あなたが守った女性の名前ね？」アイリーンは言葉を続けた。

「あなたが階下《した》にいるのを見つけたあの夜……」

「そうだよ。彼女はぼくが話した賭博《とばく》場のカード・ディーラーだ」

「それだけ？　ただの雇人なの？」

「いや」ギデオンは探るようにアイリーンを見ながら言った。「どうしてそんなことを訊くんだ？　誰がドーラのことを話したんだい？」

「レディ・テレサよ。彼女がその名前を口にしたとき、思い出したの。二度と彼女に手を出すな、とあなたが父に警告していたことを」

「きみはドーラがいやなのか？」ギデオンは用心深い、硬い声で尋ねた。

「わたし？」アイリーンはみぞおちが沈むような感じに襲われながら訊き返した。ギデオンの態度からすると、やはりドーラはたんなる雇人ではないのだ。「いいえ。どうしてわたしがドーラを嫌うの？　彼女に会ったこともないのに」

「だったら、彼女に興味を持っている理由はなんだい？」

「好奇心、だと思うわ」アイリーンは自分の声が彼と同じように冷ややかに聞こえることを願った。「花嫁になる人には、彼女のことを話すつもりなのかしら？」

「話すさ」彼はじっとアイリーンを見つめたまま答えた。「ドーラはぼくの人生の一部だ。妻になる女性には、それを理解してもらわなくてはならない」

「すると、伯爵夫人になる女性は、その代償の一部としてあなたの愛人の存在に耐えなくてはならないの？」

ギデオンはしばらくのあいだアイリーンを見つめた。「テレサはそう言ったのかい？　ドーラがぼくの愛人だと？」

「ええ。彼女はあなたがお祖母《ばあ》様と言い争っているのを聞いたそうよ。ドーラとは縁を切る気はない、とね」

ギデオンはため息をついた。「ドーラは愛人じゃないよ」

アイリーンは、安堵《あんど》のあまり肩の力が抜けそうになるのをこらえた。

「古い知りあいだ。子供のころからの。ぼくらは一緒に育った。ドーラもスパークスの下で働いていたんだよ。ぼくよりも少し幼くて、小さくて、弱かった。ぼくらは友達で、ぼくは彼女を守り、食べ物や毛布を分かちあって大きくなった。ドーラは……ぼくにとってはずっと家族同然の存在だったんだ。妹みたいな。だが、ぼくは一度も……彼女とそういうことになるのは……考えることもできない」

ギデオンは驚いたことに、少し恥ずかしそうに見えた。

「実際、彼女はピアーズと婚約してるんだよ。だが、ひとつだけテレサはほんとうのことを言っている。ぼくは決してドーラとは縁を切らない。絶対に。ピアーズとも」彼はそう言って、挑むようにアイリーンを見た。

「ええ、あたりまえだわ」アイリーンは輝くような笑みを浮かべた。「そんなことをしろなんて、誰も言うもんですか」

ギデオンは鼻を鳴らした。「レディ・オデリアと祖母はそう思っていないようだが」

「あら、レディ・オデリアも、心の底ではあなたの忠誠心に感心していると思うわ」

「花嫁候補たちの誰かが、わかってくれると思うかい？」

アイリーンはためらった。正直に言えば、その可能性は薄い。彼女は花嫁候補たちが、ギデオンの条件を満たせないことにひどく喜んでいる自分に気づいて当惑した。

「あなたにとってふさわしい女性なら、理解してくれるはずよ」アイリーンはしばらくして、少しばかり取り澄ました声でそう答えた。

ギデオンはじっと彼女を見つめている。アイリーンは急に神経質になって向きを変えた。

「そろそろ帰らないと、夕食に遅れるわ」

「ああ、そうだな」

彼はキャンバス布をもとに戻し、ロープを腕木にしっかり巻きつけると、アイリーンを伴って塔を出た。


一週間にわたるこのハウスパーティーの最も大きな行事は、翌日の夜に予定されている舞踏会だった。そのあと、客たちはもう一日ここで過ごし、それから荷造りをして、立ち去ることになっている。招待された女性たちは、舞踏会のためにいちばん豪華なドレスを着てとくべつ魅力的に装い、腕によりをかけて、ギデオンの心をとらえようとするに違いない。

アイリーンはこの一週間、アマンダ・ハーリーをのぞく五人の女性が、ギデオンと戯れるような軽い会話を楽しむのを見守ってきた。アマンダはロウィーナ・サートンの兄で、自分と同じように馬が大好きなパーシーに惹《ひ》かれているようだ。アイリーンは残りの五人がギデオンと楽しめる娯楽を計画しながらも、率直に言ってこの五人にすっかりうんざりしていた。二日後に彼女たちが立ち去るときには、さぞほっとすることだろう。

舞踏会の夜は、わがままかもしれないが、フランチェスカの手助けをするつもりも、女性たちがギデオンと話せる機会をつくるつもりもなかった。代わりにその夜を心ゆくまで楽しむとしよう。彼女がここを離れる日もすぐそこに近づいている。まもなく母とふたりで、弟とモーラのもとに帰らねばならない。そう思っただけで憂鬱《ゆううつ》になってくる。だから、舞踏会のために買った美しいドレスでめいっぱいおしゃれして、思う存分踊り、話し、笑うとしよう。ギデオンがわたしを無視するなら……それは彼の損だわ。

翌日の夜、彼女は金色のサテンのドレスを着て、女らしい髪型に結ってもらい、金色にきらめく飾りをダークブロンドの髪のあちこちにつけて、蜘蛛《くも》の糸で織ったように薄い金色のショールをむきだしの腕にかけた。柔らかくきらめくサテンは、彼女の目を魅力的な淡い金色に染め、肌を色づかせてくれる。もうすぐ一生続くオールドミスの生活に戻るとしても、せめて今夜は美しく、輝いていたい。周囲の空気までが、楽しい夜を約束してきらめいているようだった。

アイリーンはフランチェスカと広間へおりていった。今夜のあなたはここにいる誰よりも美しいわ、と請けあうフランチェスカの言葉に耳をくすぐられ、階段をおりながらアイリーンは微笑した。だが、舞踏室に入った瞬間にギデオンが振り向いて、彼女を見たときにおぼえた喜びとは比べようがなかった。彼が目をみひらき、緑色の目が燃えるようにきらめいたときに。

彼はじっと食い入るようにアイリーンを見つめていた。そして一緒にいたグループのひとりが腕に手を置くと、ようやく会話に戻った。

「どうやらラドバーン卿《きょう》の反応は、あなたが意図したとおりだったようね」フランチェスカは言った。

アイリーンは彼女を見た。「わたしは何も意図していなかったわ」

フランチェスカは小さく笑った。「アイリーン、どうか、しらばくれるのはやめてちょうだい」

アイリーンは目を細めた。「あら、なんのことかしら？」

「あなたの外見のことよ、もちろん。そのドレスに、その髪。今夜はとくべつおめかししているわ。そしてその結果は明らか。あなたは女神《ヴィーナス》のように見える。金色のヴィーナスね。この努力がほかの誰のためだというの？」フランチェスカは心得たように眉をあげた。

アイリーンは赤くなった。「ラドバーン卿のことなら、わたしは彼がどう思おうとこれっぽっちも気にしていないわ」

「あら、そう」フランチェスカは猫のような笑みを浮かべた。「だったら、彼が振り向いてまるであなたを食べてしまいたそうに見つめたとき、勝ち誇った表情を浮かべたのはなぜかしら？」

アイリーンの頬はいっそう赤くなった。「フランチェスカ！　そんなことないわ！」

「いいえ、あるわ」

アイリーンは抗議したかったが、そんなことをしてもしかたがない。ギデオンの目にあの表情が浮かぶのを望んでいたのだから。問題は、それがなぜかだ。それになぜわたしは、彼の反応にあれほどの興奮と満足を感じたの？

わたしはそれほど、ここにいるほかの誰よりも美しくなりたかったの？　べつに彼女たちが嫌いなわけではないし、そんなのとても心が狭いような気がする。なんといっても、彼女たちは次のラドバーン伯爵夫人になりたがっているが、アイリーンはその賞品さえほしくないのだから。

でも、そう自分に言い聞かせながらも、これが必ずしも本心ではないことはわかっていた。ラドバーン伯爵夫人になりたいわけではないが、賞品はほしかった。ギデオンの目に浮かんだあの表情は。

結婚はしたくないが、ギデオンはほしい。

「わたしはひどい女性だわ」彼女は低い声でフランチェスカに告白した。

フランチェスカは肩をすくめた。「そうでもないわ。ただ人間だというだけ。男性に賞賛されたいと思わない女性がいるかしら？　とくに、自分が愛している男性には」

「フランチェスカ！　それは誤解よ。ラドバーン卿を愛してなどいないわ。確かに、彼がわたしの存在に気づいたことに、ある種の卑しい満足は感じたわ。ええ、それは認めるわよ。それに、ばかげたことだけど、彼がここにいる若い女性みんなと踊ったことが、気にかかっていたことも認めるわ。ええ、ほんとにばかげてる。それはわかってるの。ラドバーン卿が花嫁候補たちに注意を向けるのを喜ぶべきなのに。そのために彼にいろいろ教えてきたんですもの」

「いいえ、わたしが彼を教えたのは、あなたが彼と過ごす時間をつくりたかったからよ。彼に対する自分の気持ちに気づくようにね。ここにいるほかの女性は、あなたがそれでも気づかなかったときのためでしかないの。あるいは、ラドバーン卿があなたにすっかり腹を立てて、ほかの女性を選ぶ気になったときのため」

アイリーンはフランチェスカを見つめた。「なんですって？」

「アイリーン、まだわからないの」フランチェスカはアイリーンの腕を取った。「親愛なるお友達、あの日、公園で一緒にいるあなたたちを見たとたんにわかったわ。誰だってはっきり見てとれたでしょうよ。少なくとも、わたしのように人々が恋に落ちるのを見守ることに慣れている者ならね。あなたたちふたりが、ひと言で言えば、運命だということは」

「運命？」アイリーンは当惑して繰り返した。「つまり、結ばれる運命にある、ってこと？　冗談はやめてちょうだい。わたしたちは公園で話しているあいだずっと、けんかしていたのよ」

「ええ、確かに。でも、問題はそのけんかのし方よ。あなたたちふたりが憤慨していたのは、おたがいに相手の先入観に挑んでいたからだったわ。ふたりとも、とても整然と何をどうすべきか決めていたのに、相手がその取り決めのなかにしっくりおさまろうとしない。それで、腹を立てた。でも、ふたりが惹かれあっているのはひと目でわかったわ。だから、賢いあなたがそれに気づくのは、時間の問題だとわたしは思ったの」

アイリーンは驚きあきれてフランチェスカを見た。「これはみんな……」彼女は片手を曖昧《あいまい》に振って広間を示した。「みんなただの……見せかけだったの？」

「あら、見せかけだなんてとんでもない。あなたの助けは必要だったのよ。ええ、あなたの協力は、絶対的に必要だったわ」フランチェスカは美しい目を愉快そうにきらめかせ、にっこり笑った。

アイリーンは怒るべきか笑うべきか決めかねたが、気がつくとフランチェスカの笑みにつられてくすくす笑っていた。「とんでもない人ね」首を振りながら言う。「まあ、あなたの計画が望みどおりの結果をもたらさなくても、あまりがっかりしないことを願っているわ。わたしはラドバーン卿と結婚するつもりはまったくないもの」

「ええ、とても残念だわ」フランチェスカは苦にする様子もなくそう言った。「彼はとても悲しむでしょうね。でも」彼女は肩をすくめた。「ラドバーン卿には気の毒だけど、彼の魅力が足りなかったのならしかたないわ。するとあなたはまだ彼が不愉快な人だと思っているのね？　自分勝手で、腹立たしくて、癪《しゃく》にさわる……」

「いいえ！　いいえ、そう、そのとおりよ」アイリーンは同意した。「でも、彼のことが嫌いなわけじゃないの。実際、なかなかいい人だと思うようになったわ。しっかりしていて、有能で、鋭いウィットもある。すばらしい人よ。みんな、とくに彼の親族は、とんでもなく彼を誤解しているわ」

「あらそう？」フランチェスカはつぶやいた。

「ええ」アイリーンはうなずいた。「ラドバーン卿が彼らに我慢しているのが不思議なくらい。もっと心の狭い人なら、とっくに彼らの耳をつかんで放《ほう》りだしているでしょうよ」

「そんなにラドバーン卿に感心しているなら、なぜ彼と結婚する気になれないのか、わたしにはよくわからないわ」フランチェスカはアイリーンに言った。

「わたしがなぜ結婚しないかは知っているはずよ」

「ええ。でも、惹かれる相手に出会ったら、そういう決心はたいていくじけるものよ。とくに、これまでしがみついてきた理由がラドバーン卿にはあてはまらないことがわかっているんですもの」

アイリーンは首を振った。「わたしはそんなにふらふら気が変わる人間じゃないの。少なくともそう願いたいわ。それに彼は……彼は真の結婚を望んでいるわけではないのよ。彼を愛するのは、不毛なの。愛を得たいとは思っていないんですもの。彼にとって結婚はビジネスの契約と同じ。実際的なものなの」

「そう?」フランチェスカは眉を寄せた。「さっきの彼のまなざしは、それほど冷たくは見えなかったけれど」

「ええ、冷たくはないわ」アイリーンは答え、またしても頬を染めた。「彼は、実際、その意味ではとても大胆よ。でも、それは愛とは違うわ」

「なるほど。でも、自分ならそういう〝大胆さ〟を、もっと深い感情に変えられると思う女性もたくさんいるでしょうね。ほんの少し努力すれば、そういう男性は自分を愛するようになる、と」

「まあね。でも……どちらでも関係ないの。わたしは結婚を望んでいないんですもの。それに、大それた望みのせいで傷つくのは、避けたほうがいいに決まっているわ。自分を愛していない相手を愛するのは、きっとつらいに違いないもの」

「ええ、そうね」つかのまフランチェスカの美しい顔を悲しみが影のようによぎった。だが、彼女は肩をすくめ、それを払い落とした。「あなたはとても強い人ね、アイリーン。羨《うらや》ましいくらい。あなたのようにきっぱりと愛に背を向けられる女性は、ほとんどいないと思うわ。ふつうの女性なら、これまで生きてきた人生に戻って、ラドバーン卿に二度と会えなくなる寂しさ、つらさを考えただけで、とても耐えられないでしょうね」

アイリーンの笑みが揺れた。「わたしは大丈夫よ。ええ、なんとか耐えるわ」

「もちろん、あなたなら大丈夫よ」

アイリーンはがらりと話題を変え、周囲を見ながらこう言った。「今夜はここに、何人か新しい人たちがいるわね」

「ええ」フランチェスカは同意した。「レディ・オデリアがこのあたりの人々を呼んだの。地元の大地主とその家族、牧師さんと奥様、今夜の舞踏会だけのためにここに来た人々も何人かいるわ。彼らには古い棟の傷んでいない部屋を割りあてたのよ」

「最高の部屋とは言えないわね」

「ええ。でも、レディ・オデリアなら、〝彼らにはじゅうぶんだ〟と言うでしょうね」フランチェスカは片方だけ肩をすくめ、それから突然体をこわばらせて舞踏室の奥を見つめた。「彼女が、ここで何をしているの？」

「どうしたの？　誰のこと？」アイリーンは好奇心にかられ、フランチェスカの視線をたどった。はっとするほどきれいな女性が、レディ・オデリアとその妹のそばでふたりと楽しそうに話している。

赤褐色の髪に大きな淡いブルーの目、背が高く、豊満な体つきのその女性は、フランチエスカよりも何歳か年上でとうに三十五歳を過ぎているに違いないのに、まだとても美しい。

「レディ・スウィンジントン?」アイリーンは少し驚いて尋ねた。つい最近まで、年の離れた二番目の夫と結婚していたレディ・スウィンジントンは、もう昔のようにロンドンの社交界の常連ではなくなっていた。少し前、スウィンジントン卿が亡くなるまでは、彼の領地があるウェールズで暮らし、シーズン中のロンドンにも数えるほどしか姿を見せなかった。

「ええ、レディ・ダフネよ」フランチェスカは少しのあいだスウィンジントンを見つめ、ようやくアイリーンに目を戻してこわばった笑みを浮かべた。「まだスウィンジントン卿が亡くなったばかりだから、まさか……」フランチェスカは言葉を切り、苦い笑みを浮かべた。「でも、もちろん、ダフネのことですもの、それほど長く喪に服しているはずがないわね。それに彼女は昔からリールズとは親しかったし、レディ・オデリアが溺愛《できあい》している人だから」

「レディ・オデリアが誰かを溺愛するなんて、わたしには想像もつかないわ」アイリーンは思ったことを正直に口にしたが、それ以上は何も言わなかった。彼女はフランチェスカが部屋を見まわし、ロックフォード公爵に目を留めるのを見守った。公爵は妹のカランドラと話している。

「でも、べつにかまわないわ」フランチェスカは明るい声で言った。「失礼して、わたしは女性たちの様子を見てくるわね」

「ええ、どうぞ」アイリーンは好奇心にかられたが、フランチェスカはこれ以上話したくなさそうだ。

フランチェスカはアイリーンのそばを離れかけながら、ちらりと振り向いた。「口では愛に関心などないと言っているかもしれないけれど、ラドバーン卿は間違いなくあなたに関心を持っているわよ」

そしてこくりとひとつうなずき、行ってしまった。

すぐにギデオンの友人、ピアーズが近づいてきて、アイリーンにダンスを申しこんだ。そして舞踏室を見まわすアイリーンのそばにとどまり、話しつづけた。その夜が終わるずっと前に、少しばかり威圧感のあるロックフォード公爵を含めて、アイリーンは広間にいるほとんどすべての男性と踊った。彼女に話しかけようともしなければ、ダンスを申しこもうともしない男性はひとりだけ。そしてそれは、アイリーンがそうしてほしくてたまらない相手だった。

ギデオンが彼女を見ていることは、アイリーンも知っていた。一度か二度、彼と目が合ったからだ。彼らはそれぞれほかのパートナーと、軽快なワルツのリズムにのって広間をくるくるまわった。だが、アイリーンはそのあいだもずっと、彼がどこにいるかを意識していた。またギデオンのほうも絶えず目の隅に自分をとらえていることを知っていた。それでも、ギデオンはダンスを申しこもうとしない。

音楽がやみ、全員が次の間に用意されたご馳走《ちそう》へと向かう真夜中が近づいていた。もうギデオンは来ないかもしれない。アイリーンががっかりしながらそう思いはじめたとき、彼がまっすぐ歩いてくるのが見えた。左右に顔を向けようともせず、誰かと話すために立ちどまることもせずに、アイリーンにひたと目をすえて近づいてくる。

みぞおちが激しくかきまわされているようになり、アイリーンは扇を強く握りしめて彼の視線を受けとめた。心臓がいまにも胸から飛びだしそうだ。

「アイリーン」彼はすぐ前で止まった。

彼女は少なくとも多少は落ち着きを保とうとしながらうなずいた。「伯爵」

ギデオンはアイリーンと話していたパーシー・サートンをじろりと見た。パーシーはすぐに何を求められているか気づいた。「失礼して、その、あちらの知りあいに……」

彼は途中までしか言わず、アイリーンのほうに頭をさげて立ち去った。

「次はぼくのダンスだと思う」ギデオンはそう言った。

「そう？」彼女はギデオンの口調に苛立って片方の眉をあげた。「申しこまれた覚えはないけど」

「いま申しこんでいる」アイリーンは言い返したかったが、彼の目を見つめたとたんに、喉のなかにあった言葉は消えてしまった。熱いまなざしに目覚めた欲望が、お腹《なか》のなか深くで渦を巻く。アイリーンは黙ってうなずき、ギデオンの腕を取った。

彼らはダンスフロアに向かった。手のひらに鉄のように固い腕を感じながら、アイリーンは自分の手がかすかに震えているのに気づいた。彼はこの震えを感じることができるかしら？　体のなかでせめぎあうさまざまな感情を読みとることができるかしら？

アイリーンは彼と向かいあった。ギデオンがアイリーンの手を取り、もうひとつの手を腰にあてる。バイオリンが美しい音色を奏ではじめたとき、ふたりはひたと見つめあっていた。続いてオーケストラが流れるようなワルツのリズムを刻みはじめ、軽やかに踊りだした。

ギデオンは何も言わなかった。アイリーンも無理に言葉を探そうとはしなかった。この瞬間、こうしてギデオンと踊っていることが幸せだった。彼に腕をまわされ、手を取られているだけでじゅうぶんだ。彼の顔を見上げて、そこに浮かぶ情熱を見るだけで。

ギデオンが何を感じているか、言葉で聞く必要はなかった。同じ欲求が彼女の体のなかでも荒れ狂っている。曲が終わり、彼が手を取ってテラスへ向かうと、アイリーンは黙って従った。

テラスでは、ほかのカップルも涼しい夜気でほてった肌を冷やしていた。アイリーンは彼らに会釈し、ほほえんで、ほかの女性たちがするように扇を揺らし、冷たい風を顔にあてた。ギデオンはテラスのはずれへと歩いていく。そしてちらりとほかの人々を振り向いたと思うとすばやく建物の角を曲がり、彼女を引き寄せた。

両手で腕をつかんでアイリーンの顔を自分に向けると、ギデオンはアイリーンを見下ろした。「ああ、きみは美しい。きみは今夜、ぼくに魔法をかけたよ」

「そう?」アイリーンはゆっくり笑みが浮かぶのを抑えきれなかった。「ちっとも知らなかったわ。あなたはひと晩じゅう話しかけてもこないんですもの」

「絶対に近づくまいとしたんだ」彼は言い返した。「この一週間、ずっとそうしていた。くそ、アイリーン!」ギデオンは怒りを閃《ひらめ》かせた。「ぼくは……離れていれば、きみが少しは気にかけてくれると思った。せめて目を向けてくれると。あの間抜けたちと踊りながら、きみが気づくのを――わかるのを祈っていたんだ。だが、きみは嫉妬《しっと》などとは無縁らしいな。少なくとも、ぼくのために嫉妬することはないらしい。ぼくと結婚するのがそれほどいやなら、ほかの女性を見つけるしかない、自分にそう言い聞かせた」ギデオンはやり場のない苛立ちをこめてアイリーンをにらみつけた。「だが、できなかった! そんなことは決してできっこない!」

ギデオンは彼女を引き寄せ、荒々しく口を覆った。彼の唇が熱くむさぼると、そこにこめられた情熱がアイリーンを爪先まで揺すぶった。彼女は低い声をもらして彼の腰をつかみ、両手を上着の下に滑らせた。ギデオンが驚いてびくりとするのを見て、あわてて手を離そうとしたが、彼はその手を押さえつけ、自分に押しつけながら熱い息を吹きかけてつぶやいた。

「いや。離さないでくれ。ぼくがきみの手をどれほどこの体に感じたがっているか、きみには想像もつかないよ」ギデオンは髪に顔をすり寄せ、柔らかいキスで耳をくすぐり、唇を首に這《は》わせた。「きみが顔をあげて笑うと、この喉にキスすることしか考えられない。柔らかい胸のこと、ドレスのひだが脚にまとわりつくさましか考えられないのに、彼女たちのくすくす笑いやおしゃべりに耳を傾けているのがどんなにつらかったか」

この熱い言葉とシルクのような唇の感触に、アイリーンはぶるっと身を震わせた。「ギデオン……」

彼は喉の柔らかいくぼみに唇を押しつけ、うなじへとたどっていく。アイリーンは頭をのけぞらせ、柔らかい、白い喉を彼に差しだした。体が重く、けだるく、脚のあいだに熱い血が溜《た》まっていくようだ。

「どうしてあんな愚かな、退屈な娘たちのひとりを選べる?」彼はかすれた声でささやく。「きみがここにいるのに。ぼくがあのおつむの空っぽな、取り澄ましたレディたちで我慢できると、本気で思っているのかい? きみの口から出る辛辣《しんらつ》なひと言を聞きたくてたまらないのに? ぼくはきみがほしくて燃えているんだ。毎晩ベッドに横になって、きみのことを考える。欲望が炎のようにこの身を焼き、気が狂いそうになるまで。そういうとき、ただの一度も……ああ、一度だって、ミス・サートンの青い目が浮かんだことはない。レディ・フローラの胸をなでおろしたくて、この手がひくついたこともない。頭に浮かぶのは、溶けた鉄のような金色の目のことばかり。ぼくの指が焦がれるのは、この胸、そしてこの腰……」

ギデオンは両手で胸を包み、ヒップをなぞって、自分の言葉を強調した。

「ぼくがほしいのはきみだけだ」彼はアイリーンの口の端に唇をさまよわせながらささやいた。それから唇を激しく重ね、飢えたようにむさぼって、舌を滑りこませるために彼女の口を求めた。

アイリーンは体を突き抜けるすさまじい情熱に震えながら、両手を白いシャツのなかに入れ、ギデオンにしがみついた。胸がふくれ、彼を求めて頂が硬く尖《とが》る。彼女は爪先立って体を押しつけ、彼の硬さを感じたいと願った。脚のあいだに熱く濡《ぬ》れた欲望が花開く。

ギデオンはヒップをつかみ、すりこむように彼女を自分に押しつけながら、荒々しく口を離すと、熱いキスを喉に降らせ、胸の柔らかい丘に降らせた。

「結婚してくれ」彼は差し迫った声で柔らかい肌にささやいた。「ぼくをこのみじめさから救いだし、ぼくの妻になってくれ」彼は顔をあげ、情熱にたぎる目でアイリーンを見下ろした。「きみを抱きたいんだ。毎日そばにいてほしい。夜はきみの顔を最後に見て眠り、朝は目を覚まして何よりも先にきみを見たい」

「ギデオン……」アイリーンは激情にかられてささやいた。

「ぼくには詩人のような言葉は口にできない」ギデオンは続けた。「ぼくは無骨な、実際的な男だ。甘い愛の言葉をささやくことはできない。愛は……もしも昔はあったとしても、もうぼくのなかにはないと思う。だが、これだけはわかってる。ぼくはきみを妻にしたい。きみと生涯をともにしたい。男が女を知ることができる、あらゆる方法、あらゆる形できみを知りたい。約束するよ。命をかけてきみを守り、大切にする。決してきみを傷つけたりはしない。どうか、結婚してくれ、アイリーン」

アイリーンは言葉もなく彼を見上げた。ギデオンの言葉は彼女の心をとろけさせ、欲望で焦がした。自分が奇妙に弱く感じ、もろく感じられる。彼には愛はない。ギデオンははっきりそう言った。夫の愛なしにどうして幸せな人生を送れるの？　とはいえ、彼とともに歩む人生以外のものを選ぶことなど考えられない。

「ギデオン……なんと言えばいいのか……」

「くそ！」ギデオンは低い声で叫んだ。「きみは一生に一度でも、いいわ、と言えないのか？」

「考えさせて」彼女は震える声で訴えた。わたしはこれまで感情に左右されるのではなく、行動するまえに考えることを誇りにしてきたのよ。すべての用心を投げ捨てることなどできないわ！

「考えるな！」彼は鋭く叫んだ。「アイリーン……」

ふたりはただじっと見つめあっていた。アイリーンは凍りつき、動くことも何か言うこともできなかった。

低い声で毒づくと、ギデオンは彼女を放し、一歩さがって背を向けた。「なかには戻れない。このまま塔へ行くよ」

そして彼女の返事を待たずに歩きだし、大股にテラスを横切って庭へと階段をおりていった。

18

アイリーンは階段のそばまで急いでギデオンのあとを追い、彼が庭の暗がりに消えるのをなす術《すべ》もなく見ていた。そこに立ちつくし、脇《わき》に垂らした両手を握りしめて、必死に涙をこらえた。何かが自分からもぎとられたようにつらい。そう思った瞬間、ようやく彼女は自分の心がもぎとられたことを知った。

わたしはギデオンを愛している。言葉も、論理も、どれほど考えたとしても、それを変えることはできない。いつ彼に恋をしたのかわからない。何週間か前彼に会ったときに即座に感じた強い欲望が、愛に変わったのはいつだったのか？　それはわからないが、どこかで何かが起こり、わたしは彼にこの心を捧《ささ》げてしまった。

ギデオンを愛している。彼に背を向けることなど考えられない。彼の申し出を拒んでも、せいぜいふたたび弟と義理の妹が待つ実家へ戻らねばならないだけ。いまのいままでそう思っていたが、これからの人生はそれよりはるかにつらいものになるわ。残りの一生を、ギデオンなしで生きていかなくてはならないのだもの。そう思っただけで、身を切られるような痛みを感じた。

アイリーンは上気した頬に両手を置いた。あらゆる迷い、疑いのその下では、ギデオンを信頼できることがわかっていた。彼はわたしを傷つけるようなことはしない。わたしを思いどおりに動かそうともしない。これまで常に結婚につきものだとみなし、あれほど恐れてきたことは、ひとつもしないだろう。でも、いま彼女をためらわせているのは、そういう不安ではなかった。彼に愛を与えても彼の愛を返されないことだ。

こうして崖《がけ》っぷちに立たされても、飛びおりることを躊躇《ちゅうちょ》しているのはそのせいだ。もしもギデオンを追いかけたら、彼と結婚したら、すべてを彼に与えることになる。この愛、この体、何もかも。でも、彼はわたしを愛していないのよ。ええ、誰も愛することができないのよ。そんな危険な賭《かけ》に飛びこむことができる？　愛されないかもしれないのに、愛を捧げることが？

できるかどうか、それはわからないわ。でも、彼に愛を捧げなければもっとひどい、はるかにひどい運命が待ち受けている。このまま彼と結婚しなければ、わたしはただの臆《おく》病《びょう》者になってしまう。この愛がたどるべき道はたったひとつ。ギデオンにすべてをゆだねることよ。その道を進まないのは、自分の愛を否定すること、自分自身を否定することになる。それも最後の一歩を踏みだすのが怖いという、ただそれだけのために。

アイリーンは低い叫び声をもらし、階段を駆けおりた。スカートがからんで脚を取られないように、くるぶしまで持ちあげ、急いで庭を横切り、月の光だけを頼りにギデオンのあとを追った。木立や灌木《かんぼく》が光をさえぎっている庭の奥の暗がりに来ると、速度を落とし、歩かなくてはならなかった。

アイリーンはようやく庭の端に着いて、塔へと導く細い道に出た。右手には鬱蒼《うっそう》と茂る森が黒々と見える。ほかのときなら、こんなに夜遅くひとりでこの道を通るのは怖かっただろうが、今夜はギデオンのことしか考えられなかった。

前方に立っている壊れた塔が見えてくると、自然と足が速くなり、小走りになっていた。

「ギデオン！」

アイリーンはふたたび彼の名前を呼びながら、塔の下へと急いだ。戸口で立ちどまり、片手を石壁に置いて体を支え、乱れた息を整えようとした。突然、気後れがして、彼女はさっきよりもおずおずと彼の名前をもう一度呼んだ。

「ギデオン？」

木が石にこすれる音がして、頭の上の階段に光がこぼれる。「アイリーン？」

「ええ」アイリーンの心臓は、彼のところまで聞こえそうなほど大きな音をたてていた。

「わたしよ」

「アイリーン！」階段を急いでおりてくる大きな足音がして、ギデオンが踊り場に立ち、彼女を見下ろした。薄暗い光で、緑色の目は黒さを増し、浅黒い皮膚は鋭く尖《とが》った頬骨の上で張りつめている。

「あなたと結婚するわ」アイリーンは喉をつまらせ、そう言った。

彼は一段置きにおりてきて、あっというまにアイリーンの前に立ち、彼女を抱きしめ、持ちあげて、豊かな髪に顔を埋《うず》めた。「アイリーン、アイリーン……どうかなりそうだったよ。あんなふうにきみを残してきみに選ばせるなんて、なんて愚かだったと……」彼は耳に、髪に、顔にキスしながらうわ言のようにささやいた。「ぼくがばかだった。きみの心が決まるまでいつまでも待つ、そう言いに行こうと思っていたんだ」

アイリーンの喉から笑い声がこぼれた。「でも、その必要はないわ。わたしがここに来たんですもの。決心がついたの。あなたがほしい。あなたと結婚したいわ」

「だったら、ぼくたちの気持ちはひとつだ」ギデオンは彼女を抱きあげ、階段をあがりはじめた。「意見が合うのはこれが最初で……最後かもしれないな」

「あら、争うほうがいいの？」アイリーンはわざと目をみはり、がっかりした顔をした。

「でも、あなた、わたしたちの気持ちはひとつになるのよ」

「きみが逆らうのをやめたら、ぼくはどうしたらいいかわからないよ。実際、何かがとてもおかしいと確信するだろうな」

ギデオンは塔の最上階につくった部屋にアイリーンを運んでいき、ドアを蹴《け》って閉めると、長いこと立ったまま彼女を見下ろしていた。それから彼女を床におろし、美しい顔を両手ではさんだ。

「レディ・ラドバーン、ぼくの妻」彼は試すようにそう言った。

「まだ違うわ」

ギデオンはアイリーンの手をふたつとも自分の口に持っていき、指の関節にキスした。

「ぼくらはもう約束した。結ばれた。さっそく明日、祖母に話すよ。そしてきみとロンドンに戻って、正式にきみの弟に許しを得る。だが、ぼくはずっとほしかった答えを今夜、与えられたんだ」

彼はアイリーンの手のひらを広げ、そこにキスした。

「ぼくの条件はひとつだけだ」そう言って、また手のひらにキスをした。

「何かしら？」

「できるだけ早く式を挙げたい」ギデオンはにやりと笑って言った。

そして自分の指がアイリーンの顎の線をたどり、柔らかい喉へとおり、盛りあがった胸の上部をかすめ、そのあいだの暗い谷間へと滑りこむのを見守った。

心臓が狂ったように打ちはじめ、アイリーンは息ができなかった。「あなたは忍耐というものを知らないの？」

彼女は長いまつげの下から、誘うように金色にきらめく目で彼を見上げ、彼の指がほてる肌の上で震えるのを感じた。

「きみに関するかぎり、ぼくにはまったく忍耐力がない」彼の笑みは少しばかり狼《おおかみ》のようだった。が、アイリーンは少しも怖くなかった。むしろ、もっと体が燃えただけだ。

彼はドレスの襟ぐりを羽根のように軽く指でたどり、片手の指で胸の上を横切ると、大きな手を広げてドレスの上から胸を包み、鎖骨までなであげた。

「いますぐきみがほしい」彼はかすれた声で言った。「いまだけでなく、ずっと」

彼は一度、二度とついばむようなキスをして、三度目に唇の合わせ目を舌でたどった。アイリーンはこの親密な愛撫《あいぶ》に驚いて少し息をのみ、彼がキスをしながら笑うのを感じた。ギデオンはゆっくりと探り、味わい、じらしながらキスを続けた。アイリーンは体じゅうの筋肉が溶けるのを感じながら、固い胸に手をあて彼に体を押しつけた。

ギデオンは両手で彼女の腰をつかみ、彼女を支えてキスを続けた。彼がようやく顔をあげると、アイリーンはぐったりと彼にもたれ、燃える頬を胸にあずけた。彼はささやくように彼女の名を呼びながら頭のてっぺんにキスする。

「ぼくの美しい奥さん」ギデオンは言った。「今夜のきみは女神《ヴィーナス》のようだった。金色に輝いていた。ぼくはきみに触れることしか考えられなかった」

彼はその言葉どおりに行動し、片手で背中をなでおろしてヒップの上に置いた。同じようにゆっくりと唇をむさぼりながら、両手を這《は》わせ、親密な愛撫を続けながらくるりと後ろ向きにさせる。アイリーンは逆らわず、彼の手の感触に溺《おぼ》れ、喜んで従った。ギデオンは片腕を彼女の腰にまわしてアイリーンを自分に押しつけながら、もう片方の手で胸からお腹《なか》へとなでおろしていく。

大きな手が、ドレスの布地を通してやさしく彼女を目覚めさせていった。指が敏感な胸の頂をかすめ、まるで重さを量るように胸をつかみ、それから平らなお腹へと滑りおりて、脚のあいだに滑りこむ。

アイリーンは驚いて声をあげ、この予期せぬ愛撫に体を硬くした。だが、ギデオンの指がゆっくり、やさしく動きつづけると、そこに集まっているたくさんの敏感な神経に火がつき、まもなく低い歓《よろこ》びのうめきが唇からこぼれていた。脚のあいだが濡《ぬ》れそぼち、これまでよりも深く、強い切望を感じる。

アイリーンは後ろにいる彼に向かって動き、硬い体に自分の体をすりつけた。ギデオンが低いうめきをもらすと歓びを感じた。彼の快感を示す声が、いっそう体をうずかせる。

アイリーンは彼が自分を興奮させているのと同じように、彼のことを興奮させたかった。

彼女はくるりと振り向き、両手を彼の体に置いた。「どうすればあなたを歓ばせられるか教えて。あなたに歓びをあげたいの」

「きみがすることはひとつ残らずぼくの歓びだよ」ギデオンはアイリーンがブリーチズの前に指を滑らせると、体をこわばらせ、またしても低いうめきをもらした。

「こうされたとき、とてもよかったわ」彼女は両手を彼の背中にまわし、ヒップの上を滑らせた。「これは好き？」そう言いながら指先を食いこませる。

ギデオンは窒息するような声をあげ、体を震わせた。アイリーンは満足してほほえみ、ふたたび彼をなでまわした。それから一歩さがって髪を留めているピンを抜きはじめた。

「この髪をすっかりおろしたところが見たいと言ったわね」くすぐるような低い声で言う。

ギデオンの目がきらめいた。「とても見たいよ」

彼は荒い息遣いになりながら、アイリーンが巻き毛の束をひとつずつ落としていくのを見守った。長い髪がアイリーンの手や腕に落ちて、敏感になった肌をくすぐる。ギデオンはとうとう我慢できなくなったらしく、手を伸ばし、こぼれてくる巻き毛に両手を埋めた。

彼はふたたびキスしたが、どんなに味わってもまだ足りないかのように、今度のキスは性急だった。長い口づけのあと、彼は震える手でドレスを脱がせはじめた。アイリーンも同じようにぎこちない指で彼のボタンをはずしていく。両手がなかに入るだけシャツの前を広げて、ゆっくり胸のカーブをたどる。

ギデオンは体をこわばらせ、自分を支えるようにアイリーンの肩をつかむ。アイリーンの慣れない指で彼の胸を愛撫されると、耐えがたいほど興奮を感じた。彼はもれそうになる快感のうめきを、下唇を噛《か》んでこらえた。アイリーンは彼の脇腹を探り、胸を探り、固い胸の先を指でつまんで、そこよりも柔らかい腹のほうへとじりじりおりていき、やがてブリーチズのウエストに達した。

「ああ、アイリーン。きみはぼくを殺すつもりかい？」彼はつぶやいた。

アイリーンは心配そうに彼を見上げた。「やめたほうがいい？　これは苦痛なの？」

彼は首を振り、華奢《きやしや》な手をつかんで唇に押しつけた。「あまりにも歓びが深くて、まるで痛みのようだ」彼はシャツを脱ぎ、投げ捨てた。「だが、今度はきみを歓ばせたい」

ギデオンは腰の下までボタンをはずしたドレスの肩から両手を滑りこませ、それをはぎとるように脱がせた。彼がペチコートの紐《ひも》を解くと、ふわりと足もとに落ちた。アイリーンを見つめ、彼女の肌の上を動く自分の手を見ながら、ギデオンはシュミーズのリボンを解き、前を開いた。締めつけられていた豊かな胸がこぼれる。彼はシュミーズを肩から脱がせ、柔らかい綿が薔薇《ばら》色の頂をかすめるのを魅入られたように見つめた。

アイリーンは息をのんだ。自分の体をこんなふうに見つめられ、ギデオンの瞳が欲望に翳《かげ》り、口もとが柔らかくなるのを見て、これほど興奮するとは思ってもみなかった。

彼が手を伸ばし、指先でゆっくりと胸をなで、頂きをぐるりとたどる。頂は硬くなって、薔薇の蕾《つぼみ》のように尖った。鋭い快感に貫かれ、アイリーンは体を震わせた。その快感が下腹部の奥に熱く燃えて広がる。男性の指が自分をこんなふうに感じさせることができるとは、思ったこともなかった。これほど体をざわめかせ、ほしがらせ、妙《たえ》なる歓びをもたらすとは。

ギデオンは両手で胸をつかみ、親指で頂を愛撫した。それからうつむいて、ひとつの頂を口に含み、ついさっき親指でしたように舌でもてあそんだ。新しい快感の波に襲われ、アイリーンはもうひとりでは立っていられなかった。力強い腕が腰を抱き、体を支えてくれるのがありがたかった。熱く、濡れた口が頂を吸い、舌が転がすと、まるで見えない快感の琴線が感じやすい蕾と下腹部の奥をつないでいるかのように、快感が体を貫いた。彼の口が引っ張るたびに、舌が転がすたびに、その線が振動し、下腹部を熱と欲求で満たしていく。

アイリーンは彼の豊かな髪に指を埋め、自分のなかに渦巻き、鋭くなっていく感覚に耐えた。指をくすぐる髪さえも、興奮をもたらす。ギデオンの口が胸から離れると、うめき声がもれるのを抑えられなかった。ギデオンの口が胸を横切っていくあいだ、彼女は少し息を弾ませながら待った。あらゆる神経が尖り、どんなにかすかに触れられても敏感に反応して、濡れた胸の先にあたる夜の空気さえもうずきをもたらす。ようやくギデオンの口がもうひとつの頂を含み、ゆっくりと責めたてはじめた。

すすり泣くような声をもらし、アイリーンは両手をギデオンの首から肩へと滑らせた。固い鎖骨をなで、手のひらを肩に広げて、たくましい腕をなでおろす。なめらかな肌の下の固い筋肉の感触がなんとも言えなかった。

ギデオンは彼女を抱きあげ、壁のそばの床に散らばっているクッションのところに運びおろした。アイリーンを覆っていた最後の下着、下穿《したば》きのリボンを解きはじめた。ウエストがゆるむと、両手を滑りこませてヒップの横をなでおろしながら、ゆっくり布地を下へと押しやった。下着がアイリーンの足もとに落ち、隠すよりもむしろ挑発するような薄いストッキングと軽くて薄いダンス用の靴をのぞけば、彼女のすべてがギデオンの目にさらされた。

彼は上気した顔で、欲望に燃える目で彼女を見つめる。レディなら、こんなにもあからさまな欲望に嫌悪を感じるべきだろうが、むさぼるように見つめられると、もっと彼がほしくなる。

ギデオンはヒップを包んでなでまわした。それから片膝をついて、ガータ留めと一緒にストッキングを片方ずつ下へ丸め、足を持ちあげて靴を脱がせ、ストッキングをはぎとった。アイリーンは体を支えようと片手を彼の肩に伸ばした。彼の体は燃えるように熱かった。

彼は膝のすぐ上の腿の内側に軽くキスし、もうひとつの脚にも同じところにキスして、クッションの上、自分のかたわらにアイリーンを横たえた。アイリーンは彼が立ちあがり、残った服を脱ぎ捨てるのを見守った。シャツを脱ぎ、無造作に靴を蹴り飛ばし、ブリーチズと、ストッキングを脱いでいく。

たくましい体だわ。アイリーンはそう思った。筋肉が盛りあがって、とても力強い。初めて目にした欲望のしるしは少し恐ろしかったが、それもアイリーンを興奮させた。あれが自分のなかに入るところは想像もできないが、脚のあいだに熱が広がり、彼に向かってこの体を開きたくなる。

ギデオンはすぐ横に来ると、片方の肘をついてアイリーンを見下ろしながら、白い肌を物憂く片手でなではじめた。やさしく、じらすように、その手がゆっくり動き、アイリーンのなかに眠っていた歓びを目覚めさせる。アイリーンの肌は甘く生き生きとして、ほんのかすかな愛撫にも敏感に反応した。彼女は体の芯《しん》から広がっていく奔放な欲望を必死に抑えようとしたが、彼の手がお腹を滑りおりて秘めやかな部分へと向かうと、もう抑えきれなかった。

あえぐように息を吸いこみ、目を閉じた。これはすばらしいことではなく、恥ずかしいことだと自分に言い聞かせても、どうしようもないほどの快感しか感じない。ギデオンの指が巧みに動いて、どこよりも敏感な箇所を探りはじめ、濡れてなめらかになった中心にたどり着いた。アイリーンはこらえきれずにうめき、無意識に彼の指に向かって腰をあげていた。

「ギデオン……」彼の名前は震えるささやきになった。

彼はうつむいて、唇に羽根のようなキスをしながらつぶやいた。「いや、まだだ。きみがもっとぼくを受け入れやすいようにさせてくれ」

「あなたがほしいの」アイリーンは目を開けてギデオンを見上げながら、先ほどよりはっきりした声で言った。

彼はアイリーンの手が触れたように体をこわばらせ、ゆっくり息を吸った。「わかってる。その言葉がどれほどぼくをたまらなくさせるか、きみには想像もつかないよ」彼はうなじに顔をすり寄せて、熱い息でアイリーンを震えさせた。「だが、その前に……このほうがらくになるから」

彼は胸にキスし、唇と舌で頂を愛撫して欲望をあおりながら、指を一本するりとなかに入れて、アイリーンを満たし、開いていった。

アイリーンは脚を動かし、体の下のクッションにかかとを食いこませて、彼の手に敏感な部分を押しつけた。ギデオンは小さく笑いながらうめき、それからようやくアイリーンの脚のあいだへと移ると、両手をヒップの下に差しこんでアイリーンを持ちあげ、ゆっくり、注意深く、彼女のなかに身を沈めていった。

鋭い痛みに貫かれ、アイリーンはあえいだ。ギデオンは動くのをやめて待っている。アイリーンは反射的にこわばった体の力を少しずつ抜いていった。彼はやさしく、だが容赦なく、彼女のなかに滑りこみ、彼女を満たしていく。アイリーンは両脚を彼に巻きつけ、彼をすっかり受け入れようとした。ギデオンが彼女のなかでゆっくり動きはじめる。そのたびにアイリーンのなかで何かがきつく巻き取られ、張りつめていった。

アイリーンは彼に合わせて動きながら、自分でも何かわからないものを焦がれ、求めて、泣くような声をもらした。次の瞬間、それが彼女のなかで弾《はじ》けた。アイリーンは体を打ち震わせながら、夢中で彼にしがみついた。ギデオンが鋭く、深く突き入れ、しわがれた声で叫ぶ。快感が波のように次々押し寄せ、アイリーンを溺れさせ、全身に広がった。アイリーンは自分が感じている深い愉悦にショックを受けながら、ぐったりと重なったギデオンを両手で抱きしめた。

たったいま何が起こったにせよ、たとえギデオンがわたしを愛してくれなくても、わたしはわが家を見つけたわ。彼女は霞《かすみ》のかかったような頭でそう思った。

19

翌朝、アイリーンは、ギデオンを見たとき自分の目にどんな表情が浮かぶか不安を感じながら、朝食のために階段をおりていった。

前夜は愛しあったあと、彼が腰に腕をまわし、屋敷まで送ってくれた。どちらもほとんどしゃべらず、穏やかな満ち足りた気持ちで、ときどき立ちどまってはキスし、ただ抱きあってたがいの存在を味わった。アイリーンはほかのみんながベッドに入るのを待って屋敷に入り、裏口からこっそり自分の部屋に戻った。それから何秒か待ったあと、ギデオンがアイリーンよりも大胆に屋敷に入る音が聞こえた。アイリーンは疲れはて、彼とのひとときを思い出して幸せで胸をいっぱいにして、すぐにベッドに入り、ぐっすりと眠った。

だが、朝の光のなかでは、ふたりが直面するあらゆる問題が見えた。きっと誰かが、自分とギデオンが昨夜、舞踏会の終わりに姿を消したことに気づいているに違いない。それもひとりやふたりではないはずよ。それを指摘されたらどうすればいいの？　なんと答えればいいの？　赤くなったり、口ごもったりは絶対にできない。それではみだらなことをした罪を認めるようなものだもの。

けれどそれ以上に、ギデオンを見るまなざしで、みんなに自分の気持ちや、ふたりが昨夜何をしたかを悟られてしまうのではないかと心配だった。そして心のどこかには、ギデオンが自分を見て、すべてを後悔するのではないかという不安もあった。昨夜ふたりが別れたあと、なぜ彼女と結婚したいと思ったのかと疑問を持ちはじめたかもしれない。

だが、この心配は杞憂《きゆう》だった。食堂に入って、テーブルについている彼を見たとたん、疑いも心配も即座に消えた。顔をあげたギデオンの目に、どんな言葉よりも雄弁に彼女を歓迎する熱い思いが閃《ひらめ》いたからだった。

「レディ・アイリーン」彼はそう言って立ちあがり、彼女の椅子を引いてくれた。「昨夜《ゆうべ》の疲れでよく眠れたといいが……ダンスの疲れで」彼は鮮やかな緑色の目に笑いをきらめかせてアイリーンの目をのぞきこんだ。

「ありがとう、ラドバーン卿《きょう》。ぐっすり眠れましたわ」彼女は腰をおろしながら、ちらっと彼に同じきらめく笑みを送った。「きっとここの空気がいいからですわね」

「田園の空気はとても健康的ね」レディ・サリスブリッジが言った。「ふたりの娘たちは、今朝は寝坊しているのよ。ふたりともダンスが大好きだから」彼女は甘やかすような笑みを浮かべた。

「すばらしい舞踏会でしたわ」ミセス・サートンが言った。「オーケストラの音楽もとてもすてきでしたし、お花も美しくて。ここであれだけ立派な舞踏会を催されるなんて、たいしたものですわ、レディ・ラドバーン」

テーブルの客たちは次々に、ふたりの伯爵夫人たちに向かって同じ賞賛を口にし、ふたりともにこやかにほほえんでそれを受けた。アイリーンが笑みを含んだ目でフランチェスカを見ると、彼女はウインクを返してきた。

レディ・オデリアが、アイリーンに向かってまるで女王のように鷹揚《おうよう》にうなずき、笑みを浮かべる。ギデオンが、もうふたりの結婚のことを大伯母に話したに違いない。彼と結婚することを思うと、めまいに似た喜びを感じ、幸せな笑みを隠すために皿に目を落とさなくてはならなかった。

昨夜の舞踏会の賞賛がひととおり終わると、フランチェスカが明るい声で言った。「あとは、今日何をするか決めればいいだけね」

「ええ」ロウィーナがくすくす笑いながら同意した。「何をしましょうか？　ローン・テニスはとても楽しかったわ」

「おまえはサーブが得意だからな、ロウィーナ」兄のパーシーが答える。

「まあ、兄さんたら！」彼女は兄に向かって口を尖《とが》らせた。「兄さんは乗馬がいいんでしょうね」

「ええ、そうしたいわ」ミス・ハーリーがこの案に飛びつく。

「どこへ行けばいいかしら？」カランドラが口をはさむ。「もう領地はひとまわりしてしまったもの」

ハーリー父娘もパーシーも、乗馬がしたいというだけで特定の場所は思いつかない様子だった。

「あまり遠くないところに洞窟《どうくつ》があるそうだよ。川のそばに」ギデオンが提案した。「ぼくもまだ見たことがないんだが、興味深いところだそうだ」

「あの洞窟！」テレサが息をのんだ。「いいえ、あそこはだめですわ。危険すぎますもの」

「ばかばかしい」レディ・オデリアが鼻を鳴らした。「何度か行ったことがありますよ。もちろん、若いころにね。ねえ、パンジー？　危険なことなんかひとつもないわ。ひとりでふらふらして迷子になればべつだけど」

「セシル卿はあそこに入るのを禁じていましたわ」テレサはつんと顎をあげてそう言った。「あの洞窟のなかで誰にも迷子になってほしくなかったからでしょうよ」レディ・オデリアは言い返した。「あそこは迷いやすいから。でも、危険なことはひとつもないわ。ねえ、パンジー？」

「ええ、ないわ」レディ・オデリアの妹は答え、テレサに向かってやさしく言った。「セシルはきっと、あなたとティモシーに万一のことがあってはたいへんだと思ったのよ。それに、よそ者に洞窟をうろつかれるのもいやだったのね。人が入るとなかの鍾乳《しょうにゅう》石が損なわれると言っていたから。でも、あの洞窟は一見の価値があるわ。とても珍しいものなの」

「だったらぜひとも見に行かないと」ピアーズのこの発言に、若い人々は即座に同意した。

「コックに頼んでお昼をつくってもらいましょう」フランチェスカがそう言ってアイリーンに目配せした。

この一週間、キッチンと屋敷内の雑用はアイリーンの分担だったから、いまのまなざしは、家政婦とコックのところに行き、昼食の手配をしてほしいという意味だろう。そこで朝食のあとすぐに、お弁当をつくってもらうため、彼女はキッチンに向かった。

家政婦のミセス・ジェフリーズは、アイリーンをすっかり好きになったようだった。なぜそんなに好かれるのか、アイリーンにはよくわからなかったが、ひょっとすると、この屋敷の女主人たち――テレサとパンジーの能力のなさが原因かもしれない。このところ、家政婦は何かあるたびにアイリーンのところに来るようになっていた。あの恐るべきホラスですら、ごくたまに客に関して自分では判断のつかないことが生じると、アイリーンのところに相談にやってくるくらいだ。

とはいえ、ミセス・ジェフリーズが今朝アイリーンに向けた挨拶《あいさつ》と笑顔は、とくべつ輝いているように見えた。それに一時までには昼食のバスケットを洞窟に届けると約束したときの家政婦の口調には、間違いなくいつもよりも尊敬がこめられていた。アイリーンは召使いの何人かがこっそり自分を見たり、笑顔でささやきかわしたりしているのも見てとった。

わたしがギデオンと婚約したことを、もう知っているのかしら？　まさか。ふたりが約束を交わしたのはつい昨夜のことだ。でも、もちろん、いつでもどんなことでも、召使いたちは真っ先にそれを耳にする。ギデオンが祖母と大伯母に婚約のことを告げたとき、メイドが近くにいてそれを聞いたに違いないわ。

アイリーンは彼らの様子には気づかぬふりをして、家政婦との話が終わるとすぐにキッチンを離れ、自分の部屋に着替えに戻った。

鏡の前で朝のドレスを脱ぎながら、アイリーンはふと思った。召使いたちも、それにレディ・オデリアも、わたしを見ただけで何が起こったか察したのかもしれないわ。朝食におりるときは気づかなかったが、鏡に映っている顔は隠しきれない幸せで輝いているもの。頬は薔薇《ばら》色に染まり、目は金色にきらめいて、いまにも笑みがこぼれそうに口の端が上向いている。

顔をこちらに向け、あちらに向けながら、もっといかめしい表情をつくろうとしてみたが、一分もすると笑いながらあきらめた。わたしがすっかり恋に落ちたことがみんなにわかっても、それがどうしたの？　いまはただ、これからギデオンと歩む毎日のことしか考えられない。実際、結婚生活を始めたくて待ちきれないくらい。

でも、その前にまずこのパーティーを終わらせなくては。ギデオンと洞窟を探検するなんて、考えただけでもどきどきする。彼女は大急ぎで乗馬服に着替え、小さな帽子を頭に留め、少しだけ傾けて、くるんとしたつややかな黒い羽根が頰の横をなでるようにした。黒い革のブーツをはき、黒い革手袋をはめて支度はできあがった。最後にもう一度、鏡の前に立ち、そこに映っている姿に満足した。いま流行《はや》っているハイウエストのデザインとは違って体にぴったりしたこの上着は、ほっそりした長身を申しぶんなく引きたててくれるばかりか、温かい茶色が彼女の髪と目の色によく合っている。弾むような足取りで部屋を出ながら、アイリーンは思った。もちろん、今日のわたしはぼろをまとっていても、美しいと感じたでしょうけど。

アイリーンはフランチェスカとカランドラにはさまれて洞窟に向かった。ギデオンはほかの男性たちと招待された女性たちの相手をしている。なんといっても、彼があまりにもあからさまにアイリーンのそばに張りついているのは、あまり適切とは言えないからだった。

彼らはラドバーン邸の馬丁頭の案内で、村とロンドンへ戻る街道からは遠ざかり、彼方《かなた》に見える丘陵へと向かって牧草地を横切り、川にぶつかるとしばらくそれに沿って進んだ。川沿いの道はしだいに少しずつ細くなり、とてもゆるやかなのぼり坂になった。両側に石灰岩の崖《がけ》がそびえる小さな峡谷に入ってまもなく、前方の馬丁頭がようやく馬を止め、崖の麓《ふもと》にある前方の茂みを指さしながら、ギデオンに話しかけるのが見えた。

アイリーンは片手を額にかざした。灌木《かんぼく》の後ろに枝や葉よりも黒い陰が見える。一行は馬をおり、ゆるやかな坂道を歩いて洞窟の入り口にたどり着いた。

白い岩壁のなかにぽっかりとあいた真っ暗なその穴は、片側にある大きな岩で少しふさがれているものの、ふたりの人間が並んで通過できるだけの幅はたっぷりある。

男たちが用意してきたランタンに火を入れ、彼らは洞窟に入りはじめた。フランチェスカとアイリーンがしんがりを務めた。少し前にいたロックフォード卿が後ろに来て、ふたりのために礼儀正しく明かりを掲げてくれた。

まだ全員がなかに入らないうちに、意外にもミス・ハーリーが暗がりと洞窟の狭さと、頭上にある岩山に不安を感じて尻込みし、それ以上先に行くのを拒んだ。フランチェスカはため息をのみこみ、自分がミス・ハーリーと残ると告げた。するとパーシー・サートンも、前方の暗い洞窟に物欲しそうな一瞥《いちべつ》を投げながら、自分も残って女性たちの相手をすると礼儀正しく申しでた。この出来事で少しばかり興をそがれたものの、残りの一行は暗いトンネルのような穴のなかを進みはじめた。

少しのあいだ洞窟は入り口と同じ広さのトンネルのようだったが、進むにつれてしだいに広がり、大きな部屋になった。一行はそこで足を止め、ゆるやかな輪になって集まった。

アイリーンは畏敬《いけい》の念を感じながら周囲を見まわした。

大洞窟からはあちこちに黒い穴のような道が延びている。ランタンの光はとてもその先までは届かなかった。どこを見ても、汗をかいているように濡《ぬ》れた岩が、ランタンの光にきらめきながら床からそびえ、あるいは天井から垂れさがっている。

洞窟を観察できると聞いて、この探検には公爵の学者の友人であるミスター・ストレスウィックも参加していた。ここに到着するまでほとんど誰とも口を利かなかった内気な学者は、洞窟のなかで見違えるように雄弁になり、目の前の石筍《せきじゅん》と鍾乳石について説明しはじめた。それがどんなふうに形成されたか、これらの石筍には塩と鉱物と石灰岩が含まれている等々。アイリーンはそれをうわの空で聞きながら、まるで別世界のような美しさに目をみはった。

ミスター・ストレスウィックが話しているあいだに、馬丁頭が馬のところに戻り、高いたいまつをいくつか持ってきて地面に立て、火をつけた。洞窟のなかがそれまでよりも明るくなると、男たちはランタンを手にその先に進めるようになった。

ばらばらに広がって迷うといけない、一緒に行動しようと公爵が提案し、みんなが賛成した。アイリーンもみんなと一緒に歩くことになんの不満もなかった。ギデオンが後ろに来てかたわらを歩きはじめたいまはなおさらだ。

洞窟のなかには、もっと細い道や小さな洞窟など、探検する場所がたくさんあった。ひだのような奇妙な波ができている石や床もあれば、凍りついた滝のようなところもある。グループのメンバーはさまざまな岩を指さし、これはひざまずいている男に見えるとか、毒きのこに見えるなどと言いあった。

だが、そのうちお腹《なか》がすいてきて、一行は川のほとりに用意されているはずの昼食を取りに戻りはじめた。アイリーンがフランチェスカの座っている場所に行こうとすると、ギデオンが手首をつかんだ。

「いや、ここにいてくれ」彼は低い声でつぶやいた。

アイリーンはほほえんでうなずき、彼がいる岩に並んで座った。ギデオンはとてもよい場所を選んでいた。両側にほかの人々が座っているため、孤立しているとか不適切だという印象は与えないものの、ふたりが腰をおろしている大きな岩が、ほかの岩よりも突きだしているせいでまるでふたりだけでいるようだった。

彼らは楽しく話しながら食べた。自分たちのことよりも、洞窟のことを。だが、重要なことはみな、ふたりの笑みが、目が、それに自分を見て口もとをやわらげるギデオンの表情が語ってくれた。そのせいか、あとになって思い出そうとしても、ふたりが何を話したかまったく思い出せず、このときに感じた幸せと安らぎ、温かさ、喜びだけが心に残っていた。ギデオンを見上げたときに顔に受けた日差し、陽光を受けてきらめく緑色の瞳、そよ風がさらさらと鳴らす葉の音、そのすべてを決して忘れないだろう。

しばらくすれば、結婚を承諾したのは間違いだったのではないかと心配になるかもしれない。ギデオンの妻になり、彼に友人として大切にされ、ベッドのなかで求められるだけで満足できるかどうかが不安になるかもしれない。ひとりの夜は、自分は彼を心から愛しているのに、愛してもらえないことを恐れて、泣くかもしれない。

でも、いまはそんな心配が入る余地などまったくなかった。ギデオンの熱いまなざしを浴び、白い肌をたどった彼のキスを思い出すだけで、彼が与えてくれるものだけでじゅうぶんだと思える。

食事のあいだ、アイリーンはフランチェスカが一、二度ふたりのほうに詮索《せんさく》するような目を向けるのに気づいた。ふたりの仲が気になるのは彼女だけではないらしく、ギデオンの叔父も一度ならずふたりのほうを見た。

昼食がすんでしばらく休憩を取ったあと、科学者である公爵の友人を筆頭に、一行のうち何人かは洞窟に戻りたがった。ミスター・ストレスウィックはおいしい昼食を食べる間も惜しんで、嬉《うれ》しそうにロックフォード卿と洞窟の話をしている。

サリスブリッジ家の娘たちは、暗い湿った洞窟に戻るよりも、川のそばでのんびりすることにした。そのおかげでフランチェスカとパーシーはミス・ハーリーのそばにいる必要がなくなり、洞窟に戻る一行に加わることができた。彼らは最初よりも確かな足取りで、暗い洞窟にふたたび入っていった。

アイリーンはギデオンとしゃべりながら歩きまわっているうちに、いつしかほかの人々と離れていた。彼が自分の手を取るのを感じて驚いて振り向くと、ギデオンは自分の横を示し、ランタンを手にアイリーンの手を引いてさらにほかの人々から遠ざかった。アイリーンは黙って従い、ちらりと周囲を確かめたあと、ふたりそろって脇《わき》に延びている道のひとつに入った。

ギデオンと同じくらいほかの人々の目を逃れたくて、アイリーンはくすくす笑いながら片手で口を覆って静かに歩いていった。しばらくするとギデオンはじゅうぶん離れたと判断したらしく、彼女を引き寄せて唇を重ねた。

「ずっとこうしたくてたまらなかった」彼はランタンを下に置き、彼女を抱きしめながら打ち明けた。

「わたしも同じだったと言ったら、大胆すぎると思う?」アイリーンはからかうように彼を見上げた。

「とんでもない。神に感謝するよ」彼はにっこり笑って答え、もう一度軽くキスした。

それから頬を頭にのせ、アイリーンを抱きしめたまましばらく黙って立っていたが、やがて髪に顔をすり寄せて耳のなかにささやいた。

「誰にも見られない脇の洞窟を見つけて……」

アイリーンは少しめまいを感じながらくすくす笑った。「やめて。あなたのせいで、まるでミス・サートンみたいにくすくす笑いっぱなしだわ」

「それは恐ろしすぎる」ギデオンは半分本気でそう言うと、アイリーンを見下ろして、ふたたび情熱的にキスした。

それからため息をついて彼女を放し、ランタンを手にすると、彼は手をつないで道を戻りはじめた。ふたりは周囲の洞窟と同じようにおたがいの存在を意識せずにはいられなかった。

「祖母とオデリア伯母に、きみがプロポーズを受けてくれたことを話した」彼は言った。

「言うまでもないが、ふたりとも喜んでくれたよ」

「レディ・テレサはそれほど喜ばないでしょうね」アイリーンは皮肉をこめて言った。

ギデオンは肩をすくめた。「幸い彼女はこの件に口をはさむ資格はない。彼女をラドバーン邸に住まわせるのはいやかい？　もしもいやなら、べつの家に移すこともできるよ」

「なんとか我慢できると思うわ」アイリーンはためらわずに答えた。「ティモシーはここで育ったんですもの。あの子をここから追いたてたくないの。あなたの弟だし、あなたはあの子が好きなんですもの」

「好きだよ」ギデオンはほほえんだ。「でも、きみのほうがもっと好きだ」

「ありがとう。きっとすぐにその気持ちを試すようなことが起こるわよ」アイリーンは軽い調子で言葉を続けた。「わたしは一緒に暮らしやすい女ではないらしいから」

「きみが？」ギデオンはいたずらっぽく目を輝かせながら、わざと驚いた顔をした。「いったい誰がそんなことを言うんだ？」

アイリーンが怖い目でにらむと、キスをされた。ギデオンは目にも頬にも顎にもキスした。

「ぼくはこのままのきみが好きだ」彼は言った。「一緒に暮らすのがたやすい女性なんて、間違いなく二週間もすれば死ぬほど退屈して頭がおかしくなる」

「だったら、あなたの正気を保つためにせいぜい努力させてもらうわ」アイリーンは笑いながら言うと、真剣な声で続けた。「ギデオン……ひとつだけお願いしたいことがあるの」

彼はアイリーンの口調に少し驚いたような顔をした。「なんだい？」

「母もここに呼びたいの。義理の娘と暮らすのは……母はあまり幸せではないのよ。決してそうは言わないけれど、わたしにはわかるの。それに――」

「もちろんさ」彼はアイリーンの手を放し、肩を抱いて引き寄せた。「きみのお母さんには、ここに来て一緒に暮らしてもらおう。そんなことは頼むまでもないよ」

「ありがとう」アイリーンはにっこり笑った。

「きみにそういう目で見てもらうためなら、どんな願いでも聞くとも」ギデオンはそう言ってまたしてもキスした。彼は片手を背中に滑らせてヒップにあて、アイリーンを自分に押しつけた。

炎の舌を持つ欲望が体を貫き、アイリーンは思わずぶるっと震えて彼の胸に手をあてて、シャツのなかに滑りこませた。そして胸をときめかせながら、彼が誰も来ない洞窟に引き入れてくれたら、と思った。

ふたりのキスが激しくなった。彼は音をたててランタンをおろし、両手をアイリーンにまわして彼女を自分に押しつけ、喉に荒い息を吹きかけながらキスし、ほの暗い胸の谷間に顔を埋《うず》めた。

それから低くうめいて彼女を離し、燃えるような目で見つめながら半歩さがり、深く息を吸いこんだ。

「ああ、きみがほしい！」彼はかすれた声で言った。「この結婚でぼくが望む条件はただひとつ。できるだけ早くすることだ！　明日にでも！」

「ええ、わたしも」アイリーンは乱れた呼吸を整えようとしながら、両手でドレスをなでおろした。「そろそろ戻らないと、スキャンダルになるわ」

「わかってる」

ギデオンはしぶしぶランタンをつかみ、彼女の手を引いて歩きだした。だが、何度かカーブや角を曲がったあと、足を止め、ランタンをあげて周囲を見まわした。

「この道は初めてみたいだ」

アイリーンもこの何メートルか不安を感じはじめていたところだった。彼女はギデオンを見た。「迷ったのかしら？」

「少しだけね。戻ったほうがいいだろうな」

彼らは広い道が狭くなるところまで来た道を戻り、しばらくすると洞窟に出た。午前中に入ったところほどの広さはないが、天井は高い。この洞窟に入るのはこれが初めてだった。

「迷ったんだわ！」アイリーンはかすかなパニックにかられて叫んだ。

ギデオンが冷たい手を取り、唇に押しあてる。「心配はいらないよ。戻る道はちゃんと見つかるさ」

彼はランタンを掲げて、洞窟のなかを見まわした。

「興味深い場所だな。ほら、まわりにたくさんの洞窟がある」

確かに黄色いランタンの光の端には、もっと暗い入り口がいくつもあった。「あれを探検したいなんて言いださないでしょうね」

「ああ。だが、いつかじっくり見てみたいな」ぐるっとひとまわりしたランタンの光が、いちばん近い洞窟の壁にあたった。ギデオンはためらった。「奇妙だな」

「何が奇妙なの？」

ギデオンはその壁に歩み寄り、光を近づけた。「この壁は……見てごらん、ほかと違う」

不安よりも好奇心が勝ち、アイリーンは彼が示す指の先に目をやった。「石を積んだように見えるわ」

「そのとおりだ」ギデオンはランタンを壁のすぐそばに置くと、そこにしゃがみこんだ。「ほかはみんな固い岩なのに。ごらん」彼は手を伸ばし、石のひとつに指を走らせた。「粗壁のように石のあいだに土をつめ、上から土で覆ったんだな。だがほとんどの土が水で流された。ほら、底のほうに溜《た》まっているだろう？」

アイリーンは眉を寄せ、かがみこんで自分でも表面をさわってみた。「ほんとだわ。誰かがここに壁をつくったのね。なぜかしら？」

ギデオンは首を振った。「さあ。でも、奇妙だ」

彼が横のほうを指で引っかくと、土がぼろぼろはがれてその下の石が見えた。彼は壁をなであげた。

「ここまでしかない。それに幅も六十センチぐらいだ」それからきっぱりした声でつけ加えた。「この壁の向こうに何があるか見てみよう」

平らな石を使い、ギデオンは両手で壁を掘りはじめた。石と石がこすれる音をさせて、壁が崩れていく。まもなく作業ははるかに簡単になった。アイリーンは乗馬用の手袋をポケットから取りだし、膝をついて自分でも掘りはじめた。みぞおちに奇妙なしこりができ、壁が崩れていくにしたがって、そのしこりが大きくなっていく。石の向こうは真っ暗で、なかの空気はいやな臭《にお》いがした。

洞窟のなかに壁をつくるのは、奇妙な行為だった。この穴を誰がどうしてふさぐ必要があったのか？　この向こうには、何か危険なものが隠されているのだろうか？　急斜面とか、深い穴が。でも、それなら警告の札を立てればすむことだ。

この洞窟はほとんど使われていないという。テレサの話では、セシル卿はここが危険だと思っていた。きっとほかの人々もそう思っていたに違いない。でもその危険が、穴や崖みたいなものではなかったとしたら？　ひょっとすると、犯罪者がここを使って……何をしたの？　どこかの悪党が密輸した品物を隠すのに、この壁をつくったのかもしれない。

真っ先に頭に浮かんだのは密輸業者だったが、でもここは海から遠すぎる。泥棒かしら？　泥棒が盗んだものをここに隠したの？　でもどんな目的で？

略奪品をここまでせっせと運び、大洞窟からずっと離れた脇の洞窟に運びこむ手間をかけたうえに、こんな壁をつくって隠すほど価値のあるものとはいったい何かしら？　長いあいだ隠したいものであることは間違いない。でも、泥棒は売り払ってお金を得るために盗むのよ。隠しておいたのでは盗む意味がないわ。彼らが銀製品を盗んで、何年もここに隠しておくなんてことがある？　それに、このあたりにいったいどれくらい盗むものがあるの？

ギデオンはどんどん夢中になり、壁の穴は急速に大きくなっていった。ようやく、ランタンを掲げて穴のなかを見られるほど大きくなると、ふたりは身を乗りだし、ランタンの両側からなかをのぞいた。

光が届くのはほんの一、二メートルだけだったが、壁の向こうが小さな書斎ほどの大きさの洞窟になっているのは見てとれた。まっすぐ立てるほどの高さはない。奥行きもせいぜい二メートルだ。ぼんやりしたランタンの光で、穴から一メートルあまりのところに、何かが横たわっているのが見えた。長さはおよそ百五十センチ、頭部に薄い白い布がかけてある。それは間違いなく人間の形をしていた。

20

アイリーンは言葉もなくそれを見つめ、出し抜けにしゃがみこんでギデオンを見た。

彼は低い声で毒づいた。

「セリーンだ」

「まあ、なんてこと」アイリーンは頬に手をあて、手が震えていることに気づいた。まさしく彼女の頭に浮かんだことを、ギデオンは口にしたのだった。彼は残りの石をはずし、入り口をすっかり開けた。アイリーンは彼の腕に手を置いた。

「まだわからないわ」

彼はアイリーンを振り向いた。「いや、わかってるさ。ほかに誰がいる?」

「遺体に……手を触れてはだめよ。誰かが――」

「彼女を確認できるかもしれない?」ギデオンはそう切り返すとひとつうなずき、少し落ち着きを取り戻したようだ。「ああ、きみの言うとおりだ。手は触れないよ……遺体には。だが、ぼくは確かめなくてはならない」

彼はランタンをなかに入れ、そのあとから這《は》って入った。アイリーンがそのあとに続くと、彼はまた振り返った。

「きみはこんなことをする必要はないよ。レディが見るようなものじゃない」

「わたしも確かめなくてはならないの。さあ、行って」

ギデオンはそれ以上説得しようとせずにうなずいた。彼らは遺体に近づき、ランタンの光をかざした。

女性の遺体は、朽ちはじめた黒っぽい布でミイラのように包まれていた。頭と肩にかけてある薄物の白い布には、茶色と黄色のしみがついていた。アイリーンはその白い布がペチコートだと気づいた。

薄い布の下には、何本か黒い髪が張りついた、ほとんど肉のない頭蓋骨《ずがいこつ》が見える。アイリーンは息をのんだ。急に吐き気に襲われ、気が遠くなる。彼女は体を起こして目を閉じた。

「大丈夫かい?」ギデオンがすぐそばで尋ねる。アイリーンは目を開け、心配そうな顔を見つめた。「きみはこんなものを見てはいけない。外に出たほうがいい」

アイリーンは首を振った。「いいえ、大丈夫」もちろんこれは嘘《うそ》だった。まだ少し吐き気を感じる。こういうぞっとするものを見たのは初めてのことだ。でも、ふたりともギデオンの母親の亡骸《なきがら》だと確信しているもののそばに、彼をひとりで残していきたくなかった。

アイリーンは息を吸いこんだ。「彼女なの？」

ギデオンは首を振った。「確信はない。だが、ほかに誰がいる？」ため息をついてアイリーンの手を取り、やさしく握った。「戻って助けを呼んでこよう。ほかの男たちを。ジャスパー叔父なら母を確認できるかもしれない」

アイリーンはうなずき、彼の腕に手を置いて目をのぞきこんだ。「ええ、そうしましょう。でも……あなたは大丈夫？」

彼の口もとに悲しみが浮かんだ。ギデオンはアイリーンの手を口に押しつけ、関節にやさしくキスした。「ああ、ずいぶん昔のことだ。それに、少なくとも、これで母がぼくを捨てたのではないことがわかった」

彼は少しのあいだアイリーンにもたれ、それから気を取り直した。

「おいで。みんなのところに行こう」

狭い洞窟《どうくつ》から這いでると、ふたりはほっとして立ちあがった。アイリーンは周囲を見渡した。

「戻る道が見つかるかしら？」

「見つかるさ。少し時間はかかるかもしれないが。トンネルが分かれるたびに、来た道に何かを残していこう」

「髪のリボンがあるわ」アイリーンは言った。「それと手袋」

「ぼくは時計とその鎖、カフスがある。それだけあれば間に合うだろう」

彼らはこの洞窟に入ってきた道を戻りながら、大きな分かれ道や角に品物を残していった。だが、それほど遠くまで行かないうちに、かすかな声が聞こえてきた。ふたりは足を止め、耳をすました。それからギデオンが両手を口にあてて叫んだ。彼の声が洞窟に反響する。

すぐに、先ほどより少し大きな声で男性が呼ぶのが聞こえた。「ラドバーン卿《きょう》か?」

それから別の声が聞こえた。「ギデオン?」

「ピアーズ!」ギデオンは呼び返した。「ぼくらはここだ。こっちに来てくれ!」

声が離れたり近づいたりしながらも、ギデオンと向こうの人々は叫び声を交わしつづけた。やがて、ようやくちらつく光が見え、その直後、三人の男がカーブをまわってきた。ジャスパーとピアーズが先頭を歩き、ロックフォード卿の姿がその後ろに見える。

ジャスパーの顔には心配が刻まれていた。ピアーズですら少し心配そうだった。いつものように落ち着き払っているのはロックフォード卿だけだ。淡い黄褐色のブリーチズにダークブルーの上着を着た公爵は、まるで散歩にでも出てきたように見える。

「よかった!」ピアーズが叫んで前に出てきた。「死ぬほど心配したんだぞ。どこにいたんだ?」

「少し迷ったんだ。それからあるものにでくわした」

ギデオンが感じていることが、顔に表れていたに違いない。三人の男たちが何を言おうとしていたにせよ、黙ってギデオンを見つめた。ロックフォード卿はちらりとギデオンとアイリーンに目を走らせた。わたしはひどく汚れているに違いないわ。突然アイリーンは気づいた。土と石を掘り、四つんばいになって天井の低い洞窟に入ったのだもの。

「案内してくれ」ロックフォード卿は言った。

ふたりは残したしるしを拾いながらふたたび先ほどの〝墓〟に戻った。ほかの男たちが穴の前にしゃがみ、なかをのぞきこむ。ピアーズは息を吸いこみ、ジャスパーは青ざめて、体をこわばらせた。彼は問いかけるように甥《おい》に目を向けた。

ギデオンは首を振った。「ぼくにはわからない。確認できるのはあなただけです」

ジャスパーは狭い洞窟のなかに目を戻した。その顔が悲痛にゆがむのを、アイリーンはとても見ていられなかった。彼はうなずき、前に這っていった。ギデオンがその横に従う。ピアーズはショックを浮かべてじっとふたりを見ている。ロックフォード卿はアイリーンに顔を向けた。

「セリーンかい？」

「たぶん」

ピアーズが好奇心を浮かべてふたりを振り向いたものの、長い説明を求めている場合ではないと判断したのか、何も言わなかった。ギデオンとジャスパーは布に包まれた骸骨《がいこつ》にたどり着いた。

ジャスパーがくぐもった叫び声をもらし、それから静かな声で言った。「これはガウンだ。これは――この女性は、ガウンに包まれている。だが、このガウンがセリーンのものだったかどうかはわからない。手伝ってくれ」

彼はガウンに手を伸ばし、ギデオンとともにそれをはがしはじめた。朽ちた布がふたりの手の下で裂ける。粉のように崩れる部分もあった。

「ああ、神よ」ジャスパーがうめくように言って手を伸ばした。「彼女の指輪だ。結婚指輪だ。それにこの……このピンは、わたしがあげたものだ。ああ、なんという。これはセリーンだ。セリーンだ」

ロックフォード卿が立ちあがった。「レディ・アイリーン、きみをほかの女性たちのところへ連れていこう。ミスター・オールデナム、ここに残ってくれるとありがたいな。馬丁頭をラドバーン邸にやって、荷馬車を持ってこさせる。フランチェスカとアイリーンにはほかのみんなを連れて屋敷へ戻ってもらわねばならない。みんなを送りだしたら、わたしはすぐに戻ってくるよ」

ピアーズはうなずいた。「いいですとも」

「大丈夫かい？」公爵は墓に使われた洞窟から遠ざかりながらアイリーンに尋ねた。

アイリーンはうなずいた。「ええ。恐ろしい光景だったけど……」彼女は肩をすくめ、笑みを浮かべようとした。「わたしはそれほど繊細じゃないの。誰に訊《き》いてもそう言うはずよ」

「ありがたいことだ」ロックフォード卿はなめらかに応じた。「ランタンでこのトンネルのなかを照らしながら、気を失うかヒステリーを起こすかした女性を運ぶのは少しばかり厄介だからな」

彼はそう言ってほほえんだ。その笑みがハンサムな顔をとても魅力的に変えることに意表を突かれ、アイリーンは思わず見直した。いつもは厳しい表情が、驚くほどやさしくなる。

「ええ、それは少しばかり難しいでしょうね」アイリーンはうなずいて、ため息をついた。「ラドバーン卿にはひどい打撃になるわ。お母様が駆け落ちしたという知らせからようやく立ち直りかけたところなのに。今度は殺されていたことがわかるなんて……」アイリーンは言葉を切り、続けた。「でも、それ以外には考えられないわね？」

「ああ、ほかの可能性はないだろうな」ロックフォード卿は答えた。「レディ・セリーンが愛人と駆け落ちしたというパンジー叔母の話は、ぼくもオデリア伯母から聞いたよ。レディ・セリーンは駆け落ちするふりをして書き置きを残し、それからここに来て自殺することもできただろう。だが、ここを離れたと彼女が思わせたかった理由は見当もつかない。それに、自殺したあとで自分の顔に布をかけたとは思えない」

「ええ。それに、片方の側頭部が……陥没していたようだったわ」

「ひどいことだ。少なくともセシルは死んでいるから、裁判という辱めには耐えずにすむが」

「ラドバーン卿のお父様が殺したのかしら？」

「書き置きを読んだのは彼だ。ぼくが大伯母の話を正確に理解しているとしたら、彼ひとりしか読んでいない。殺したのはセシルか従者だろうな。従者にやらせた可能性はある。オーウェンビーはセシルの言いつけなら、なんでもしたはずだ」

「でも、なぜラドバーン卿をさらったの？」

「ぼくには想像もつかないな」ロックフォード卿は認めた。「ああ、大洞窟が見えてきたぞ」

「あなたはここには詳しいの？」アイリーンは尋ねた。

ロックフォード卿は驚いて彼女を見た。「いや、ここに入ったのは初めてだ」

「でも、どうしてこんなにはっきり帰りの道がわかったの？」

ロックフォード卿は眉をあげた。「きみとギデオンが迷子になったと気がつくと――」彼は微笑してつけ加えた。「婚約したばかりのふたりにしても、少し長すぎるほど姿が見えないことに気づくと、壁にしるしをつけながら進んだんだ。せっかくきみたちを見つけても、ここに戻れないと困るからね」

「なるほど」アイリーンはこっそりほほえんだ。フランチェスカの公爵に関する苛立《いらだ》ちが、少し理解できるような気がした。

「レディ・アイリーン！」パーシーと大洞窟に残っていた馬丁頭が、ぱっと立ちあがって叫んだ。「公爵」

「レディ・アイリーンは大丈夫だ。彼女とラドバーン卿は少し迷ったが、わたしたちが見つけたからね。しかし、きみの助けが必要だ、バーンズ。少しここで待っていてくれないか。ミスター・サートン、若い女性たちを無事に屋敷に送り届けてもらえるかな？　レディ・アイリーンはいますぐ戻るべきだと思う。ごらんのとおり、彼女はたいへんな目に遭ったのでね」公爵はアイリーンに顔を向け、小声でつぶやいた。「たいへんな目に遭ったふりをしてもいいよ」

アイリーンは弱々しく胸に手をあてた。「ミスター・サートン、あなたには感謝してもしきれませんわ。なんだか気を失いそうですの」

パーシーは急いで近づき、外まで案内すると請けあって腕を差しだした。公爵は低い声で馬丁に何か命じている。馬丁は驚きを浮かべたものの、うなずいて何も言わずに急いで洞窟を出ていった。

アイリーンとパーシーが外に出ると、すぐさまフランチェスカが進みでた。「アイリーン！　大丈夫？　何かあったの？　ほかの人たちはどこ？」

「残念ながら、この遠出は切りあげるしかないな」アイリーンたちの後ろから洞窟を出てきた公爵が言った。「レディ・アイリーンは大丈夫だ。少し疲れているだけだよ。レディ・ホーストン、少し話せるかな？」

アイリーンは公爵が友人を横に連れていき、フランチェスカに顔を寄せて熱心に話しはじめるのを見守った。話を聞いたフランチェスカが喉に手をやると、ロックフォード卿は彼女の腕に触れるかのように手を伸ばしたものの、急いでその手を引っこめた。そしてフランチェスカに頭をさげ、きびすを返して洞窟のなかへ戻っていった。

フランチェスカは小走りにアイリーンに歩み寄った。「なんてことでしょう。こんな……なんと言えばいいのかわからないわ。大丈夫なの？」

アイリーンはうなずいた。「ええ。でも、みんなを屋敷に連れ帰って、何かをさせる必要があるわ。わたしたちは、ラドバーン卿の家族にこのことを知らせなくてはならないもの」

「何か考えるわ。心配しないで」

フランチェスカはほかの人々を集めて、パーシーの助けを称《たた》え、ときどきアイリーンのほうを見て様子を確かめながら、屋敷に向かった。フランチェスカは、午後の残りは屋敷に戻って何か面白いことを見つけましょう、正面の広い芝生でクロケットでもしましょうかと提案した。

この提案はみんなを喜ばせたらしく、一行は馬を早駆けさせて屋敷に戻った。クロケットの準備をして楽しむほどの時間は残されていなかったが、フランチェスカはともかくみんなを送りだした。パーシーにすべてをまかせて、彼の自尊心をくすぐることも忘れなかった。それから、執事に短く指示を出し、ふたりで図書室に行ってこの屋敷の人々を待った。まもなくレディ・オデリアとその妹はけげんそうな顔でやってきた。テレサもしぶしぶといった顔でそのあとに従ってくる。

「フランチェスカ？」レディ・オデリアは言った。「いったい何事なの？　なぜホラスにわたしたちを呼ばせたの？」レディ・オデリアの表情が変わった。「ギデオンに何かあったの？」

「いいえ、ラドバーン卿は元気ですわ」フランチェスカは急いで安心させ、ちらっとアイリーンを見た。

アイリーンはうなずいた。「実は、今日、洞窟で見つけたものがあるんです。こんなふうにお知らせするのをお許しくださいね、レディ・ラドバーン」彼女はパンジーに言った。「息子さんのジャスパー卿が、レディ・セリーンの遺体を確認したんですの」

レディ・オデリアすら、少しのあいだ言葉もなくアイリーンを見つめていた。それから、三人の女性はアイリーンに質問を浴びせたが、アイリーンには答えられなかった。そこで彼らは黙りこんで、男たちが遺体を運んで戻るのを待った。

ようやく外の廊下に乗馬靴の足音が聞こえると、アイリーンは跳びあがるように立った。まもなくドアが開き、ジャスパー、ロックフォード卿、ギデオンの三人が入ってきた。ギデオンの顔はこわばり、目も暗く翳《かげ》っている。彼は布で包んだものを片手に持っていた。

「ジャスパー？」急に何歳も老けたように見えるパンジーが、両手をぎゅっと握りしめて立ちあがった。「それは……ほんとうにセリーンだったの？」

パンジーの息子は暗い顔でうなずいた。「ええ、確かです。彼女がよくつけていたピンと結婚指輪がありました」

「何が起こったの？」パンジーは呆然《ほうぜん》として叫んだ。「どうしてそんなことに？」

レディ・オデリアがすがるように尋ねた。「洞窟に迷いこんで、どこかから落ちたのか――」

ギデオンが鋭くさえぎった。「父が殺したんです」

パンジーはくずおれるように座りこんだ。「いいえ！　そんなことはありえないわ！　誰かが……セリーンをこの屋敷から連れ去ったのよ。部屋から連れ去って、洞窟に連れこんだに違いないわ！」

「母はここで殺されたんです」ギデオンはそっけなく答えた。「これが洞窟の隅にありました」

彼は手にしたものを差しだし、布をめくった。それを見るのが耐えがたいかのように、ジャスパーが目をそらす。アイリーンはギデオンの手のなかにあるものを見つめた。茶色いしみに覆われた、白い大理石でできた台つきのオルモル製の置き時計。それは置き時計にしては小ぶりで、幅は十センチ、高さも二十センチぐらいしかない。茶色いしみは時計を包んでいた布にもついていた。

ギデオンの祖母は時計を見て小さな悲鳴をあげ、両手で顔を覆った。「いいえ！　違う！　そんなはずはないわ！」

「これは母の時計だ。そうでしょう？」ギデオンは尋ねた。「メイドが母の時計だと説明してくれたものだ。母の部屋のドレッサーの上に置いてあった。そうですね？　母の頭を殴るのにこれが使われたんです」

パンジーはもう一度叫んで顔を隠したまま泣きだした。

「やめないか」ジャスパーはそう言い、まだ甥が手にしている時計から目をそらしながらギデオンと向かいあった。「セリーンの時計だともう言ったはずだぞ。母にかまうな。母は何ひとつ知らないんだ」

「もちろんですとも」レディ・オデリアが動揺して叫んだ。「わたしたちは誰ひとり、こんなこととは知らなかったわ。誰か……正気を失った者がここに押し入って――」

「やめてください！」ギデオンがさえぎった。「嘘も、あざむきも、もうたくさんだ。父は母を殺した。ぼくは何が起こったか必ず突きとめますよ！」

彼はそう言い捨ててきびすを返し、部屋を出ていった。

ほかの人々はギデオンの背中を見つめた。沈黙を破るのは、パンジーの泣き声だけだった。

「いったい全体、彼はどこへ行くつもりだ?」ロックフォード卿が誰に訊くともなしにつぶやいた。

「オーウェンビーのところだろう」ジャスパーが言った。「わたしがあとを追いかける」

彼はそう言って戸口に向かおうとした。

「いや、あなたは母上のそばにいたほうがいい」ロックフォード卿は出ていこうとするジャスパーの腕をつかみ、体を寄せあっているふたりの老婆のほうを顎で示した。「ギデオンはぼくが追いかけます」

「だが、きみはオーウェンビーの家を知らない」ジャスパーが抗議した。

「わたしは知っているわ」アイリーンはすでにドアに向かっていた。「案内します」

ロックフォード卿の命令で馬丁たちがすぐさま準備にかかり、驚くほどの速さで二頭の馬を引いてきた。ロックフォード卿とアイリーンは飛び乗るようにして馬にまたがった。ギデオンは自分が乗って帰ってきた鞍《くら》を置いたままの馬を使ったので、彼らよりもかなり前に走り去っていた。だが、彼の大伯母が言ったように、ギデオンはそれほど乗馬が得意ではない。それに比べてアイリーンは子供のころから馬に乗ってきたし、公爵はまるで馬の背で生まれたように巧みに乗りこなす。さらに彼らが乗ったのは新しい馬だった。ふたりは近道を選んで草地や畑を横切り、塀や生け垣を飛び越えて、町のすぐ東を突っきっていった。

全速力で道に戻ったとき、ギデオンが馬をおり、オーウェンビーの家に入っていくのが見えた。ロックフォード卿とアイリーンは飛びおりて、急いで馬を塀につなぎ、オーウェンビーの家へと走った。

彼らがなかに入ろうとすると、メイドが叫びながら走りでてきてロックフォード卿の袖《そで》をつかんだ。「あの方を止めてください！　どうか！　ご主人が殺されます！」

ロックフォード卿はこともなくその手を振り払い、いつもと同じ落ち着き払った顔で家のなかに入った。家の奥で何かが倒れる音が聞こえても、動じる様子もなくまっすぐその音がしたほうへと進んでいく。

彼らはギデオンをキッチンで見つけた。おそらく父の元従者をそこに追ってきたのだろう。オーウェンビーは裏口から逃げようとしたに違いないが、ギデオンに先まわりされて、恐怖にかられて奥の壁に張りついていた。ギデオンは暖炉の火かき棒を手にして、老人が裏口から逃げようとしても、ほかの部屋に逃げようとしても立ちふさがれるように、キッチンの真ん中に立っている。

「否定しても無駄だぞ！」ロックフォード卿とアイリーンがキッチンに入ると、ギデオンが叫んで、火かき棒をテーブルにたたきつけた。木片が吹っ飛び、オーウェンビーはびくっと跳びあがって、まるで壁をよじのぼろうとするかのように必死に見まわした。「父が母を殺したのはわかっているんだ。父かおまえか！　どっちなんだ！」

「わたしは……わたしは……」オーウェンビーは両手を喉に、それから後ろの壁にやった。

「白状しろ！」ギデオンはまた火かき棒を振りおろした。

「ギデオン！　やめて」アイリーンはきっぱりと命じた。「そんなに脅したら、何もしゃべれないわ」

ギデオンは驚いて振り向いた。「アイリーン！　ロックフォード卿！　ここで何をしているんだ？」

「あなたが怒りにかられてお父様の従者を殺すのを、わたしが許すとでも思っているの？」アイリーンは言い返した。「婚礼の夜に、監獄にいるあなたに面会に行くなんてごめんですからね」

「ばかなことを言うな。こいつを殺したりするもんか」

「もちろんしないとも」ロックフォード卿がなめらかに前に出て、ギデオンの手から火かき棒を取りあげた。

ギデオンはうんざりしたような顔でロックフォード卿を見ると、怯《おび》えている老人に目を戻した。「こんなものがなくても、おまえの首をへし折れるんだぞ」彼はオーウェンビーに言った。「いますぐ話しはじめなければ、ためらわずにそうするからな。ぼくは紳士として育ったわけじゃないんだ」

「この……オーウェンビーだったかな？　この男は、きみの母上に何があったか、喜んで話すとも」ロックフォード卿が穏やかに言った。「そうだろう、オーウェンビー？」

「わたしは何もしてないんです」オーウェンビーは震えながら言った。「誓って、レディ・ラドバーンを殺してなんかいない」

「ああ、きみがやったわけじゃない」ギデオンは苦い声で言った。「父が殺したんだ。そうだな。だが、なぜ？　何が起こったか話してくれ」

「それはわかりません」オーウェンビーは陰気な声で言った。ギデオンが拳《こぶし》をつくって前に出ると、オーウェンビーは叫んだ。「ほんとです！　知りません！　わたしはその場にはいなかった。あの方から……だんな様から話を聞いただけで。わたしは何かが倒れる音を聞いただけだ。だんな様の部屋で着替えを手伝うために待ってると、言い争う声がして……」

「何を言い争っていたんだ？」

「さあ。ほんとに知らないんです。声は聞こえたが、言葉は聞きとれなかったから。一度だけ、だんな様が手紙を持っていると叫んだのが聞こえました。そしてわたしがあとで入っていくと、暖炉で紙が燃えてたので、だんな様がその手紙を放《ほう》りこんだのは間違いありません。暖炉には火かき棒があって、灰と石炭がひとつありましたからね」

「何が起こったんだ？　倒れた音を聞いて部屋に行ったのか？」ギデオンは尋ねた。

「いや、伯爵。すぐにじゃないですよ。夫婦の争いですからね。わたしはそんな立場じゃありません。それに、腹を立ててるときのだんな様を怒らせた日には、命がいくつあっても足りませんから」

「すると、何もしなかったのか？」ギデオンは軽蔑《けいべつ》に口をゆがめた。

「そうですよ」オーウェンビーは挑むように言い返した。「わたしは待ってました。おふたりのけんかに割って入るような、そんな大それた真似《まね》はできません」

ギデオンが老人に飛びかかるまえに、ロックフォード卿が尋ねた。「その部屋にはいつ入ったんだ？」

「奥様が悲鳴をあげられたあとでした」彼は言った。「ただわめくよりも大きな声で。だんな様が、どこへも行かせるものか、と叫ぶのが聞こえ、奥様が叫んだんです。〝やめて！〟とか〝出ていって！〟とか、それとも、だんな様の名前を叫んだだけかもしれません。よく覚えてないんです。何度か聞こえました。それから悲鳴が聞こえ、どすっという音がして……その音がんな様がぐいとドアを開け、わたしは何が起こったかわからなくて、ドアのところへ行くと、だんな様がぐいとドアを開け、わたしがいるのを見つけて部屋のなかに引っ張りこんだんです」

小柄な老人はためらい、不安そうな目でロックフォード卿とギデオンを見てから、しぶしぶ言葉を続けた。

「するとレディ・セリーンが床に倒れているのが見えました。椅子がひっくり返ってるのを見て、あれが最初の物音だったんだな、と思いました。奥様は横向きに倒れて、ぐったりしてました。頭が……少なくとも頭の横が血だらけで、暖炉の上に倒れてなさった。頭はね。残りは絨毯《じゅうたん》の上でした。でも、死んでることはひと目でわかりましたよ」オーウェンビーはそのときのことを思い出し、小さく震えた。「奥様はまっすぐわたしを見とりました」

「父は時計で殴ったのか？」

オーウェンビーはうなずいた。「あれは大きな時計じゃなかったのでね。それをつかんで、頭を殴ったに違いありません。それから、レディ・セリーンが倒れたあとも……一、二回殴ったんでしょうよ」

従者は胸の前に腕を組んで、ギデオンをにらみつけた。

「だんな様のせいじゃないんです！」

「父のせいじゃない？」ギデオンが叫んだ。「母を殴り殺したんだぞ！」

「奥様がたきつけたんです」オーウェンビーは言い返した。「奥様はだんな様を嫉妬《しっと》させたんですよ。奥様が弟と密通してることを、だんな様はご存じでしたからね。ああ、わたしも知ってましたよ。ふたりはいつも見つめあってたから。あれじゃ、誰だってわかります」

「でも、ジャスパー卿はあの屋敷にはいなかったのよ」アイリーンは指摘した。「その何カ月も前に、軍に入隊して行ってしまったのよ」

「彼が書いた手紙が、だんな様を怒らせたんでしょう。奥様に書いた手紙をだんな様が見つけたんでしょうよ」

「だから殺したのか?」ロックフォード卿は信じられないという声で尋ねた。「癇癪《かんしゃく》を起こしたんです。殺すつもりはなかったんですよ」オーウェンビーは主人をかばった。「だんな様はそうおっしゃいましたよ。〝オーウェンビー、わたしは彼女を殺してしまったと思う。何が起こっているかわからなかったんだ。ただこれを手に取って、そして――〟」オーウェンビーは言葉を切り、繰り返した。「そんなおつもりはなかったんです」

「だが、自分のしたことを隠そうとした」ギデオンはうなるように言った。「よくできた筋書きを思いつく程度には、頭がはっきりしていたんだ」

「あれはほとんどわたしが思いついたことです、伯爵」オーウェンビーは誇らしげに訂正した。「レディ・セリーンが逃げだしたふりをすればいい、とわたしが言ったんです。するとだんな様は、それではひどいスキャンダルになる、そんなことはできない、と言って、誘拐されたことにしよう、とおっしゃったんです。だから、ふたりでそういうことにしたんです。わたしはベッドに広げてあったガウンで奥方を包み、ペチコートを一、二枚頭に巻いて、暖炉についた血をほかのペチコートで拭《ふ》きとりました。それから、寝間着で時計を包んで、ふたりで奥方を階下《した》へ運んだんです」

「洞窟へ運んだのはおまえだったのか？」ロックフォード卿が驚いて尋ねた。「夜遅く。あんなに遠くまで？」

「そのときじゃありませんでした」オーウェンビーは答えた。「そんな時間はなかったんですよ。わたしは奥様を庭へ運び、それから戻って坊っちゃんを連れだしたんです。そしてわたしの知りあいの男のところに連れていきました」

「ロンドンの？」ギデオンは尋ねた。「おまえがぼくをロンドンへ連れていったのか？」

「違いますよ！　ロンドンまでじゃありません。チッピングカムデンまでです。あそこには、子供たちでも、誰でも、余計者を引き受けてくれるやつがいるんでね。たまには、そいつはどこかの男の頭をがつんとやって、悪党どものところへ連れてくこともありましたよ。そいつのとこへ坊っちゃんを連れていったんです」

彼はギデオンを見なかった。まるでギデオンを見なければ、自分が人さらいに渡した子供と、目の前にいる男が同じだという事実を認めなくてもすむかのように。

オーウェンビーは肩をすくめた。「それから急いで戻り、計画を実行しました。だんな様はふたりが誘拐されたふりをし、わたしに首飾りを渡して、誘拐犯一味のところへ送りだしました。だが、わたしが行ったのは壊れた塔で、そこに隠した奥様を洞窟へ運びました。そして誰かが偶然死体にでくわさないように、壁をつくって閉じこめたんですよ。だんな様は、洞窟は危険だと言って入るのを禁じ、秘密を守ろうとしましたよ」

三人はオーウェンビーを見つめた。アイリーンはこの男が一片の罪悪感もなしにレディ・セリーン殺害の片棒を担いだ話をしていることに、心の底からぞっとした。ギデオンは血の気が引いた顔をしている。従者の話を聞いているうちに、激しい怒りが冷め、冷たい絶望に変わっていくようだった。

「でも、それでも筋が通らないわ」アイリーンはオーウェンビーに尋ねた。「なぜラドバーン卿はあなたにギデオンを連れていかせたの？　なぜひとり息子を、自分の跡継ぎを、屋敷から連れ去らせたの？」

「坊っちゃんが目撃したからですよ。たぶん、怒鳴り声で目を覚ましたんでしょうよ。子供部屋は奥様の部屋のすぐ上でしたから。坊っちゃんは母親の部屋に入ってきた。だんな様が母親を殴り倒すのを見たんです。そして悲鳴をあげはじめた。それで……それでわたしは何が起こったか見に行こうと決めたんですよ。だんな様は口を封じようと坊っちゃんを殴りなさった。ほかの誰かが目を覚ますのを恐れてね。坊っちゃんは気を失い、わたしが戻ってきたときも、まだ眠ってましたよ。だんな様が阿片《あへん》チンキでも与えたのかもしれない、と思ったもんです。眠らせておくためにね。だんな様は坊っちゃんも始末する必要があるとわたしに言いなさった。母親を殴り倒したところを、坊っちゃんは見たわけだからね。屋敷に置いといたら、その夜起こったことをいつなんどき、誰に話すかもしれねえ」

「でも、自分の息子よ！」アイリーンは叫んだ。

「それがなんだね？」オーウェンビーは怒鳴り返した。彼は憎悪に近い目でギデオンを見た。「結婚した日から、奥様はだんな様を裏切ってきた。弟が最初じゃない。最後だっただけです。奥様には何人も愛人がいたんですよ。まったくひどい女だ」オーウェンビーはあからさまな嫌悪を浮かべ、ギデオンをにらみつけた。「あなたは自分がたいした人物だと思っているようだが、とんでもないこった。あなたは誰でもない。聞こえるかい？　あなたは伯爵様の子供じゃないんだ」

21

「確かに、それなら筋が通る」ギデオンは落ち着いて言った。

「なんですって？」アイリーンは驚いて彼を見た。

ふたりはラドバーン邸に戻る途中だった。オーウェンビーの家を出てからギデオンが口を開いたのはこれが初めてだ。従者の家を出ると、オーウェンビーが暴露した意外な事実をギデオンとアイリーンがふたりだけで話せるようにと、ロックフォード卿《きょう》は気を利かせてさっさと走り去った。だが、ギデオンは少しのあいだ黙りこみ、考えにふけっていた。アイリーンは邪魔する気になれず、その沈黙を尊重していたのだった。心が落ち着けば話してくれるはずだと思っていたが、まさかギデオンがこんなことを言うとは夢にも思っていなかった。

「筋が通る、って何が？　あの男の話は、わたしにはさっぱりわからなかったわ」

ギデオンは肩をすくめた。「ぼくはセシル卿の息子じゃないんだ」

「それはわからないわ」アイリーンは異を唱えた。「セシル卿の従者がそう言っているだけですもの。あの男は真相を知ることなどできなかったのよ。オーウェンビーの話が正しいという証拠はひとつもないわ。セシル卿さえ確実にはわからなかったはずよ。ジャスパー卿が話してくれたレディ・セリーンという女性は、オーウェンビーが言うような女性ではなかったわ。セシル卿はレディ・セリーンをこきおろして、自分の罪を正当化しようとしていたに違いない。妻がふしだらな女で、べつの男の子供を夫の子供だと偽っていると思えば、妻を殺した罪も軽くなると思ったのかもしれないわ」

「だが、筋は通る」ギデオンは頑固に言い張って、アイリーンを見た。「セシル卿が実の息子を処分しようとした理由がわからなくて、ぼくらは袋小路に突きあたっていた。だが、息子が自分の子供ではないことを知っていたとすれば、事件の謎《なぞ》を解くのはそれほど難しくない」

「彼は自分を守るために、あなたを排除したのよ」アイリーンは言い返した。「卑劣な行為だけど、それだけのことよ。それに、あなたが実の息子ではないと思っていたのなら、何年も前に廃嫡できた。お母様を不義密通で訴えて離婚することもできたわ」

「だが、そんなことをすればひどいスキャンダルになる。それはバンクス家が望まないことだったろう。それに、母を訴えれば、彼の面目はまるつぶれだ。だからぼくが自分の息子だと思っているふりをしたんだ。だが、妻同様、ぼくを厄介払いできるチャンスが来ると、それをつかんだ。実の息子なら、そんなことをしたと思うかい？　ぼくはまだ四歳だったんだ。あの夜見たことを誰にも話さないように、手を打つことはできたはずだ。そしてやがてぼくは忘れたに違いない。実際、ぼくはここで育ったころのことをすっかり忘れてしまったんだから。だが、彼はぼくを厄介払いできるチャンスを利用したんだ」

「でも、あなたの外見はどうなの？　それに肩のあざは？　レディ・オデリアはあなたがリールズ家の人々にそっくりだと言っていたわ」

ギデオンは唇をゆがめた。「そうかい？　確かにぼくの髪は黒いが、目は緑だ。ロックフォード卿をぼくの兄だと思う者はひとりもいないだろうよ。彼はもっと背が高いし、もっとほっそりしている」

「でも、あなたは彼の弟じゃないわ」アイリーンは言い返した。「親戚《しんせき》ですもの。それもかなり遠い親戚よ」

「母のメイドはぼくが母似だと言っていた。目の色も母と同じだ、と。みんながバンクス家に似ていると思っていたが、メイドはぼくが母似だと思っていたんだ。レディ・セリーンも黒い髪だった。肩のあざは生まれたときのあざで、バンクスやリールズから受け継いだものじゃない。このあざが証明するのは、ぼくが誘拐されたと思われていた子供だったということだけだ。バンクスのひとりだという証拠にはならない」

「でも、違うという証拠もないわ！」

「わからないのかい？」ギデオンは疲れたように言った。「ぼくがあれほど強くここに属していないと感じたことも、これで説明がつくんだ。ぼくはここの人間じゃない。貴族じゃないんだよ。たぶん……召使いの血でも流れているんだろう。あるいは村の事務弁護士とか。誰のものだかわかったものじゃない。ぼくはラドバーン伯爵じゃないんだ。だから、そうだというふりはできない」

「何を言ってるの？」アイリーンは尋ねた。「爵位をあきらめるつもり？」

「ティモシーが伯爵になるべきだ」ギデオンは顎をこわばらせた。「あの子の権利を奪うことはできない。きみはぼくがそんなことをする人間だと思うのかい？」

「いいえ。貴族を憎むあまり、自分が貴族だということを否定する類《たぐい》の人間だと思うわ」

「ぼくは貴族じゃないんだ」彼は主張した。

「それはわからないわ」

「ぼくにはわかってる」彼は低い声で言った。「ずっとわかっていたんだ。心の底ではね。ロックフォード卿が最初に連絡をくれたときから」

「どうやって？　そんなこと、わかるはずがないでしょう」

「心のなかで、この体のなかで感じたんだよ」

「それだけではじゅうぶんじゃないわ！」アイリーンは叫んだ。「それは知識とは言えないわ」

ギデオンはアイリーンを見て馬を止めた。彼らは屋敷のすぐ近くまで来ていた。それは前方の庭の上にそびえたち、夕日を反射して窓をきらめかせている。

彼は馬をおり、アイリーンが馬からおりるのを助けた。そして低い石壁を越え、長いあいだそこにたたずんで屋敷を見つめてから、彼女に顔を戻した。

「わかっているんだ。この血のなかに、骨のなかに感じる。ぼくは伯爵ではないと。ロックフォード卿のような男が自分の血を何世紀もさかのぼれる男だ」

アイリーンは彼の横に立った。「わたしの父もさかのぼれたわ」

「どういう意味だい？」

「すべての貴族が、ロックフォード卿と同じじゃないってことよ。わたしたちはひとりひとり違う。見かけも、性格もね。セシル卿は正式なラドバーン伯爵の跡継ぎだった。でも、彼はなんのためらいもなく妻を殺したのよ」

「貴族がすべて善人じゃないことはわかってるさ。自分が父、いや、セシル卿よりも善良な男であることを願うよ。だが、ぼくは……彼が属していたグループの一員じゃない。ぼくは自分に自信がないわけじゃない。これまで何をやっても成功してきたよ。だが、きみのお父さんも含めて、これまでに会った貴族がひとり残らず持っているものを、ぼくは持っていない。あの確信、自分が高い地位に生まれたことを知っているあの雰囲気がぼくにはないんだ」

「あなたが話しているのは傲慢《ごうまん》さね」アイリーンは皮肉たっぷりに言い返した。「わたしはそうは思わないわ。傲慢さが持って生まれたものだとはね。あれは育ちが与えるものよ。あなたはまったく違う環境で育った。でも、それはあなたが受け継いだ血を変えるわけではないわ」

彼はうなずいた。「わかってる。だが、ティモシーに不公平だという気がするんだ。彼は父の実の息子だ。ぼくではなく、あの子がラドバーン伯爵になるべきなんだ。ロックフォード卿がぼくを見つけなければ、そうなっていたんだよ。今日わかったことは、彼らに伝えなくてはならない。ぼくは爵位を放棄する」

「あなたはとてもいい人ね」アイリーンは彼の手を取った。

「めったにそれで責められたことはないな」彼はかすかな笑みを浮かべたものの、アイリーンを見た目には葛藤《かっとう》があった。彼はアイリーンの手を放し、一歩さがった。「ぼくはもう伯爵じゃない。それに実の父親が誰なのかは、永遠にわからないだろう。きみが……」彼は言葉を切り、硬い表情で早口に言った。「きみが結婚するという約束を撤回したとしても、恨まないよ。幸い、家族のほかには誰にも話していないから、スキャンダルになる心配はないはずだ」

アイリーンは胸が凍りついた。彼女はじっとギデオンを見上げ、どうにか泣かずに話そうとした。「なんですって？　あなたはもうわたしと結婚したくないの？」

ギデオンは唇をゆがめた。「とんでもない。もちろん、きみを妻にしたいさ。だが、きみに伯爵夫人の地位を約束しながら、それが果たせないとしたら、きみとの約束を盾に結婚を迫るのは卑劣なやり方じゃないか？　きみはラドバーン伯爵夫人にはなれないんだよ。ただのビジネスマンの妻でしかなくなるんだ。名前や家族に比べれば、ぼくの富がどれほど取るに足りないものかはわかっているつもりだ」

「なんて人！」アイリーンは怒りにかられ、前に進みでて彼の頬をたたいた。

ギデオンは目をみひらいた。「いまのはなんだい？」彼は刺すような痛みをやわらげようと頬に手をやった。

「わたしが……何もかも打ち明けたあとで……昨夜《ゆうべ》のあとで、そんなことを言うなんて！」アイリーンは激怒して、ギデオンをにらみつけた。「あなたはわたしが愛に値段をつけると思ってるの？　この身を与えたのは、あなたが伯爵だからだと？　そんな称号など、これっぽっちもほしくないわ！　あなたの富も！　あなたが伯爵だろうが、ぼろを集めてまわる男だろうが、そんなことは関係ないわ！　あなたを愛していたから、あなたのところに行ったのよ！」

彼女はくるりときびすを返して馬のところに戻ると、あんぐり口を開けて見つめるギデオンを残して走り去った。

アイリーンはギデオンが呼ぶ声を無視し、かっかして屋敷に戻った。彼の馬が追ってくる蹄《ひづめ》の音が聞こえたが、乗馬の腕は彼女のほうが上だ。しかも馬の疲れが違う。アイリーンは彼よりも先に厩舎《きゅうしゃ》に到着し、助けを待たずに飛びおりると、手綱を馬丁に投げ、屋敷へと急いだ。怒りと苦痛が胸を締めつけていた。ギデオンを待って、彼と話すことはできない。いまはだめ。いまはただ、わっと泣きだすまえに部屋にたどり着きたいだけ。

階段を駆けあがったが、自分の部屋に行くまえに、足音を聞きつけたジャスパーが、母親の部屋のすぐ横にある小さな居間から心配そうに顔をのぞかせた。

「レディ・アイリーン！」彼はアイリーンの後ろを見た。「ギデオンはどこだ？　彼は――」

「彼は大丈夫よ」アイリーンは短く答えた。「ごめんなさい。失礼して……」

向きを変えて部屋へ行こうとすると、階段を駆けあがってくる足音がして、ギデオンが廊下に飛びこんできた。

「アイリーン！」

「ギデオン！」ジャスパーが叫び、ほっとした顔になった。「ありがたい。無事に戻ってくれたか」

ギデオンは足を止め、苛立《いらだ》ちもあらわにジャスパー卿を見てからアイリーンに目を戻し、ようやく言った。「ええ、ぼくは大丈夫です。ご心配をおかけしてすみませんでした」

「オーウェンビーが言ったことは、ロックフォード卿から聞いたよ」ジャスパーは言った。

「きみのお祖母《ばあ》様とレディ・オデリアが居間にいるんだ。どうか、ほんの少し時間を割いて、わたしたちと話してくれないか」

「わたしは失礼しますから、ご家族水入らずでお話しくださいな」アイリーンはすばやくそう言って、ふたたび部屋に向かおうとした。

「だめだ！」ギデオンは彼女の腕をつかんだ。「きみも一緒に来てくれ」

ジャスパーはギデオンの言葉と、彼の剣幕に驚いて目をしばたたいた。

「いいえ――」アイリーンは怒りに燃える目で言い返した。

「どうか、またぼくに毒を吐きかけるのはやめてくれ」ギデオンは早口に言った。「約束する。その機会はすぐに来るよ。だが、まずこっちを片づけてからだ。それにぼくと対決しないですむように、部屋に閉じこもるのを許すつもりはないよ」

アイリーンは眉をあげて、皮肉たっぷりに応じた。「あなたと対決するのをわたしが怖がると思うの？」

ギデオンはにやっと笑ったが、すぐに真顔になった。「いや、思わない。だから言ったのさ。頼むから、ぼくが彼らに話すあいだ一緒にいてくれ。さっきのことは、それからふたりで話しあおう」

アイリーンはしぶしぶ譲歩し、ふたりの男と一緒に居間に入った。そこではレディ・オデリアとパンジーがふたりを待っていた。ギデオンの祖母は涙を流し、しおれた花のようにソファの隅に座って、片手に丸めたハンカチでときどき涙を拭《ふ》いている。

「ああ、ギデオン」パンジーは彼を見ると泣き声をあげた。「そんなはずはないわ」彼女はまた泣きはじめた。「あの恐ろしいオーウェンビー。彼は嘘《うそ》をついているのよ。わたしにはわかっているわ」

ギデオンはため息をついて髪をかきあげた。「ジャスパー卿から、ロックフォード卿がオーウェンビーの話をしたと聞きました」彼はためらい、言葉を続けた。「オーウェンビーが、ぼくの……父親について言ったことも、お聞きになりましたか？」

レディ・オデリアが滑稽《こっけい》なほど高く眉をあげたが、パンジーは混乱した顔になった。

「あなたの父親？」パンジーは繰り返した。「どういうことなの？」

ジャスパー卿が顔をしかめて一歩進みでた。「なんの話だ？　公爵が教えてくれたのは、セシルがセリーンを殺したあと、オーウェンビーが彼女の遺体を隠したということだけだ。あの男はほかに何を言ったんだ？」

「セシル卿はぼくの父親ではない、と」ギデオンは答えた。「申し訳ありません。あなた方にこれ以上心痛を与えるつもりはないんですが、オーウェンビーはそう言ったんです。ぼくは……ほんとうのことだと思います」

パンジーは猫が鳴くような小さなうめき声をあげた。「そんな！　違うわ！　それは間違いよ。その噂《うわさ》は偽りですよ。ええ、確かにセリーンが身ごもるにはしばらく時間がかかったわ。でも、あなたがセシルの息子だということは確かよ。目のある者なら誰でもわかるわ」

「そうよ、あなたはまぎれもないリールズの顔を持ってるわ」レディ・オデリアもきっぱりとつけ加えた。彼女の声にはこれまでの活気がいくらか戻っていた。「ロックフォード卿を見てごらんなさい。叔父さんを見てごらんなさい」

アイリーンはレディ・オデリアの言葉に反射的にジャスパーを振り向き、はっとして目を細めた。ジャスパーは深い苦痛と後悔の入り混じった目でギデオンを見ている。彼女はのろのろと体をまわし、横にいるギデオンを見た。このふたりは……。

「そうだったの！」アイリーンは思わず叫んでいた。わかってみれば、これまで気づかなかったのが不思議なくらいだ。

部屋にいる人々がひとり残らず彼女を見た。アイリーンは赤くなった。

「あの、ごめんなさい。でも、ギデオン……」

「なんだい？」彼は心配そうな顔でアイリーンを見下ろした。「どうかしたのかい？」

「あの、ふたりで話せる？」

「いいとも。だが、ここに来た目的を果たしてからだ」

「いいえ、その前に……」アイリーンはジャスパー卿を見た。

「きみの妻になる人は、こう言いたいのだと思う」ジャスパーが言った。「なぜきみがリールズと、それにバンクスにも似ているかたったいま気づいた、と。わたしを見れば、二十年後の自分がどんなふうに見えるかわかるはずだよ」

ギデオンは驚いてジャスパーを見た。

「オーウェンビーの言ったとおりだ。セシルはきみの父親ではなかった。ぼくがそうだ」

「あなたが――」ギデオンは呆然《ぼうぜん》としてつぶやいた。

ジャスパーはうなずいた。「そうだ。わたしなんだ。きみが戻ってから、何度も打ち明けたかったのだが、われわれのことをどう感じているかわかっていたからね。真実を話せば、われわれを、とくにわたしをいっそう軽蔑《けいべつ》するのではないかと怖かった。わたしは愚かで臆病《おくびょう》だった。セシルがあんなことをするとこれっぽっちでも思っていたら、決してここを離れはしなかったのに。まさかあんな……兄がきみを嫌っていたことは知っていた。おそらく、きみが自分の息子ではないことを知っていたんだろう。わたしがきみの父親だと疑っていたに違いない。セリーンに出会った瞬間から、わたしが彼女に夢中だったことは、どんな愚か者でも見抜いたはずだから」

「ジャスパー！」パンジーは恐怖を浮かべて息子を見た。「何を言ってるの？　どうしてそんなことが！　セシルを裏切るなんて！」

「セシル？」ジャスパーは驚いて繰り返した。「わたしがセシルの妻を愛したことで取り乱しているんですか？　セシルは人でなしでした。自分の妻がすばらしい女性だということもまるでわかっていなかった。自分は何百回も彼女を裏切っておきながら、セリーンがほかの男にほほえみでもしようものなら、悪《あ》しざまに彼女を罵《のの》った。結婚したときはセリーンも彼を愛していたんですよ。セシルが彼女の愛を粉々に砕いてしまわなければ、ほかに心を移すことなど決してなかったでしょう。セシルはロンドンに愛人を囲っていたが、セリーンがほかの男に惹《ひ》かれるのを恐れて、セリーンのことは一度もロンドンに連れていこうとはしなかった。そして愛人にも妻にも飽きたときには、村の居酒屋の女やロンドンやバースの女と遊んでいた。だが、セリーンがパーティーで地主と踊るか、通りで医者に会釈しようものなら、癇癪《かんしゃく》を起こして彼女を怒鳴り飛ばした」

ジャスパーは落ち着きを取り戻そうとしながらくるりと向きを変え、抑えた声でギデオンに言った。

「きみのお母さんは立派な女性だったんだよ、ギデオン。頼むから、身持ちの悪い女だとか、邪悪な女だったと思わないでくれ。彼女は六年もの長いあいだ、兄に忠実だったんだ。彼女を追いかけたのはわたしのほうだった。そして彼女は兄に何度も心を引き裂かれ、ついに耐えられなくなるまで、わたしに顔を向けようとはしなかった。そのときでさえ、自分の裏切りとその罪を憎み、何カ月もしないうちにわたしをここから追い払った。わたしは旅をし、学び、思いつくかぎりのことをして彼女を忘れようとした。そしてきみが三つになるまでここには戻らなかった。母からの手紙できみが生まれたことを知ったが、きみがセシルではなく、自分の息子だとは知らなかった。ここに戻ったあと、セリーンから聞くまでは。きみを連れて一緒にここを出ようと懇願したのはそのときだ。だが、セリーンは頑として首を縦に振らなかった。きみを実の息子だと信じているセシルから、きみを連れ去ることはできない、それにきみの将来を取りあげることもできない、とね。わたしたちは……少しのあいだ、できるかぎりの幸せをところどころで見つけたが、やがてわたしは兄の妻である彼女を見ていることに耐えられなくなった。だから、二度目に彼女を捨てたんだ」ジャスパーは厳しい顔で言った。「残りはきみも知っているとおりだ」

「なんと……」ギデオンは長いことジャスパーを見つめていた。「なんと言えばいいのか……」

「どうかわたしを許すと言ってくれないか」

「許します」ギデオンは躊躇《ちゅうちょ》せずに答えた。「実を言うと……それがわかって嬉《うれ》しいくらいです」彼は少しゆがんだ笑みを浮かべた。「誰が父親だかわかってほっとしました。父親が人殺しではないとわかって」

ジャスパーの顔に安堵《あんど》の笑みが浮かんだ。「ありがたい。わたしは永遠にきみを失うのではないかと恐れていたんだ」

「まあ、これで全部片づいたようね」レディ・オデリアが言った。「ひどい話だけれど、誰ひとりこれを知る必要はないわ。セシルの最初の話に従って、セリーンは誘拐されたことにしておくのがいちばんでしょうよ。彼女をさらった悪党が、彼女を殺して洞窟《どうくつ》に隠した。その遺体を息子が見つけ、家族のもとへ戻して、ついに彼女が安らかに眠れるようにした。これはまことに因果応報だと人々は言うでしょうね」

「いえ、まだ終わっていません」ギデオンはレディ・オデリアの言葉をきっぱり訂正した。「ティモシーの件があります。ぼくはジャスパー卿の息子で、伯爵の息子ではないんです。合法的な跡継ぎでもない」

「誰もそれを知る必要はないわ」レディ・オデリアは指摘した。「なんといっても、それを証明することは誰にもできないんだもの。セシルはあなたを息子として受け入れたし、あなたはセシルが結婚した妻から生まれたのよ。あなたが継がなければ、ほかの誰が跡を継ぐのか、わたしにはわかりませんね」

「ティモシーから正当な権利を奪うことは、ぼくにはできません」ギデオンは言い返した。「ティモシーは伯爵のただひとりの実子です。領地と称号はぼくではなく、彼が継ぐべきです」

レディ・オデリアはうめいた。「あなたがリールズであることは、まったく疑問の余地がないわね。あなたの曾祖父《そうそふ》と同じくらい頑固者だわ」

レディ・オデリアの横でパンジーがうなずく。「ええ、お父様にそっくり。でも、オデリア、ギデオンが言ってるのは、そういう問題じゃないでしょう?」

「問題は、わたしたちはあの不愉快なレディ・テレサにまたこの屋敷を切り盛りさせるのかどうかよ。ティモシーは悪い子じゃないわ。立派に成長するかもしれない。あんな母親のもとでどうすれば立派に成長できるか、わたしにはわかりませんけどね。でも、あの子は少しもリールズらしくない。バンクスらしくもないわ」

「それは」ジャスパーが口をはさんだ。「彼にはリールズの血もバンクスの血も流れていないからですよ」

またしても全員の注目を浴び、ジャスパーは肩をすくめた。

「彼を見ればわかるじゃありませんか。レディ・オデリアの言うとおりです。わたしにはティモシーの父親が誰なのか見当もつかないが、兄でないことは確かだ。セシルには子供ができなかったんです」

「ジャスパー！　やめて！　あれは残酷な噂よ！」母親のパンジーが抗議した。「真実ではないわ」

「ただの噂じゃないことは、母上もよくご存じのはずですよ。あれは真実だ。セリーンは結婚して六年も身ごもらなかったんですからね。彼女が産んだ子はわたしの子でした。セシルはそれを知っていたんです。ただプライドが高すぎて認められなかっただけです。さもなければ、なぜギデオンを自分の息子だと認めたんです？　セシルは自分が跡継ぎをつくれないことを知っていた。だから、わたしの子供、自分の甥《おい》が、彼にとっては最も自分の血に近い息子だった。セシルは再婚するのをどうしてあんなに長く待ったのか？　セリーンを愛していたからじゃない。言うまでもなく、彼女がまだ生きているのを望んでいたわけでもない。たとえ再婚しても、跡継ぎをつくれないことがわかっていたからですよ。それをもう一度試す気はさらさらなかった。セシルには何人も愛人がいたが、わたしは彼の子供を産んだ女がいるとは聞いていません。セシルの評判は母上もご存じだったでしょう。みんなが知っています。だが、居酒屋の女かメイドがここにやってきて、抱いているのは彼の赤ん坊だ、とひとりでも言いましたか？　テレサがどうやってセシルに結婚を承知させたのかは知らないが、彼女が身ごもったのはそれから二年後だった。おそらく彼女はセリーンほど世間知らずではなかったのでしょう。子供ができないのはおまえのせいだとセシルになじられても、セリーンのように額面どおりに受けとり、悩んだりはしなかった。代わりに必要な子供を与えてくれる男をどこかで見つけたんです」

パンジーは叱《しか》るように息子を見た。「どうしてそんなひどいことが言えるの？　あなたは死んだ人間を敬うということができないの？　自分の血を分けた兄を？」

「人殺しを尊敬することなどできませんね」ジャスパーはそっけなく言い返した。「それに、秘密を持つのはもうたくさんです。母上もご存じでしょう。セシルとわたしは子供のころ、おたふく風邪にかかった。まだ六歳だったわたしは大丈夫だったが、十二歳になっていたセシルは、おたふく風邪は治ったものの、子供をつくれない体になったんです」

パンジーがまた泣きだし、レディ・オデリアがたしなめた。「ほらほら、パンジー、やめてちょうだい。セシルがあなたの息子だってことは知ってるけど、あの子の性根が、妻を殺し、ギデオンを悪党の手に渡すまえから腐っていたことは、みんなが知っていたわ。わたしがあなたなら、涙を拭いて、あなたが二十七年も口をつぐんでいたために、孫息子とジャスパーにどんなひどいことをしたかよく考えるわね」

パンジーは狼狽《ろうばい》して目をみはった。「でも、わたしは知らなかったのよ！」

「もちろんですとも。あなたは昔からなんでも、注意深く知らないようにしてきたわ」レディ・オデリアは言い返した。パンジーの目から涙があふれた。「やれやれ、もう泣くのはやめなさいったら」

レディ・オデリアはすっくと立ちあがった。妹とのやり取りでこれまでの元気が戻ったようだった。

「さてと、ギデオン、そういうことよ。たいしたものではないけど、これがあなたの家族ですよ。あの小さな少年にあなたがしてやれることは、あの子の母親にロンドンに家を与えて、ティモシーを手もとにおくことね。ロンドンに住めるとなれば、テレサは喜んでティモシーをここに残しておくでしょうよ。そしてあなたのことだから、ティモシーが何不自由なく育つように心がける。うまくいけば、あの子は母親よりも……そして父親がどこの誰にしろ、その男よりもましな人間に育つでしょう。あなたは文句を言わずに、伯爵として生きる術《すべ》を学ばなくてはならないわ」

「ええ、努力します」ギデオンは答えた。

ジャスパーがギデオンと話すために前に進みでるのを見て、アイリーンはこっそり部屋を出ようとした。彼女がドアに行かないうちにギデオンが名前を呼んだが、アイリーンは振り向かずに、そのまま部屋を出た。

「失礼」ギデオンは新たに見つけた父に断った。「あなたと話したいのは山々ですが、その前に、差し迫ったビジネスを片づける必要があるんです」

彼は急いで廊下に出た。ありがたいことに、アイリーンは自分の部屋に逃げこまず、廊下で彼を待っていた。美しい顔にはもう怒りはなかった。だが、そこに浮かんでいる用心深い表情を見て、ギデオンは怒りに燃える目を見たときとは比べものにならない鋭い痛みに胸を突かれた。

「アイリーン、どうか……」彼は一歩前に出て、片手を差しのべた。「ぼくの話を聞いてくれないか。説明させてくれ」

「いいわ。でも、せめて庭で話しましょう。わたしの私生活に関することを、ここにいる人たちの噂の種にされたくないの」

ギデオンはうなずいて、彼女のあとに従い、階段をおりてテラスに出た。ふたりは庭におりると、ようやくほかからは見えないベンチまで来た。

アイリーンは背筋を伸ばして、彼に向き直った。「あなたをたたいて悪かったわ。許してくれるといいけど」

ギデオンは影のような笑みを浮かべた。「許すに決まってるじゃないか……ぼくのほうこそ、ぶざまな愚か者だったことを謝らなきゃならない。許してくれるかい？」

アイリーンは眉をあげた。「まあ、あなたはほかの者にはなれないでしょうから」

ギデオンは笑いだした。「辛辣《しんらつ》だな。きみは決してらくに非を認めさせてくれないんだね」

アイリーンは肩をすくめた。「だったら、婚約は取りやめるのね」

「いや、やめない。ぼくはきみと結婚する」

アイリーンは顔をしかめた。「がっかりさせて申し訳ないけど、お断りするわ」

「さっき言ったことはほんとうかい？」ギデオンは尋ねた。「ぼくを愛している、と？」

アイリーンはつんと顎をあげた。「嘘をつく習慣はないもの。ええ、あなたを愛しているわ。だからって、あなたと結婚するってことじゃないわよ」

ギデオンの口の端が持ちあがった。「ぼくがぼろを集める男になっても？」

金色の目に怒りが閃《ひらめ》く。「わたしをばかにするのはやめて！　わたしは愛を捧《ささ》げたのに、あなたは、お金を、それに称号を、それに……」

「ぼくの愛を捧げる」ギデオンはさらりと言って彼女に歩み寄り、腕をつかんでアイリーンを見下ろした。「ぼくの愛を捧げる。これから死ぬまで、いつまでも変わらずに。ぼくが持っているものは、すべてきみのものだ。きみを失えば、どんなものもなんの価値もないんだから。だが何よりも、ぼくの心はきみのものだよ。あの夜きみがその金色の瞳でぼくを見下ろし、ぼくの胸に銃を突きつけたときからずっとそうだった」

「でも……」アイリーンは今日の午後に経験した激しい感情の余波にようやく襲われ、震えはじめた。「あなたは……」涙がこみあげ、彼女は言葉を切った。なんて愚かなのかしら。それになんてすばらしいの。

「きみにああ言ったのは、結婚の約束で縛るのは不当だと思ったからだ。だが、きみがおとなしく受け入れるのを望んでいたわけじゃない。ぼくが望んでいたのは、さっきのきみの答えだった」ギデオンは笑みを浮かべ、たたかれた頬をなでた。「もう少しやさしくぼくを選んでくれてもよかったけどね。貴族でないとわかって、きみに選択の余地を与えざるを得なかったんだ」

アイリーンは泣き声とも笑い声ともつかない声をもらし、彼の腕に抱かれた。「どうか、もう二度とわたしにそういう選択肢を与えないで」

「わかった」ギデオンはアイリーンをひしと抱きしめ、美しい髪に頬を寄せた。「信じてくれ、あんなことはこれっきりにする。公平だろうが不公平だろうが、きみはぼくのものだ。二度と手放さない」

アイリーンは彼の腰に腕をまわし、固い胸に顔を押しつけて、彼の感触とぬくもり、強さと匂《にお》いを味わった。しばらくすると、彼女は背中をそらして、彼を見上げた。「でも、昨夜は愛することはできないと言ったわ。どうして――」

「間違いなく、ぼくはいくつもばかなことを言った」ギデオンがさえぎった。「きみを愛していない、きみに感じるのは飢えと、欲望と、友情と、賞賛だけだとずっと自分に言い聞かせていたんだ。だが、今日の午後、叔父――いや、父が何年も前に死んだ母の亡骸《なきがら》にひざまずいて涙を浮かべるのを見て、わかったんだ。きみを奪われたらぼくも同じように感じるに違いない、二十年、三十年たっても、ぼくは死ぬまできみのことを想《おも》いつづけるだろうって。そして、自分の気持ちが愛ではないふりをしていただけだと気づいた。愛しているよ、アイリーン」

「ああ、ギデオン！」アイリーンは彼の首に抱きつき、爪先立ってキスした。「わたしも愛してるわ」

しばらくして、彼はアイリーンから顔を離し、彼女を見下ろしてほほえんだ。「思うに、レディ・オデリアには、ぼくらなしでこの話を広めてもらわなくてはならないな」

「それはとてもいい考えね」アイリーンはほほえみ返した。

「それに、召使いにふたりの夕食を塔へ届けてもらおう。今夜は気分がすぐれないから、お客とは一緒に過ごせそうもない」

アイリーンは満面に笑みを浮かべた。「なんだかわたしも気分がすぐれないみたい」

「ふたりの意見が一致した？　これで二度目だ」

「そして最後ね、きっと」

「だったら、二度目に一致したお祝いをすべきだろうな」

彼はアイリーンが彼に溶けてしまうまでキスした。それから肩を抱き、ふたり揃《そろ》って塔へ向かった。

エピローグ

ラドバーン伯爵とレディ・アイリーン・ウィンゲートの結婚式は、今年いちばんの盛大な式だったというのが、社交界の一致した意見だった。不適当なほど急いで行われたために、最も立派なものではなかったかもしれないが、金に糸目をつけない豪華な式で、おまけにここ何年もなかったほどさまざまな噂《うわさ》とドラマに満ち満ちていた。

ふたりの婚約発表と、十一月に行われた結婚式までの二カ月というもの、ロンドンの社交界はこの噂でもちきりだった。幼いときに誘拐され、二十七年近くもたって見つかった跡継ぎの件もさることながら、その誘拐事件は、実際には誘拐ではなかったという噂も立っていた。さらには、ハウスパーティーのさなかに、二十七年近く前に亡くなった伯爵の母親の遺体が見つかったという、身の毛もよだつようなおまけつき。まったくそんなことが誰に想像できたろう？　それだけではない、ひとりとして大きな声では言わないが、もっと恐ろしい噂もちらほらと聞こえていた。

これは愛のある結婚だというのが、もっぱらの評判だった。そして花婿を実際に知っている人間はほんのひと握りしかいないために謎《なぞ》めいた雰囲気が増し、その一方で、花嫁をよく知っている人々は多く、社交界の面々はアイリーン・ウィンゲートが恋に落ちたことに仰天した。

とはいえ、結婚式に出席した人々は、誓いを交わす伯爵と新しい妻の顔が愛に輝いていたことを否定できなかった。そして彼らが夫と妻として、最初のダンスを踊ったときには、最もかたくなな心の招待客ですら、喜びに目をうるませていた。

レディ・フランチェスカ・ホーストンは、ダンスフロアの端に立って、喜びに顔を輝かせていた。この婚約をもたらしてくれた感謝のしるしにレディ・オデリアが贈ってくれた美しい銀の皿は、この喜びのほんの小さな一部でしかない。その皿は冬のあいだホーストン家を維持する役に立ってくれるに違いないが、正直に言えば、フランチェスカはアイリーン・ウィンゲートとギデオンと過ごした短いあいだに、あのふたりがとても好きになったのだった。彼らの結婚はきっと幸せなものになるだろう。フランチェスカはそれを思うと自分のことのように嬉《うれ》しかった。

ダンスが終わり、ふたりは笑みを浮かべてフロアから戻ってきた。アイリーンは両手を差しのべてフランチェスカのところにやってきた。「フランチェスカ！　あなたに会えてとても嬉しいわ！」

白い頬を薔薇《ばら》色に染め、金色の瞳を喜びに輝かせたアイリーンは、とても美しい花嫁だった。かたわらに寄り添っているギデオンもそう思っているらしく、腑抜《ふぬ》けになった男がのぼせている、と言われかねない表情を浮かべて妻を見下ろしている。

「レディ・ホーストン」彼は妻から目を離し、フランチェスカに向かって礼儀正しくお辞儀した。

「ふたりともお幸せにね」フランチェスカは言った。「わたしの祝福などまったく必要ないでしょうけど。あなたたちが感じている喜びは、誰の目にも明らかですもの」

「喜ばずにはいられませんよ。ぼくは世界一幸せな男ですからね」ギデオンは妻の指に唇を押しつけながら臆面《おくめん》もなくそう言って、フランチェスカに顔を向けた。「これもみんなあなたのおかげです」

フランチェスカはにっこり笑った。「いいえ。わたしは知り合う機会を提供しただけ。彼女の心を勝ちとったのはあなたよ」

「大きな抵抗をものともせずにね」ギデオンはにやっと笑ってつけ加えた。

「ばかばかしい。わたしはただ理性的にものを言っていただけよ」アイリーンが彼と同じくらい明るい笑みを浮かべて抗議した。

「理性？　あれは理性だったのかい？」

「ええ、そうですとも。わたしはとても論理的に結論を出したの。自分が見てきた結婚生活の実例から、誰の妻にもなりたくない、とね。でもそれから、あなたのプロポーズを受けるほうがもっと理にかなっていると気づいたのよ」彼女はまつげをぱちぱちさせて、彼を見上げた。

「そうかい？」ギデオンは甘やかすように答えた。「どういうわけで？」

「あら、誰でもわかることよ。愛と闘うのは愚かですもの」

「ぼくのとても頭のいい奥さん」ギデオンはそう言って、キスするために彼女を抱き寄せた。

「ギデオン！」アイリーンは赤くなって、笑いながら彼の腕から抜けだした。「ここにはほかの人たちがいるのよ！」

ギデオンは顔を寄せ、耳もとでささやいた。「だったら、いますぐ人目のないところに行こうよ」

アイリーンは最後にもう一度フランチェスカに会釈をして、差しだされた腕を取り、人々のなかを歩いていった。フランチェスカは満面の笑みを浮かべ、あちこちで立ちどまり、お祝いの言葉を受けながら広間を横切っていくふたりを見送った。

「とても美しいカップルだこと」肘のところで誰かが言った。振り向くと、レディ・ベインブリッジがすぐ横に立っていた。

フランチェスカは彼女と、いつもそばにいる妹のミセス・フェネルトンに曖昧《あいまい》な笑みを浮かべた。

「ほんとに、さぞ誇らしいでしょうね、レディ・ホーストン」ミセス・フェネルトンがつけ加える。「ふたりの仲を取り持ったのはあなただというもっぱらの噂よ」

「ありがとう」フランチェスカは礼儀正しく答えた。「でも、わたしはほとんど関係なかったのよ。ただふたりを紹介しただけ」

「それはどうかな」後ろから男性の声がした。三人の女性がそちらに目を向けると、ロックフォード公爵が近づいてくるところだった。

ふたりの姉妹は公爵様に声をかけられたことが誇らしくて、取り澄ました顔に作り笑いを浮かべた。

公爵はそちらに穏やかな笑みを投げ、言葉を続けた。「レディ・ホーストンは謙遜《けんそん》しているだけなんだ。これは、なんといっても今年で二度目の勝利だ。弟のレイトン子爵に花嫁を紹介したのも彼女だからね」

「ええ、そうでしたわ」レディ・ベインブリッジは同意した。「たしか、シーズンの終わりに結婚式を挙げたんでしたわね。それに……興味深い出来事が期待されているんじゃなかったかしら？」

フランチェスカの笑みがかすかに翳《かげ》った。「ええ、家族が発表しましたわ」

「とてもすばらしいこと」フランチェスカのかすかに控えめな調子にもかまわず、ミセス・フェネルトンがつけ加えた。「あなたが魔法を使うのは、間違いないわね。レディ・

ホーストン。レディ・フォーンブリッジについ最近そう言われたけれど、正直に言ってこれほどとは思いませんでしたわ」

「公爵様」レディ・ベインブリッジが公爵に向かって茶目っ気のある笑みを浮かべた。「あなたもレディ・ホーストンの助けを求めるべきかもしれませんわね。ずいぶん長いこと、独身でいらっしゃるんですもの」

フランチェスカは体をこわばらせ、ちらっとロックフォード卿《きょう》を見た。

「そうかな?」公爵は少しばかり冷ややかな笑みを返し、フランチェスカを見て穏やかに言った。「残念ながら、レディ・ホーストンが引き受けてくれそうもないな。彼女はぼくが結婚にどれほど向いていないかよく知っているからね。そうだろう?」

フランチェスカは公爵をしばし見つめてから、明るい笑い声をあげてふたりの女性に言った。「ええ、そのとおり。ロックフォード公爵がきわめつきの独身主義者だということは、誰でも知っていますもの。よろしければ、失礼して……?」彼女はこわばった笑みを投げ、離れていった。

その後ろ姿を見送る公爵の目に、一瞬、深い悔いのようなものがよぎった。

訳者あとがき

お待ちかねの〈伯爵夫人の縁結び〉第二弾です。本書『金色のヴィーナス』では、美貌《びぼう》の未亡人、フランチェスカのもとに、なんと彼女が大の苦手とするロックフォード卿《きょう》の大伯母から、〝仕事〟の依頼が舞いこみます。ぜひとも、大甥《おい》の花嫁を探してほしい、と。

彼女の大甥が、つい数カ月前、二十七年ぶりに見つかって社交界の噂《うわさ》の的となっていたラドバーン伯爵ギデオン・バンクスだと知ってフランチェスカはびっくり。四歳のときに母親と一緒に誘拐され、つい最近、奇跡的に見つかったこの伯爵の噂はロンドンの社交界をにぎわしていたのです。折しも来年の春までどうやって館《やかた》を維持していこうと頭をひねっていたフランチェスカは、大伯母につき添ってきたロックフォード卿の真摯《しんし》な頼みもあって、この依頼を引き受けることに。そのラドバーン伯爵が、結婚したいと願う相手は……。

アイリーン・ウィンゲート、二十五歳でした。もう何年かすれば社交界ではオールドミスと呼ばれる年齢ですが、独立心が人一倍旺盛《おうせい》で、絶対に結婚しないと公言しているアイリーン。ところがある夜、舞踏会でフランチェスカから紹介を受けたギデオンに思いがけず激しく惹《ひ》かれ、初めて感じる甘いうずきに混乱します。しかも、ギデオンは彼女の辛辣《しんらつ》な言葉にも引きさがろうとはせず、アイリーンとの結婚を考えていると仄《ほの》めかします。

反発しあいながらも惹かれあう、強烈な個性を持つふたりのロマンスの行方と並行し、ギデオンとその母の誘拐にまつわる謎《なぞ》が、しだいに解き明かされ、ついには意外な真実が明らかに。キャンディス・キャンプはまたしてもどきどきするようなプロットを編みだしてくれました。

アイリーンの義理の妹モーラ、ギデオンの大伯母レディ・オデリアのユニークなキャラクターも、脇役《わきやく》として大活躍、物語に興を添えています。そしてヒーローのギデオンが口にする熱いせりふ。これぞロマンスの醍醐《だいご》味《み》でしょう。

結婚は女にとっては罠《わな》、と信じるアイリーンの不安は、当時の女性にとってはきわめて現実的なもの。妻は法律的に夫の所有物とみなされ、子供も、ほかのすべても夫のものとなるからです。現代に生まれたわたしたちからは考えられないほど、女性の立場は弱かったのですね。

鋭い舌を持つアイリーンが、社交界の男性からつけられたあだ名、〝鉄の処女《アイアン・メイドン》〟は中世の拷問具で、聖母マリアを模した形からこの名で呼ばれていました。本体はほとんどが木製で鉄が使われたのは内部の釘《くぎ》や針。犠牲者をこのなかに入れ、閉じると針が突き刺さる、という仕組みでした。

また、作中、ラドバーン家の執事ホラスが、ラドバーン伯爵の屋敷をハンプトン宮殿にも匹敵する、と自慢していますが、ハンプトン宮殿は、ロンドン南西部、テムズ川上流にある、煉瓦《れんが》の国イギリスのなかでも、ひときわ立派な赤煉瓦の建物です。その堂々たる威容から、ラドバーン邸の立派さを想像することができるかもしれません。

〈伯爵夫人の縁結び〉シリーズ、次回はついにロックフォード卿の妹、カランドラの登場です。キャンディス・キャンプは、今回とはがらりと変わった趣向で熱いロマンスを紡ぎだしています。こちらもどうぞお楽しみに。

二〇一〇年七月

佐野　晶

訳者　佐野　晶

東京都生まれ。獨協大学英語学科卒業。友人の紹介で翻訳の世界に入る。富永和子名義でも小説、ノベライズ等の翻訳を幅広く手がける。主な訳書に、キャンディス・キャンプ『秘密のコテージ』、ノーラ・ロバーツ『オハーリー家の物語 II　ムーンライト・ダンス』、リンダ・ラエル・ミラー『銀色に輝く季節』（以上、MIRA文庫）がある。

伯爵夫人の縁結び II
金色のヴィーナス
2010年7月15日発行　第1刷

著　　者／キャンディス・キャンプ
訳　　者／佐野　晶（さの　あきら）
発 行 人／立山昭彦
発 行 所／株式会社 ハーレクイン
東京都千代田区外神田 3-16-8
電話／03-5295-8091（営業）
03-5309-8260（読者サービス係）
印刷・製本／大日本印刷株式会社
装 幀 者／笠野佳美（シュガー）
表紙イラスト／もと潤子（シュガー）

ISBN978-4-596-91422-4

伯爵夫人の縁結びⅠ
秘密のコテージ
キャンディス・キャンプ
佐野　晶　訳
社交界のキューピッドと名高い伯爵未亡人に、友人の公爵が賭を挑んだ。舞踏会で見つけた地味な令嬢を無事に婚約させられるのか…？　新シリーズ始動！

伯爵とシンデレラ
キャンディス・キャンプ
井野上悦子　訳
「いつか迎えに来る」と言い残し消えた初恋の人が伯爵となって現れた。15年ぶりの再会に喜ぶジュリアナだったが、愛なき契約結婚を望む彼に傷つき…。

オペラハウスの貴婦人
キャンディス・キャンプ
島野めぐみ　訳
天才作曲家の夫の死で、再び彼の叔父と会うことになったエレノア。1年前同様、蔑まれることを覚悟していたが、夫の死の謎が二人の距離を近づけて…。

罪深きウエディング
キャンディス・キャンプ
杉本ユミ　訳
兄の汚名をすすぐためストーンへヴン卿から真実を聞き出す――使命に燃える令嬢ジュリアが考えた作戦とは、娼婦になりすまして彼に近づくことだった！

魔法が解けても
キャンディス・キャンプ
竹原　麗　訳
アンジェラは理系人間ばかりの家族の落ちこぼれ。そんな彼女の会社の危機を救いに来たのは、かつて彼女をばかにした堅物男だった。12年ぶりの再会は!?

デザートより甘く
キャンディス・キャンプ
高木しま子　訳
料理研究家のマレッサは風変わりな芸術家一家を束ねるしっかり者。弟の婚約者の父で実業家のリンを空港に出迎えた彼女は一瞬にして恋に落ちるが…。